AC COLLINS

ORIGAMI HERZ

Glamour, Glanz und Medienpräsenz. Für die einen ein Traum, für Matteo mit einem berühmten Vater ein Albtraum.

Familienchaos und ständige Gerüchte in der Presse treiben ihn in den Wahnsinn. Nach einer alkoholastigen Nacht landet er in der Psychiatrie, Diagnose: Depressionen.

Am Tiefpunkt seines Lebens lernt er Noah kennen und die jungen Männer werden Freunde. Nach und nach entwickeln sich Gefühle zwischen ihnen, doch ihre Beziehung wird beobachtet. Geheimnisse kommen ans Licht, die alles auf den Kopf stellen.

PROLOG

rgendwann einmal wirst du mir das erklären müssen, Junge.« Hermann Thomas stützte sich auf die Harke, in seiner Arbeit innehaltend und schürzte die Lippen. Er hatte einen Zahnstocher zwischen den Zähnen, der sich bei jedem Wort bewegte und musterte den Jungen vor sich. Dabei rutschte ihm der zerrupfte Strohhut ins Gesicht, der ihn vor der Sonne schützte. Die Hitze im August war drückend und verbrannte ihm die Schultern. Sein Blick wanderte erneut zu dem Jungen, der grinsend vor ihm stand und einen roten Luftballon in seiner Hand hielt. Es war der dritte innerhalb weniger Tage. Nachdenklich sah er ihn an. Diesen Akt vollführte er jedes Mal, es war sein Ritual. Thomas ließ es nur zu, weil es keinen Schaden verursachte. Als Friedhofswärter sah er tagein und tagaus sonderbare Menschen.

Der Junge war etwa zwanzig, trug einen zu großen, grauen Filzhut, hatte blaues Haar und ein jugendliches Gesicht mit warmen Augen und Sommersprossen. Mit zweiundsiebzig Jahren hatte er schon einiges gesehen, aber niemand war ihm jemals so im Gedächtnis geblieben, wie dieser junge Mann, der mit roten Luftballons auf den Friedhof kam und sie an kürzlich aufgestellte Kreuze verstorbener Kinder band.

»Da gibt es nicht viel zu erklären«, sagte der Junge. »Ich möchte eben nicht, dass die Seelen der Menschen ohne ein Lächeln gehen. Und was ist besser als ein Luftballon? Die erfreuen jeden.«

Er sagte es, als wäre es vollkommen logisch und es zu hinterfragen naiv. Der alte Mann schüttelte den Kopf.

»Wenn du meinst.« Er machte eine abwertende Handbewegung, die nicht ernst gemeint war. »Aber du weißt: Nicht die Gräber zertrampeln.«

Der Junge nickte und Hermann wandte sich ab, harkte weiter die gefallenen Blätter zusammen und lauschte den sich entfernenden Schritten. Ein vollkommen normaler Tag.

Seine Chucks waren nach wenigen Schritten nass und dreckig, die Feuchtigkeit fraß sich die Hosenbeine nach oben und durchweichte ihn Stück für Stück, doch das hielt ihn nicht auf. Trotzig bahnte er sich einen Weg nach unten zu dem Loch unterhalb der Brücke, das in die Kanalisation führte, vermied den genauen Blick auf das schmutzige Wasser. Es roch entsetzlich und widerlich, aber das traurige, leise Winseln war nicht zu überhören.

Er hatte es bereits vernommen, als er mit seinem Fahrrad über die Brücke gefahren war. Zwischendurch klang es wehleidig und müde, wie ein kleines, verletztes Tier. Sicher war er sich nicht, er war jedoch der Einzige, der in der Nähe war und die Neugier siegte. Deshalb überwand er seinen Ekel und trat in das stinkende Wasser.

Sein Fuß blieb in einer Schlingpflanze am Boden des Flusses hängen. Er keuchte leise, wischte sich die Haare aus der Stirn und hasste sich innerlich für diesen Helferinstinkt, sich abzuwenden war dennoch keine Option.

Am Eingang des Kanals stieg er mit schmatzenden Schritten auf das Betonpodest, hielt sich am Metallzaun fest und linste hinein. In seiner Jacke suchte er nach dem Smartphone und schaltete die Taschenlampe ein. Langsam leuchtete er den Tunnel aus, in der Hoffnung bereits am Eingang etwas zu erblicken, was das elendige Winseln von sich gab, leider hatte er kein Glück. Er rang innerlich damit, sich in einen baufälligen Kanal unterhalb einer Brücke zu quetschen, allein wegen der etlichen Warnschilder. Bei seinem derzeitigen Glück würde sie über ihm zusammenbrechen und kein Mensch je erfahren, was geschehen war. Das war nicht abwegig und würde ihn nicht im Geringsten wundern. Nichts wunderte ihn noch.

Die letzten Reste an Mut zusammennehmend, holte er tief Luft, drückte einen Teil des Zauns kräftig mit dem Fuß hinab und schob sich durch die halb herausgebrochenen Stahlgitter.

Früher hatten seine Freunde aus der Schule heimlich unter der Brücke geraucht. Er war sich sicher, dass jeder damals hier unten seine erste Zigarette genossen hatte. Dieser Kanal war Jahre zuvor bereits als ›gefährlich‹ deklariert worden. Die Brücke führte jedoch zur nächsten Kleinstadt, lag weiter entfernt vom angrenzenden Dorf, unbeobachtet und weit genug weg von Schaulustigen. Aktuell fuhr er zweimal am Tag hier entlang und sah selten jemanden. Die meisten Dorfbewohner besaßen Autos und benutzten die Bundesstraße, kümmerten sich nicht um den alten Fahrradweg.

»Mist«, fluchte er, als er mit der Kapuze am Gitter hängen blieb und verrenkte sich, um sich zu befreien. Nochmals nahm er sein Smartphone aus der Tasche und leuchtete durch den Kanal, suchte nach dem Wesen, welches die Geräusche von sich gab. Er hoffte nur, dass keine Ratten hier unten waren oder sie wenig Lust hatten, sich zu zeigen. Das wäre vollkommen in seinem Interesse.

Das Handylicht erhellte ihm den Weg über die festen Stufen nach dem Kanaleingang. Vorsichtig stieg er hinab und unterdrückte ein leichtes Würgen, als der Gestank zunahm. Das Winseln war verstummt, zurück blieb nur sein deutlich hörbarer Atem und im Kanal hallende Tropfgeräusche. Er hielt sich am Gitter fest, als er hinabkletterte. Zumindest war das Wasser hier nicht hoch und er konnte am Rand entlanglaufen.

Was machte er hier? Wegen eines kleinen Winselns tat er sich all das hier an. Er verstand sich selbst nicht.

Er gab ein paar leise, lockende Geräusche von sich, formte mit trockenem Mund mühsam ein paar schnalzende Töne. An sich kam er sich albern vor.

Plötzlich erfasste das Licht an seinem Handy ein kleines, dunkles Etwas. Sein Herz schlug eine Nuance schneller und er blieb stehen. Es sah aus wie ein Tier, aufgrund des Schmutzes konnte er kaum erahnen, was für eines. Nochmals erklang ein leises Winseln und seine Taschenlampe erfasste glühende Augen, die ihn kurz irritierten. Er sammelte all seinen Mut zusammen und lief weiter, direkt auf das kleine Wesen zu und je näher er kam, desto besser erkannte er es.

Es war ein Hund. Ein kleiner Welpe. Sein Fell war extrem dreckig und verschlammt, einzig seine Augen waren frei von Schmutz. Tief holte er Luft, lief auf das Tier zu und sah, wie es ängstlich zurückwich. Eine verhakte Hundeleine verhinderte die weitere Flucht und der Welpe überschlug sich beinah, gab ein gequältes Winseln von sich. Die Augen hatten sich panisch geweitet, als würde er seine persönliche Hölle erblicken.

»Ganz ruhig, Kleiner ...«, versuchte er das Tier zu beruhigen und kniete sich hin.

Die Feuchtigkeit am Boden drang durch seine Jeans. Der Hund schien noch immer verängstigt, weshalb er in der Hocke blieb und wartete. Die freie Hand leicht ausgestreckt, schob er das Telefon nach einer Weile in die Tasche und blickte den Welpen an.

»Komm her … ich tu' dir nichts …«

Aufgrund der starken Verschmutzung konnte er nicht sagen, welche Rasse es war. Zumindest war er sich sicher, dass es sich um einen Hund handelte und nicht um einen Fuchs.

Unruhig riss der nochmals am Halsband, welches sich wie eine Schlinge um seine kleine Kehle gezogen hatte. Mit Argwohn beobachtete der Hund ihn bei jeder Bewegung. Er wusste nicht, ob er richtig handelte, fand aber in jenem Moment keine andere Lösung. Deshalb zog er seine Jacke aus und warf sie auf das zappelnde Bündel, entfernte mit wenigen Handgriffen die offensichtlich aus einem Strick bestehende Leine und hob das feuchte, schmutzige Knäuel hoch. Sein Handy war bei diesem Manöver aus seiner Tasche gerutscht und über den Betonboden geschlittert. Der Welpe strampelte in seinen Armen und fiepte leise, wurde nach einigen Augenblicken in seinen Armen jedoch ruhiger. Gefahrlos konnte der Junge hinauskriechen und balancierte vorsichtig zurück zum Eingang.

Ein Schwall Wasser kam aus einem der Seitengänge gespült. Er verbot sich das Luftholen und sog erst draußen angekommen den wohl verdienten Sauerstoff ein.

An seinem Fahrrad zog er sein benutztes Handtuch und eine Wasserflasche aus dem Sportbeutel und lief mit dem bebenden Tier in seinen Armen zum Ende der Brücke. Vorsichtig spazierte er auf die Wiese und hockte sich hin, hielt die provisorische Leine fest, setzte das Bündel neben sich ab und öffnete seine Jacke. Der Welpe bewegte sich kaum und blickte ihn aus zwei kleinen, treuen Augen an, voller Angst und neugewonnener Hoffnung.

»Okay Kleiner, ich mache dich mal ein wenig sauber.«

Er goss etwas Wasser über den zitternden Hundekörper, wischte behelfsmäßig mit der Hand nach und entfernte langsam die Schlammschichten aus dem Fell. Zum Vorschein kamen braune und hellgraue Flecken, weiße Beinchen und dunkle Schlappohren. Er kannte sich nicht mit Hunderassen aus, es erinnerte ihn an eine Art Schäferhund oder Collie.

Der kleine Welpe sah ihn weiter an und verweilte still, als wäre er sich nicht sicher, wie er sich verhalten sollte. Behutsam trocknete er ihn mit ungeschickten Bewegungen ab, voller Panik, dass der Hund zubeißen würde. Das Tier zitterte viel zu stark, um sich gegen die wohltuenden Berührungen zu wehren. Er legte das Handtuch beiseite und betrachtete das saubere Tier. Es war anscheinend kein Schäferhund, dafür hatte er zu helles Fell.

»Du scheinst auch niemanden zu haben, oder?«, fragte er. »Geht mir genauso.«

Er drehte den Kopf zum Wasser und starrte auf die gewellte Oberfläche, nicht sicher, was hier gerade geschah. Normalerweise konnte er sich kaum bewegen, ohne beobachtet zu werden, dieses Erlebnis lag jedoch komplett in seiner Kontrolle. Er hatte den kleinen Hund gerettet. Kribbelnde Gefühle durchfluteten ihn und seufzend lehnte er sich zurück.

Der Welpe blieb ruhig neben ihm sitzen, als würde er zu ihm gehören.

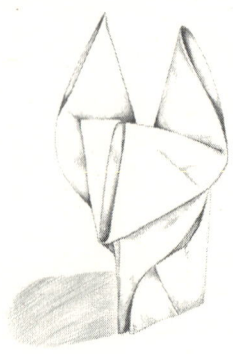

KAPITEL 1

Heute

Das Stethoskop wurde entwickelt, weil es den Patienten auf Dauer unangenehm war, dass die Ärzte ihnen ihre Ohren an die Brust drückten, um das Herz abzuhören.«

Langsam fuhr Noah mit einem Daumennagel über die Kante des gefalteten Dreiecks, musterte es danach kurz und drehte es herum.

»Ziemlich komisch, oder? Eine an sich vollkommen überflüssige Erfindung, die dennoch notwendig war.«

Im Gemeinschaftsraum war es heute herrlich angenehm. Zuvor hatte der Wind die Blumen auf der Fensterbank sacht gewogen und Sonnenstrahlen tanzten durch das Zimmer. Auf dem Parkett zauberten sie Schritte zu einer unbekannten Melodie. Die zwei Kinder, die mit Noah und seiner Kollegin am Tisch saßen, beobachteten ihn. Ihre Handgriffe waren bei Weitem nicht so sicher wie die seinen. Das kleine Mädchen kaute unsicher auf seiner Unterlippe, verfolgte alles mit ihren großen, blauen Augen und faltete langsam mit.

»Macht euch nichts aus Noahs Gerede«, sagte die ältere Frau ihnen gegenüber und schenkte dem jungen Mann einen strengen, aber liebevollen Blick. »Er gibt gern mit seinem unnützen Wissen an.«

»Würdest du auf dem Mars leben, würdest weniger als die Hälfte von dem wiegen, was du hier wiegst. Etwa 38% davon. Also nur … zwanzig Kilo.«

Das Mädchen sah zu, wie die ältere Frau Noah schmunzelnd einen kleinen Hieb mit dem Ellenbogen verpasste.

»Frecher Kerl. Aber danke.«

Der kleine Junge imitierte Noahs Bewegungen, das Mädchen starrte das bunte Origamipapier in ihren Händen an und wirkte unzufrieden. Sie hatte sich an einem Schwan versucht, konnte den Schnabel jedoch nicht so falten, wie Noah es ihr gezeigt hatte. Egal, was sie machte, es sah schief aus.

»Ich krieg' das nicht hin …«, klagte sie und warf den misslungenen Vogel von sich, lehnte sich zurück und verschränkte trotzig die Arme vor der Brust. Der Junge neben ihr sah kurz auf und beschäftigte sich erneut intensiv mit seiner Origamifigur.

»Du musst es noch einmal falten, Lieschen«, sagte die nette Frau, griff nach der Figur und begutachtete das Werk einen Moment lang. »Ja, es fehlt nur eine Falte.«

Das Mädchen schnaubte genervt und schüttelte den Kopf, ihr Gesicht hatte sich zu einer wütenden Grimasse verzogen.

»Ich will das nicht mehr.«

Noah hob den Kopf, stand auf und lief zu ihr. Er hockte sich neben ihren Stuhl und grinste sie an.

»Niemand kann irgendetwas gut, ohne es vorher mehrmals zu verhauen.« Er griff nach der Figur, lächelte und drückte sie in die Hände des Mädchens. »Komm, mach es kaputt. Zerknülle es und dann machst du einen neuen Schwan. Einen viel Besseren. Vielleicht größer?«

»Und pink?«, fragte sie mit großen Augen nach und Noah nickte, zwei blaue Haarsträhnen fielen ihm ins Gesicht.

»Klar, riesig und pink.«

»Hattest du auch mal pinke Haare?«, fragte sie und deutete mit dem Zeigefinger auf ihn.

Er schüttelte den Kopf und kämmte sich eine der Strähnen aus dem Gesicht.

»Bisher nicht. Meinst du, das würde gut aussehen?«

Sie nickte eifrig, grinste und zeigte eine niedliche Zahnlücke.

»Jaaaa. Alles sieht gut aus in Pink.«

Noah lächelte erneut und erhob sich, griff über den Tisch und zog aus dem Stapel Origamipapier ein neues Blatt hervor.

»Komm, fangen wir von vorn an und dieses Mal basteln wir den schönsten Schwan, den die Welt je gesehen hat!«

Er hielt der Kleinen die flache Hand hin und sie verstand sofort, schlug mit der ihren ein. Die ältere Frau beobachtete sie und fragte sich, wie dieser junge Mann die Kraft aufbrachte, jeden Tag zu lächeln.

Wütend warf Matteo das Magazin durch den Raum, schrie auf und trat gegen den Schrank. Es war ihm einerlei, dass er sich wie ein verwöhntes Kind aufführte, welches an der Kasse keinen Lutscher bekam. Ebenso war es ihm egal, dass die Haushälterin in der Küche vermutlich hörte, wie er seine Sachen durch die Gegend warf und die Wand anbrüllte. Ihm war alles *scheißegal.*

»Scheiß verfickter Dreckmist!«, spie er, raufte sich die Haare und holte tief Luft. Er sollte sich nicht aufregen. Wut war schädlich für den Körper, hatte er gelesen. Sie führte dazu, dass in den Augen kleine Äderchen platzten, löste Stress aus und trieb den Blutdruck unnötig in die Höhe. Nichts davon war gut für das Herz, welches ohnehin niemand behutsam behandelte. Er drehte sich zur Couch, auf deren Sitzpolster das halb zugeschlagene Klatschmagazin ruhte, biss sich auf die Wange und zog Teile des weichen Fleisches mit den Zähnen ab. Ein deutliches Indiz dafür, dass er gestresst und nichts daran zu ändern war. Erneut griff er nach der Zeitschrift, starrte auf die Klatschspalte auf der zweiten Seite und presste seine Lippen fest zusammen. Abermals hatten sie ihn erwischt.

An sich störte ihn es ihn nicht, doch diese dämlichen Fotografen schafften es, ihn ständig mit vollkommen fremden Mädchen abzulichten. Er gab sich solche Mühe nicht mit Mädels herumzustehen, mit der Blondine, die auf dem Foto neben ihm lief und den Kopf gesenkt hielt, hatte er vielleicht drei Worte gewechselt. Dennoch thronte unterhalb ihrer langen Beine die Schlagzeile: ›Matteo Niers neue Flamme?‹

Dem Reporter würde er am liebsten eine reinhauen. Das gestaltete die Sache nicht besser und würde nur für eine weitere, vollkommen unnötige Schlagzeile, jedoch im ersten Moment für Entspannung seinerseits sorgen. Es wäre der Befreiungsschlag schlechthin.

Matteo wusste, es war nur eine Frage der Zeit, bis in seinem Bekanntenkreis Gerüchte um eine Trennung von Jessica laut wurden. Nach dem letzten Gerücht waren fünf Tage vergangen, bis sie nicht mehr wütend auf ihn war.

Gott, er hasste alles.

Früher hätte er gesagt, dass Jessica das Beste in seinem Leben war. Weil sie für ihn da war und ihm den Rücken stärkte. Irgendwann hatte ihre

Fürsorge nachgelassen und es war nur noch wichtig, wer sie war. Die Freundin von Matteo Nier. Mit einem eigenen Instagram-Account und über zehntausend Followern, die jeden Schritt verfolgten.

Früher war alles einfacher gewesen.

Damals war rot noch rot, heute zweifelte er jedoch, ob es nicht grün sein könnte. Alles hatte sich irgendwann gedreht und verändert, vor allem seine Sicht auf gewisse Dinge und sein Leben.

Er trat zum Bürostuhl, nahm sich die darüber hängende Jacke und schlüpfte hinein, zog die schwarzen Chucks an, lief aus seinem Zimmer und hetzte die Treppe hinab.

»Melinda!«

Er lauschte in das ausladende Haus hinein, und pfiff kurz nach seinem Hund, während er die restlichen Stufen hinab schritt. Der Boden im Foyer bestand aus einem dunklen Steinmosaik und glänzte wie frisch poliert. An den Wänden hingen alte Gemälde und vereinzelt Fotografien. Einige der angeblich wertvollen Statuen bei den Türen und Fenstern waren Geschenke von reichen Leuten, mit denen seine Mutter zu tun hatte. Armselig, wie er fand, solchen Menschen konnte man selten die Naivität ausreden. Sie vernahmen den Namen ›Nier‹ und waren komplett blind vor Verlangen nach Aufmerksamkeit.

Die Haushälterin kam mit einem Wischlappen in der Hand und einem Trockentuch auf der Schulter zu ihm und blies sich eine Locke aus dem Gesicht. Ihr folgte Coconut, der Australian Shepherd, den er vor einigen Jahren gerettet hatte. Sie sah Matteos fragenden Blick und schnaubte leise.

»Was ist? Ich mache gerade den Herd sauber«, fragte sie flapsig.

Jeder andere hätte diese vorlaute Frau wahrscheinlich längst entlassen, Matteo wusste diese Ehrlichkeit an ihr jedoch zu schätzen. Er lockerte seine Kapuze ein wenig und schloss die Jacke.

»Ich gehe mit Coconut raus. Ich brauche frische Luft. Ich mache mir nachher selbst etwas zu Essen.«

Melinda legte den Kopf zur Seite.

»Das waren drei Sätze mit ›Ich‹ am Anfang.«

»Bitte, Mel, nicht heute.«

Eine abwehrende Handbewegung folgte und er lief zur Kommode und zog aus der unteren Schublade ein Halsband und eine Leine hervor. Coconut rannte auf ihn zu und wedelte mit dem buschigen Schwanz.

»Ja, Dickerchen, wir gehen raus.« Sorgfältig band Matteo ihm das Halsband um und sah nochmals zu Melinda. »Falls jemand nach mir fragt …«

»… bist du verreist, im Krankenhaus, auf Pilgerfahrt oder plötzlich verstorben. Je nachdem, wer fragt.«

»Korrekt.«

Er zwinkerte ihr kurz zu und lief zur Tür, Coconut trottete neben ihm her. Manchmal hatte Matteo das Gefühl, einzig sein Hund war normal und alle übrigen Menschen geradewegs und ohne Rückfahrkarte Richtung Wahnsinn unterwegs. Anders war es nicht möglich, einige ihrer Verhaltensweisen zu erklären.

Draußen empfing ihn ein lauer Wind, der ihn dennoch frösteln ließ. Matteo zog den Kragen seiner Jacke hoch, während er den gewohnten Weg einschlug und Coconut ein herumfliegendes Kaugummipapier jagte. Wie leicht ein Hund zufriedenzustellen war, daran sollten sich manche ein Beispiel nehmen.

Matteo roch, dass es bald regnen würde, er kehrte dennoch nicht um. Er lief die Straße entlang und betrachtete die ihm zwar bekannten und doch fremden Häuser. Gesichtslose Menschen wohnten darin, aßen zu Mittag, stritten sich über das heutige Fernsehprogramm und lasen sich Bewertungen für die nächsten Sommerreifen durch. Alles so banal, alles so normal. Alles so beneidenswert.

Er seufzte, vergrub die Hände tief in den Jackentaschen und trat mit der Schuhspitze einen kleinen Kiesel weg. Coconut sah auf, spitzte die Ohren und bellte leise, was Matteo lächeln ließ. Dieser Hund schaffte es, seine Stimmung merklich zu verbessern, oftmals nur dadurch, dass er sich stundenlang mit seinem eigenen Spiegelbild im Flur beschäftigte, dieses anknurrte, anbellte und manchmal ansprang. Er war lebensfroh, ohne irgendwelche Ansprüche zu haben, und das war wundervoll. Als mehrere Laubblätter aufgewirbelt wurden, bellte Coconut und Matteo grinste. Er legte den Kopf in den Nacken und starrte in den grauen Himmel, fragte sich, ob Regenwolken depressiv waren und ob sie deswegen manchmal heimlich Sonne tankten. Er war in Gedanken versunken, als er mit seinem Hund den Weg entlang spazierte und hörte das Klicken erst nach einer geraumen Zeit.

Er kannte dieses Geräusch und schlagartig schien alles Blut aus seinem Gesicht zu weichen, um nur Sekunden später wieder in seine Wangen zu schießen. Mit geballten Fäusten wirbelte er herum. Der Paparazzo stand bei einem Wohnhaus und sah zu ihm, die Kamera in den Händen und grinste schief. Matteo fand keine Worte dafür, wie sehr er diesen ihm unbekannten Mann verabscheute. Genau das war das Problem.

Fremde Menschen kümmerten sich um seine Angelegenheiten und erfanden Gerüchte, um das eigene Dasein zu vergessen. Er wusste nicht, ab wann sein Leben derart den Bach heruntergegangen war und er nur eine Marionette von Boulevardpresse und Tageszeitungen zu sein schien, die Geld für sein Gesicht in Hochglanzmagazinen bekamen.

Sein PR-Manager, den er nur wegen seiner Mutter hatte, sagte, er sollte niemals auf die Provokationen reagieren und sich entfernen. Nicht weglaufen, sondern alles mit Kameras und Ähnlichem ignorieren und einfach weitergehen. Seine Mutter und er hatten leichtsinnigerweise geglaubt, sich dem Spuk zu entziehen, indem sie den Stadtkern Berlins verließen und sich ein Haus in einer Kleinstadt suchten, aber anscheinend entkam man als ein Niers Sohn niemandem. Und Frauen entkamen Clemenz Nier nicht.

Matteos Leben ähnelte dem Wikipedia-Eintrag von Paris Hilton. Nur mit weniger Skandalen und auf deutschem Boden. Sein Vater war als einer der wenigen europäischen Schauspieler erfolgreich und in Hollywood anerkannt, feierte viele Erfolge in Kinofilmen und seine Mutter war Erbin einer deutschlandweit bekannten Firma. Er war das Ergebnis einer Nacht ohne Kompromisse und eines geplatzten Kondoms. Dank der Einstellung seines Vaters zur aktiven Spermienverteilung, hatte er vier Halbgeschwister, verteilt auf jeweils drei Kontinente. Sein Halbbruder Jason war einer Affäre mit einer Senatoren-Tochter in den USA entsprungen, Miles kam aus England und studierte aktuell in Frankreich, wo Clemenz dessen Mutter kennengelernt hatte und Tobias und Emmanuel lebten in Deutschland. Manchmal, an Tagen, an denen Matteo Zeit hatte und sein Leben nicht verfluchte, lachte er innerlich über seine schräge, verschachtelte Familie; überwiegend war das alles nur unglaublich anstrengend. Sein PR-Manager hatte irgendwann aufgehört Fragen zu stellen, weil diese ganze familiäre Situation weit über alles Verständnis hinausging.

Jason war zu weit weg, hielt sich galant aus allem raus und obwohl die Brüder einen recht guten Draht zueinander hatten, sahen sie sich nicht als Familie an. Sie waren eher wie eine alte WG, sie sich aufgelöst hatte und jeder hielt nur sporadisch mit allen Kontakt, um den Anschein einer Freundschaft zu erwecken. Am häufigsten traf er sich mit Emmanuel und Tobias, weswegen sie in der Presse manchmal die ›drei Nier-getiere‹ hießen. Matteo hasste diesen Spitznamen und würde am liebsten ausrasten, wenn er ihn in einem Magazin las. Mittlerweile bat er die Reporter mit zusammen gepressten Zähnen höflich, ihn nicht zu nutzen, aber einige hielten sich nicht daran.

Als Coconut bellte, sah sich Matteo kurz um. Er hatte den Weg nicht mehr bewusst verfolgt, lief eigentlich nur seinem Hund nach und stand plötzlich vor dem alten Fabrikgelände, welches er oft unbewusst passierte. Es gehörte einst seinem Urgroßvater mütterlicherseits und hier entstanden ersten Buntstifte, die ihn Jahrzehnte später erfolgreich machten. Sie wurden noch heute verkauft, weshalb seine Mutter recht wohlhabend war und sich einen höheren Standard leistete als manch andere. Ein Fakt, der ihm zugutekam. Geboren mit dem goldenen Löffel im Mund.

Er starrte das alte Gemäuer an, sah durch den Maschendrahtzaun zu einem der auf dem Gelände herum wirbelnden Plakate mit leeren Versprechen darauf und seufzte.

Scheiß Buntstifte.

Scheiß dämlicher Vater.

Scheiß Leben.

Matteo wandte sich abrupt ab und schlug mit Coconut den Weg zum Park ein, als sein Handy klingelte. Er zog das Smartphone kurz aus der Tasche, auf dem Bildschirm leuchtete eine Nachricht und kurz überflog er sie.

Zumindest hatte sein leicht prominenter Status auch Vorteile: Er kam auf all die Partys, die für das gewöhnliche Proletariat nicht zugänglich waren und dadurch war das Leben gleich weniger Scheiße.

»Wenn wir auf die Welt kommen, gehen wir den Vertrag ein, länger tot zu sein, als zu leben. Deswegen ist jeder Tag am Leben ein Tag der Freude.«

Noah saß auf der Attika des zweithöchsten Hauses, sah über all die bunten Dächer und Turmspitzen, die es zu erblicken gab und ließ seine

Füße über der Stadt baumeln. Mit einer Hand hielt er sich fest, mit der anderen warf er kleine selbstgebaute Fallschirmspringer in den kühlen Wind. Blaue Haarsträhnen fielen ihm ins Gesicht und er grinste.

»Nicht jeder kann das Leben so positiv sehen«, erklang eine weibliche Stimme neben ihm. Er betrachtete den Fallschirmspringer aus dünnem Origamipapier in seiner Hand, der im Wind lange fliegen konnte. So zerbrechlich und zart.

»Das sollte aber jeder. Das Leben ist immerhin das einzige Geschenk, für das man als Mensch nichts tun musste.«

Sie seufzte theatralisch. »Man, ich hätte gern die Drogen, die du nimmst.«

Noah nahm einen Zahnstocher aus seiner Brusttasche und kaute mit den Schneidezähnen darauf herum. Er musterte Lola neben sich und stupste sie mit der Schulter an.

»Das Leben gibt dir genügend Augenblicke, um traurig zu sein. Man sollte die Momente, die glücklich sind, nicht damit verschwenden.«

»Ich hasse dich.«

Sie sahen sich kurz an und streckten beide die Zunge heraus. Noah jubelte.

»Ha! Ich war schneller!«

»Quatsch!«

Lola stieß ihn sacht, er taumelte kurz und lachte. Stille trat zwischen sie und er ließ eine weitere Origamifigur hinabsegeln. Der Wind trug den Fallschirmspringer durch die Lüfte, als wäre er eine tanzende Feder.

»Ich gehe heute Abend in die Klinik und verteile ein paar Figuren.« Er warf einen Blick auf die kleine Metallkiste, die in seinem Schatten hinter ihm stand. »Magst du mitkommen?«

Lola überlegte, blies sich dann eine Locke aus dem Gesicht. Seit einigen Tagen trug sie ihre Löwenmähne in einem moosgrünen Ton, es stand ihr. Noah dachte bei ihrem Anblick an Frühling und konnte die jungen, erblühten Blumenwiesen in seinen Gedanken riechen.

»Nein, ich muss noch lernen.« Sie streckte ihre Beine aus und ließ sie über die Dächer schweben. »Bald habe ich eine Zwischenprüfung.«

»Hoffentlich lohnt sich deine Strebsamkeit.«

»Fick dich, Schatz.«

Sie zeigte ihm den Mittelfinger, lehnte sich zu ihm und gab ihm einen Kuss auf die Wange. Theatralisch wischte er ihn ab und starrte über die

Stadt hinweg, während Lola sich erhob und hörbar mit ihren schweren Schuhen zur Treppe lief.

Noah blieb sitzen und ließ sich den Wind durch sein blaues Haar wehen, während am Horizont die Sonne langsam unterging und alles in feuriges Orange tauchte. Stumme Flammen, die mit der einbrechenden Nacht verschwanden.

Er hing dieser Vorstellung nach und ließ den letzten Fallschirmspringer des Tages in den Abgrund hinab segeln.

KAPITEL 2

Tobias trug das hässlichste Oberteil, welches sein Schrank zu enthalten schien und sah aus wie eine dressierte Discokugel. Emmanuel hatte sich im Gegensatz dazu ein vorteilhaftes, italienisches Oberteil angezogen. Beide trugen teure Jeans und dazu passende, helle Sneaker. Modisch. Und vollkommen übertrieben, wie Matteo fand. Mit den beiden im Schlepptau war nicht aufzufallen kompliziert, selbst wenn sie vermutlich gekleidet waren, wie neunzig Prozent aller jungen Männer.

Matteo sah sie mehr als Freunde, weniger als Brüder. Allein äußerlich waren sie unterschiedlich wie Tag und Nacht und insbesondere Emmanuel musterte er oft und fragte sich, ob sie tatsächlich zu 50% von den gleichen Genen abstammten.

Er erinnerte sich schemenhaft an den Tag, an dem seine Mutter ihm sagte, er hätte vier Halbbrüder. Matteo stand zwischen allen, er war die goldene Mitte der Nier-Kinder, das Sandwichkind.

»Magst du?« Tobias hielt ihm eine PET-Flasche hin, die eine leicht gelbliche Flüssigkeit beinhaltete. Er verzog den Mund, was sein Bruder mit einem Augenrollen kommentierte. »Ist Wodka-E, hab dich nicht so.«

Matteo griff danach, wischte dessen Spucke ab, setzte an und trank einen Schluck. Es war starker Wodka und billiger Energy, offensichtlich von Tobias zusammengekippt. Er war trinkfest und hielt sich nie an empfohlene Mischungsverhältnisse. Dies hatte meist zur Folge, dass seine Drinks selten schmeckten und im Rachen nachbrannten.

Sie liefen durch Berlins Innenstadt, über ihren Köpfen begleitete sie ein dunkler Smoghimmel. Lichter tanzten über den Dächern und vermittelten den Anschein einer nie schlafenden Stadt. Es war Wochenende und sie hatten sich in irgendeinen Zug gesetzt, um in die Hauptstadt zu fahren. Matteo hatte zwar ein Auto, aber er vermied es, dass alle Spaß hatten und er alles und jeden nüchtern ertragen musste. Emmanuel sprach im ICE über eine private Party, die in einem der Hochhäuser stattfand, unweit vom Stadtkern entfernt. Tobias kaufte irgendwo auf einer Brücke eine Flasche Saft, leerte sie und befüllte sie danach mit Wodka und Energy. Bisher hatte sich Emmanuel lieber an sein Bier gehalten und Matteo leerte langsam eine Wasserflasche. Die letzte Mixtur von Tobias reichte ihm vorerst.

Er zog gern mit seinen Brüdern durch die Stadt. Im Sommer nahmen sie sich meistens zwei Wochen frei und fuhren an den Gardasee zum Campen, verbanden es mit einer kleinen Deutschlandreise und besuchten Freunde in den Großstädten.

»Hey, das sieht doch nett aus.« Tobias lief auf einen Laden zu, der ›SchWuP‹ hieß und Emmanuel verzog den Mund.

»Tobi, das ist eine Schwulen-Disco.«

Der zuckte mit den Schultern.

»Na und?«

Matteo sah ihn an. »Was willst du da?«

Erneut ein Schulterzucken.

»Keine Ahnung. Hab mal gelesen, dass manche Mädels lieber auf Homopartys gehen, weil sie dort nicht von Kerlen dumm angesprochen werden.«

Matteo grinste. »Du hast in Bio echt viel geschlafen, was? Schwul ist nur für Kerle.«

»Weiß ich selbst … aber manchmal sind da in der Nähe auch Lesben-partys. Lesben, Alter!«

Er sprach die letzten zwei Worte zu laut aus, sodass zwei der Passanten sie entsetzt musterten und beim Vorbeigehen den Kopf schüttelten. Matteo trank auf den Schreck einen großen Schluck. Dieses Thema brauchte er echt nicht.

Von weitem sahen sie eine Gruppe mit bunten Cowboyhüten und hellen, leicht feuchten Shirts mit dem Aufdruck ›Last day as a free man‹. Ein Junggesellenabschied. Die aufgekratzten, in laute Plastiktrompeten pustenden Männer umkreisten die drei kurz, einer legte Matteo den Arm um die Schulter und ein anderer bewarf Emmanuel und Tobias mit Konfetti. Betrunken sangen sie ein Lied, dessen Text Matteo nicht kannte und stolperten grölend von dannen. Konfus sah er ihnen nach, bis Tobias ihn weiterzog.

Irgendwann stiegen sie in eine U-Bahn, verließen sie dank Tobias'
Recherche via Smartphone ein paar Haltestellen später und marschierten
durch einen ihnen unbekannten Stadtteil. Hier waren weniger Leute
unterwegs, aber laut Tobias schien hier ein angesagter Club zu sein.
Matteo hatte die Menükarte der Cocktails auf dem Bildschirm des
Handys gesehen und war froh, genügend Geld dabei zu haben. Sollte es
knapp werden, hatte Emmanuel sicherlich reichlich Reserve.

Tobias schwafelte, während sie durch die Fußgängerpassage liefen,
und berichtete von seinem letzten Date mit einer Rothaarigen, deren
Namen Matteo nach den ersten Sätzen vergessen hatte. Sein Halbbruder
war ein netter Kerl, jedoch ging er nicht zwingend vorbildlich mit Mädchen um. Es grenzte an ein Wunder, wenn er eines mehrmals traf, ohne
nur mit ihr ins Bett zu steigen.

Aufgrund von Konflikten hatte Tobias zweimal die Schule gewechselt und sein Abitur dennoch geschafft, obwohl Matteo sich fragte, wie.
Er nahm an, dass dessen Mutter einiges zu dessen Gunsten gedreht
hatte. Im Gegensatz zu seiner eigenen und den anderen, hatte sie Tobias
ihren Nachnamen gegeben, weil sie mit Clemenz Nier nicht in Ver-
bindung gebracht werden wollte. Leider funktionierte dieser Schachzug
nicht, die Medien identifiziert Tobias dennoch irgendwann als dessen
Sohn. Seit Jahren betrieb sie Schadensbegrenzung, denn er zog Ärger
nahezu magnetisch an und manchmal empfand Matteo ehrliches Mitleid mit ihr.

Vor einem Club in seiner Seitengasse blieben seine Brüder urplötzlich
stehen und Matteo prallte gedankenversunken gegen Tobias.

»Wir gehen da jetzt rein«, bestimmte er und Emmanuel suchte bereits
nach seiner Geldbörse. Ab und an nutzten sie es, etwas bekannter zu sein
und schoben sich in die VIP-Schlange. Matteo musterte die Mädchen in
den knappen Outfits und den zu hohen Schuhen, die sichtbar ungesund
für ihre Füße waren. Als sie sich anstellten, spürte er, wie die weiblichen
Gäste ihn musterten. Das war der Promi-Effekt.

Tobias hatte diesen entdeckt, als er einst bei einer Gala in Jeans und
Shirt ankam. Zuerst wurde er ignoriert und sein gutes Aussehen allein
hatte die Mädels nicht beeindruckt. Als sie sahen, dass er ohne Begleitung
und nur durch Nennung seines Namens hinein gelassen wurde, warfen
sie sich ihm förmlich an den Hals. Er nutzte das gern aus und Matteo

verurteilte es innerlich ein wenig. In seinen Augen war es abwertend den Frauen gegenüber. Wahrscheinlich handelte Tobias so, weil er selbst ein eher schwieriges Verhältnis zu Frauen und besonders zu seiner Mutter hatte. Die gesamte Geheimnistuerei bezüglich seiner Herkunft nahm er ihr seit Jahren übel. Matteo glaubte zwar nicht, dass er ernsthaft wütend auf sie war, doch er war sich sicher, er verurteilte sie dafür, seinen Vater nie geheiratet zu haben. Eine Hochzeit hatte allerdings nie zur Debatte gestanden, sie alle waren die Ergebnisse von Clemenz Niers dämlichen Aktionen und die Summe seiner unzähligen Lügen.

Jason und Miles waren weit genug weg und lebten problemlos ohne ihren Erzeuger. Jason hatte zwei kleine Geschwister und Miles war ein Einzelgänger, kam besser ohne andere Menschen zurecht und Matteo war ebenso lieber auf sich allein gestellt. Er vertraute niemandem, weil die meisten Menschen ihn ohnehin nur enttäuschten. Damit hatten seine Familie bereits sehr früh angefangen.

Auch hier war sein Vater der erste gewesen.

Der Club stank nach Parfüm, Bier und Hanf, fluoreszierendes Licht tanzte durch die künstlichen Nebelschwaden und bläulicher Zigarettenqualm stieg nach oben. Matteo verspürte nach wenigen Metern ein Brennen in den Augen. Emmanuel ging voran, als wäre er schon einmal hier gewesen, Tobias bahnte sich indes den Weg zur Bar. Matteo lehnte sich zu ihm und wollte eine Cola bestellen, aber er war zu spät und sah nur noch dessen Haarschopf in der Masse verschwinden.

»Ziemlich viele Leute hier«, schrie Emmanuel über eine Schar Köpfe. Matteo schaffte es nicht zu antworten, weil ihn die Menschenmassen hin und her stießen. Er zog seinen Arm nach vorn und klopfte mit der flachen Hand gegen die Hosentasche, um zu prüfen, ob seine Geldbörse noch vorhanden war.

Irgendwann fanden sie, umgeben von blauen Scheinwerfern und lauter Technomusik, einen Stehplatz, der noch frei war und besetzten den Tisch. Tobias kehrte nach einer kleinen Ewigkeit zurück, balancierte drei großen Gläser gefüllt mit einer seltsam leuchtenden Flüssigkeit.

Müde glitt Matteos Blick durch die vollgestopfte Diskothek. Das Licht flackerte, benebelte ihn, die Musik vibrierte durch seinen Körper, der Bass kitzelte an den Fußsohlen. Emmanuel hatte bereits eine Blondine angelockt und legte eine Hand an ihre Taille, während sie ihn anlächelte.

Als er zur Tanzfläche sah und die jungen Leute beobachtete, die sich wie Roboter auf Drogen zu der basslastigen, ewig andauernden Musik bewegten, verlangsamte sich plötzlich alles. Er starrte in die eingefrorene Masse an Menschen und umklammerte das kalte Glas fester. Seine Hand fing an zu zittern, während sich ein drückendes, seltsam dumpfes Gefühl in seinem Bauch ausbreitete und durch seinen Körper kroch. Es lähmte nach und nach all seine Gliedmaßen, seine Haut fühlte sich taub an. Ein Schauer enormer Verletzlichkeit beschlich ihn, als würde er allein in einem riesigen Raum stehen, keiner ihn wahrnehmen und seine Umgebung sich immer weiter ausbreiten. Erst, als seine Hände so stark zitterten, dass er sich mit dem Getränk bekleckerte, löste sich das Gefühl auf.

Alles bewegte sich wie gewohnt weiter und Matteo bemerkte, dass er die Luft angehalten hatte.

»Hey.«

Er zuckte zusammen und stellte erschrocken das Glas auf den kleinen Tisch. Sein Blick glitt kurz über seine Brüder, die ihn schräg von der Seite musterten. Besonders Emmanuel sah irritiert aus, die Blondine neben ihm war verschwunden. »Alles okay?«

Matteo wischte sich kurz mit der Hand durch das Gesicht und holte tief Luft.

»Ja ... Ja, alles okay.« Aufgrund der Lautstärke im Club sprach er lauter und blinzelte die restlichen Gefühle davon. »Ich ... komme gleich wieder.«

Ohne sich nochmals nach seinen Brüdern umzusehen, drehte Matteo auf dem Absatz um und bahnte sich ungeschickt einen Weg durch die tanzende Meute. Er suchte nach den Toiletten, fahndete nach einem Hinweisschild, fand jedoch keine. Seine Fingerspitzen kribbelten und er stieß, gegen eine Säule und änderte seinen Weg. Wo war der Ausgang? Er musste hier raus, so schnell es ging.

Er hatte keine Ahnung, was auf einmal mit ihm los war. Sein Herz schlug zu schnell, schien gefühlt die Rippen sprengen zu wollen. Unbewusst griff er sich an die Brust, hielt sich fest und irgendwie zusammen. Er hatte das Gefühl auseinanderzubrechen.

Halb blind stolperte er nach draußen und ignorierte die seltsamen Blicke der Jugendlichen, die bei den Garderoben anstanden. Irgendwer rief ihm ein paar Worte zu, Matteo lief jedoch unbeirrt weiter. Am Ausgang angekommen, sog er gierig den Sauerstoff ein und klammerte sich am

Geländer neben der Tür fest. Er hielt die Augen geschlossen, weil er fürchtete, sonst umzukippen. Die Jugendlichen, die sich nach draußen begaben, um zu rauchen, musterten ihn, doch Matteo gab nichts darauf. Er holte erneut tief Luft.

Okay. Es war alles okay.

Er legte den Kopf zurück und starrte in den weit entfernten Sternenhimmel, der vom Smog der Stadt teilweise verborgen war. Dunkel, wie manche seiner Tage und Gedanken. Plötzlich rempelte ihn jemand an und er fiel nach vorn, aus seinem Gedankenkarussell gerissen. Genervt rieb er sich die Schulter und raffte sich auf, um in den Club zurückzugehen.

Alles ging irgendwie weiter.

»Du musst den Pinsel anders halten.« Noah griff über den Tisch und nahm dem Jungen sanft das Malwerkzeug aus der Hand. »Schau zu.« Er legte ihn in die Kuhle, die sein Zeigefinger und sein Daumen bildeten und ließ die Metallspitze auf seinem Mittelfinger ruhen. »Siehst du? Damit hast du ihn besser unter Kontrolle und kannst ruhiger malen.«

Der Junge hatte hellgraue Augen und ein kindlich-weiches Gesicht. Einzig die große Narbe an seiner Wange entstellte ihn. Er war kleiner als alle anderen und dennoch der Älteste in der Runde. Granny Jude sagte, dass viele Kinder keine Eltern besaßen, sondern nur Menschen, die sie geboren hatten. Manche Familien waren kein Segen und nur eine reine Last.

»So, probiere es noch mal.« Er gab ihm den Pinsel zurück. Nachdenklich sah der Junge ihn an. Das Veilchen in seinem Gesicht war kaum zu erkennen, nur noch eine verblassende Erinnerung. Noah war deswegen nicht mehr wütend, eher grundsätzlich enttäuscht über die Menschheit, die kleinen Kindern so etwas antat.

»Noaaaah«, klagte es von der Seite. Lisa, ein aufgewecktes, gleichwohl anstrengendes Kind, hatte sich halb auf den Stuhl gestellt und über den Tisch gebeugt. Sie malte nicht mehr, sondern suchte nach seiner Aufmerksamkeit.

»Was hast du, Lisa?« Noah sagte dies, ohne sie anzusehen, ließ seinen Blick nach links gleiten und betrachtete das Bild, welches Finn neben ihm malte. Viele Regenbögen und Farben, ein gutes Zeichen.

»Ich möchte nicht mit Wasserfarben malen.« Lisa warf den Pinsel in die Mitte und eines der Kinder sah empört auf, als Wasser auf ihr Papier spritzte.

»Warum nicht?«

Sie pustete sich ein paar Haarsträhnen aus dem Gesicht und zog eine Schnute.

»Weil es öde ist und dumm.«

Lukas, dem Noah zuvor gezeigt hatte, wie man den Pinsel richtig hielt, sah sie genervt an.

»Ich mag Wasserfarben.«

Lisa musterte ihn kurz und streckte ihm die Zunge raus.

»Du bist ja auch doof.«

»So etwas sagt man nicht.« Noah sah sie ernst an. »Entschuldige dich.«

Sie verzog den Mund, murmelte aber eine Entschuldigung in Lukas' Richtung und Noah lächelte. »Komm, wir holen dir Buntstifte. Damit kannst du ein Haus auf deine schöne grüne Wiese malen.«

Ein breites Grinsen landete auf ihren Zügen und sie erhob sich, lief zu ihm und nahm seine Hand. Gemeinsam gingen sie zum Kunstschrank und suchten sie ein paar Stifte heraus, mit denen sie stolz zurücklief. Noah setzte sich an den Tisch, nahm sich ein kleines, buntes Blatt Papier, legte es vor sich auf die grüne Schnittmatte, faltete es vorsichtig und glättete mit dem Falzbein die Kanten. Jeden Tag machte Noah Origamischwäne. Er nahm sie mit in die Klinik und verteilte sie in den Zimmern der neuen Patienten, um sie ein wenig aufzuheitern und willkommen zu heißen. Zu Beginn hatte es nur ein kleiner Versuch sein sollen, um seine ersten erbärmlichen Schwäne unterzubringen. Schwester Anita sagte, dass es eine wundervolle Geste war, und bat ihn irgendwann für die Jugendpsychiatrie ein paar Figuren zu basteln. Danach versuchte Noah sich an Kranichen, kleinen Booten und Ähnliches, die Schwäne kamen trotzdem am besten an. Er faltete jeden Tag um die zwanzig und verteilte sie wahllos auf ein paar Zimmer, wenn er abends die netten Schwestern und Pfleger in der Psychiatrie besuchte, die jahrelang an seiner Seite gewesen waren und dank denen er erfolgreich seine Ausbildung zum Ergotherapeuten schaffte.

Sein Dasein war schwer mit Worten zu beschreiben. Nicht, weil es einzigartig oder aufregend war, sondern weil er glaubte, den Sinn des Lebens unlängst verstanden zu haben. Es ging nicht darum, erfolgreich zu sein, sondern jeden einzelnen Tag als Erfolg anzusehen. Stilvoll zu sterben und nie vergessen zu werden war das Ziel danach. All das hatte er an dem Tag verstanden, an dem seine Mutter sich das Leben nahm.

»Kannst du mir auch einen Schwan basteln?«, fragte Lisa und Lukas lehnte sich ein wenig vor und beobachtete ihn. Sein Mund stand leicht offen und Noah lächelte.

»Magst du lernen, wie es geht?«

Lukas nickte leicht. Sein Gesicht war so weich und das verblassende blaue Auge und die Narbe verschandelte es.

»Komm rüber, ich zeige es dir.«

Lukas lächelte und sprang auf. Egal, was geschah, er verlor niemals sein Lächeln.

Mit einem Brettspiel unter dem Arm lief er den kiesbedeckten Weg entlang, unter seinen Schritten knirschten die Kiesel leise. Es war seltsam dunkel geworden, Regenwolken zogen sich zusammen, ein Gewitter nahte. Er konnte es riechen, die Luft duftete anders, sobald sich Regen ankündigte.

Noah schulterte seinen zerfledderten Rucksack, in dem er seinen Einkauf verwahrte und hielt ihn mit einer Hand am Schulterriemen fest. Mit der anderen drückte er das Brettspiel an seine Seite und war froh, als er endlich durch die automatische Tür trat und angenehme Wärme empfing. Ruth nickte ihm von der kleinen Anmeldung am Haupteingang zu und Noah lief durch das Pflegeheim, lockerte seine Kapuze im Nacken und schob den Hut ein wenig zurück. Er kratzte sich am Kinn, welches aufgrund der fehlenden Rasur und den neuen Bartstoppeln juckte und ging, ohne über seinen Weg nachzudenken, in den Wohnbereich.

Zu seiner linken war ein riesiger Essensraum, welcher soeben gewischt wurde und der Auszubildende nickte ihm grüßend zu. Noah erwiderte den Gruß und bog nach rechts, lief zum Schwesternzimmer.

Frau Müller-Schönau saß hinter dem Tresen und las eine Frauenzeitschrift. Sie hatte es sich bequem gemacht und sich im Stuhl zurückgelehnt. Blinzelnd sah sie auf, als er zu ihr trat.

»Oh, ist es schon sieben Uhr?«, fragte sie.

»Zehn vor.«

Frau Müller-Schönau seufzte.

»Die Zeit vergeht ... die Mädels sind gerade bei Granny Jude. Wartest du einen Moment?«

Er nickte, sah sich auf der Theke um, erblickte eine kleine Schale mit Bonbons und nahm sich zwei. Frau Müller-Schönau las in ihrem Magazin weiter, während Noah in den Aufenthaltsraum der Station spazierte, in dem sich eine kleine Küchenzeile befand. Aus dem Küchenschrank nahm er sich eine der Wasserflaschen. Langsam glitt sein Blick nach draußen. Er gähnte, es war spät für ihn und morgen würde der Tag lang sein. Am Vormittag hatte er zwei Therapiestunden mit älteren Leuten und er wollte Muffins für sie backen.

Kurz überlegte er und sah sich nach Frau Müller-Schönau um.

»Hey, habt ihr zufällig ein Muffinblech da?«, fragte er, stellte seinen Einkauf beiseite, während ein lautes ›Ja‹ zu ihm drang. Noah beschloss, die gekauften Kirschen in die Muffins zu geben.

Er holte die Zutaten aus seinem Rucksack und dem Schrank und rührte einen Muffinteig zusammen, während hinter ihm die Pflegerin mit Granny Jude aus dem Zimmer kam und ihren Rollstuhl an den Tisch schob.

»Ein schöner Rücken kann auch entzücken«, erklang es mit der alten, leicht sonoren Stimme hinter ihm amüsiert.

»Ich möchte nur rasch die Muffins für morgen fertig machen. Und ich weiß, du magst gern kosten.« Noah drehte sich halb zu ihr, ein Lächeln auf den Lippen. »Oder denkst du, es wäre für dein tolles Weight Watchers Programm nicht gut?«

»Verschone mich mit Kalorienzählen und gib mir meinen Muffin, du kleiner Klugscheißer. In meinem Alter wartet man nicht mehr.«

Noah lachte leise, gab den Teig vorsichtig in die Förmchen, wusch sich die Hände und drehte sich zu Granny Jude. Die alte Dame saß mit einer roten Decke auf dem Schoß im Rollstuhl und sah ihn aus ihrem lieben Oma-Gesicht an. Sie hatte helle, weise Augen und schmale, faltige Lippen.

Ihre Hände waren mit pergamentartiger Haut überzogen und mit Flecken übersät, allerdings waren ihre silbernen Haare perfekt gestylt und ließen den Blick auf ihre Perlenohrringe frei. Noah liebte die alte Frau dafür, dass sie obgleich des wachsenden Hirntumors und dem hohen Alter nicht vergaß, wie schön es war, sich gut zu fühlen. Er kannte sie nicht zerzaust oder ungepflegt. Granny Jude war der funkelnde Diamant im Raum. In jeder Hinsicht.

»Du siehst um keinen Tag älter als 70 aus, Granny«, meinte er und sie lachte.

»Du schmeichelst mir.« Sie nickte zu dem Muffinblech. »Für wen backst du?«

»Die Seniorengruppe, die ich morgen habe. Die werden grantig ohne Zucker und finden diese sanfte Rebellion gegen die Diabetes ziemlich gut.«

»Kann ich verstehen.« Langsam griff sie über den Tisch und zog den roten Brettspielekasten zu sich heran. »Während du so tust, als könntest du backen, werde ich unser Spiel aufbauen.« Noah grinste und beugte sich zum Ofen hinab, um das Blech hineinzuschieben. Er fegte sich eine blaue Strähne aus dem Gesicht, pustete sie nachträglich weg und setzte seinen Hut ab.

»Du weißt schon, dass ich gestern gewonnen habe, oder?«, meinte er und suchte den Zuckerguss. Hinter ihm schnaubte Granny Jude höhnisch.

»Oh *please*«, sagte sie mit ihrem wundervollen britischen Akzent. »Das war reines Glück, *my darling*.« Er vernahm den lieb gemeinten Spott in ihrer Stimme.

»Du glaubst nicht an Glück, Granny Jude.«

»Ich glaube auch nicht, dass du Schokoladenmuffins backen kannst, wie meine Großmutter es früher getan hat. Ich würde sie dennoch kosten, um sie bewerten zu können.«

Er schüttelte ein wenig den Kopf und rührte mit dem Schneebesen die Glasur an, wusch sich erneut die Hände und drehte sich zum Tisch.

»Gut, meine Liebe. Heute werde ich dich in allen Runden besiegen.«

Granny Jude lächelte und zeigte schlohweiße Zähne.

»Versuch es, mein Lieber. Es gewinnt sowieso nie derjenige, der es verdient.«

»Und dieses Mädchen ... keine Ahnung, man. Aber sie ist einfach ...« Eine Kunstpause. »Einfach ...« Eine weitere Pause. Matteo rieb sich genervt die Nasenwurzel. »Einfach perfekt, weißt du?«

Tobias saß am Boden, lehnte sich an das Bettgestell und warf in unregelmäßigen Abständen einen kleinen Gummiball gegen die Schranktür. Matteo hatte ihn gefühlte hunderte Male darum gebeten, es unterlassen, Tobias überhörte ihn. So war er eben.

»Du hast also wieder eine zum Flachlegen kennengelernt. Gratuliere«, gab er gelangweilt von sich, streckte die Arme aus und betrachtete seine Hände. Er lag rücklings auf dem Bett und starrte seit Minuten gegen die graue Zimmerdecke, hörte seinem Halbbruder nur halbherzig zu. Die Deckenlampe war grässlich und hing schief.

»Nein, man.« Tobias unterbrach das rhythmische Klopfen mit dem Gummiball. »Sie ist *echt* was Besonderes.«

Leise seufzte Matteo.

»Tobi, nimm's mir nicht übel, aber jedes Mädel ist irgendwie was Besonderes für dich. Du gehst zweimal mit ihr aus und vögelst sie und stellst später fest, dass dich tausende Dinge an ihr stören. Ich meine«, er lachte freudlos auf, »du hast mit einer Schluss gemacht, weil sie angeblich zu laut gekaut hat.«

Tobias stöhnte augenrollend auf, der Ball prallte erneut gegen die Schranktür.

»Das war wirklich ein Problem, Matti. Weißt du, *wie* laut sie gekaut hat? Selbst die am Nebentisch waren genervt.«

»Nenn' mich nicht Matti!«

»Außerdem waren ihre Eltern komisch.«

»Waren das die Zeugen Jehovas?«

»Nein, das waren die Eltern von Nadine. Die von Katrin waren einfach an sich schräg, die haben Golf gespielt.«

»Wow. Wie Psychopathen.«

»Sage ich ja.«

Matteo zog sein Kopfkissen am Zipfel zu sich und donnerte es seinem Bruder auf den Kopf.

»Hey!«, klagte dieser nach dem hinterhältigen Angriff.

»Du bist ein Idiot«, meinte Matteo grummelnd. Tobias rutschte vom Bettende weg, drehte sich und sah zu ihm. Fragend legte er den Kopf zur Seite.

»Toll, danke für die Feststellung«, maulte der Blondschopf und rollte mit den Augen. »Und warum?«

Leise seufzte Matteo beinahe resignierend.

»Weil du darauf wartest, an jemanden herummäkeln zu können. Du machst dir das Leben unnötig schwer.«

Matteo wusste, wovon er sprach, aber er erlaubte sich keinerlei tiefgründige Gedanken dazu.

»Und das sagst gerade du«, gab Tobias leise schnaubend von sich.

»Bitte? Was meinst du damit?« Matteo blinzelte irritiert.

»Ich meine … du machst es dir doch seit Monaten schwer. Seitdem die ersten Gerüchte in der Zeitung waren, bist du nur noch am Meckern.«

Empört blies Matteo seine Wangen auf.

»Das stimmt überhaupt nicht!«

»Oh komm schon … du bist letztens in der Disco plötzlich verschwunden und als du wieder da warst, hast du nur noch gejammert.«

Matteo spürte, wie sich sein Herz verkrampfte und er presste die Lippen fest aufeinander. Einen Moment lang vergaß er zu atmen, knautschte das Kissen fest in seinen Händen und unterbrach den Blickkontakt zu Tobias. Er wusste nicht, was er dazu sagen sollte. Eigentlich hatte sein Halbbruder recht, nur, dass Matteo neulich nicht gejammert hatte, sondern nach dem kleinen Anfall voller Panik zurückgekehrt war und darum gebeten hatte, nicht mehr allzu lange zu bleiben. Das Gefühl, welches ihn plötzlich beschlichen hatte, war seit jenem Abend nicht gewichen und lag wie ein beginnender Schnupfen auf seiner Zunge.

Es war ihm nicht möglich Tobias und Emmanuel zu erklären, wie er sich fühlte. Er fand nicht die richtigen Worte, die das Empfinden treffend umschrieben.

»So war das gar nicht«, gab er gepresst von sich. Bevor Tobias etwas erwidern konnte, klopfte es. Matteo bat herein und Melinda stand in seiner Zimmertür.

»Wo ist Coconut? Der Hundesitter kommt gleich«, fragte sie. Matteo sah zur Uhr auf seinem Nachttisch. Langsam schob er den Wecker gerade. Es war schon nach neun, seine Mutter war immer noch nicht zu Hause.

Sicherlich hatte sie ein Meeting, wie letzte Woche. Und die Woche davor. Und etliche andere Wochen.

»Warum kommt der eigentlich jeden Tag so spät?« Er erhob sich und schlurfte zu Melinda.

Diese hob verwundert eine Augenbraue.

»Weil du die Zeiten nie angepasst hast. Deswegen kommt er so spät. Fürs Gassi gehen werde ich nicht bezahlt.« Matteo schnaubte und lief aus dem Zimmer, hielt nach Coconut Ausschau.

»Wie viel kriegt der dafür, dass er meinem Hund die Scheiße nachträgt?« Seine Stimme klang genervter, als er es beabsichtigte. Er rief nach dem Aussie, lauschte in den Flur hinein, von wo der Hund angelaufen käme, während ihm Melinda folgte. Tobias blieb im Zimmer zurück und warf erneut den Ball gegen den Schrank.

»Genügend.«

»Coconut! Hey!« Er pfiff. Wo steckte sein Hund nur? »Komm her.«

Irgendwo auf der zweiten Etage raschelte es und mit einem Mal kam der Hund angerannt, zog eine halb fliegende Rolle Klopapier hinter sich her. Lustlos sammelte Matteo das Klopapier ein und seufzte.

»Da ist er ja.«

Matteo blieb oberhalb der Treppe stehen und sah zu, wie Melinda Coconut die Leine umband und mit einem ›Bis dann, Noah‹ zur Haustür brachte.

Okay, Noah hieß der Typ also. Darüber hatte er sich nie Gedanken gemacht, er hatte ihn noch nie gesehen oder ein einziges Wort mit ihm gewechselt. Er war ein Angestellter, wie ihr Gärtner.

»Habe ich dir schon ihren Namen gesagt?«, fragte Tobias plötzlich, stoppte in der Bewegung und umklammerte den kleinen Ball. Konfus sah Matteo zu ihm, als er zurück ins Zimmer kam.

»Wessen Namen?«

Sein Bruder rollte mit den Augen. »Na von dem Mädel, das ich kennengelernt habe.«

Matteo schüttelte den Kopf und warf sich auf sein Bett. Erneut starrte er zur Decke und verspürte das Bedürfnis nach Ruhe. Vor allem in seinem Kopf. Tobias schwieg ein paar Sekunden, in denen Matteo sich vorstellte, in ein graues Loch zu fallen, ohne je den Boden zu berühren.

»Sie heißt Lola.«

KAPITEL 3

»Meine Tochter arbeitet für eine reiche Erbin und ihren verwöhnten Sohn.« Frau Müller-Schönau biss in den Apfelmuffin und wischte sich über den Mund. »Erinnerst du dich, Noah? Ich hatte dir vor einer Weile deren Nummer gegeben, weil sie einen Gassigeher für den ebenso verwöhnten Hund brauchten.«

Noah schob ihr die Schale mit den Keksen zu, die er gestern auf der Kinderstation gebacken hatte und musterte sie. Er wusste, von wem sie sprach.

Der Hund war nicht verwöhnt, sondern gut erzogen. Noah bekam oft Komplimente, wenn er mit Coconut um die Häuser zog, da er brav und dennoch unheimlich neugierig war. Und obendrein war er niedlich.

»Und heute erfuhr ich zufällig, dass die nicht nur reich, sondern in richtige Skandale verwickelt sind!« Sie beugte sich vor und sah eine der Pflegerinnen an, die große Augen bekam und langsam nach einem der Muffins griff.

»Was meinen Sie?«, fragte die junge Frau nach, während die das Papier von der Leckerei löste

Noah stand auf, er hörte nicht mehr zu, da ihn Klatsch nicht interessierte. Für die Frauen war es scheinbar lebensnotwendig, daran erinnert zu werden, dass nicht nur ihr Leben komisch war. Frau Müller-Schönau hatte damals vermittelt, als er auf der Suche nach einem Nebenjob während seiner Ausbildung gewesen war. Er hatte gern mit Hunden zu tun und deswegen war die Stelle ganz nach seinem Geschmack. Frau Kowalk zahlte gut und er verbrachte gern Zeit mit dem niedlichen Tier. Noah mochte Coconut und hatte sich oft gefragt, wie dessen Herrchen wohl war. Ob die guten Eigenschaften des Hundes auch auf diesen zutrafen? Irgendwie hatte er ihn nie kennengelernt, weil dieser meistens abwesend war. Er gab zu, dass er sich bisher wenig Gedanken um den Besitzer gemacht hatte.

Noah lief zur Terrasse und trat hinaus, spazierte hin und her, strich mit den Fingerspitzen über die schmutzigen Balkontische und setzte sich in einen der Stühle. Er lehnte sich zurück und starrte in den Himmel, zählte unbewusst die Wolken.

Gedanklich ging er seinen Tagesplan durch und überlegte, wie er spät abends von der Stadt aus zurückkommen würde. Doch er fand gewiss eine Lösung und notfalls nahm ihn Benjamin bestimmt mit. Heute war er mit schrecklichen Kopfschmerzen aufgewacht. Zwei Espresso später waren sie Geschichte und er auf direktem Weg in das Seniorenheim, um die Tageszeitung vorzulesen. Danach hatte er sich auf den Weg ins Krankenhaus begeben, dort mit der Kinderstation gebacken und ein paar Origamifiguren gebastelt und seit dem Mittagessen war er hier. Er hatte noch vieles zu erledigen. Ein Drama in drei Akten.

Freiwillige Arbeit gelang eben nur mit großem Einsatz. Seine Mutter sagte damals, dass Dinge, die man nicht mit voller Überzeugung tat, keinen Wert hatten. Halbherzigkeit hatte es bei ihr nicht gegeben. Im Gegensatz dazu war sein Vater ein recht pragmatischer Mensch. Andreas Laurisch mochte Schlichtheit und Eindeutigkeiten. Er redete selten um den bekannten heißen Brei herum und mit Ironie oder Sarkasmus wusste er wenig anzufangen. Manchmal fragte sich Noah, wie seine Eltern sich kennen und lieben gelernt hatten. Wie zwei derart unterschiedliche Pole aufeinandertreffen konnten. Physikalisch war das kaum zu erklären.

»Schöner Tag heute, nicht wahr?« Noah drehte den Kopf und sah Benjamin, der nach draußen gelaufen kam. Der Auszubildende stand locker angelehnt in der Tür, zündete sich eine Zigarette an.

»Ein ziemlich schöner Tag«, erwiderte Noah und seufzte. »Wie geht es dir? Kommst du mittlerweile zurecht?«

Benjamin hatte die Ausbildung erst vor zwei Monaten angefangen und kam bisher nicht mit seiner Chefin klar. Noah wusste, welche Knöpfe man bei Frau Müller-Schönau drücken musste und nach ein paar gut gemeinten Ratschlägen, war der Auszubildende seit neustem guter Dinge und schien zufriedener.

Benjamin blies den Rauch in den Himmel.

»Ja, es wird langsam. Frau Müller-Drache ist nicht mehr ganz so … *drachig*, wie noch zuvor.«

Noah lächelte über diese Aussage.

»Ich wusste, ihr würdet zurechtkommen. Hast du offiziell Pause?«

Leise brummte Benjamin bejahend.

»Chefin sagt, ich soll mich zwanzig Minuten zurückziehen.«

»So kann man jemanden auch nett sagen, dass er sich verpissen soll.«

Erneut grinste Noah, Benjamin zuckte lediglich mit den Schultern und zog wieder an seiner Zigarette.

»Du weißt doch, um Worte ist sie nie verlegen. Sie verpackte es nur anders.«

Noah wollte etwas erwidern, das Klingeln seines Handys unterbrach ihn jedoch. Mit einem entschuldigenden Blick zog er es aus der Hosentasche. Es war Lola, die um diese Uhrzeit ebenso Pause hatte. Er setzte sich bequemer hin und nahm den Anruf entgegen.

»NoNo, ich muss dir etwas erzählen!«, begann sie, ehe er sich meldete, und fuhr gleich fort. »Ich war doch am Wochenende bei meinem Bruder in Berlin. Du weißt schon, Dirk, der in einem Club als Türsteher arbeitet. Na ja, jedenfalls hat er nicht frei bekommen und ich bin mit ihm zu dem Club, um mich dort mit seiner Freundin und deren bester Freundin, ich glaube, sie hieß Lisa, zu amüsieren. Du weißt ja, zwei Cosmopolitans und alle Schranken sind offen. Ich trinke zwar lieber Gin Tonic, aber nun ja. Und die hatten echt coole Sachen auf der Karte. Es gab sogar warme, alkoholische Getränke. Kaffee mit Baileys! Tolle Sache. Und wir waren an der Bar, haben uns gerade unterhalten, als dieser süße Blonde neben mir stehen blieb. Erst hat er mich nicht bemerkt, aber als er seine Getränke bestellt hat, sah er mich an. Gott, der Kerl hatte die schönsten Augen ever! Und er machte ›hey‹ zu mir, nahm seine drei Gläser und ging wieder. Fuck, ich schwöre dir, ich hätte ihn am liebsten in den Arsch getreten! Jedenfalls musste Katy irgendwann aufs Klo und du kennst das, wir gehen nie allein. Ich bin also mit und stand draußen ziemlich deplatziert herum, als hätte man mich nach der Schule nicht abgeholt und manche haben mich total dämlich angestarrt, als plötzlich Blondchen auftauchte. Er erkannte mich gleich, weil … grüne Haare fallen eben auf. Und ich machte nur ›hey schon wieder‹ und er lächelte totaaal süß! Noah, ehrlich … der Typ ist der Hammer.«

Der Monolog endete kurzzeitig, Noah schwieg weiterhin. Er kannte Lola und konnte es ihr anhören, wie unglaublich aufgeregt sie aufgrund dieses Erlebnis war. »Er wollte mir was sagen, was echt eine behämmerte Idee bei dem Krach im Club war – man sollte das nicht als Musik bezeichnen dürfen – und nickte irgendwann zur Bar. Ich nickte ebenso und fuck, er hat mich echt auf einen Drink eingeladen! Mann, ich kenne das sonst nur aus Filmen, aber wow … ich fand das unglaublich toll. Da wir nicht wirklich miteinander sprechen konnten, musste er sich zu mir lehnen und schrie mir ins Ohr, dass er seine Brüder im Getümmel verloren habe. Und ich dachte nur: ›Wow. Ob die auch so gut aussehen?‹ Ich meinte, dass ich schon bessere Anmachsprüche gehört hatte, ich ihm dennoch unentgeltlich bei der Suche helfen würde und er gefälligst stolz darauf sein sollte. Dann marschierten wir los und suchten diese Typen … wir fanden den ersten Bruder, aber den zweiten nicht und irgendwann saßen wir draußen auf den Stufen des Clubs und quatschten. Über alles Mögliche, Gott, die Welt … der Rest ist egal, aber ich sage dir, ich bin immer noch zittrig deswegen. Er hat meine Nummer und wenn mich nicht alles täuscht, hat er bereits versucht anzurufen. Weil … NoNo, der Typ … keine Ahnung, ich denke, er ist echt was Besonders. Klischeehaft, oder?«

Noah nickte langsam und meinte: »Etwas, ja.«

»Ich denke, ich gebe ihm eine Chance.«

Benjamin drückte seine Zigarette im Aschenbecher aus, zündete sich die nächste an und musterte Noah mit einem äußerst fragenden Blick.

»Das solltest du auch«, sagte dieser ins Telefon und schnitt Benjamin eine Grimasse.

»Okay. Okay!« Lola klang euphorisch und fiepte in den Hörer. »Ich muss auflegen. Sehen wir uns bald?«

»Bestimmt.«

»Hab dich lieb, NoNo.«

»Ich weiß.« Noah legte auf und schob sein Handy in seine Hosentasche. Benjamin hatte das Gespräch nicht belauscht, anscheinend trotz allem deutlich Lolas Stimme vernommen.

»Wow. Ich wusste ja, dass Männer wenig am Telefon sagen, aber das …«, meinte er und machte eine leicht wage Handbewegung. »Grenzwertig, Noah.«

»Meine beste Freundin ist eben so, aber ich mag das an ihr. Sie kann Sachen, die ihr passieren und die sie beschäftigen, nie lange für sich behalten. Hat auch Vorteile.« Benjamin hob fragend eine Augenbraue.

»Und welche?«

Langsam stand Noah auf und lief an ihm vorbei.

»Bei Lola weiß man schnell, ob sie einen mag oder nicht.« Er klopfte Benjamin auf die Schulter und spazierte hinein, sah Granny Jude bereits am Tisch sitzen und das Damebrett mit den darauf stehenden Figuren anstarrend.

»Du bist zu spät«, mahnte sie sanft, was Noah mit einem Grinsen kommentierte und setzte sich zu ihr.

»Dafür darfst du beginnen, Jude.« In ihrem Gesicht tauchte ein Lächeln auf und er war sich in einem Punkt sicher: nichts würde heute dieses Lächeln übertreffen.

Matteo starrte auf das Magazin in seinen Händen, welches er vor wenigen Minuten aus dem Briefkasten gezogen hatte und holte tief Luft. Stapelweise lagen die Klatschblätter auf der Kommode neben der Haustür. Er hatte in all den Jahren, die er ungewollt im Rampenlicht stand, gefühlt alle Frauen-Gossip-Zeitschriften abonniert, die es in Deutschland gab. Seine Mutter fand es lächerlich, ließ ihn jedoch seinen Willen und deswegen besaß er automatisch ein Exemplar daheim, wenn Gerüchte über ihn in einer Zeitschrift standen.

Es war, als hortete er sein Ich als Kopie, als würde er in den Spiegel schauen, sich sehen, erkennen und in den Magazinen jemanden erblicken, der zwar aussah und hieß wie er, aber nichts mit ihm gemeinsam hatte. Eine erdachte Kopie seiner selbst, wie ihn die Gesellschaft sah. Laut Reporter hatte er eine Freundin nach der anderen und ließ keine Party aus. Die aktuellsten Fotos stammten aus Berlin, als er allein aus dem Club gerannt war und *ja*, er sah betrunken aus. Er sah sich auf den zwei Fotos komplett verwirrt um, hielt sich fest, als könnte er vor lauter Alkohol im Blut nicht mehr gerade aus laufen. Dabei hatte er innerliche Panik durchlitten und keiner hatte es bemerkt.

Langsam lief er zurück in die Küche, blätterte weiter in dem Magazin und hörte Jessica weiterhin reden. Ihre Worte strömten an ihm vorbei.

»… und wenn ich den Bachelor habe, werde ich gleich mit dem Master beginnen. Ich habe zum Glück schon einige Kurse belegt, somit könnte ich die Zeit verkürzen. Vielleicht finde ich einen Job in der Zeit …«

Seufzend legte Matteo das Magazin auf die Kücheninsel, sah kurz zu seiner Freundin, die seit Minuten in einer halbvollen Schale Müsli herumstocherte. Seine Mutter stand heute zur Ausnahme aller Tage am Herd und briet Rührei. Das Einzige, was sie fähig war zu kochen, ohne alle in Gefahr zu bringen.

Manchmal kam Jessica zum Frühstück vorbei, wenn sie erst gegen Mittag zu ihren Kursen musste. Zu Beginn ihrer Beziehung hatte er es noch schön gefunden, mittlerweile störte es ihn. Aufgrund seines Semesters, welches er aussetzte, vermittelte sie ihm dadurch umso deutlicher, dass er versagt hatte. Vielleicht hätte er sich mehr zusammen nehmen müssen, wie es alle sagten. Genervt beobachtete er sie beim Essen, starrte nach einigen Augenblicken wieder auf die Zeitschrift und seufzte innerlich.

Seine Mutter Franziska, von allen Frances genannt, hatte sich die Haare lose nach oben gebunden und trug einen grünen Bademantel. Auch heute fand Matteo es lächerlich, wie extrem modern sie zu wirken versuchte. Deswegen war ihr Haus im amerikanischen Stil gebaut und überdurchschnittlich groß. Er hasste jeden unnötigen Quadratmeter, es erinnerte ihn daran, wie leer alles schien, vollkommen egal, wie viele Menschen darin lebten, oder wie viele teure Möbel herumstanden.

»Magst du Toast zu deinem Ei haben?«, fragte Frances ihn, balancierte die Pfanne zur Kücheninsel. Er rollte mit den Augen, während sie das Rührei auf einen Teller gab.

»Nein, danke«, knurrte er und pfefferte das Magazin über die Theke, rieb sich die Stirn. Wenige Sekunden später spürte er Jessicas Hand auf seinem Arm und unterdrückte die Versuchung, sie abzuschütteln. Es würde sie nur verwirren und mehr Fragen brauchte er nicht.

»Wann bist du heute zuhause?«, fragte Jessica und aß einen Löffel kalorienarme Körner. Matteo zuckte mit den Schultern. Zwar hatte er nur an zwei Tagen in der Woche Aufbaukurse, er konnte es sich dennoch nicht merken.

»Die Kurse gehen bis drei, vielleicht also gegen vier«, mutmaßte er, sah auf den Teller, den seine Mutter ihm hinschob. Das Rührei sah aus wie gelber Bastelkleber und Papierfetzen. Langsam schob er den Teller gerade, drehte das Motiv am Rand zu sich, hob die Kaffeetasse zum Mund, trank einen Schluck und stellte sie akkurat zurück.

»Wir könnten heute ins Kino gehen?« Jessica klimperte mit ihren langen Wimpern und sah ihn lächelnd an. Sanft übte sie mit ihrer Hand Druck auf seinen Arm aus. Ihre Fingernägel gruben sich in seine Haut und Matteo betrachtete die Sicheln. Erneut musste er das Gefühl unterdrücken, sie von sich zu schieben. »Es wird dir gut tun etwas zu unternehmen, Schatz.«

Er bezweifelte, dass ein paar 3D-Effekte und reiche Schauspieler auf einer Leinwand ihm helfen könnten, sie meinte es jedoch in ihrem naiven Denken nur gut. Lustlos stocherte er in seinem Frühstück herum und seufzte. Immer wieder schob er den Teller gerade.

»Von mir aus …«

Er hörte seiner Stimme an, wie genervt er war. Jessica beschloss wohl, es zu ignorieren, lehnte sich zu ihm und presste ihm einen Lipgloss-Kuss auf die Wange.

»Iss, dann können wir losfahren«, meinte sie und drehte sich zu Frances, die eine weitere Ladung Rührei briet. »Hast du die neue Collection von Dior schon gesehen, Frances? Ich meine, sehen die Kleider nicht *fabelhaft* aus?«

Er klinkte sich gedanklich aus, das sinnlose Gebrabbel hielt er heute nicht aus. Eigentlich ertrug er es nie, er nahm es schlich und ergreifend hin. Jessica war eine Stilikone; sie trug die neusten Sachen und hatte Verträge mit einigen Modehäusern. Ihre Eltern waren ebenso reich wie arrogant. Matteo kam nicht mit ihnen aus, aber sie akzeptierten ihn. In den letzten Monaten hatte er jedoch kein einziges Mal bei Jessica übernachtet.

Nachdenklich sah er zum Küchenfenster und starrte hinaus, nicht in der Lage seine Gedanken zu ordnen. Seit einigen Wochen herrschte Chaos in seinem Kopf und er wusste nicht, warum. Alles, was um ihn herum geschah, kam ihm vor wie der Blick auf ein zu schnell fahrendes Auto: Schwer zu greifen. Er wusste nicht mehr, wann er zuletzt gelächelt hatte, weil es nichts gab, was ihm Freude bescherte.

Matteo war nicht glücklich und heute war ein Tag, an dem er diese Unzufriedenheit körperlich spürte. Sein Magen machte einige Purzelbäume und drückte Gallensaft in seine Speiseröhre. Er räusperte sich, doch es linderte die Magenschmerzen nicht im Geringsten. Langsam schob er den Teller beiseite und stand auf, lehnte sich kurz zu Jessica, die ausführlich über eine Modelinie sprach und gab ihr einen Kuss auf die Wange.

Sie wich zurück, weil er ihr Make-up ruinierte und genervt verzog er ein wenig den Mund. Wieder sagte er nichts, lief aus der Küche und ging ins Badezimmer.

Er schloss die Tür und setzte sich für einen Moment lang auf den heruntergeklappten Toilettendeckel. In seinen Ohren rauschte es und er glaubte den festen Stand unter seinen Füßen zu verlieren. Die Stimmen seiner Mutter und Jessica verschwanden in den Hintergrund und er hatte das Gefühl, den Bezug zu sich selbst zu verlieren. Fest kniff er sich in den Unterarm. Der Schmerz riss ihn zurück ins Hier und Jetzt.

Mit zittrigen Händen lief er zum Waschbecken und warf sich einen Schwall kühles Wasser ins Gesicht. Fahle Augen musterten ihn aus dem Spiegelbild. Wen er erblickte, wusste er nicht. Matteo hatte keine Ahnung, wie lange er sich angestarrt hatte. Als er sich losriss, betätigte er als Alibi die Spülung der Toilette und ging hinaus. Wenig später kehrte er blasser, als zuvor zurück und nahm seine Tasche.

»Jess, wir sollten los«, gab er schwach von sich. Seine Freundin sah zu ihm, ihr Gesicht war eine Maske, er konnte nicht erkennen, was sie dachte. Sie musterte ihn, schien jedoch nichts zu erkennen. Rein gar nichts.

Vielleicht trugen sie beide Masken.

Für einen Moment lang glaubte er, in seinen Gefühlen zu ertrinken, und Sekunden später war die Leere zurück, die er immer verspürte. Ein gefühlloses Nichts. Eine Art Loch unterhalb seines Herzens. Es war, als würde er innerlich fallen. Ohne Ende in Sicht. Wahrscheinlich gab es kein Ziel.

»Ich werde mir heute endlich eine neue Tasche kaufen«, meinte Jessica, zog ihren dünnen Mantel über und Matteo schloss seine Jacke. Er hörte ihr nicht zu. Es war ihm egal.

Es war ihm alles egal.

Sein Vater bestand aus einer Ansammlung aus Ölflecken, Löchern in der Arbeitshose, Schmutz an den Knien und Schmiere im Gesicht. Er stand inmitten der Werkstatt, hielt einen Schraubenschlüssel umklammert und starrte die Hebebühne hinauf, auf deren Plattform ein alter Golf ruhte. Sein Blick war der eines Künstlers, der eine Leinwand betrachtete und überlegte, wie er seinen ersten Pinselstrich setzen sollte. Er war fokussiert und dennoch stimmte das Bild nicht.

Noah wusste, was es war, aber er sprach es nicht aus. Es fehlte seit dem Tag, an dem seine Mutter sie verlassen hatte.

Andreas Laurisch ließ seine grauen Haare ab und an beim Friseur nachfärben, es hielt jedoch nie lange. Der 55-jährige war vor fünfzehn Jahren gealtert, als er allein im Ehebett erwacht war und verstand, dass es für immer so bleiben würde. Die grauen Strähnen in seinem Haar waren Zeugnisse davon.

»Hey Paps«, begrüßte Noah seinen Vater und schlenderte in die Werkstatt.

Sein Vater sah sich kurz verwirrt um und schenkte ihm ein halbherziges Lächeln.

»Oh, hey. Fertig für heute?«

Er lief erneut zum Wagen und inspizierte die Unterseite. Wie gewöhnlich setzte Noah sich auf eine der Plastikkisten, in denen ein paar Schrauben gelegen hatten und nickte.

»Ich habe uns Essen mitgebracht.«

Er zog zwei Nudelboxen vom Asiaimbiss aus seinem Beutel, stellte diese auf den kleinen Tisch mit Rollen und schob ein paar Schraubenzieher und Schraubenschlüssel beiseite. Von seinem Vater kam ein leises Knurren, offensichtlich gestört bei der Arbeit.

»Gib mir fünf Minuten.«

Es würden fünfzehn werden. Er beobachtete seinen Vater ein paar Augenblicke lang, erhob sich und lief in den kleinen Raum neben dem Büro. Früher hatte eine junge Frau hier gearbeitet und den Papierkram erledigt, bis sein Vater sie sich nicht mehr leisten konnte. Davor hatte seine Mutter all den Schriftverkehr getätigt und die Buchhaltung geführt, weil Andreas nichts davon verstand. Mittlerweile hatte er es mithilfe von etlichen Ratgebern gelernt.

Noah lief vorbei am Wirrwarr von Rechnungen, Kundenbelegen und diversen anderen Schriftstücken auf dem Schreibtisch und trat zum Waschbecken, an dem ein Becher mit Besteck stand. Rasch krallte er sich zwei Gabeln und ging hinaus.

Während er wartete, beobachtete er seinen Vater nachdenklich.

Noah hatte noch nie viel für Autos übrig gehabt. Er verstand deren Existenz und Notwendigkeit, sie waren in seinen Augen dennoch nichts Besonderes. Eine Kfz-Werkstatt war wie eine Notfallaufnahme für Fahrzeuge, sagte sein Vater, und er war deren Chirurg. Ziemlich dekadent. Dennoch war er nie auf die Idee gekommen, seinem Vater nachzueifern und ebenso Mechaniker zu werden. Dazu verstand er zu wenig von Technik.

Als sie die Werkstatt eröffnet hatten, war der Zulauf gigantisch gewesen. Noah war noch ein Kind und verbrachte seine Nachmittage zwischen den verschiedensten Autos, spielte in der Halle mit seinem Ball und durfte ab und zu mitschrauben. Die Angestellten, die sie damals beschäftigten, waren nett zu ihm und Andreas und Hannah kamen trotz der vielen Arbeit gut miteinander aus. Die gebürtige Irin hatte oftmals einen lockeren Spruch auf den Lippen und die Leute mochten sie. Sie liebten die Sonne, die aus ihrem Gesicht zu leuchten schien, wenn sie lächelte und manchmal sagte Andreas im Spaß, dass er sie zuhause festketten sollte, weil sie zu schön für diese Welt sei.

Noah hatte die blonden Haare seines Vaters und die hellen Augen und Sommersprossen seiner Mutter geerbt. Hannah brauchte nur wenige Stunden an der frischen Luft sein und sie traten auf ihrer blassen Haut hervor. Bei ihm tauchten sie nur auf, wenn er im Sommer lange am See war. Als Kind hasste er sie, heute jedoch war jede einzelne wie eine Erinnerung.

Andreas kam unter dem Auto hervor, wischte sich an einem schmutzigen Handtuch die Finger ab und drehte sich nochmals zu dem Wagen um.

»Ziemlich rostig, die alte Mühle. Bin gespannt, ob der Typ wiederkommt.«

Noah reichte ihm eine der Gabeln und Andreas zog sich eine Plastikkiste hervor, setzte sich.

»Liebe Grüße von Frau Müller-Schönau«, sagte Noah und spießte die ersten Nudeln auf. Sein Vater nickte.

»Danke. Wie war dein Tag?«

»Voller Lachen.« Noah lehnte sich zurück und grinste. »Ich habe heute fünfzig Origamischwäne mit den Kindern von der Station gebastelt. Sie waren ziemlich eifrig, ich werde nachher noch ein paar verteilen.« Erneut tauchte er die Gabel in die Nudeln. »Und ich war auf dem Friedhof und habe drei Ballons an das Grab einer Sechsjährigen gehängt, habe Blumen für Granny Jude gepflückt und …«

»… hast du mal darüber nachgedacht, wieder *richtig* zu arbeiten?«

Er hatte nicht gleich mitbekommen, dass sein Vater in allen Bewegungen innegehalten hatte. Als würde das Öl für seine Gelenke fehlen. Andreas starrte ihn an, als verstünde er nicht, was Noah ihm erzählte. Das hatte er noch nie. Deswegen versuchte er alles, um ihn dazu zu bringen, eine Vollzeitstelle anzunehmen. Er begriff nicht, dass Noah das nicht wollte, weil es ihm Zeit stahl.

»Ich arbeite doch, Paps.«

»Ich könnte mich umhören. Eine Vollzeitstelle als Ergotherapeut im Krankenhaus zum Beispiel, du könntest Lola fragen.«

»Nein, danke.« Noah stocherte in den Nudeln herum und sein Hunger verschwand. Als würde sein Magen schrumpfen und zu einem Knoten mutieren. Er stellte die Nudelbox ab und erhob sich. Spürte, wie seine Fassade langsam bröckelte, ein Rauschen einsetzte und entkam den weiteren Worten seines Vaters nur mit schnellen Schritten.

»Deine Mutter hätte sich das sicherlich gewünscht …«

Noah schloss die Tür, die zum Haus führte und lehnte sich dagegen. Langsam atmete er ein und aus und schloss die Augen, wartete, bis die plötzlich aufgekommenen Gefühle verschwanden.

Er brauchte sie nicht.

Tobias reichte Matteo das vierte Glas Gin Tonic. Er lallte bereits und kicherte wie ein überdrehtes Mädchen nach dem ersten Kuss, drückte ein paar Knöpfe auf einer kleinen Fernbedienung und die Stereoanlage heulte lauter auf. Etliche junge Leute tummelten sich auf dem großen Sofa, ein Pärchen war unter ihnen und die beiden massierten sich mit den Zungen die Mandeln. Matteo lehnte an der Bar und nippte an seinem Getränk, starrte in ihre Richtung, ohne sie bewusst wahrzunehmen.

»Scheiße, wie unerotisch«, witzelte Tobias.

Emmanuel kam zu ihnen, nahm die Schüssel mit Erdnussflips an sich und schob sich zwei in den Mund, ließ seinen Blick schweifen.

Diese spontane Party war zu viel. Matteo hatte seit Tagen Kopfschmerzen und heute erreichten sie ein kaum mehr ertragbares Level. Gestern Abend hatte er die erste Tablette genommen und gehofft, es würde helfen. An Schlaf war nicht zu denken gewesen, sogar Jessica musste er absagen, weil er sich nicht fit genug fühlte. Zwei weitere Tabletten folgten im Laufe des Tages.

Plötzlich war Tobias aufgetaucht, erzählte von seiner Mutter, die das ganze Wochenende unterwegs sein würde, und nahm ihn mit. Nun saß er hier fest, umgeben von den seltsamen Freunden seiner Brüder, die er kaum kannte und wünschte sich, frontal mit dem Kopf gegen die steinharte Wand zu rennen, um alldem zu entkommen.

Der Gin Tonic brannte auf seiner Zunge und er spürte Unwohlsein aufkommen. Emmanuel nahm die Flips mit sich und Tobias folgte. Wie in einem Fiebertraum sah Matteo zu, wie sie sich bewegten und dennoch nicht von der Stelle kamen. Er griff in die Hosentasche und zog einen Blister Tabletten hervor, löste zwei daraus und schluckte sie rasch. Womöglich wichen die Kopfschmerzen jetzt endlich.

Das Pärchen mit dem Gaumenfetisch beschloss ein Partyspiel zu spielen. Matteos Kopf dröhnte und seine Ohren sausten, als würde Wind durch alte Türbretter zischen. Er fühlte sich miserabel und ging kurz ins Badezimmer, warf sich einen Schwall kaltes Wasser ins Gesicht und nahm zwei weitere Tabletten. Der Schmerz war kaum noch zu ertragen.

Ausdruckslos starrte er sein Spiegelbild an und stellte seine eigene Existenz in Frage. Fahrig fuhr er sich mit der Hand über die Wange, aber die Situation erschien ihm dadurch nicht realer. Seine Fingerspitzen kribbelten und langsam bahnte sich ein Gefühl des Fallens an, als würde sich der Boden nähern und die Gravitation ihn nach unten drücken.

Er löste die restlichen Tabletten aus dem Blister, warf das Plastik in den Mülleimer und griff nach seinem Glas.

Sein Gin Tonic war so leer wie sein Herz.

KAPITEL 4

Ein Selbstmord war in den Augen der Gesellschaft tragisch und schockierend zugleich.

Die Leute stellten banale Fragen, versuchten dahinter zu steigen und gaben vor, es zu verstehen. Ein mental gesunder Mensch war jedoch nicht in der Lage, diese innerliche Leere nachzuempfinden, kannte das Gefühl, wenn der ›Stopp‹-Knopf verlockte, nicht. Es war nur wichtig, die Meinung dazu kundzutun; ob sie zutraf oder nicht. Er sah die Hüllen der Hinterbliebenen, hörte es durch fünfzig Münder erzählt, verstand nur das, was er wollte. Allen voran empfand er eine solch tiefe Empathie, dass es im Magen stach, denn jeder verstand Verlust und Trauer um einen Verstorbenen.

Ein Selbstmordversuch auf der anderen Seite war – simpel ausgedrückt – armselig. Niemand hatte Mitleid mit einem Menschen, der nur *versuchte*, sich umzubringen. Das Einzige, was Menschen übrig hatte, waren Vorwürfe.

»Wieso konntest du deine Familie so verletzen?«

»Hast du an deine Mutter gedacht?«

»Hast du daran gedacht, wie egoistisch es ist, alle zu verlassen?«

Ein Versuch bedeutete, es fehlte der Mut, es durchzuziehen und gesellschaftlich gesehen wollte man ohnehin nur Aufmerksamkeit. Der stumme Schrei eines Kindes, welcher bisher ungehört geblieben war.

Die einzigen, die einen nach einem Selbstmordversuch ernst nahmen, waren Sanitäter und Ärzte.

Matteo hatte seit drei Tagen kein einziges Wort gesagt. Vielleicht hatte er das Sprechen verlernt, sein Hals kratzte widerlich, wie bei einer anfänglichen Erkältung. Wenn er den Mund öffnete, glaubte er, sich gleich zu übergeben, auch zum gegenwärtigen Zeitpunkt, während er auf die Kartoffelsuppe starrte, die vor ihm auf dem Tisch stand.

Der Blick aus dem Fenster einer geschlossenen Psychiatrie war erschreckend unspektakulär. Eine Tatsache, die ihm nie bewusst gewesen war. Die Gitter fehlten und eigentlich sah alles gleich aus, nur die Farben verschwammen öfter. Als würden sie sein Leben als bizarres Mosaik darstellen und ihn verspotten.

Das Leben hinter dem Fenster einer Psychiatrie jedoch, war kein Vergleich zur Außenwelt. Es war bloßes atmen, warten und Verbote in einem.

Keine spitzen Gegenstände auf dem Zimmer, nicht ein Stift war aktuell in seinem Besitz. Keine Snacks im Zimmer horten, abgesehen von einem Apfel. Niemanden auf das Zimmer einladen, Treffen nur im Aufenthaltsraum.

Ein frisch bezogenes Bett, daneben ein Krankenhausnachttisch und ein Kleiderschrank begrüßten ihn am ersten Tag. Am Fenster befanden sich zwei Stühle und ein weiterer Tisch, darauf eine weiße Tischdecke. Es gab keine Pflanze im Zimmer, Sonne flutete jeden Morgen den Raum, als verjagte sie die bösen Träume aus der Nacht. Zur Mittagszeit tanzten nur die Schatten der Baumkronen durch sein Zimmer. Dazu kamen ein sanftes Rascheln, quietschenden Äste und der Gesang der letzten Vögel. Gefallene Blätter wirbelten auf den Wegen herum, wie schnell tanzende Paare zu einer unhörbaren Musik.

All das fand vor dem Fenster statt und er sah zu.

Matteo saß zusammengesunken auf dem Bett und hob den Blick von seiner Kartoffelsuppe und schob gedankenverloren den Teller gerade. Hunger verspürte er keinen, Nahrung erschien ihm vollkommen überflüssig. Jede Bewegung war zu viel, selbst das Atmen war zu anstrengend und nicht erstrebenswert. Er tat es, weil er es musste und weil er seine Atemzüge zählte und somit seinen Kopf beschäftigte. Ein … und aus … und ein … und aus …

Plötzlich klopfte es und Matteo zuckte zusammen. Die Tür öffnete sich und Schwester Anita trat ein, sah zu ihm.

»Bist du fertig?«, fragte sie.

Matteo nickte und drehte den Kopf zurück zum Fenster.

Anita griff nach dem Tablett und seufzte. »Du solltest wirklich essen, Matteo.«

Ein Schulterzucken seinerseits. Es war ihm egal, was sie dachte.

»In einer halben Stunde möchte Dr. Buchhold mit dir sprechen.«

Er nickte erneut und starrte nach draußen, atmete ein und aus. Seine Fingerspitzen kribbelten. Anita nahm das Tablett an sich und ging hinaus.

Privatpatienten lebten schrecklich einsam in einer Psychiatrie.

Matteo stand auf, lief ins Badezimmer und trank einen Becher voller Leitungswasser, ließ das Wasser in seine Handkuhlen laufen und warf es sich ins Gesicht. Mit der kalten Hand fuhr er sich in den Nacken, ebenso durch seine Haare und zerzauste sie noch mehr, danach starrte er sich im Spiegel an.

Leere, dunkle Augen starrten zurück und graue Ringe darunter rundeten den Anblick ab. Seine Lippen waren spröde und um sein Kinn bildete sich ein ungepflegter Bartansatz. Hier gab es keine Möglichkeit, sich zu rasieren. Es war erlaubt, wenn eine Schwester präsent war, auf die Überwachung verzichtete er trotzdem dankend.

Seit drei Tagen war er hier und heute verlegten sie ihn endlich auf die normale Station. Hier, auf der Geschlossenen, kam er sich nicht nur eingesperrt, sondern wie ein Schwerverbrecher vor. Ihm erschien es teilweise, als wäre er normal und alle anderen hier verrückt.

Im Nebenzimmer gab es einen Typen, der die ganze Zeit schrie und gegen die Wand hämmerte, außerdem war da dieses Mädchen, das Stimmen in ihrem Kopf hörte und im Aufenthaltsraum auf ein und demselben Stuhl saß, leicht wippte und jeden anstarrte, der den Raum betrat. Dazu kamen die paranoiden Zwillinge und ein älterer Mann, der seit über dreißig Jahren nicht gesprochen hatte.

Matteo hatte es bisher nur drei Tage lang geschafft, aber das lag nicht nur daran, dass er nicht wollte.

Die Ärzte mussten ihm den Magen auspumpen. Der Schlauch, der seine Speiseröhre hinab geschoben worden war, hatte erhebliche Spuren hinterlassen, die er selbst Tage danach noch fühlen konnte. Jedes Mal, wenn er schluckte, glaubte er, Rasierklingen zu verspeisen.

Sprechen war demnach das letzte, worüber er nachdachte. Er hatte auch nichts zu sagen, die Ärzte wussten ohnehin alles besser. Sie stellten ihm eine rasche, allgemeine Diagnose und aus diesem Grund war er noch hier.

Schwerwiegende Depression mit suizidalen Tendenzen. Der Zusatz bedeutete einen Aufenthalt von 24 Stunden in der geschlossenen Abteilung.

Den ersten Tag verbrachte er nur in seinem Zimmer, starrte an die Wand und schlief. Hunger hatte er nicht, dafür schmerzte sein Magen zu stark. Die Pfleger und Schwestern ließen ihn überwiegend in Frieden, was komplett in seinem Interesse war. Am schlimmsten war es gewesen, seine Mutter irgendwann an seinem Bett sitzen zu sehen. Ihr Anblick war der größte Schmerz, den er je empfunden hatte und wahrscheinlich sah er sie zum ersten Mal in seinem Leben weinen.

Am zweiten Tag unterhielt er sich mit zwei Therapeuten, nickte oder schüttelte meist nur den Kopf und danach folgte eine medizinische Untersuchung. Diese ergab, dass er ein paar Kilo zu viel wog, nicht erheblich, und unter chronischen Kopfschmerzen litt. Nichts Neues, nichts Spektakuläres. Seine Migräne wurde als ›tabletteninduzierter Schmerz‹ eingestuft.

Alles, was hier geschah, ekelte ihn. Fremde Menschen berührten ihn, er war gezwungen Türklinken zu berühren und Gott allein wusste, welche Bakterien sich auf den Toiletten tummelten.

Plötzliche Unruhe beschlich ihn. Er nahm Desinfektionsmittel und verrieb es in seinen Händen, die Arme hinauf und wartete, bis es getrocknet war. Wie ein Zinnsoldat blieb er im Raum stehen, bis er die leichte Spannung auf seiner Haut fühlte, ehe er mit dem Ellenbogen die Tür aufstieß und nach draußen trat. Angewidert von allem, was sich aktuell im Raum befand, blieb er unschlüssig stehen und fragte sich, wie viele Bakterien sich hier befanden. Bei Raumtemperaturen konnten viele bis zu 48 Stunden überleben, was bedeutete, dass derjenige, der hier zuvor gehaust hatte, quasi bakteriell anwesend war. Ein Schauer glitt über seinen Rücken, er schluckte, suchte nach einem Handtuch und tränkte es mit Desinfektionsmittel. Damit wischte er Tisch, Stuhl und das Bett gründlich ab, rannte zurück ins Badezimmer und desinfizierte den Schrank, bis es sacht klopfte und er keuchend ein ›Ja‹ von sich gab. Er kniete auf dem Boden, als die Tür aufging, eine Schwester ins Zimmer kam und ihn irritiert musterte.

»Uhm, ich soll Sie zum Gespräch holen, Herr Nier.« Sie blinzelte, deutlich unschlüssig darüber, was sie erblickte.

Matteo erhob sich verlegen und klopfte sich die Knie ab.

»Ist mit Ihnen alles in Ordnung?«

Er nickte und nahm das Handtuch, warf es achtlos ins Badezimmer. Seine Hände stanken nach Desinfektionsmittel und er war froh, dass sie nichts sagte und ihn nur zum Arztzimmer führte. Als sich die Schwester umdrehte, klopfte er sacht an und trat nach der Aufforderung ein. Dr. Buchhold war ein dicklicher, älterer Mann mit einer kleinen Nickelbrille auf der Nase und roten Wangen. Als er Matteo sah, entblößte er eine Reihe kaffeegelber Zähne.

»Ah, der Herr Nier … setzen Sie sich nur.«

Der Arzt klang seltsam erfreut, Matteo fand es deplatziert. Langsam setzte er sich, während Dr. Buchhold in seiner Akte las.

»Also … Sie hatten eine Überdosis an Schmerztabletten, laut eigener Aussage nicht gewollt, und man musste Ihnen den Magen auspumpen.« Er rasselte diese Fakten herunter, als würde er ein Rezept vorlesen. »Danach waren Sie drei Tage auf der geschlossenen Station und nun sollten wir über eine Verlegung nachdenken.«

Matteo nickte und Dr. Buchhold sah auf, klappte die Akte zu.

»Wissen Sie, ich sehe nur ein Problem …«

Nachdenklich rieb er sich das Kinn und allein diese Geste löste bei Matteo Unruhe aus. Er hatte versucht, sich nicht umzusehen, aber wenn er nervös wurde, geschah es unbewusst und in seinen Fingerspitzen kribbelte es sogleich, als sein Blick über Berge an Unterlagen wanderte. Matteo zwang sich die Hände im Schoß zu behalten, denn alles auf diesem Tisch war komplett schief. Schlichtweg alles.

»Wenn Sie auf der normalen Station sind, können Sie sich jederzeit selbst entlassen und ich denke, Sie würden das auch tun.«

Alles war schief. Vollkommen aus dem Gleichgewicht geraten.

»Ich würde gern eine Empfehlung ausstellen, die Sie mindestens drei Wochen und maximal sechs Wochen hier bindet, alles mit medizinischer Begründung natürlich. Sie könnten sich weiterhin selbst entlassen. Sollten Sie die Behandlung jedoch vorzeitig beenden, entgegen meinen Empfehlungen, könnte die Kasse eine weitere Behandlung ablehnen …«

Matteo hörte ihm nicht zu. Seine Hände zitterten und er hob sie kurz, um nach dem schiefen Stiftebecher zu greifen. Der Sticker darauf deutete in die falsche Richtung. Eine innere Anspannung befiel ihn, stechend wie ein nahender Herzinfarkt. Es schmerzte auf einer Ebene, die er in den letzten Monaten oft empfunden hatte.

»Herr Nier?«

Er musste ihn richtig rücken. Nur ein bisschen.

Matteo hob seine Hand, biss sich fest auf seine Wangen und schob den Becher gerade. Die Anspannung verschwand ebenso schnell, wie sie gekommen war. Verlegen sah er auf und sein Blick traf den von Dr. Buchhold.

»Was geht Ihnen gerade durch den Kopf, Herr Nier?«

Matteo fühlte sich nicht wie jemand, den man mit ›Herr‹ ansprechen müsste. Eher fühlte er sich wie ein Mensch, den man überhaupt nicht ansprechen sollte.

»Gar … nichts«, gab er heiser von sich und schluckte. »Irgendwie …« Die ersten Worte seit Tagen.

»Sind Sie sich sicher?«

Buchhold tippte mit dem Kugelschreiber gegen den Becher und musterte ihn, schob diesen langsam beiseite. Der Sticker war erneut schief. Matteo griff reflexartig danach und drehte ihn gerade. Ihre Blicke trafen sich.

»Was fühlen Sie gerade?«

Matteo lehnte sich zurück, schluckte und wich dem Blick des Mediziners aus. Er hatte keine Lust mit ihm zu reden, weil diese Kittelträger ohnehin alles Klugscheißer waren. Niemand hatte die Möglichkeit in seinen Kopf hineinzusehen, woher wussten sie also, wie er sich fühlte? Er war keine Durchschnittsnummer einer dämlichen Statistik. Matteo zuckte mit den Schultern und presste sich danach in den Stuhl, schwieg erneut. Genau danach fühlte er sich.

Eine Stunde später wechselte er das Zimmer und besaß plötzlich ein Telefon, Gardinen und ein größeres Bett. Er hatte sich auf der Station nicht großartig umgesehen, alles erschien seltsam heller und anders. Zu anders. Dieses Zimmer würde für die nächsten Wochen sein Zuhause sein. Eine reine Gruft aus gespielter Glückseligkeit und innerlichen Schreien. Mit Schwung donnerte er seinen Koffer durch das Zimmer, sah zu, wie er an die Wand prallte und blieb schwer atmend mitten im Raum stehen. Das Herz schlug ihm bis zum Hals, er war wütend und sein Magen schmerzte schrecklich. Alles war Chaos und er erstickte darin.

Er *erstickte*.

Matteo fasste sich an den Hals, ehe er begriff, dass ihm übel war und erbrach sich auf dem Boden.

Sein Zimmer bestand aus kuscheligen fünfzehn Quadratmetern unterhalb des Daches und hatte statt einer Tür eine Bodenluke. Es gab keine Gardinen und die Sonne schien auf den Holzboden, welcher nur zum Teil von Teppichen bedeckt war. Aufgrund der Dachschräge konnten seine Freunde nur in der Mitte aufrecht stehen, ohne sich den Kopf anzuschlagen. Sein Zimmer war nicht gewöhnlich und das liebte er. Er besaß ein großes Bett, welches von der Bodenluke aus direkt in der Mitte stand, daneben türmte sich ein Stapel an Büchern und auf der anderen Seite lagen sie mit der Rückseite nach oben gedreht, als Zeichen gelesen worden zu sein. Er las er eine Menge. Es ließ die Zeit vergehen und bereitete ihm mehr Freude, als eine TV-Serie oder ein Computerspiel.

Lola fand sein Zimmer langweilig, aber Noah mochte es. Er wollte hier entspannen, lesen und schlafen, nicht mehr. Jeder liebte jedoch das große Dachfenster, welches sein Vater eingebaut hatte, um Dachschäden schnell zu beheben und durch das man auf einen kleinen Vorsprung klettern konnte. Von dort aus betrachtete Noah jede zweite Nacht die Sterne. Das Weltall faszinierte ihn. Er liebte die Vorstellung, dass die Erde nur einer von zig Millionen Planeten war und davon etliche ebenso bewohnt waren. Das zerstörte den Gedanken, allein zu sein. Gerade saß er auf seinem Bett, hatte einen alten Atlas auf dem Schoß ruhen und faltete auf dessen Oberfläche Origamifiguren. Er legte die Schwäne beiseite und fertigte ein paar Kraniche an. Langsam blätterte er mit zwischen den Lippen hervorlugender Zungenspitze in seinem Buch neben sich und suchte sich eine neue Herausforderung aus. Ihm gefiel der Fuchs, nachdenklich kramte er nach dem richtigen Papier unter den vielen Bögen und betrachtete die Anleitung intensiv.

Seine Mutter hatte ihm früher kleine Tiere gebastelt und auf den Nachttisch gestellt. Er hatte nie mitbekommen, wann sie diese Figürchen angefertigt hatte, am Morgen waren sie einfach da.

Noah mochte Origami, seitdem er ein Kind war. Er hatte sich das Falten kleiner Flugzeuge selbst beigebracht, und als seine Mutter erkannte, dass er sich dafür interessierte, schenkte sie ihm dieses Buch mit über 100 Anleitungen zum Nachbasteln. Auf der ersten Seite hatte sie ›für *meinen kleinen Weltenentdecker‹* geschrieben und ein winziges Papierherz eingeklebt. Es war sein wertvollster Besitz.

Er betrachtete den fertigen Fuchs und nickte zufrieden, stellte ihn zu den Schwänen und nahm sich einen weiteren Bogen, um noch einen zu probieren. Die ersten Versuche wurden meist nichts, aber er brauchte sie, um in eine Art Rhythmus hineinzukommen. Mittlerweile beherrschte er 15 Figuren ohne Anleitung. Am einfachsten waren der Schwan und der Kranich.

»Noah?«

Sein Vater rief nach oben und er schob den Atlas von seinem Schoß; gab Acht keine der Figuren zu zerstören.

»Ja?«, antwortete er und stand vom Bett auf.

»Lola ist da. Kommst du runter? Ich habe euch Kaffee aufgesetzt und es sind noch ein paar Muffins übrig.«

Sie hatten nicht zu Mittag gegessen, da Noah unterwegs gewesen war und sein Vater nur aß, wenn er Zeit hatte.

»Okay.«

Noah lief zur Bodenluke, kletterte die schmale Treppe hinab und musterte sich kurz im Spiegel, der im Flur hing. Das gefärbte Blau seiner Haare stand im starken Kontrast zu seiner blassen Haut und einzig an seinen Augenbrauen erkannte man seine Naturhaarfarbe. Lola hatte ihm angeboten, diese ebenso zu färben, doch er beließ es lieber natürlich. Seine Lippe zierte die verblasste Narbe eines alten Piercings und in den Ohren trug er einfache, silberne Stecker. Die meisten hatte er sich mit Lola zusammen stechen lassen, sie durfte aufgrund der Arbeit kaum noch welche tragen.

Noah musterte kurz sein Bandshirt von *Blink182* und zuckte mit den Schultern. Er mochte sein Aussehen. Man musste das Beste aus dem machen, was die Natur einem gab. Natürlich wäre er gern größer und er hätte gern breite Schultern, wie andere Männer in seinem Alter. Er hatte andere Qualitäten.

»Hey, fertig mit bewundern?«, hörte er Lola hinter sich auf der Treppe, grinste daraufhin und lief mit ihr hinab in die Küche. Es lag ein seltsamer Glanz in ihren Augen, wie er feststellte und sie trug ihre Haare heute geglättet. Das Grün war frisch nachgefärbt und sie trug extrem dezentes Make-up.

»Ich sehe mich nur einmal am Tag, da ist bewundern erlaubt«, meinte Noah nur und setzte sich an den Küchentisch. »Hübsch siehst du aus. Ist daran wohl ein bestimmter Typ schuld?« Sie lächelte und er sah, wie sich ihre Wangen leicht verfärbten.

»Hör auf. Komm, es gibt Süßkram.«

Sie drehte sich um und stolzierte zum Küchentisch. Der Duft von Kaffee und Muffins war wundervoll. Er liebte solche Nachmittage.

Am Abend lief Noah durch die Psychiatrie und betrachtete den auf Hochglanz polierten Boden, in dem sich die untergehende Sonne spiegelte. In einer Stunde musste er seinen Bus nach Hause nehmen, sonst würde er hier festsitzen. Schwester Anita hatte heute keinen Dienst, die Liste mit den belegten Zimmern lag dennoch am angestammten Platz. Noah verteilte seine Origamifiguren jeden Abend, während alle bei der Meditation waren. Er sah auf die Raumbelegung und legte die ersten Figuren auf die Fensterbretter. Es war eine kleine Aufmerksamkeit und bisher hatte sich niemand deswegen beschwert. Die Patienten kannten ihn, die anderen würden ihn spätestens in der ersten Ergotherapie kennenlernen. Heute war eines der Zimmer neu belegt worden und verwundert blinzelte er, während er den Namen las.

Er hatte ihn irgendwo gehört oder gelesen, womöglich bildete er es sich nur ein. Ein Déjà-vu vielleicht, obwohl Noah insgeheim spürte, dass er ihm bekannt war.

In seiner Hand lag ein gefalteter Schwan und für einen Moment sah er diesen intensiv an. Perfekt.

Langsam spazierte er über die Station, hörte eine Pflegerin nach den Muffins fragen, die auf dem Tisch standen. Er lächelte, sah den Gang hinab und tänzelte mit einem Mal. Summend lief er von Zimmer zu Zimmer und stellte die kleinen Figuren auf die Nachttische, rückte sie gerade und ging weiter. Noch waren die Patienten bei der Meditation, würden danach zu Abend essen und hatten daraufhin Freizeit. Noah kannte den Plan, er arbeitete hier seit Jahren.

Als er im Zimmer des Neuankömmlings ankam, bemerkte er eine

seltsame Kargheit. Nichts schien darauf hinzuweisen, dass hier ein junger Mann lebte. Es war steril wie jedes leere, unbelegte Zimmer auf der Station. Eine seltsame Beklommenheit befiel Noah. Er biss sich auf die Unterlippe, suchte nach einem kleinen Zettel in seiner Tasche, schrieb ein paar Worte darauf und legte die Notiz unter den Origamischwan, den er auf den leeren Nachttisch stellte. Nachdenklich betrachtete er sein Werk und tauschte den Vogel kurzerhand gegen einen der Füchse aus. Zufrieden mit allem spazierte er hinaus und verteilte die restlichen Figuren.

Es war ein schöner Abend.

»Mann, Alter ... das kannst du doch nicht bringen.«

Matteo stand am Fenster, starrte in den dunklen, mit Sternen übersäten Nachthimmel und platzierte seine Hand an der Scheibe. Er lehnte seine Stirn an die kalte Oberfläche, während ein müdes Seufzen durch den Hörer klang.

»Was genau?«, fragte er. Seine Finger gruben sich vor Anspannung in das kleine Gehäuse des Telefons.

Am anderen Ende stöhnte Tobias genervt auf. »Mann, so was! Du kannst nicht ... so viel von diesen scheiß Tabletten nehmen!«

»Und mich versuchen umzubringen? Willst du das sagen?«

Es war still in der Leitung und Matteo atmete gegen das Glas. Feuchter Nebel blockiert seinen Ausblick. Tobias sagte nichts; sie schwiegen beide, als wären all die Worte der Welt aufgebraucht.

»Ja ... man, warum hast du nie etwas gesagt?«

Tobias' Stimme zitterte, es hörte sich an, als würde er begreifen, dass er ihn beinahe verloren hätte.

»Du verstehst das nicht«, waren Matteos schlichte Worte und er schluckte heftig. Wenn er ehrlich war, verstand er es selbst nicht. Es war ihm passend erschienen. Trotz seiner Kopfschmerzen war der Abend gut und alles ringsherum perfekt gewesen ... warum es nicht beenden? Warum nicht den Ausweg suchen, wenn der Zenit erreicht war? Danach würde es nur erneut wehtun.

»Aber ich will es verstehen ... wirklich, du kannst mit mir reden.«

Noch nie hatte er eine solche Verzweiflung in Tobias' Stimme vernommen. Es war wie ein leises Flehen und entsprach nicht unbedingt dem Charakter seines Bruders. Die arrogante Fassade hatte Risse bekommen.

»Aktuell brauche ich Zeit für mich, Tobias.«

»Okay.«

»Und ich möchte niemanden hier sehen. Hörst du?«

Es war erneut still in der Leitung. Matteo bildete sich ein, dass er Tobias schlucken hörte.

»Und Jess?«

Sein Herz verkrampfte sich beim Klang ihres Namens.

»Auch Jessica nicht.« Vor allem Jessica nicht. Er wollte nicht, dass sie ihn so sah, und er musste sich über einiges klar werden. Klarer als vor seinem Selbstmordversuch.

»Okay ...«

»Ich meine es ernst, Tobias. Ich möchte, dass ihr mich vorerst in Frieden lasst. Ich melde mich.«

»Ist es wegen uns? Das alles?«

Matteo hielt inne, nahm die Hand von der Fensterscheibe.

»Nein. Das hat nichts mit dir oder Emmanuel zu tun.« Er holte tief Luft; das Gespräch strengte ihn an und löste leichtes Dröhnen in seiner Stirn aus. »Bis dann.«

Rasch legte er auf, ehe Tobias irgendetwas erwidern konnte, drehte sich um und setzte sich schwerfällig auf das Bett. Die Nacht war eingebrochen und der Mond stand hoch, sodass das helle Licht durch die dünnen Vorhänge eindrang. Matteo starrte mit leerem Blick nach draußen und als er sich zurücklegte, bemerkte er in seinem Augenwinkel einen kleinen Gegenstand auf dem Nachttisch, die ihm zuvor nicht aufgefallen war.

Er setzte sich auf und schaltete das Licht an, griff nach der Papierfigur und betrachtete sie. Es war ein Fuchs. Stirnrunzelnd betrachtete er das Tierchen, wusste nicht, was er davon halten sollte. Dann sah er den kleinen Zettel darunter und las die eng geschriebenen Worte.

Auch Morgen scheint die Sonne

Matteo drehte die Figur in seiner Hand und wusste nicht weswegen, doch er lächelte.

KAPITEL 5

allo, Junge.«

Der Friedhofsgärtner Hermann Thomas harkte ein paar alte Laubblätter zusammen, als Noah ihn begrüßte. Er hielt drei Luftballons in der Hand, die Thomas traurig ansah. Sein Blick wurde ernst, er presste die Zähne fester zusammen und sein Kiefer verkrampfte.

»Ich soll dir sagen, dass du bitte nicht mehr herkommen sollst.«

Noah hielt inne, das sanfte Lächeln wich augenblicklich von seinen Lippen.

Der Friedhof war besonders für ihn. Ein Ort, an dem sich Hinterbliebene an bessere Zeiten erinnerten; an verblasste Momente und liebe Menschen, die sie nie vergessen würden. Er hatte es als seine Pflicht angesehen, regelmäßig hierher zu kommen und eines Tages Luftballons mitgebracht und die Gräber von Kindern damit geschmückt. Niemand hatte sich deswegen beschwert. Bis heute.

»Wieso? Was habe ich falsch gemacht?«, fragte er fassungslos nach.

Thomas sah ihn mitfühlend an.

»Nichts, du sollst einfach keine Luftballons mehr verteilen, die Eltern eines Kindes haben sich deswegen beschwert. Zu deiner Mutter darfst du natürlich noch.«

Das Wort ›Ballon‹ klang bei ihm anders. Seinen bayrischen Akzent hatte Hermann Thomas nie verloren, vollkommen gleich, wie lange er hier lebte.

»Haben Sie es ihnen erklärt?«

»Ja.«

»Und dennoch?«

»Dennoch wollen sie, dass du aufhörst, und haben sich bei der Gemeinde beschwert.«

Noah verstand es nicht, es war wie ein Schlag ins Gesicht. Trotzdem akzeptierte er es, weil er keine Wahl hatte. Langsam ging er zu Thomas, der ihn mit wachsamen Augen beobachtete und band die Luftballons an dessen Harke.

»Du musst deswegen nicht traurig sein«, sagte der alte Mann aufmunternd. Noah zuckte mit den Schultern.

»Es ist nicht mein Verlust, Herr Thomas.«

Er wandte sich ab, weil es nichts mehr zu sagen gab und ihm sonst die Tränen kommen würden. Seine Füße gehorchten ihm zuerst nicht, er stolperte und lief langsam den vertrauten Weg zu dem einzigen Grab, welches keinen klassischen Grabstein oder ein Kreuz besaß, sondern nur einen Naturstein mit etlichen Blumen ringsherum. Manchmal kaufte Noah welche aus der Gärtnerei und stellte sie dazu, die meisten stammten jedoch aus eigenem Anbau. In der Küche und auf der Terrasse vor ihrem Haus hatte er einige Pflanzen stehen, die er nach und nach hier her brachte.

Als seine Mutter starb, war das Geld knapp gewesen. Die Werkstatt lag einige Wochen brach und dennoch mussten die Kredite weiterhin bedient werden. Andreas konnte sich kaum die Beerdigung leisten, musste dafür zusätzlich Geld von der Bank nehmen. Der Notgroschen. Noah war 15 und verstand die Welt nicht mehr. Tagelang suchte er nach einem Abschiedsbrief, irgendetwas, fand jedoch nichts. Gar nichts. Sie besaß unzählige Zettel, auf denen kleine Worte standen. Worte in ihrer schönen Schrift, wie ›Kino: Das Haus am See‹, oder ›Lied von Pete Yorn‹. Als Noah sie verlor, war zwischen all den tausenden Zetteln nichts gewesen. Kein Brief, kein letzter Wunsch, nur leere Worte. Es war nichts vorhanden, woran er sich klammern konnte.

Also besorgten sie nur den Stein und nahmen sich vor, ihn irgendwann gravieren zu lassen, sobald die Werkstatt wieder schwarze Zahlen schrieb. Nach zehn Jahren hatten sie sich daran gewöhnt; es war nicht mehr notwendig.

Noah betrachtete die Blumen und lächelte.

»Du hättest dich über die Luftballons gefreut«, meinte er leise ins Nichts und hoffte, sie würde es hören.

Egal, wo sie war.

Matteo hatte seit Tagen schreckliche Kopfschmerzen, die ihn bereits die dritte Nacht in Folge um den Schlaf brachten. Er saß am Frühstückstisch, starrte seine Mitpatienten mit zusammengekniffenen Augen an und rieb sich gequält die Schläfen.

»Immer noch dein Kopf?«, fragte Beate neben ihm.

Sie war an die vierzig und eine liebe Frau. Matteo empfand sie beinahe als zu lieb. Zu zuvorkommend. Er war sich sicher, dass sie deswegen hier war. In der heutigen Gesellschaft wurde Gutherzigkeit ausgenutzt.

Langsam nickte er und schloss die Augen, schon kehrte das Gefühl des Fallens zurück und er öffnete sie rasch wieder. Vor ihm stand eine Kaffeetasse, er umklammerte sie mit zittrigen Fingern und nahm den guten Geruch der gerösteten Bohnen wahr. Auf seinem Tablett befand sich ein Teller mit Wurst und Käse und zwei Scheiben Brot. Auch Privatpatienten bekamen nur Standardmenüs.

»Wenn es nicht besser wird, solltest du zur Schwester gehen«, sagte Michael und biss von seinem belegten Brot ab. Matteo seufzte leise, rieb sich die Stirn.

»Ich habe gestern schon eine Tablette bekommen … wenn ich jetzt noch mal gehe, tragen die ›Tablettensucht‹ in meine Akte ein«, nuschelte er gepresst. Er bekam gerade keinen Bissen herunter und gleich fing die erste Therapiestunde an. Wie er das überstehen sollte, wusste er noch nicht.

»Wir haben als erstes Ergotherapie«, informierte Michael sie alle und schob die kleine Nickelbrille auf seiner Nase zurecht. Matteo mochte ihn, da er nie um den heißen Brei herum redete und ehrlich nett war. Niemand, der ihn störte.

»Also machen wir weiter mit den Stickbildern«, sagte Beate und Chris, der die gesamte Zeit über geschwiegen hatte, sah von seinem Salat auf. Matteo hatte mit ihm noch nicht gesprochen, nichtsdestotrotz saß er oft bei ihm am Tisch. Jeden Tag stellte Matteo aufs Neue fest, wie ungesund er aussah, denn er schien sich nur von Salaten und Joghurt zu ernähren. Manchmal bekam er zusätzlich einen hochkalorischen Kakao gereicht, jedoch kippte er den meistens weg, wenn er glaubte, dass niemand ihn beobachtete.

»Ich bin mit meinem fertig«, sagte Chris leise und Beate nickte ihm zu.

»Und es ist ein sehr schönes Bild geworden.«

Matteo sah in seinen Kaffee. Am liebsten würde er sich das Koffein intravenös spritzen. Seine Mutter behauptete, dass es Kaffeekopfschmerzen gab. Der unbewusste Entzug würde dazu führen und langsam glaubte er daran. Seitdem er hier war, trank er nur zwei Tassen am Tag und das war anscheinend zu wenig für ihn.

Nachdenklich blickte er sich um und sah seine einzelnen Mitpatienten an. Er hatte nur mit den Leuten an seinem Tisch intensiveren Kontakt, denn er war nicht hier, um Freunde zu finden, sondern um all diesen Mist aus seinem Kopf loszuwerden, um hier rauszukönnen.

Ehrlicherweise hatte er sich diesen Zirkus einfacher vorgestellt, gedacht, dass er ein oder zweimal zu einem Psychologen musste, dem sein Leid klagte und das wars. Enttäuschend, dass es nicht so einfach war.

Aktuell beteiligte er sich gefühlt bei allen Therapien, sodass er bereits nach den ersten drei Tagen auf der normalen Station vollkommen den Überblick verlor. Am Morgen gab es eine Meditation, die er bisher ziemlich albern fand. Danach eine Gruppenrunde, bei der er nichts beitragen konnte, da das Durchschnittsalter weit über dem seinen lag. Er fühlte sich dort fehl am Platz. Meistens hatten die Probleme und Ansichten der anderen Teilnehmer nichts mit ihm zu tun. Es gab Eheprobleme und frustrierte Hausfrauen, die mit allem überfordert waren und Männer, denen der Job über den Kopf gewachsen war. Niemand von ihnen hatte einen Vater, der im Rampenlicht stand und eine Mutter, die eine bekannte Erbin war und keiner von ihnen besaß wahrscheinlich einen internationalen Stammbaum. Wie sollte es ihm helfen, von anderen Problemen zu hören?

Aktuell hatte er noch unangenehm viele Termine bei Dr. Buchhold und musste jeden Tag einen Bericht abgeben, wie es ihm ging. Langsam gingen ihm die Adjektive aus, um seinen Zustand zu beschreiben. Alles war neu und verwirrend und er sah den Sinn nicht. Erst gestern stand er mit leerem Blick im Gang und wusste nicht, wohin er eigentlich sollte. Dazu tyrannisierten ihn diese schrecklichen Kopfschmerzen, die sich anfühlten, als würde sich etwas durch seine Schädeldecke graben. Als Martin, einer der Pfleger, ihn sah, bekam er endlich eine Schmerztablette und die Erlaubnis, sich hinzulegen.

»Los, Matteo. Wir müssen zur Ergotherapie«, sagte Beate neben ihm und stand auf. Er hatte nicht mitbekommen, dass alle schneller mit dem Frühstück fertig waren als er. Hastig trank er seinen Kaffee aus und erhob sich ebenfalls, schaffte das Tablett in den dafür vorgesehenen Schrank und lief kurz in sein Zimmer, um seine Jacke zu holen.

Das Gelände der Klinik war unglaublich weitläufig. Zu Beginn hatte er befürchtet, sich hier zu verirren und seine Therapiestunden zu verpassen. Bäume versperrten oftmals die Sicht, Wege besaßen Gabelungen und führten zu einem ganz anderen Haus. Es war auch jetzt noch verwirrend und er war froh, den anderen folgen zu können.

Zu seiner Überraschung plauderte Chris heute mit Beate und Karla, einer großmäuligen Bäuerin aus einem der umliegenden Orte. Matteo hörte ihnen nur halbherzig zu. Nicht, weil es ihn nicht interessierte, sondern weil er sich nicht konzentrieren konnte. Irgendwann zog er sein Handy hervor und schrieb Melinda, sie solle bitte mit Coconut eine Runde gehen. Seine Haushälterin schrieb ihm flapsig zurück.

›denkst du, ich vergesse den kleinen, matteo nie?‹

Seufzend schob er das Handy in die Tasche. Er machte sich Sorgen um seinen pelzigen Freund. Der Hundesitter war erst am Abend da und würde eine größere Runde mit ihm spazieren gehen.

In der Ergotherapie angekommen, setzte Matteo sich auf einen der hinteren Plätze am großen Tisch und wartete, bis alle anderen ihre Arbeiten aus dem Schrank geholt hatten. Bisher hatte er noch nichts angefangen. In der ersten Stunde hatte er ein Mandala ausgemalt und der pummligen Therapeutin zugehört. Sie war nett, vielleicht ein wenig zu großmütterlich. Sie erweckte nicht den Anschein, als wäre es ihr wichtig, was, sondern eher, dass die Patienten etwas erschafften. Das Resultat war ihr gleich.

Der Weg war das Ziel.

Er nahm sich ein neues Blatt vom Kopierstapel und setzte sich, zog die Schachtel mit den Buntstiften zu sich. Für ihn hatte diese Therapie keinen tieferen Sinn. Es ging nur darum, ihn zu beschäftigen, und das war es schon. Langsam malte er die einzelnen Felder aus und versuchte nicht mehr nachzudenken. Gelb, Rot, Grün, Gelb. Die Musik aus dem Radio dröhnte gegen seinen Schädel wie Artilleriegeschosse.

Irgendwann gab es keine Farben mehr. Sein Kopf war ein einziges, pulsierendes Organ und er spürte, wie sich bitterer Gallensaft in seine Mundhöhle presste.

Eine schmerzhafte Welle brach über seinem Kopf zusammen, geballt mit Gedanken und Erinnerungen und dem Gefühl, allein zu sein. Sein

Magen überschlug sich und Matteo sprang auf und rannte ins Badezimmer, spuckte in das Becken und klammerte sich am Rand fest. Er starrte gegen die Keramik und fragte sich, wann sein Leben so aus dem Gleichgewicht geraten war.

Es dauerte eine Weile, bis jemand zu ihm kam, das Quietschen der Badtür klang in seinen Ohren wie qualvolles Schreien. Chris lehnte in der Tür und sah fragend zu ihm. Matteo hatte sich schwerfällig auf den kalten Boden gesetzt, die Hand an der pochenden Stirn und kurz davor, aufzuschreien.

»Alles okay?«

Matteo verneinte stumm. Sein Nacken war steif und schmerzte.

»Nein«, gab er leise von sich und war am meisten enttäuscht darüber, dass er nicht weinen konnte, obwohl er es wollte. Seine Stimme klang weit entfernt, als würde sie nicht in dieser Welt existieren.

»Frau Friedrich sagte, ich soll dich zurück auf Station begleiten, wenn du magst.«

Matteo gab ein trockenes Lachen von sich, welches sich blechern anhörte.

»Und dann?«

Der dünne Mann zuckte mit den Schultern.

»Keine Ahnung, du legst dich hin?«

Erst jetzt wurde Matteo bewusst, dass tatsächlich Chris bei ihm war, der nie sprach, nur Salat aß und der so dünn war, dass Matteo seine Wirbel zählen konnte, wenn dieser sich nach vorn beugte.

Langsam drehte er den Kopf zu ihm, blinzelte und schluckte Gallensaft herunter. Sein Hals tat weh.

»Warum ... bist du hier?«

Seine Frage war beschämend, bisher hatte er noch keinen hier danach gefragt. Reiner Egoismus, weil es ihn nicht interessierte und er der lächerlichen Überzeugung war, es ginge nur ihm mies. Das Bild, welches Chris abgab, mit seinen dünnen Armen und Beinen, war erschreckend und diese Tatsache erschlug ihn nahezu. Nachdenklich musterten sie sich. »Ich meine hier in der Klinik.«

»Schlafstörungen. Ich esse im Schlaf, weißt du?«

Ein kleines Grinsen stahl sich auf seine Züge.

Matteo starrte ihn einen Moment lang an, ehe er leise lachte. Sein Magen überschlug sich nochmals, bereit einen neuen Rekord aufzustellen.

»Klar«, gab er schmunzelnd von sich und starrte auf die Fliesen. »Und ich bin hier, weil ich mich verlesen habe und dachte, ich esse Tic Tacs.«

»Cool.« Chris stieß sich vom Türrahmen ab, trat einen Schritt auf ihn zu und hielt ihm die Hand hin. »Komm, wir gehen kurz raus.«

Matteo ließ sich aufhelfen. Nachdem sie sich abgemeldet hatten, liefen sie gemeinsam nach draußen. Die frische Herbstluft war wohltuend, ließ seinen Kreislauf weniger verrückt spielen und Chris war der perfekte Begleiter. Er schwieg und genoss ebenso das Flüstern des Windes.

Vielleicht war der Weg tatsächlich eine Art Ziel.

Lola hatte eine Kinderpistole in der Hand, lag in kurzen Hosen und einem zu großen Shirt rücklings auf Noahs Bett und schoss Gummipfeile mit Saugnäpfen an die Decke. Sie versuchte, einen Punkt zu treffen, den Noah nicht ausmachen konnte. Manchmal war es okay, nicht alles zu verstehen.

»Tobias hat dieses echt schnelle Auto, weißt du?«, erzählte sie und Noah sah von seinen Papierflieger auf, den er gerade gefaltete. »Und er hat mich gestern damit fahren lassen. Das war unglaublich.«

»Wie schnell warst du?« Noah knickte die letzte Ecke um, legte den Flieger beiseite und nahm sich einen neuen Bogen.

»Puh …« Ein weiterer Pfeil flog klickend an die Decke und blieb haften. »Sicherlich 200, ungelogen.«

Ein Grinsen breitete sich auf Noahs Zügen aus und er kämmte sich die Haare aus dem Gesicht. Wahrscheinlich war sie nicht besonders schnell gefahren, es hatte sich für sie dennoch so angefühlt und das zählte.

»Also ein Jumbojet.«

»Ganz recht.« Sie rollte sich über das Bett und blieb auf dem Rücken liegen. Noah musterte ihre unterschiedlichen Socken. Er wusste, dass ihre Mutter sie ordentlich zusammen legte, Lola sie jedoch gern durcheinanderbrachte. Sie hasste Ordnung, Individualität bedeutete bei ihr das Recht auf Chaos.

»Tobias war natürlich keineswegs begeistert. Du hättest sein Gesicht sehen sollen, als ich über den Parkplatz gerast bin und nebenbei sagte, dass ich keinen Führerschein habe.«

Noah schmunzelte breit, während er eine Falte umknickte. Er kannte diesen Tobias nicht, so war trotz allem von dessen Nervenstärke beeindruckt. Schon eine ganze Weile hielt er es mit ihr aus und wenn er nach dieser Aktion nicht Schluss machte, war er ihr mehr als gewachsen.

Lola feuerte einen der Pfeile direkt neben Noahs Kopf an die Wand. Er sah kurz auf und legte den fertigen Flieger beiseite.

»Bitte zerstör meine Frisur nicht.«

Behutsam nahm er sich den nächsten Papierbogen und faltete eine neue Figur. Lola wackelte spürbar mit den Beinen, die Matratze bebte und er sah zu ihr. Nachdenklich musterte sie seine Papierflieger und den kleinen Berg an Schwänen und pustete sich eine Locke aus der Stirn.

»Wieso bastelst du immer noch diese doofen Schwäne?«, fragte sie und streckte die Hand nach einem aus, nahm ihn zwischen die Finger. »Ist doch reine Zeitverschwendung.«

Ihre unbedachten Worte sollten ihn sicherlich nicht verletzen. Seit gestern hatte er ohnehin genügend Zweifel an allem, was er tat. Da er auf dem Friedhof nicht mehr willkommen war, schien ihm der Fokus verloren gegangen. Es war, als gäbe es keinen Sinn und er suchte ihn in jeder Bewegung und jedem Gedanken.

Lola so zu hören, ließ ihn zweifeln. War es verkehrt alles dafür zu geben, dass es Menschen gut ging? Sollte er wie jeder andere einer unbefriedigenden Arbeit nachgehen, Geld verdienen und hoffen, eines Tages den Richtigen zu treffen, eine Familie zu gründen und langweilig vor sich her zu leben?

War das vielleicht seine Bestimmung und er machte sich mit seiner altruistischen Art etwas vor?

Noah legte den Atlas mit dem darauf ruhenden Papierflieger beiseite.

»NoNo?«, fragte Lola leise, da er eine ganze Weile lang nach ihrer Frage geschwiegen hatte. Ohne etwas zu sagen, stand er auf und schlüpfte in seine Schuhe.

»Ich fahre zur Klinik. Kommst du mit?« Auf ihre Nachfrage ging er nicht ein.

»Nein … soll ich gehen?«

Noah zuckte mit den Schultern.

»Unten in der Küche ist Roast Beef von gestern, bedien dich, aber lass ein wenig für meinen Paps übrig.«

Er sammelte die Origamifiguren ein und verstaute sie im kleinen Korb, lief die schmale Treppe hinab und versuchte, seine Gedanken zu ordnen.

Es war nicht gut, dass seine eigenen Zweifel ihn aus dem Haus jagten, aber brauchte er ein paar Augenblicke für sich, um sich einiger Dinge klar zu werden. Vielleicht half ihm frische Luft und ein Szenenwechsel.

Noah rannte in die Garage, grüßte seinen Vater und griff sich das Fahrrad. Ohne ein weiteres Wort raste er auf die Straße zu, zog den Lenker rechtzeitig herum, um nicht mit einem Pfahl zu kollidieren und brauste davon. Nach nur wenigen Augenblicken schmerzten seine Waden. Es tat gut, denn so fühlte es sich an, wenn man im Begriff war, etwas zu tun, was vielleicht die Welt verwandelte.

Selbst Muskelkater bedeutete Veränderung.

Matteo starrte die neue Origamifigur auf dem Fensterbrett an, dieses Mal war es ein Papierflieger. Er blinzelte, ließ seinen Blick durch das Zimmer, zwischen den Figuren und der Tür, hin und her wandern. Fest umklammerte er mit einer Hand die Tür zum Bad und bemerkte erst allmählich, wie kalt seine Füße waren. Er hatte vor dem Duschen vergessen, sich Socken mitzunehmen. Langsam lief er zum Schrank und kramte ein Paar hervor, setzte sich auf den Bettrand und zog sie über. Dabei sah er den blauen Flieger an und nahm ihn zur Hand.

Was hatte es mit diesen Figuren auf sich? Seit Tagen kamen neue dazu und bisher hatte er keine Ahnung, was es bedeuten sollte oder wer um alles in der Welt die Zeit hatte, jeden Abend eine Origamifigur in sein Zimmer zu stellen. Der tiefere Sinn erschloss sich ihm ebenso wenig.

Nachdenklich betrachtete er den Flieger, der in seiner großen Hand winzig erschien. Er drehte ihn und begutachtete die einzelnen Seiten. Filigran war das Ganze schon …

Es klopfte an seiner Tür und Matteo bekam es erst mit, als es bereits zum zweiten Mal geschah. Er schreckte auf und rief ein heiseres »Ja«. Diese öffnete sich ruckartig und Pfleger Martin kam herein.

»Herr Nier, Telefon für Sie«, meinte er übertrieben förmlich und musterte ihn.

So höflich war er sonst nicht. Sein Blick wanderte zu Matteos Fensterbrett, auf dem die anderen Figuren ruhten. Ein Kranich, ein Schwan, ein Fuchs und eine Schwalbe, dazu der Papierflieger in seiner Hand. »Schön, dass du welche bekommst. Der Bastler verteilt sie wahllos, hast ja bereits einige.«

Matteo verstand nicht gleich, sah zu den Figuren und dann wieder zu Martin.

»Heißt das, es ist einer von euch?«, fragte er.

Der Pfleger schüttelte den Kopf, blieb am Bettende stehen und stützte sich mit beiden Armen auf den Rahmen.

»Nein, ein Externer.« Er sah zur Tür. »Dein Telefonat wartet.«

Matteo betrachtete nochmals den Flieger und legte ihn auf den Tisch, stand auf und lief mit Martin vor in das Schwesternzimmer. Dort befand sich das Stationstelefon, doch die meisten nutzten es nicht, da sie immerhin Handys hatten. Matteo hatte seines jedoch überwiegend ausgeschaltet und checkte nur morgens seine Nachrichten.

Martin setzte sich zurück an den Schreibtisch und füllte ein paar Akten aus, während Matteo das Telefon mit nach draußen nahm und an sein Ohr hielt.

»Ja?«

»Wurde ja auch Zeit. Deine Mutter sagte, du hast Schwierigkeiten?«

Er staunte über seine Beherrschung, die er aufbrachte, um das Telefon nicht sofort beim Klang der Stimme seines Vaters mit aller Wucht an die Wand zu schmettern.

»Was willst du, Clemenz?«

Genervt rieb Matteo sich die Stirn. Er hatte mit jedem gerechnet, jedoch nicht mit seinem feigen Erzeuger. Clemenz seufzte in den Hörer und es Matteo überraschte, dass es sich fast genauso wie bei ihm anhörte.

»Wie gesagt, deine Mutter hat mich kontaktiert und gesagt, dass es dir nicht gut geht. Ich wollte mit dir darüber sprechen.«

Er klang aufrichtig, gleichzeitig jedoch berechnend und genervt. Der perfekte Schauspieler.

»Interessiert es dich wirklich, oder tust du das nur, weil meine Mutter es dir gesagt hat?«, gab Matteo bissig zurück. Er stand auf dem Gang und starrte in den Aufenthaltsraum. Chris und Torsten sahen sich zusammen ein Fußballspiel an und unterhielten sich. Im Hintergrund konnte er die Neue am Tisch sitzen sehen, die in ein Buch schrieb oder zeichnete.

»Es interessiert mich.«

»Wer's glaubt.«

»Wie geht es dir?«, fragte Clemenz übertrieben freundlich und hörbar genervt.

Matteo war es egal, er verschränkte einen Arm vor der Brust und zog den Kopf ein.

»Du weißt, warum ich hier bin, bester Vater des Jahres?«, wollte er wissen und konnte den Spott nicht aus seiner Stimme verbannen.

»Sie sagte nur, du hast Probleme …«

Er überhörte die Provokation, wie so oft. Der Klang von Clemenz' Stimme allein brachte Matteo noch mehr auf die Palme.

»Ich habe versucht mich umzubringen, Clemenz.«

Am anderen Ende war es schlagartig still und Matteo verbuchte das als persönlichen Erfolg, konnte nicht verbergen, dass es ihn absurderweise freute.

»Überrascht?«

»Nein, nur sprachlos.«

»Was? Dachtest du, ich liege wegen zu vieler Drogen hier, wie Emmanuel? Sorry, Drogen waren mir zu blöd.«

»Hör auf damit.«

»Was willst du von mir?«

»Ich … eigentlich wollte ich dir anbieten, dass du ein paar Wochen zu mir nach Los Angeles kommst. Mit deiner Freundin von mir aus. Weißt du, Miles kommt ebenso in ein paar Wochen und Jason würde sich bestimmt freuen, dich wiederzusehen. Wir könnten … grillen und so Sachen machen, wie eine richtige Familie.«

Es hörte sich wie ein einstudierter Dialog an. Matteo stockte, war für einige Augenblicke sprachlos.

»Wie eine … hast du sie noch alle?!« Er konnte nicht verhindern, dass seine Stimme mit jedem Wort lauter wurde. »Wir sind keine *scheiß Familie*, kapiert?!«

»Schrei mich nicht an, Martino!«

Es war kurzzeitig so übertrieben still, dass Matteo seinen eigenen Atem hundertfach lauter vernahm. Er konnte spüren, wie in seinem Herzen etwas zerbrach. Seine Sicht verschwamm und in seinem Kopf explodierten seine Gedanken. Als die Welt nicht mehr mit roter Farbe überzogen war und er klar sah, starrte er auf den Boden. Dort lag das schnurlose Telefon; zerschmettert und in etliche Teile zersprungen. Das Echo des aufprallenden Plastikkörpers hing im Gang.

»Was …« Martin stand urplötzlich hinter ihm, irgendwo öffnete sich eine Tür, alles rauschte. Matteo hastete in sein Zimmer, warf die Tür kräftig zu und drehte sich im Kreis. Er wollte schreien, die gesamte Welt und all ihre Bewohner verfluchen. Das Einzige, was er jedoch machte, war erschöpft auf das Bett zu fallen.

Niemand kam ihm nach und das war auch besser. Er musste sich erst beruhigen, konnte sich später entschuldigen. Natürlich würde er das Telefon ersetzen.

Alles war ersetzbar.

Jeder war ersetzbar.

Sein Vater konnte sich seinen Namen nicht merken. Den Namen seines Sohnes. Es kümmerte ihn nicht im Geringsten, was mit ihm geschah. Eine Tatsache, die nicht neu war, dennoch nicht weniger schmerzte.

Matteo sah zu dem Papierflieger auf seinem Nachttisch und legte den Kopf ins Kissen, ehe ihm die Tränen kamen.

Noah stellte einen weiteren Origamischwan zu den Figuren auf das Fensterbrett. Heute standen sie in einer anderen Reihenfolge.

Der Fuchs stand auf dem Papierflieger und es schien, als wollte er abheben und davon fliegen. Ohne Ziel.

Zu einem unbekannten Ziel.

KAPITEL 6

ch war heute Morgen mit deinem Hund draußen. Ich glaube, er hat ein Problem mit seiner Blase.«

Tobias verzog das Gesicht und umschloss die warme Kaffeetasse vor sich mit beiden Händen. »Also … wie heißt das noch mal? Inkontinenz? Ich glaube, das hat er.«

»Er markiert nur, Tobi«, klärte Matteo ihn ruhig auf und sah sich kurz um.

»Na … ich weiß ja nicht.«

Sein Halbbruder zuckte mit den Schultern und trank einen großen Schluck.

Sie saßen im Klinik-Café, der wohlige Geruch von Kräutertees und Kaffee wehte ihnen um die Nase, selbstgebackene Kuchenstücke lagen hinter strahlenden Glasfronten und die leichte Hektik um sie herum vermittelte Betriebsamkeit. Matteo war erstaunt, wie viele Patienten jeden Tag hierher kamen, obwohl der Kaffee auf der Station umsonst war. Die meisten begrüßten wohl vor allem den Tapetenwechsel.

Tobias hatte sich mit einer SMS angekündigt und Matteo war froh, dass er nicht einmal wegen Jessica fragte. Er konnte nicht verhindern, dass sich sein Magen allein bei dem Gedanken an sie zusammenzog. Vielleicht war das sein schlechtes Gewissen, vielleicht aber auch sein Kopf, der sich heimlich von allem erholte.

»Wie ist es hier?«, fragte Tobias nach einer Weile und sah sich um. Neben ihnen saßen zwei Leute von einer anderen Station und Matteo erkannte die junge Frau, die erst seit einigen Tagen in der Klinik war. Sie war mit ihrer Mutter hier und er versuchte, sich an ihren Namen zu erinnern. Denise?

»Es ist hektisch. Irgendwie.«

Nein, Daniela.

»Und anstrengend.«

Tobias musterte ihn und legte den Kopf schief. Matteos Aussage schien seine Frage nicht zufriedenstellend beantwortet zu haben.

»Macht ihr Ausdauersport oder warum ist es anstrengend?«, hakte er nach und Matteo schmunzelte leicht.

»Ich meinte eher mental anstrengend. Wie schweres Algebra.«

Sein Bruder verzog das Gesicht. »Ew.«

Wieder trank Tobias einen Schluck Kaffee und Matteo spürte, wie ermüdend diese Gespräche mit Leuten außerhalb der Klinik waren. Das heutige Thema der Gruppentherapie war ›Eltern‹ gewesen. Die anderen hatten gesprochen, er hatte überwiegend geschwiegen und zugehört. Danach war er bei Frau Thiel, seiner Psychologin, gewesen. Sie trafen sich jeden Tag und besprachen unterschiedliche Themen, zu denen er mal mehr und öfter weniger zu sagen hatte. Zu Beginn war es ihm unangenehm gewesen, mittlerweile konnte er gut über einige Stationen seines Lebens sprechen. Aktuell analysierten sie seine Schulzeit. Therapie war ein langwieriger, ermüdender Prozess. Denkmuster aus etlichen Jahren ließen sich nicht wegradieren, wie bei einer fehlerhaften Skizze.

»Wie lange musst du hierbleiben?«, fragte Tobias plötzlich und sah unauffällig auf die Uhr. Er hatte erwähnt, dass er nicht allzu lange bleiben konnte. Heute stand ihm noch ein wichtiger Termin bevor, Matteo wusste nur nicht mehr, was für einer. Langsam zuckte er mit den Schultern und trank von seinem Schoko-Kaffee.

»Das kann bis zu zehn Wochen dauern«, meinte er und sein Bruder sah ihn aus weit aufgerissenen Augen entsetzt an.

»Was? Die spinnen! Völlig übertrieben!«

Tobias sah verstimmt aus, spielte mit der Tasse, drehte sie am Henkel auf dem Tisch, sein Blick war seltsam finster. Matteo war ehrlich erstaunt; so aufgebracht hatte er ihn noch nie erlebt. Zumindest nicht, wenn es um ihn ging. Tobias schien wütend und verzweifelt zugleich, was eine bittere Kombination darstellte.

»Es ist nicht übertrieben und ich finde es nicht schlimm.«

Matteo lehnte sich zurück und sah Tobias an, der sich nur langsam zu beruhigen schien und er bemerkte, wie seltsam allein sein Bruder wirkte. Als hätte er niemanden sonst, was leider der Wahrheit entsprach. Keiner in Tobias' Bekanntenkreis stand ihm nahe genug, um nur einen Bruchteil von seinem Leben als teilberühmtes Kind verstehen zu können. Es gab nur Emmanuel und ihn. Eine bedrückende Stille entstand zwischen ihnen. Eine Weile wich Tobias ihm aus und irgendwann holte er tief Luft und fixierte ihn regelrecht.

»Hast du vor, mit Jessica Schluss zu machen?«

Langsam blinzelte Matteo und wich seinem Blick aus. Er schluckte, ließ sich die Frage durch den Kopf gehen und spürte, wie sie Kopfschmerzen heraufbeschwor. Zur Zeit schien Tobias als Einziger Kontakt zu Jessica zu haben und war sicher nicht sonderlich erfreut darüber, Postbote zu spielen, wahrscheinlich machte er sich jedoch nur Sorgen.

Diese Frage müsste er mit ›Ja‹ beantworten, konnte es jedoch nicht. Er hatte verstanden, dass die Menschen, die man brauchte, wenn es einem schlecht ging, nicht immer die waren, die sagten, sie wären für einen da. Er glaubte, er liebte Jessica und dennoch war es nicht mehr das Gefühl, welches er noch vor einem halben Jahr empfunden hatte. Es war … anders.

»Keine Ahnung«, antwortete er und nippte an seinem Getränk. »Hat sie gefragt?«

Tobias nickte.

»Sie macht sich große Sorgen um dich. Sie versteht nicht, was mit dir los ist.«

Matteo vernahm das ›wir alle verstehen es nicht‹ zwischen den Worten und spürte einen seltsamen Trotz in sich aufsteigen. Kurz ballte er eine Hand zur Faust, lockerte sie aber rasch. Frau Thiel hatte ihm gesagt, dass Aggressionen ihm nicht weiter halfen, sondern er sich ihnen stellen musste. Er musste lernen, loszulassen. Lernen zu leben, ohne sich an Erinnerungen und Erwartungen zu klammern.

»Sag ihr, es geht mir gut und sie soll sich keine Sorgen machen.«

Er wollte gehen. Tobias war erst eine Stunde hier und trotz allem hatte er bereits genug.

»Ich muss gleich zu einer Therapie«, log er deshalb und sah auf die Uhr.

Es war Tobias anzusehen, dass er ihm nicht glaubte, doch er verstand den Wink, nickte und trank seinen Kaffee mit großen Schlucken aus.

»Okay. Deine Sachen von Frances habe ich dir ja gegeben.«

Bestätigend brummte Matteo. Mit Missfallen hatte er die Tasche entgegengenommen. Seine Mutter schaffte es nicht, ihn zu besuchen. Ihren einzigen Sohn. Ihm nicht klar gewesen, wie tief unten er auf der Prioritätenliste seiner Mutter stand.

»Soll ich dir beim nächsten Besuch irgendetwas mitbringen? Bücher? Vielleicht deinen Laptop?«, wollte sein Bruder wissen, während er seine Jacke anzog.

Matteo schüttelte den Kopf. Er brauchte hier nichts. Die zwei Bücher, die er ausgeliehen hatte, waren bisher vollkommen unberührt auf seinem Nachttisch liegen geblieben.

Sie bezahlten und liefen zurück zur Station. Die Stille zwischen ihnen war nicht unangenehm, allerdings war sie neu. Es hatte selten Tage gegeben, an denen Tobias und er nicht zusammen waren. Matteo teilte die Ansichten seines Bruders nicht oft, sie dennoch kamen gut zurecht. Im letzten Jahr war zu viel geschehen, allem voran Emmanuels Drogenprobleme, die sie ebenso ins Rampenlicht der Presse rückten und Tobias' Ausraster vor laufenden Kameras auf einer Filmgala. Matteo wusste nicht mehr, was seinen Bruder aufgebracht hatte, aber er erinnerte sich daran, wie er ihn bestimmend mit sich zog und hoffte, keiner würde davon berichten. Was war er naiv gewesen. Natürlich waren die Zeitungen tagelang voll damit und ab einem gewissen Punkt waren sie nur noch die ›Nier Brüder‹ und nicht mehr ›Matteo und Tobias‹ gewesen. Irgendwann war alles verschwommen, als hätte jemand Wasser über die farbige Leinwand gekippt und ihre Gesichter verwaschen.

»Mach's gut«, meinte Tobias, als sie am Eingang der Klinik standen, schulterte den Rucksack und umarmte Matteo leicht. Die Rückansicht seines Bruders zu betrachten, während er vom Gelände spazierte, ließ Matteo endlich aufzuatmen.

Die dreizehn Figuren standen auf dem Fensterbrett und erzählten jeden Tag eine neue Geschichte.

Heute waren sie zu einem Kreis zusammen geschoben, die standen Tiere um den Fuchs herum und starrten ihn an. Noah wusste nicht, worauf diese Szene anspielte, es wirkte bedrohlich und ließ ihn nachdenklich zurück. Er hielt die gefaltete Blüte in der Hand, für die er zwei Tage gebraucht hatte und fragte sich, ob sie dazu passte. Er faltete selten Blumen und meistens gelangen sie nicht. Dieses Mal hatte er sich angestrengt, da er ihm nicht ständig Origamitiere schenken wollte.

Noah hatte ihn mittlerweile gesehen. Er war Frau Kowalks Sohn. Das Herrchen von Coconut. Aufgrund der zahlreichen Fotos, die in der Eingangshalle der Villa hingen, hatte er ihn erkannt. Zu seinem Erstaunen war ihm aufgefallen, dass er ihn nie bewusst wahrgenommen hatte. Einmal war er aus der Küche spaziert, als er mit Coconut zurückkam und dabei hatte Noah dessen Rückansicht auf der Treppe bewundert. Wirklich kennengelernt hatte er ihn nie und das erschreckte ihn.

Matteo Nier war ihm komplett entgangen.

Er baute die Szene auf der Fensterbank um, legte die Blüte dazu und lief aus dem Zimmer.

Jede Geschichte hatte einen Hauptprotagonisten und dieser hier war ein einsamer Fuchs.

»My darling, was beschäftigt dich seit Tagen?«, fragte Granny Jude, als Noah dreimal in Folge beim Dame-Spiel verlor. Er war sonst ziemlich gut, verlor selten und oftmals mit Absicht. Heute schaffte er es nicht, seine Gedanken beim Spiel zu lassen. Andere kamen dazwischen und sprengten seinen Fokus.

Granny Jude schob die Spielsteine auf die Ausgangspositionen, während Noah sich seufzend zurücklehnte.

»Ich darf nicht mehr auf den Friedhof«, berichtete er ihr leise. »Sie haben mir verboten, Luftballons an die Gräber anzubringen.«

Seine älteste Freundin sah ihn ausdruckslos an.

»Und warum haben sie dir das verboten?«

Auf diese Frage hin zuckte Noah ratlos mit den Schultern und spielte seinen ersten Zug.

»Ich habe keine Ahnung.« Er hörte, wie hilflos seine Stimme klang und es ärgerte ihn. »Ich brauche eine neue Aufgabe.«

»Hier, Kekse für euch!« Benjamin kam plötzlich tänzelnd mit einem Metallteller angewuselt. »Die sind von der Demenz-Station. Die haben gestern Unzählige gebacken und wissen gar nicht, wohin damit.«

Er stellte den Teller neben Noah ab und zog sich einen Stuhl heran. Es war seltsam, den stämmigen Pfleger gut gelaunt um sich zu haben. Wochenlang fühlte er sich von seiner Chefin nicht ernst genommen und liebäugelte, die Ausbildung hinzuwerfen. Noah musste ihm oft gut zureden, damit er es weiter versuchte und war froh, dass es sich gelohnt hatte.

Granny Jude nahm einen Keks, biss hinein und krümelte sich voll, bis Noah ihr eine Serviette reichte.

»Wer führt?«, fragte Benjamin mit einem Blick auf das Spielbrett und Noah deutete auf die alte Frau.

Der Pfleger grinste. »Ganz was neues.«

»Er ist unkonzentriert«, kommentierte sie nur und kaute langsam.

Noah seufzte.

»Nur ein wenig.«

»Er ist verwirrt.«

Benjamin schenkte Noah einen fragenden Blick.

»Verwirrt weswegen?«

Rasch sah Noah zu Granny Jude und warf ihr einen Blick zu.

»Ich habe … ich bin nicht verwirrt. Höchstens irgendwie … ratlos«, erklärte Noah. Er konnte die Gedanken an die Szene der Papierfiguren in Matteos Zimmer nicht abstellen. War es ein Hilfeschrei? Konnte er irgendetwas tun, was ihm vielleicht sogar helfen würde? Er wusste es nicht.

Benjamin setzte sich auf, verschränkte die Arme hinter seinem Kopf und starrte gegen die Zimmerdecke.

»Weißt du auch nicht, ob du dir eine Xbox One oder eine Playstation 4 kaufen sollst?«

Er sah schmunzelnd zu ihm.

»Nicht diese Art von ratlos.«

Benjamin zuckte mit den Schultern und Granny Jude sah zwischen den beiden jungen Männern hin und her und fuchtelte mit der Hand.

»Hört auf mit eurer Geheimsprache und spielt lieber. Ich habe Termine und nicht den ganzen Tag Zeit«, sagte sie ernst und Noah und Benjamin lachten.

Es gab wenige Dinge, die ihm in letzter Zeit eine Freude bereiteten, die abendliche Geschichte auf seiner Fensterbank gehörte jedoch definitiv dazu.

Heute war eine Blume dazu gekommen und sein stiller Schenker hatte die Tiere um sie herum angeordnet. Der Fuchs stand weit vorn, und schien an der Blüte zu riechen. Matteo gab zu, dass er die Origamifiguren liebte. Sie waren sein kleines Heiligtum, wenn ihm in der Klinik alles über den Kopf wuchs, erfreuten sie ihn trotz allem jeden Abend.

Er hatte aufgrund des zerstörten Telefons ein Wochenende Ausgehverbot bekommen und durfte nicht nach Hause. Nicht, weil er es kaputt gemacht hatte, sondern weil er laut Frau Thiel unter Stress stand und seine Emotionen nicht unter Kontrolle hatte. Sie sah es als Warnzeichen und arbeitete mit ihm daran, wollte effektiv verhindern, dass ein Wochenende ihre ganze Arbeit an seiner emotionalen Instabilität schadete. Die Strafe traf ihn nicht und es hatte erstaunlich gut getan, seiner Wut Luft zu machen. Normalerweise neigte er nicht zu Gewalt, doch niemand wusste von der kochenden Lava in ihm, die oftmals kurz vor dem Siedepunkt schien und alles bei einem Ausbruch mitreißen würde. Niemand hatte eine Ahnung von den Gedanken, die ihn auf den Boden pressten. Keiner verstand, wie es war, Nier zu heißen.

Dieser Name verfolgte ihn seit seiner Geburt.

Ein weiteres Kind von Clemenz Nier, dem erfolgreichen Schauspieler. Dem Mann, der sich nur finanziell um seine Kinder kümmerte. Er erinnerte sich an die ersten Weihnachtsfeste, als Clemenz meistens nur mit einem Glas Wein in der Hand auf der Couch gesessen und gewartet hatte, bis Matteo die ersten Geschenke ausgepackt hatte, nur, um mit einer fadenscheinigen Ausrede schnell zu verschwinden. Damals wusste niemand, dass er zwei weitere Kinder hatte und diese zu den Feiertagen besuchte.

Matteo war froh, dass seine Großeltern herzlich waren und ihn und Frances bei sich aufnahmen, als Clemenz sich weigerte, sie zu heiraten und bekannt gab, bereits dreifacher Vater zu sein. Danach sprach niemand mehr darüber. Matteo lebte viele Jahre als Einzelkind, besuchte eine Privatschule und spielte sogar Fußball in einem Verein.

Es kam jedoch, wie es kommen musste: In seiner Klasse kapierte jemand, dass er der Sohn von Clemenz Nier war, der gerade zu der Zeit in einem Hollywood-Blockbuster eine nennenswerte Rolle spielte. Danach wurde die Schule zur Hölle.

Irgendwann erkrankte Matteo an einer schweren Grippe, die in einer Lungenentzündung gipfelte und ab diesem Punkt bekam er nur noch zuhause Unterricht, was Frances nach seiner Genesung nicht änderte. Er schaffte einen guten Abschluss und fing an zu studieren. In der Masse an Studenten ging er zu seiner Freude unter. Eine Weile lebte er in einer Wohnung in Berlin, studierte BWL – was sonst, wenn man nicht wusste, wohin – und kam irgendwie zurecht.

Als er eines Tages mit Tobias und Emmanuel eine Party besuchte, auf der angeblich Drogen verabreicht und gedealt wurde, hatte er wenige Tage später sein Exmatrikulationsschreiben in seinem Briefkasten, der Presse sei Dank. Gerüchte überholten die Wahrheit oft. Er verließ Berlin und kehrte nach Hause zurück. Irgendwann lernte er Jessica kennen, stand gefühlt jede Woche in einem Klatschblatt, versuchte im Leben klarzukommen, obwohl er nicht den Hauch einer Ahnung hatte, wie.

Er hatte die Aufmerksamkeit des ganzen Landes auf sich und das belastete ihn.

Manchmal erlaubte er es sich, zu träumen; stellte sich vor, jemand vollkommen anderes sein. Im Grunde war er ein normaler junger Mann, dennoch machte sein Name aus ihm mehr, als er darstellte und er konnte diese Erwartungen nicht erfüllen. Matteo wusste, dass viele erfolgreiche Menschen am Imposter-Syndrom litten und obwohl sie sichtbare Erfolge hatten, insgeheim glaubten, nichts davon ehrlich erarbeitet oder verdient zu haben. Bei ihm war es spezieller; er wusste, dass er niemand besonderes war, sondern ein Name ihm eine Position verlieh, der er nie gewachsen war.

Es klopfte an seiner Zimmertür und aus den Gedanken aufgeschreckt, wandte er sich um. Schwester Anita spähte hinein.

»Matteo, es ist Schlafenszeit«, informierte sie ihn und vor zwei Wochen noch hätte er sie bitterböse daran erinnert, wie alt er war und ins Bett gehen konnte, wann er wollte. Aber nach fast acht Stunden Therapie, unter anderem Achtsamkeitsübungen, Atemtraining und Ernährungsberatung, war er ziemlich erledigt. Die Tage begannen unverschämt früh mit einem Spaziergang, an dem jeder teilnehmen musste und ging nach dem Frühstück in die ersten Einheiten über. Matteo hatte überwiegend Gesprächstherapie und etliche Bewegungseinheiten. Wahrscheinlich spielten sie auf seine paar Kilo zu viel an und er gab zu, dass es ihm gut tat. Er war nicht unsportlich, nur faul. In der Ernährungsberatung erkannten sie gemeinsam, dass er nicht zu viel aß, sondern sich zu wenig bewegte. Zu Beginn hatte Matteo es als riesigen Komplott gegen sich empfunden, dass jeder glaubte, ihn besser zu kennen. Doch sein Widerstand hielt nicht lange an. Er verstand, dass ihm die Menschen hier halfen und deshalb Grenzen überschritten.

Manchmal musste es wehtun, bevor es helfen konnte.

Die Schwester ging hinaus und wünschte ihm leise eine gute Nacht, während er die Beine unter die Bettdecke schob. Seine Hände dufteten noch nach dem Pfefferminzöl, welches er in der Aromatherapie benutzt hatte, um seine Kopfschmerzen zu bekämpfen. Matteo betrachtete die Szene auf seinem Fensterbrett.

Er hatte alle Figuren beiseitegeschoben, nur der Fuchs stand in der Mitte und starrte nach draußen in den aufkommenden Sternenhimmel, als versuchte er, ebenso ein Teil der Sterne werden.

Sein Vater hustete seit einigen Tagen, Noah hörte es bis hoch in sein Zimmer. Er klappte sein Buch zusammen und stand vom Bett auf. Mit nackten Füßen schlich er die steile Treppe hinab und lief nach unten ins Wohnzimmer. Schon auf den letzten Stufen konnte er etwas hören, was er sonst nicht vernahm und es dauerte eine Weile, ehe er fähig war, das leise Schniefen und Glucksen genauer zuzuordnen.

Im Wohnzimmer angekommen, sah er seinen Vater über auf dem Couchtisch ausgebreitete Fotos weinen.

Es war eine Sache, traurig zu sein. Noah wusste, dass sein Vater noch heute unter dem Verlust seiner Frau litt und oft an sie dachte. Sie waren lange zusammen gewesen und Andreas Laurisch glaubte, er hätte erkennen müssen, sehen müssen, wie schlecht es ihr ging und wie sie sich fühlte. Noah wusste, dass er sich die Schuld an ihrem Tod gab. Auch wenn es niemandes Verantwortung war.

Reue folgte keiner Logik.

Wie ein Statist blieb er stehen und sah zu, wie sein Vater in einem Meer aus Tränen versank. Es brach ihm Stück für Stück das Herz, ließ seine Knie weich werden, allen voran führte es dazu, dass Noah sich allein fühlte.

Im Gegensatz zu seinem Vater konnte er nicht weinen. Er drehte sich um und lief zurück in sein Zimmer. Dieses Mal achtete er nicht darauf, leise zu sein.

Vier Tage waren seit der letzten Figur vergangen.

Matteo saß im Aufenthaltsraum, starrte auf die Tischplatte und versuchte nachzudenken. Es war allerdings ein ziemlich schweres Unterfangen, wenn im Hintergrund ständig jemand den Fernseher lauter drehte und die schreckliche Talkshow laut kommentierte. Zwar war Torsten bereits dabei, Daniel die Fernbedienung zu entziehen, dennoch konnte Matteo seine Gedanken nicht beisammen halten. Er schob das Gesteck auf dem Tisch gerade.

»Gib her«, fauchte Torsten, entriss dem jugendlichen Rüpel, der erst seit zwei Tagen hier war, das kleine Gerät und schaltete den Fernseher leiser. »Hier sitzen noch andere, mein Lieber. Hab etwas Respekt.«

Daniel rollte nur mit den Augen, blickte Matteo an und kam zu ihm gelaufen.

»So ein Kotzbrocken.« Er ließ sich in den Holzstuhl gegenüber von Matteo fallen.

»Das habe ich gehört«, kam es von der Couch und Daniel äffte Torsten nach. Langsam drehte er sich zu Matteo.

»Bock auf eine Runde Tischtennis?«

Er wusste nicht, wann dieser Typ beschlossen hatte, dass sie plötzlich beste Freunde waren, mit großer Sicherheit wusste er jedoch, dass es nicht auf Gegenseitigkeit beruhte.

»Du nervst«, antwortete er deswegen und wartete auf eine Reaktion. Daniel sah ihn nur an, zuckte mit den Schultern, stand auf und ging von dannen. Wütend starrte Matteo ihm nach und schüttelte den Kopf, sah erneut auf die Tischplatte, und versuchte sich daran zu erinnern, worüber er vor dem Theater nachgedacht hatte.

Als er später von einem langen Spaziergang zurückkam, ruhte eine neue Figur auf seinem Nachttisch. Als er den Schwan genauer betrachtete, bemerkte er einen vertrauten Knick. Es war nur eine der Figuren, die er bereits besaß, keine neue. Wahrscheinlich hatte er sie selbst hingestellt und es nur vergessen. Er zählte die übrigen und bestätigte so seinen Verdacht. Weiterhin waren es nur dreizehn.

Bekam jeder nur eine bestimmte Anzahl? Hatte der stille Bastler keine Freude mehr daran? Es war ihm ein Rätsel. Es klopfte leicht an der Tür.

Chris streckte seinen Kopf in den Raum und Matteo winkte ihn stumm zu sich. Leise schlich sich der dünne Junge hinein und schloss die Tür hinter sich.

»Hey, du sagtest, du hast zwei gute Bücher hier.« Während des Spaziergangs hatten sie sich darüber unterhalten, was sie gern im TV sahen und welche sie Bücher lasen. Matteo kam nicht oft zum Lesen, kannte zumindest einiges von Stephen King und Cody McFayden. In der Klinik hatte er zusätzlich noch einen Roman von Fitzek. Er zog die zwei Bücher aus dem Schrank unterhalb seines Nachttisches und wollte sie Chris reichen, der stand jedoch am Fensterbrett und musterte die Origamifiguren.

»Wow. Hast du die selbst gemacht?«

Matteo schüttelte den Kopf und biss sich auf die Lippe, als er sah, wie dieser nach dem Fuchs griff. Gerade der bedeutete ihm viel.

»Nein. Ich bekomme die geschenkt.« Er blinzelte. »Du nicht?«

Chris drehte sich zu ihm und stellte den Fuchs behutsam zurück.

»Nein, von wem denn?«

»Keine Ahnung, Dina hat auch ein paar. Ich dachte, jeder bekommt welche.«

Nachdenklich sah sein Gast die Origamifiguren an und runzelte die Stirn.

»Ich wüsste nicht von wem. Bastelt Torsten sie?«

Matteo lehnte sich auf dem Bett zurück, stützte seine Arme hinter sich ab.

»Nein, ist ein Externer, sagte Martin. Der Pfleger«, fügte er hinzu und der junge Mann verzog den Mund.

»Ich … nehme mir das, okay?«, meinte er und hielt das Fitzek-Buch hoch. Matteo nickte und Chris entschwand mit einem ›bis dann‹ aus seinem Zimmer. Nach einigen Augenblicken legte Matteo sich auf das Bett und starrte an die Zimmerdecke. Wer der geheimnisvolle Origamibastler wohl war? Ob derjenige nett war?

Nochmals hob er den Kopf und starrte zu dem Fuchs, der vom einbrechenden Nachthimmel erhellt wurde. Es dauerte einen Moment, ehe er eine Art Plan hatte und langsam aufstand, sich seine Schuhe anzog und aus dem Zimmer lief.

Er konnte ohnehin keinen Schlaf finden.

KAPITEL 7

E r kniff die Augen zusammen, drehte den Kopf und betrachtete alles aus einem anderen Winkel. Vielleicht lag es daran, dass er wenig geschlafen oder heute Morgen nur eine halbe Tasse Kaffee getrunken hatte, doch war in dem Zimmer irgendetwas anders. Er wusste nur nicht auf Anhieb, was.

Noah trat näher zum Fensterbrett, auf dem seine Origamifiguren standen, heute alle in Reihe und Glied aufgestellt. Selbst der Fuchs, der sonst im Mittelpunkt stand, war nur einer von Vielen in der erdrückenden Masse. Als er heute die vierzehnte Figur dazu stellte, schien es keine Geschichte mehr zu geben. Die Tierchen standen eng beieinander auf der linken Seite des Fensterbretts und sahen aus, als würden sie es selbst nicht verstehen. Er hatte sich an einer neuen Blüte versucht und mit orangefarbenem Papier etwas Schönes kreiert. Sie passte zu den übrigen Figuren, einzig die Szenerie verwirrte ihn. Ein weiterer, prüfender Blick klärte einiges auf.

Noah entdeckte unter zwei Büchern einen Stapel an Kopien einfacher Faltanleitungen. Er nahm sich eine, faltete schnell einen großen Papierflieger, legte ihn auf den Nachttisch und setzte den Fuchs darauf ab. Zufrieden grinsend schlenderte er hinaus.

»Du bist seit drei Wochen hier und mich erstaunt, dass sich bei dir keine wirklichen Veränderungen zeigen. Obwohl du bei allen Therapien mitmachst und deine Medikamente nimmst.«

Mit Medikamenten meinte Dr. Buchhold, dass er wie alle anderen Mitaffen – Pardon – Mitpatienten die Nahrungsergänzungsmittel schluckte.

Selen, Zink, Omega 3 und Eisen. Laut einigen Therapeuten war bei einer längeren Einnahme eine deutliche Verbesserung der Stimmung zu erkennen, da der Serotoninhaushalt ausgeglichener wurde. Matteo zweifelte diese Theorie an.

»Vielleicht bin ich nicht so krank, wie Sie denken«, meinte er mit einem gespielten Grinsen.

Der Arzt sah ihn über den Rand seiner Brille an.

»Oder du bist schwerer erkrankt, als wir erkennen können.«

Matteo blinzelte.

»Vielleicht tut es dir gut in die Kunsttherapie zu gehen.« Er notierte seinen Vorschlag in der Akte. »Dort wird dir die Möglichkeit gegeben, dich mit deinem inneren Selbstbild zu befassen und deine Wahrnehmung zu schulen. Das kann dir in der Therapie helfen und dich kreativ fördern.«

Matteo rollte mit den Augen. Gott, er quälte sich bereits durch Ergotherapie. War das nicht dasselbe, nur mit weniger Klebeband und Tonpapier? Er mochte die pummlige Ergo-Tante, dennoch war ihre Therapie nichts, was er jeden Tag brauchte. Es fiel ihm zusehends schwer, sich eine Beschäftigung für diese Stunden zu suchen und er hatte keine Lust, ständig nur Mandalas auszumalen.

»Die Therapie wird einmal die Woche im großen Saal abgehalten, die Kinderpsychiatrie nimmt auch daran teil. Vielleicht ist das ja eher etwas für dich.«

Wohl kaum.

»Muss ich dahin, auch wenn ich nicht will?«, wagte er zu fragen und Dr. Buchhold nickte.

»Stell es dir vor wie ein Rezept. Ohne diese Zutat gelingt dein Kuchen nicht.«

Eine schlechte Metapher. Sogar Emmanuel hätte eine Bessere gefunden und dessen Deutsch war teilweise der Schreck eines jeden Lehrers.

Fest presste Matteo die Lippen aufeinander und nickte langsam.

»Wie fühlst du dich sonst?«

Am liebsten hätte er laut aufgelacht. Diese Frage erschien ihm, nachdem er eine ungewollte Therapie aufgedrückt bekommen hatte, seltsam lächerlich. Eine Antwort fiel ihm nicht ein. Wenn er in sich hineinhorchte, wusste er nicht, wie er sich fühlte. Nicht schlecht. Nicht gut. Er konnte schwerlich sagen, dass er auf den Nachmittag wartete, weil er üben wollte, wie man einen Schwan faltete. Oder am Abend auf eine weitere Figur hoffte, um eine neue Geschichte zu formen.

Mittlerweile konnte Matteo seine Gefühle mit den Tieren gut zum Ausdruck bringen. Manchmal stellte er sie um, sodass der unbekannte Bastler erkannte, wie bedrückt und einsam er war und bei den Antworten, die er erhielt, hatte er das Gefühl, dass der Unbekannte ihn auf eine bizarre Art verstand.

»Ich fühle mich ... gut«, log er und versuchte sich an einem Lächeln, welches seine Augen aber nicht erreichte.

»Tobias und ich werden heute zu seiner Mutter gehen«, erzählte Lola und schob sich eine Gabel voller Spaghetti in den Mund. Sie war von der Klinik, in der sie arbeitete, direkt zu ihm gefahren, um ein wenig Essen abzustauben. Ihre zweite Schicht würde erst in einer Stunde beginnen. »Ich bin gespannt, wie sie so ist.«

Noah drehte sich zu ihr, goss Kaffee in ihre Tassen und stellte die Kanne beiseite. Er lehnte sich an die Küchenzeile und beobachtete sie.

»Super.«

Mehr brachte er nicht hervor. Wenn er ehrlich war, interessierte es ihn nicht. Lola lebte ihr Leben und das begrüßte er, hatte für ihre Freude aber gerade keinen Platz in seinem Kopf.

Die einsilbige Reaktion entging ihr nicht, weshalb sie fragend aufsah und die Gabel klirrend beiseite legte. Sie griff nach der Tasse und zog sie zu sich. Ein rascher Blick zu dem Kalender an der Wand verriet alles, was sie wissen musste.

»Es ist bald wieder so weit«, äußerte sie leise und pustete auf die dampfende Oberfläche ihres Kaffees.

Noah wandte sich ab und griff nach dem Holzlöffel, rührte hektisch in der Bolognesesauce. Er wollte nicht über den Todestag seiner Mutter sprechen.

»Magst du noch Nachschlag haben? Mein Paps hat gestern zu viel gekocht, kein Wunder, dass wir heute alle noch mal davon satt werden.«

»Noah …«

Er legte den Löffel beiseite und holte leise Luft.

»Ist schon okay. Du musst dich nicht sorgen.«

Sie schenkte ihm einen zweifelnden Blick.

»Da bin ich mir aktuell nicht sicher … du siehst eher aus, als müsste ich mir riesige Sorgen machen.«

Leicht schüttelte er den Kopf und nippte am Kaffee.

»Also …« Er suchte den verlorenen Faden. »Du und Tobias, hm? Lerne ich diesen Traummann noch kennen, oder versteckst du ihn so lange, bis ihr vor dem Altar steht?«

Er grinste und Lola erwiderte es, stellte ihre Tasse hörbar ab.

»Nein. Und weißt du was? Er hat schon gesagt, dass er dich gern kennenlernen möchte. Was meinst du?«

»Klar, jederzeit.«

Wenn er den Ausführungen von Lola aufmerksam genug gefolgt war, studierte Tobias hier in der Stadt und wohnte bei seiner Mutter. Er wusste nicht, was er studierte oder sonst tat … er gab zu, dass er ihr in letzter Zeit nicht allzu oft zuhörte.

»Super, ich werde ihn fragen, wann er Zeit hat und wir gehen was essen. Tobias hat ein Auto, wir könnten zu McDonald's fahren.«

Sie strahlte. Der verliebte Glanz stand ihr. Er kannte Lola seit Jahren und hatte nie daran gedacht, dass sie eines Tages jemanden finden würde, der zu ihr passte. Sie war nicht kompliziert oder schwierig, aber hauptsächlich nicht durchschnittlich. Sie besaß Ecken und Kanten, an denen man sich heftig stoßen konnte. Tobias schien das bisher ziemlich gut zu meistern.

Lola sprach über Tobias, aber Noah sah bereits gedankenversunken aus dem Fenster und fragte sich, ob es heute regnen würde. Es wäre der perfekte Tag dafür.

»Was hast du da?«

Matteo sah von dem Origamifuchs auf, den er in der Hand hielt und blickte Dina an.

»Das ist ein Fuchs, siehst du?«, meinte er und drehte ihn, damit sie es erkennen konnte.

Dina musterte das kleine Figürchen und ein schmales Lächeln tauchte auf ihren Zügen auf.

»Hast du den gemacht?«

Sie nickte zu dem Buch über Falttechniken und dem Stapel rechteckiger Papierbögen, die vor Matteo auf dem Tisch lagen. Er schüttelte den Kopf und musterte den Fuchs nochmals.

»Nein, den habe ich geschenkt bekommen.«

Dina legte den Kopf schief.

»Ach, von Noah?«

Er horchte auf und für einen Moment schienen alle Geräusche im Aufenthaltsraum in den Hintergrund zu rücken. Er blinzelte langsam, ließ den Fuchs in seinen Händen sinken.

»Du … weißt, wer die macht?«

Dina nickte.

»Ich … bin das zweite Mal hier. Ich kenne Noah aus der Kunsttherapie. Er bastelt gern Origamifiguren und verteilt sie als kleine Aufmerksamkeiten. Ich dachte, das weißt du.«

»Matteo?«

Es dauerte einen Moment, ehe er verstand, dass nicht Dina ihn angesprochen hatte. Unwirsch drehte er den Kopf zur Seite und sah Schwester Anita an.

»Frau Thiel möchte mit dir sprechen.«

Gerade so würgte er einen flapsigen Kommentar herunter und schenkte Dina nochmals einen Blick. Sie hob kurz die Hand, stand auf und huschte davon; wie ein Schatten, der vor der Sonne floh.

Er folgte Schwester Anita, die ihn bis zur Tür der Psychologin brachte und holte tief Luft. Sein Kopf war voller Gedanken, ihm stand nicht der Sinn nach tiefgründigem Geschwafel, welches ihm ohnehin nichts brachte.

Das Büro der Psychologin war klein und extrem zugestellt. Am ersten Tag hatte sie kurz gesagt, er sollte sich deswegen keine Gedanken machen, sie wäre trotz des sichtlichen Chaos eine Ärztin mit Abschluss.

»Wie fühlst du dich hier mittlerweile? Du bist mittlerweile drei Wochen hier.«

Es war interessant, dass es heute anscheinend darum ging, wie er sich *hier* fühlte. Sonst war allen wichtig, was er allgemein empfand.

»Geht so.«

»Hat deine Mutter dich besucht?«

Matteo schüttelte den Kopf und sah zu, wie sie ein paar Stichpunkte auf einem Klemmbrett nieder schrieb. »Und deine Freundin?«

»Nein.«

Sie runzelte die Stirn und er seufzte.

»Ich bat sie, nicht zu kommen.«

»Wieso?«

Er war von dem Gespräch bereits genervt.

»Ich denke, sie sollte mich so nicht sehen.«

Langsam lehnte sich die Psychologin zurück und schürzte für einen Moment ihre Lippen. Er musterte die ungezupften Augenbrauen, die gefärbten, schwarzen Haare und das weiche, runde Gesicht. Sie sah aus, als würde sie jeden Sonntag für ihre Familie kochen und im Garten arbeiten und nicht wie eine strenge Psychologin, die er aus dem Fernsehen kannte.

»Verletzlich?«

Er nickte.

»Und irgendwie ...« Ihm fehlte das Wort. »... *kaputt*.«

»Empfindest du dich so? Als kaputt?«

»Ich bin kein defekter Trockner, falls Sie das meinen.«

Sie schenkte ihm ein schmales, amüsiertes Lächeln.

»Genau das meinte ich eben nicht, Matteo. Ich möchte, dass du mir mit eigenen Worten sagst, wie du dich siehst.«

Er musterte sie, nicht sicher, was er sagen sollte. Wie er sich sah? Wollte sie wissen, was er im Spiegel erblickte?

»Ich ... also Sie meinen, wer ich denke zu sein?«

Nachdenklich sah sie zur Seite, nickte knapp.

»Genau.«

Eine vielschichtige Frage, die er, ohne nachzudenken, nicht beantworten konnte. Er mochte es mehr, wenn er auf ihre Worte hin nur nicken oder den Kopf schütteln musste. Warum mussten hier alle wissen, was er dachte? Die ganzen Jahre über hatte es niemanden interessiert.

In seinem Schoß kämpften seine Finger miteinander, ebenso wie seine Gedanken in seinem Kopf. Sie stolperten übereinander und fielen in

Schluchten, die er selbst erschaffen hatte. Er wusste, dass in Vorstellungsgesprächen meistens die schreckliche Frage nach den eigenen Stärken und Schwächen kam und er erinnerte sich, dass er in der Schule eine lange Liste mit Schwächen notiert hatte. Auf der Seite der Stärken hatte nur eine Sache gestanden. ›Ehrlichkeit‹.

»Ich bin der größte Versager in den Augen meiner Eltern.« Groteskerweise lächelte er über seine eigenen Worte. Frau Thiel sah ihn ernst an. »Nein, ehrlich. Ich bin ein Niemand. Ich atme, ich esse, ich schlafe. Ich habe in meinem Leben noch nichts erreicht. Bisher hatte ich nur Glück, habe jedoch keine Talente und kann nichts. Wissen Sie, mein Bruder Emmanuel kann wundervoll malen. Und Tobias ist echt geschickt, was Maschinen und Computer betrifft. Ich war nicht besonders gut in der Schule. Hatte, wie gesagt, bisher nur Glück und ich denke, ich werde nie etwas Erfüllendes leisten. Solche Menschen muss es geben; die, die nur existieren. Ohne tieferen Sinn. Wie ein Filler-Kapitel.«

Er holte tief Luft. So viele Worte hatte er schon lange nicht mehr ausgesprochen.

»Siehst du dich als einen Versager?«

Matteo zuckte mit den Schultern, sah sie nicht an, starrte stattdessen zum Regal und musterte das Plastikgehirn.

»Warum nicht? Mein gesamtes Leben handelt davon, wie sinnlos es ist, dass ich lebe.«

»Wieso denkst du das?«

Matteo lachte trocken auf.

»Wissen Sie, wie das ist, wenn jeder weiß, dass man nur ein Unfall ist? Dass der eigene Vater etliche Affären hatte und gefühlt überall ein Kind gezeugt hat, und sich einen Scheiß um eben diese Kinder schert? Er mag ein toller Schauspieler sein. Aber er ist der mieseste Vater der Welt. Er kennt nicht einmal meinen Namen.«

Matteo schluckte, weil ihm seine eigenen Worte nahe gingen.

»Das Schlimmste an allem ist, dass ich keinen eigenen Namen habe. Ich bin nur eins der ›Nier-Kinder‹, niemand sonst. Es kümmert niemanden, was ich denke und es interessiert vor allem keinen, was ich davon halte. Ich will nicht im Rampenlicht stehen und jeden zweiten Tag von mir in der Zeitung lesen. Ich will in einen Club gehen, ohne dass hinterher die Leute behaupten, ich hätte Drogen genommen und die ganze Nacht durchgefeiert. Ich will in aller Ruhe mit einer Freundin weggehen, ohne gleich von Paparazzi umzingelt zu werden. Ich konnte nicht einmal in die Schule gehen, ohne mir Gelaber anhören zu müssen, und dabei habe ich denen nie etwas getan. Nur, weil mein dämlicher Vater berühmt ist. Allein deswegen.«

Zum Ende hin war er lauter geworden und seine Stimme klang wütend. Er ballte die Hände auf den Stuhllehnen zu Fäusten und holte schwer Luft. Seine Kehle war wie zugeschnürt. Frau Thiel sah ihn an, in ihrem Gesicht fand keinerlei Regung statt, sie lächelte nicht einmal mehr.

»Matteo, ich möchte eine These aufstellen«, meinte sie, lehnte sich vor und hob eine Hand.

Er wusste nicht, was er erwarten sollte.

»Zum einen denke ich, dass du dir nicht im Klaren darüber bist, wer du bist – du hattest nie eine Chance, jemand zu sein – und zum anderen glaube ich, dass du nicht im mindesten so suizidal und wütend bist, wie du agierst. Ich denke eher, dass du ein lebensfroher Mensch bist, jedoch innerlich überaus verletzt. Das kann wütend machen und vielleicht sollten wir daran arbeiten. Du musst eine Möglichkeit für dich finden, Matteo zu sein. Und nicht nur eines von vielen Kindern, die zufällig die gleichen Gene haben. Verstehst du mich?«

Langsam nickte er.

»Also … nimm dir dort vorn ein Blatt Papier und zeichne mir eine Übersicht, was deine Familie betrifft.«

In diesem Moment hatte er zum ersten Mal das Gefühl, es würde sich etwas bewegen.

Vor allem in ihm.

Ein neuer weißer Schwan stand auf dem Fensterbrett.

Noah erkannte schnell, dass es keiner von seinen war. Er war unsauber gefaltet und eine Ecke war in die falsche Richtung geknickt worden. Ebenso war er größer als seiner, außerdem schien das Papier zugeschnitten und nicht das typische Origamipapier zu sein, welches er verwendete.

Dennoch musste er zugeben, dass der Schwan für den ersten Versuch überaus gelungen war.

Er griff danach und musterte ihn eingehender, drehte ihn in seinen Händen und hörte hinter sich plötzlich ein Klicken. Als er sich umdrehte, stand dort Matteo und starrte ihn an. Ein paar Sekunden lang stand die Zeit still.

»Du bist also der Origami-Killer«, sagte Matteo und Noah stellte den Schwan zurück auf das Fensterbrett.

»Bastler. Ich töte niemanden mit meinen Figuren«, erwiderte er und verbeugte sich theatralisch. »Noah Laurisch, stets zu Diensten.«

Er grüßte mit einem kurzen Abnehmen seines imaginären Huts und Matteo grinste ein wenig. Es veränderte sein gesamtes Gesicht, wenn er das tat.

»Aha und darf ich fragen, warum du das machst?«

Weiterhin lehnte er an der Wand neben dem Badezimmer und Noah musterte die langen Jogginghosen und die Sportschuhe. Typische Klinikbekleidung.

»Ich mag es, Origamifiguren zu basteln und habe die Erfahrung gemacht, dass sie Menschen erfreuen.« Er zuckte mit den Schultern. »Dich haben sie ja auch nicht kalt gelassen.«

Matteo zuckte zusammen und musterte ihn eingehender. Seine Augen schienen von einem dunklen Braun zu sein, wirkten jedoch müde. Was Noah am meisten auffiel, waren diese kräftigen Wimpern.

Er sah *besonders* aus. Wahrscheinlich fiel er nicht jedem auf, aber ihm.

Matteo ging zum Fensterbrett.

»Hast du meinen Schwan gesehen?«, fragte er, blieb unmittelbar neben Noah stehen, griff nach seiner gebastelten Figur und hielt sie Noah hin. »Was sagst du dazu?«

»Ziemlich gut für den Anfang. Aber …« Er nahm ihm den Schwan sacht ab, berührte kurz seine Fingerrücken. »Du musst hier sauberer arbeiten, sonst kippt er. Habt ihr Falzbeine?«

Fragend sah Matteo ihn an und blinzelte langsam. Noah konnte jede Wimper erkennen, es besaß einen eigentümlichen Charme. Als hätte die Natur bei Matteo besonders schöne Wimpern gemalt.

»Ich bin mir nicht sicher …«

»Frag Frau Friedrich, die hat bestimmt welche.«

Matteo nickte und sah Noah weiterhin an. Dieser erwiderte den Blick, versank in diesen dunklen Augen und für einige Sekunden lang schien keiner von ihnen zu atmen. Unausgesprochene Worte schwebten zwischen ihnen, wochenlang hatten sie stumme Gedanken und Gefühle mit den Origamifiguren geteilt und endlich standen sie sich gegenüber. Als würde man aus einem Traum erwachen und im ersten Moment nicht wissen, ob man wach war oder noch schlief.

Langsam löste sich Noah aus dieser bizarren Starre und griff nach seinem Korb.

»Ich muss weiter.« Er hastete zur Tür und drehte sich nochmals um. »War nett, dich zu treffen.«

Matteo blieb am Fenster stehen, sein Gesicht erhellt von der Straßenlaterne und bei diesem Anblick glitt ein leichter Schauer über Noahs Haut.

»Ebenso. Oh, und …«, ein kurzes Grinsen erschien auf Matteos Zügen, »coole Haare. Ich bin übrigens …«

»Ich weiß, wer du bist. Danke.«

Noah verbeugte sich nochmals wie ein Theaterschauspieler und lief eilig aus dem Raum. Er wusste nicht, warum sein Herz so schnell schlug, er schien es kaum noch einzuholen. Ein paar Mal atmete er tief ein und aus, während er eiligen Schrittes den Gang hinab ging.

Erst als er die Klinik verlassen hatte, bemerkte er den Origamischwan in seiner Hand, den er vergessen hatte zurück auf das Fensterbrett zu stellen.

KAPITEL 8

Der Saal war erfüllt von Stimmen, leisem Kratzen, lautem Schieben von Kisten über Holztischplatten und quietschenden Stühlerücken. Es roch nach Farbverdünner und Acryl, Klebstoff und ein klein wenig nach Deodorant. Die großen Tische waren zu fünf Stationen zusammen geschoben worden. An der ersten links vom Eingang gab es einen Bereich für Wassermalfarben und Acryl, daneben stand ein kleinerer Tisch, auf dem die Heißklebepistole ruhte, die Frau Friedrich streng bewachte. Es folgte ein Bereich für Enkaustik, passend neben den Steckdosen, die man für das Bügeleisen brauchte und die letzten beiden waren bedeckt mit einfachen Bastelarbeiten.

Matteo legte den Kopf in den Nacken, starrte zur Stuckdecke und fragte sich, was sich der Innenausstatter bei dem Kronleuchter gedacht hatte. Nichts an diesen Räumlichkeiten war festlich genug, um diesen zu rechtfertigen. Er gab zu, dass er jedoch Eindruck schindete.

»Hallo«, sagte die Kunsttherapeutin Frau Knoll und schenkte ihm ein breites, pferdeähnliches Lächeln. »Du bist sicherlich Matteo. Ich habe gesehen, dass du dich für die ersten Zeichenübungen eingetragen hast.«

»Uhm …«

Er wusste nichts Passendes als Antwort zu erwidern. Normalerweise wäre er heute zu Hause und würde ein gutes Essen von Melinda erwarten. Seine Mutter war leider auf Geschäftsreise und eine Heimreise lohnte sich nicht, vor allem wenn er bedachte, dass er Sonntag früh zurück in die Klinik gefahren werden musste. Deshalb hatte er sich umgehört und erfahren, dass eine Art Kunstworkshop stattfand. Zu seiner Freude schien dieser Noah ebenso daran teilzunehmen und einen Bastelkurs zu leiten.

Leider war der bereits voll und deswegen hatte sich Matteo schnell woanders eingetragen. Zeichnen war nicht seine Stärke, aber da er Dr.

Buchhold versprochen hatte, sich mehr einzuleben, wollte er es wenigstens versuchen.

»Magst du vielleicht herum gehen und dich umsehen?« Frau Knoll bemerkt seine Unsicherheit und Matteo nickte schnell. Das klang nach einem guten Plan. Ohnehin suchte er nur nach Noah, um ihn etwas fragen. Der blauhaarige junge Mann würde kaum zu übersehen sein.

»Ja, das wäre … okay.«

Sie lächelte nochmals.

»Gut. Sag mir Bescheid, wenn du anfangen magst. Du kannst dich umschauen, ob dich andere Sachsen mehr interessiert und dich dazu setzen, wenn genügend Platz ist. Frag die leitenden Therapeuten einfach, okay?«

Wieder nickte er und war froh, als sie zurück zu ihrem Platz lief. Diese übertriebene Freundlichkeit stieß ihm bitter auf, weil er nicht einschätzen konnte, ob sie ernst gemeint war. Immerhin wurden die Leute hier dafür bezahlt, nett zu sein.

Ratlos sah er sich um, erblickte Frau Friedrich, die gerade einem kleinen Jungen erklärte, wie die Heißklebepistole funktionierte und dabei ihren gesamten großmütterlichen Charme spielen ließ. Matteo mochte die alte Frau, sie erschien ihm als Einzige ehrlich.

Schwester Anita betreute den Tisch mit den Wassermalfarben und schien davon erstaunlich viel zu verstehen. Sie zeigte ein paar Möglichkeiten, wie man effektiv saubere Übergänge schuf und begeistert sahen zwei Kinder und Beate und Chris ihr zu. Die Beiden hatten sogar eigene Pinsel mitgebracht, Matteo dagegen besaß nicht einen Bleistift. Wenn er zeichnen wollte – was selten genug geschah – schnappte er sich meistens einen der Kugelschreiber aus dem Schrank im Aufenthaltsraum. Doch er hatte ohnehin kaum nennenswertes Talent, seine Zeichnungen waren mehr Ratespiele als tatsächliche Kunstwerke.

Er schlenderte zum nächsten Tisch, sah sich insgeheim immer wieder nach dem Origami-Killer Noah um. Innerlich schmunzelte er über diesen Gedanken, wie ein Killer sah er nicht aus, doch der Wortwitz war gut. Noah war vielleicht ein wenig eigentümlich und verdammt jung, wie Matteo fand, aber bei weitem nicht gefährlich. Er war ihm eher wie jemand erschienen, den man im Fernsehen oder auf YouTube fand. Dieser typische Exot, der nirgends hinein passte und sich eine eigene Schublade erschuf. Nur, um durchs Leben zu kommen, ohne dabei den Verstand zu verlieren. Matteo verstand nicht, wieso ein junger Kerl wie Noah in einer Klinik mit psychisch Kranken arbeitete.

Matteo gab zu, dass er wenig von der Struktur eines Krankenhauses verstand. Er wusste, dass einige Therapeuten nicht nur in der Klinik angestellt waren und zusätzlich zu privaten Krankenhäusern fuhren, teilweise eigene Praxen hatten. Auf der anderen Seite hatte er Noah bisher nie innerhalb der Therapiezeiten gesehen und ... er wäre ihm *definitiv* aufgefallen.

Wie jetzt.

Er stand zwischen zwei jüngeren Mädchen, die zu ihm hinauf sahen und beobachteten, wie er einen lila Papierbogen faltete. Ein kleines Lächeln umspielte seine Lippen und er sprach leise. Er trug einen komischen Hut und seine blauen Haare schienen im Licht des Saals nahezu zu leuchten.

Matteo blinzelte und konnte nicht leugnen, dass er ihn faszinierend fand, nur wusste er nicht, woran das lag. War es seine gesamte Art oder vielleicht das Gefühl, ihn besser kennenlernen zu wollen? Immerhin hatten sie wochenlang stumme Nachrichten ausgetauscht. Es war nur natürlich, dass mehr von ihm wissen wollte, richtig?

Matteo knurrte leise in sich hinein, stand auf und lief zu Noahs Tisch.

»Hey ... habt ihr noch Platz?«, fragte er unsicher.

Noah musterte ihn aus grau-grünen Augen. Matteo sah die leichten Sommersprossen, die auf dessen Nasenrücken schimmerten, wie aufgemalte Sterne. Der junge Mann erkannte ihn sofort. Ein Lächeln formte sich auf seinen Zügen, sein gesamtes Gesicht schien daran beteiligt. Matteo beschlich ein warmes Gefühl bei diesem Anblick.

»Na klar, immer! Setz dich!«, meinte Noah überschwänglich und deutete ausladend mit der Hand auf den freien Stuhl zwischen einem älteren Herren, der still vor sich hin faltete, und einem Jungen. Beide schenkten Matteo keinen zweiten Blick und setzten ihre Arbeit fort, als er sich niederließ. Noah schob ihm ein Blatt zu.

»Ich weiß ja, was du bereits kannst. Such dir eine Figur aus und probiere es zuerst allein, dann komme ich zu dir.«

Er zwinkerte Matteo zu und verlegen zog dieser die Kopie zu sich.

Die Anleitung war nicht schwer und schnell hatte Matteo den Bogen richtig gefaltet, dieses Mal auch ein Falzbein benutzt. Zufrieden starrte er auf die fertige Basisfigur, las sich die weiteren Schritte durch, hörte Noah sprechen und sah auf.

»Meine Mutter hat oft gesagt, dass Origami eine Kunst für sich ist. Die meisten verstehen nicht, warum das Falten von Tieren und Blumen etwas Besonderes sein soll. Sie sehen es als Zeitverschwendung an.« Sein Blick wanderte zu Matteo und blieb auf ihm ruhen. »Ich denke, dass jeder mit Origami sein eigenes Leben erzählen kann.«

Er wusste, worauf Noah anspielte und sah zu, wie dieser sich erhob, um einem kleinen Mädchen zu helfen, einen Schwan sauber zu falten. Unbewusst schob Matteo nach einer Weile die Schneidematte gerade und reihte die drei fertigen Figuren sauber neben sich auf.

»Brauchst du Hilfe?«

Erschrocken drehte er sich nach links und erblickte Noah direkt neben sich. Sein Mund stand für den Bruchteil von Sekunden offen und wahrscheinlich sah er aus wie ein Fisch auf dem Trockenen. Verlegen schloss er ihn rasch.

»Uhm … keine Ahnung, ich glaube nicht.«

Noah griff nach dem Kranich, den Matteo gefaltet hatte und nickte beeindruckt.

»Das ist echt gut. Du solltest die Schwalbe versuchen, die Basisfigur ist ähnlich.«

Er tippte auf die Kopie und lehnte sich ein wenig nach vorn. Er roch nach Pfefferminz. Matteo spürte, dass sein Arm den von Noah sanft berührte und fühlte, wie seine Ohren rot wurden.

»Okay«, brachte er leise hervor, wich seinem Blick aus.

»Nimm lieber hellblaues Papier, da siehst du die Falten besser und du kannst dir dünn aufzeichnen, wo die Unterseite ist, ohne dass man es hinterher sieht.«

Noah zwinkerte ihm wieder zu, richtete sich auf und lief weiter.

Matteo starrte auf seine Hände, sah zur Anleitung und war sich nicht sicher, was er gerade empfand. Er bekam keinen klaren Gedanken zusammen und spürte ein Kribbeln an der Stelle, wo sich ihre Arme berührt hatten. Die Wärme war mit Noah verschwunden.

Zwei Stunden später sammelte Noah die restlichen Papierbögen ein und verstaute sie sicher in der Kiste, die Frau Friedrich ihm überlassen hatte.

Die anderen Therapeuten und Schwestern räumten ebenso geschäftig ihre Sachen zusammen, nur Frau Knoll lief herum, als würde ihr alles gehören, und gab ab und zu Anweisungen.

Als er die andere Seite des Tisches abfegte, fiel eine kleine Figur auf das Kehrblech. Er blinzelte und fischte sie aus dem Papierberg hervor. Es war ein blauer Schwan, nur deutlich kleiner als die Vorlage. Noah wusste, wer diesen gebastelt hatte, denn er konnte das x erkennen, welches am Hals aufgezeichnet war.

Schon lange wusste Noah, um wen es sich bei Matteo Nier handelte. Er hatte eine Zeitschrift herumliegen sehen, auf deren Titelblatt in einer Ecke ein Foto von Matteo gethront hatte. Darunter stand in kursiv: ›Nier-Rambo in Klinik‹.

Noah hatte den Artikel nicht gelesen, weil er Klatsch nicht mochte und sich sicher war, dass er kein gutes Licht auf Matteo warf.

»Na, lief alles gut?«

Schwester Anita stand plötzlich neben ihm, hatte eine Tasche mit Farben geschultert und balancierte zwei Stapel Aquarellpapier auf ihrem Arm.

»Erstaunlich gut«, gab Noah zufrieden von sich. »Immerhin konnte ich sogar welche von der Fünf zu mir locken.«

Anita lachte.

»Wow, dann lief es wirklich gut.«

Er pustete sich eine Strähne aus der Stirn und setzte seinen Hut auf. Seine Arbeit war getan.

»Schönen Dienst wünsche ich euch.«

Noah nahm seine Tasche und spazierte aus dem großen Saal. Sein Fahrrad hatte er hinter dem Hauptgebäude auf dem privaten Parkplatz angeschlossen. Verdutzt blieb er stehen, als er um das Gebäude herumgelaufen war und starrte zu dem jungen Mann, der lässig neben dem Fahrradständer stand. Matteo rauchte und schien sich vollkommen bewusst zu sein, wie seltsam er hier wirkte. Langsam nahm er die Zigarette, die nur noch als Stummel zwischen seinen Fingern glühte, aus dem Mund.

»Dein Rad?«

Noah nickte.

»Mutig, es nicht anzuschließen.«

»Wer es für notwendig erachtet, mein altes Fahrrad zu klauen, braucht es anscheinend dringender als ich.«

Sie sahen sich einen Moment lang an und Matteo schnippte die Reste seiner Zigarette weg.

»Du bist also hier was genau? Ein Therapeut?« Er legte den Kopf leicht schräg und schob seine Hände in die Hoodietaschen. Unbewusst brachte er Abstand zwischen sie.

Noah sah ihn forschend an, hörte keinen Spott in dieser Frage, sondern ehrliches Interesse.

»Nein, nur zur allgemeinen Bespaßung da.«

»Aha und … was bringt dir das? Ich meine … hast du Aussicht auf einen Ausbildungsplatz oder warum machst du das?«

Matteo schien ihn nicht zu verstehen und das fand Noah amüsant. Er legte den Kopf ebenso schräg, musterte ihn und grinste.

»Du bist auch hier. Was bringt es dir?«, fragte er zurück.

Sichtlich verunsichert presste Angesprochener die Lippen zusammen, schob seine Hände tiefer in die Taschen und sah kurz zur Seite.

»Kein Vergleich, ich bin immerhin Patient.«

»Bei mir fehlt auch nicht so viel. Der Unterschied bei uns beiden ist nur, dass ich gehen kann, wann ich will.«

Erneut sah ihn Matteo verwirrt an und blinzelte. Selbst hier, im wenigen Licht des einbrechenden Abends, konnte Noah die schönen Wimpern erkennen.

»Du bist komisch. Vielleicht brauchst du mal eine Stunde bei Frau Thiel.«

Noah beobachtete, wie er einen Schritt zurücktrat.

»Vielleicht bist du ja irre.«

»Bist du es? Also irre? Ich meine … was ist irre? Ist es irre, wenn man mit dem Kopf gegen die Wand läuft? Ja. Ist es auch irre, wenn man es sich nur vorstellt und Schmerzen hat?«

Noah ging zu seinem Fahrrad, ehe Matteo etwas auf seine Worte erwiderte, zog es aus dem Ständer und schob es ein Stück.

»Kommt darauf an … wenn du dir Schmerzen einbildest, tun sie dennoch weh. Ich sehe da keinen Unterschied.«

Er starrte auf das Hinterrad und lief ein Stück mit.

»Warum … Warum hast du mir die ganzen Figuren hingestellt?«

»Dachte, du brauchst Aufmunterung.«

»Mit Papierfiguren? Ziemlich kindisch.«

»Du hast doch mitgemacht.«

Matteo gab ein leises Grummeln von sich.

»Ja … schon. Ich habe mich dennoch gefragt, was das soll.«

Noah hielt an und musterte Matteo. Er war irgendwie liebenswert, dachte er und schwang sich auf sein Fahrrad.

»Bring mir morgen einen Kaffee mit, wenn du auf mich wartest.«

Ohne noch etwas zu sagen, raste er davon und lachte leise. Er konnte sich Matteos verdutzten Blick vorstellen und wusste, er würde auf jeden Fall morgen warten.

Allein aus Neugier.

»Was gibt es?«

Kein ›Hallo‹, kein geheucheltes ›mein Junge‹, sondern nur eine genervt klingende Frage. Matteo verkniff sich ein Seufzen und lief vor dem Hauptgebäude auf und ab, während er auf Tobias wartete. Es war Nachmittag, die letzte Therapie war vor einer halben Stunde zu Ende gegangen und er hatte sich beeilt, um nach vorn zur Station zu kommen. Der Weg dauerte gute zehn Minuten, und Tobias würde bald hier sein, weswegen Matteo sich in seinem Zimmer nur schnell ein frisches Shirt überzog. Danach war erstaunlich viel Zeit übrig geblieben, also schnappte er sich sein Handy und rief seine Mutter an. Ein kurzes Hallo, um ihr zu sagen, dass alles okay war.

»Hi, ich wollte mich nur mal melden und …«

»Matteo, ich habe nicht viel Zeit. Ich bin auf dem Weg nach München und fahre gleich auf die Autobahn. Also: Was willst du?«

Sie klang gestresst und er spürte eine Art Stich in einer Gegend seiner Brust, die er für taub gehalten hatte. Zumindest in letzter Zeit.

»Wie heißt der Typ, der meinen Hund ausführt?«, fragte er deswegen direkt und hielt sich nicht lange damit auf, sich zu erkundigen, wie es ihr ginge.

»Wieso zum Henker willst du das jetzt wissen?«

Frances stöhnte, aber schien zu überlegen. »Er heißt Noah Laurisch, soweit ich weiß. Ich überweise ihm nur das Geld, mehr nicht. Wieso fragst du?«

Matteo hatte es geahnt und er grinste aus einem unerfindlichen Grund.

»Ist egal. Hey, Frances?«

»Was denn noch?«

»Wann kommst du mich besuchen?«

Sie holte hörbar Luft.

»Sobald ich etwas Land sehe, Matteo. Versprochen.«

Ihre Stimme hatte einen sanfteren Ton angenommen, doch tröstete ihn das nicht. Er verkniff sich einen Kommentar, weil jedes Wort nach purer Enttäuschung klingen würde, und das wollte er vermeiden. Sie wusste, dass sie ihn verletzte.

»Du solltest dich bei Jessica melden, sie macht sich große Sorgen um dich und vermisst dich.«

Er hatte sie komplett vergessen, was ihn auf eine absurde Art überraschte. Es wunderte ihn nicht, dass seine Mutter und Jessica zurechtkamen und seine Freundin sich bei ihr nach ihm erkundigte. Er hatte ihre Nummer nicht gesperrt, aber ging seit Tagen nicht ans Telefon und das Internet auf seinem Handy war deaktiviert. Es war nichts Persönliches; er lebte nur weitaus ruhiger, ohne sich ständig mit den kleinen Problemen der allgemeinen Bevölkerung zu beschäftigen, und er musste sich in der Therapie auf sich konzentrieren.

»Okay.«

»Ich muss auflegen.«

Es war eher eine Ankündigung, als eine Entschuldigung und Matteo schaffte es grade noch, ein ›Bis dann‹ zu sagen, als er das Klicken hörte. Verwirrt starrte er sein Handy an und begriff nicht gleich, was geschehen war. Das Gefühl, hier eine weitere, typische Szene in seinem verkorksten Dasein zu erleben, verließ ihn nicht. Das Kapitel des Sohnes, der keinen Platz im Leben seiner Eltern fand.

Er schob alle Gedanken an seine Mutter beiseite und dachte über den blauhaarigen, jungen Mann nach, den er heute noch nicht gesehen hatte. Noah existierte schon länger als Schatten in seinem Leben, sie kannten sich, nur nicht persönlich. Wie abstrakt das Leben manchmal war. Die Welt war kleiner als geahnt.

»Hey, du Flachzange!«

Eine vertraute Stimme rief ihn. Matteo wandte sich um, sah den Australian Shepherd auf sich zurennen und freudig mit der Rute wedeln. Er hockte sich hin und Coconut sprang ihm regelrecht in die Arme, schmiegte seinen wuscheligen Kopf an Matteos Hals und leckte ihm über die Wange. Er lachte und streichelte seinen Hund, während Tobias die Leine mit einer Hand aufrollte und langsam auf ihn zukam.

Coconut rannte aufgedreht herum, sprang an Matteos Bein hoch und forderte verpasste Streicheleinheiten ein. Er nahm Tobias die Leine ab und sie spazierten langsam über das Gelände. Einige der Patienten hatten heute Besuchstag und die meisten Bänke waren besetzt.

Als sie allein waren, sprachen sie endlich vertrauter miteinander.

»Matti, du solltest dich langsam echt bei Jessica melden. Ich meine es ernst.« Tobias schenkte ihm einen strengen Blick. Missverstehen, Ratlosigkeit, Mitgefühl schwang ebenso mit. »Sie dreht bald durch, weil sie nicht weiß, woran sie bei dir ist.«

»Soll sie doch, ich bin auch durchgedreht, die haben hier noch Zimmer frei.«

Er klang verbitterter, als er es beabsichtigt hatte. Tobias seufzte leise und ignorierte seine Worte.

»Du willst also Schluss machen?«

Eine Frage, die Matteo seltsam erschreckte. Bisher verbot er sich Gedanken diesbezüglich. Er vermisste Jessica nicht und vielleicht sollte er sich von ihr trennen. Andererseits wollte er nicht, dass sich Dinge änderten. Dennoch musste er *irgendetwas* in seinem Leben ändern.

Natürlich mochte er Jessica, es war jedoch keine Liebe mehr. Schon lange wusste er nicht mehr, warum sie zusammen waren. Damals war es die richtige Entscheidung gewesen, um die Gerüchteküche zum Schweigen zu bringen. Er war es leid gewesen, ständig neue Affären angedichtet zu bekommen, sobald er sich in der Öffentlichkeit bewegte. Bisher hatte es ihn nicht gestört, dass sie seine Pseudoberühmtheit für sich nutzte, um

Follower und mediale Aufmerksamkeit zu bekommen, denn sie sagte, dass sie ihn liebte. Ihn, nicht den Sohn von Clemenz Nier, sondern *ihn*, Matteo. Dessen war er sich allerdings seit Monaten nicht mehr allzu sicher.

»Keine Ahnung«, gestand er und schluckte. »Vielleicht.«

Tobias schwieg, aber Matteo hörte ihn schwer seufzen. Als atmete er all die Worte, die ihm auf der Zunge lagen, einfach weg.

»So was solltest du wie ein Pflaster behandeln«, sagte sein Bruder plötzlich und kurz verstand Matteo nicht, was er damit meinte. Nachdenklich legte Tobias den Kopf in den Nacken und starrte zu den Baumkronen hinauf. »Langsames abziehen bringt nur mehr Schmerz.«

»Oh bitte.« Matteo stöhnte und stupste ihn sacht mit der Schulter an. »Du redest mit einem, der seit Wochen in der Klapse ist.«

Ein Grinsen schlich sich auf Tobias weiche Züge und er sah Matteo verständnisvoll an.

»Du weißt, was ich meine.«

Sie liefen weiter und behielten Coconut im Blick, der über die Wiesen tollte.

»Wie läuft es sonst bei dir?«, fragte Tobias ihn und er überlegte bei dieser Frage.

Jede Antwort wollte bedacht sein. Manchmal baute man sich sonst mit Worten Fallen.

»Es geht. Die Therapien werden einfacher und …«

Noah schoss ihm in den Sinn. Für einen Augenblick spielte er mit dem Gedanken, Tobias von ihm und den Origamifiguren zu erzählen, verwarf jedoch den Gedanken aus irgendeinem Grund. Es erschien ihm nicht richtig, als würde er ein Geheimnis ausplaudern.

»Es ist manchmal ziemlich einsam hier.«

Tobias schubste ihn sacht mit der Hand.

»Hey, werde nicht rührselig. Ach … Das nächste Mal kommt Emmanuel mit. Er ist von dieser komischen Italienreise zurück, hat was von Maphael und Ricardo erzählt.«

Unwissend zuckte er mit den Schultern und Matteo prustete, brach in Gelächter aus. Es war das erste Mal seit langem, dass er herzhaft lachte.

»Du meinst … Raphael und Michelangelo?«, fragte er glucksend nach und Tobias' Wangen färbten sich rot.

»Ja, oder so. Jedenfalls ist er wieder da.«

»Sehr gut, dann kann er mir gleich Mal paar Techniken zeigen. Ich muss ab nächste Woche Aquarellfarben nutzen und ich habe keine Ahnung davon.«

Tobias hob eine Augenbraue und sah ihn erstaunt an.

»Man, ist das schwul hier.«

Matteo verzog leidend das Gesicht aufgrund dieses Ausdrucks. Er spürte, wie seine Wangen plötzlich vor Verlegenheit brannten und erwiderte nichts auf die Worte seines Bruders.

Noah nahm seine Tasche und lief zum Ausgang der Klinik.

Als er sein Fahrrad erreichte, sah er zu seiner Überraschung Matteo auf dem Fahrradständer sitzen und warten. Zu dessen Füßen stand ein dampfender Kaffeebecher und daneben eine Flasche Wasser. Er hatte sich zurückgelehnt und starrte in den Himmel, präsentierte Noah unbewusst seinen schmalen Hals und den deutlich hervortretenden Adamsapfel.

»Du hast es nicht vergessen.«

Matteo schreckte sichtbar zusammen, erhob sich rasch und nahm den Becher, hielt ihn Noah hin.

»Deine Aufforderung war so dreist, die konnte ich nicht vergessen.« Matteo zuckte mit den Schultern. »Außerdem ist der Kaffee auf der Station umsonst.«

»Und widerlich.«

»Von ›lecker‹ war nicht die Rede.«

Noah grinste und trank einen Schluck, stellte seine Tasche ab und setzte sich auf den freien Platz des Fahrradständers. Unschlüssig blieb Matteo einen Moment lang stehen, griff linkisch nach seiner Wasserflasche und ließ sich neben ihm nieder. Beide sahen in die raschelnden Baumkronen und schwiegen.

»Du arbeitest für meine Mutter. Also ... für mich ... demnach für meinen Hund.«

Noah musste sich ein Auflachen verkneifen. Zufrieden umschloss er den warmen Kaffee und zog seine Beine mehr an.

»Ich gehe mit deinem Hund für Geld spazieren. Ich bin nur ein Tierchauffeur, mehr nicht.«

Er nippte vom Kaffee, der besser roch, als er schmeckte.

»Bist du ein Stalker?«, fragte Matteo und lehnte sich zu ihm. »Und die Frage meine ich durchaus ernst.«

Noah blinzelte langsam.

»Wenn ich einer wäre, würde ich dir das sicherlich nicht sagen«, konterte er.

Verlegen fuhr Matteo sich durch das Haar.

»Okay, eins zu null für dich.«

Grinsend wippte Noah mit seinen Füßen.

»Falls es dich interessiert: Ich komme seit acht Jahren hierher. Es hat nichts mit dir zu tun, wir reden hier von reinem Zufall.«

»Ich glaube ehrlich gesagt nicht an Zufälle.«

Noah sah ihn an.

»Oh, kommt jetzt ein *Matrix* Spruch? Von wegen ›ich mag den Gedanken nicht, mein Leben nicht unter Kontrolle zu haben‹?«

Ein Lächeln schlich sich auf Matteos Züge und er sah an seinen Schuhspitzen vorbei, als würde er dort nach einer passenden Antwort suchen. Noah fand, dass ihm Lächeln gut stand.

»Es ist ein ziemlich guter Film.«

Langsam wog Noah den Kopf hin und her, sein Hut rutschte ihm beinahe vom Kopf.

»Ich mag *Fight Club* mehr.«

»Nichts übertrifft *Fight Club*«, stimmte Matteo sofort zu.

»Für jemanden, der seit Tagen mit einer Weltuntergangsmiene herumläuft«, sagte Noah, »hast du einen wirklich guten Filmgeschmack.« Rasch trank er den Kaffee aus und erhob sich. »Es wird morgen regnen, also zieh dich warm an.«

Er griff nach seiner Tasche und bugsierte sie auf sein Fahrrad. Matteo sagte zuerst nichts mehr, sondern beobachtete ihn beim Aufsteigen und als Noah davon fuhr, vernahm er noch:

»Bei Regen schützt dich dein Hut aber nicht!«

KAPITEL 9

Er hatte Arme und Beine von sich gestreckt und versuchte kerzengerade auf dem Bett zu liegen. Seine Wirbelsäule knackte und er hob seine Arme ausgestreckt nach oben. Ein leises Keuchen entwich ihm, sein gesamter Körper bestand heute nur aus Schmerzen. Sie erstreckten sich über seinen Rücken, bis auf Arme und Oberschenkel und sogar seine Halswirbel schienen verrenkt zu sein. Er konnte sich nicht daran erinnern, wann er zuletzt so erschöpft und voller Muskelkater gewesen war.

»Du klingst verspannt«, kam es vom Fenster, zu welchem sich Lola mit einer Zigarette verzogen hatte. Blaue Dunstwaben umgaben sie und bildeten einen Rahmen. Sie rauchte selten, normalerweise fand sie es dämlich und riss Witze über die ›Schicki-Micki-Tussis und ihre Modekippen‹, aber heute war kein normaler Tag.

Noah drehte den Kopf zu ihr und sah ihren Umriss im letzten Licht des Tages, eingefasst in blauen Nebel. Ihre bauschigen Haare wurden durch einen Haarreif gebändigt und sie trug einen alten, grauen Hoodie, den Noah von früher kannte und dazu schwarze Leggins, obwohl sie diese hasste. Wie bereits erwähnt, war heute kein normaler Tag.

»Ich bin verspannt«, sagte er und streckte sich nochmals. Sein Nacken knackte. »Heute habe ich beim Karate-Unterricht ziemlich viele, neue Übungen gemacht und noch dazu hing Elisa immer bei mir und sprang mir auf den Rücken.«

Ganz zu schweigen vom gestrigen Tag, an dem er mit Frau Müller-Schönau im Pflegeheim das Zimmer eines kürzlich verstorbenen Mannes ausgeräumt hatte.

»Ich hasse diesen Namen. Elisa …«, frotzelte Lola und Noah grinste kurz.

»Ich weiß.«

»Du bist zu nett, weißt du das?«

»Ja.«

Noah seufzte. Er spürte Lolas Blick auf sich. Sie war ein netter Mensch, aber wahrscheinlich direkter als alle anderen auf dem Planeten.

»Du solltest einen Tag lang zu mir auf Arbeit kommen.« Wieder zog sie an der Zigarette, er erkannte es an der längeren Pause. »Dann würdest du eine geballte Ladung Realität kennenlernen.«

»Realität brauche ich nicht.«

»Oh komm …«

Er drehte den Kopf zu ihr und für einen Moment lang sah er alles durch einen blauen Schleier. Nur lag es nicht am Zigarettenrauch und er pustete sich eine Haarsträhne aus dem Gesicht. Lola drückte ihre Zigarette in dem kleinen, provisorischen Aschenbecher aus, schwang ihre Beine vom Fensterbrett und lief mit zwei schnellen Schritten zum Bett und warf sich halb auf Noah.

»Du hast lange nichts mehr von der Klinik erzählt.«

Er holte tief Luft und setze an, ließ es jedoch bleiben. Sie schwiegen beide und erst nach einer geraumen Zeit drehte sich Lola auf den Bauch, musterte ihn neugierig.

»Hallo?« Sie stupste ihn an und er grunzte leise. »Hast du miese Laune?«

»Nein.«

»Was dann?«

Noah zuckte mit den Schultern.

»Ich denke nach.«

Lola streckte eine Hand aus und betrachtete ihre beringten Finger.

»Worüber? Weltfrieden? Quantenphysik?«

»Das Ozonloch.«

Lola stach ihm in die Seite und Noah zuckte grinsend zusammen.

»Hey, ehrlich jetzt, NoNo.«

Wie gesagt, heute war kein normaler Tag.

Ihm gingen viele Sachen durch den Kopf, keine davon konnte er genauer in Worte fassen. Es waren Gedanken, die er immerzu hatte und die im Laufe des Tages so fest an den Synapsen seines Gehirns zu haften schienen, dass sie seinen Schlaf verhinderten. Heute stressten sie ihn bereits am späten Nachmittag und machten auch vor Lolas Besuch nicht halt. Die meisten drehten sich um seine Mutter, die heute Todestag hatte.

Er hatte jahrelang damit gekämpft, nicht komplett den Verstand zu verlieren, und war der Meinung, die Umstellung seines Lebens half ihm, seinen Geist einigermaßen im Gleichgewicht zu halten. Wichtig war, einen eigenen Weg zu gehen und nach seiner Ausbildung hatte er sich nicht um eine neue Stelle bemüht. Ohne Rücksicht auf Verluste. Ohne Diskussionen.

Natürlich wollte sein Vater, dass er als Ergotherapeut einen festen Job fand, was jedoch in einer Kleinstadt schwer war, weswegen er auf Stundenbasis jobbte. Es war nicht viel Geld, aber es reichte ihm. Noah arbeitete nur, um seine Rechnungen zu bezahlen. Er wusste, dass sein Vater ihn niemals vor die Tür setzen würde, sie hatten nur sich und dieses Haus. Es gab keinen Grund, weswegen Noah sich eine Wohnung suchen müsste. Alles war relativ.

Da er mittlerweile zehn Jahre mit seinem Vater allein lebte, besaßen sie eine tägliche Routine. Andreas kümmerte sich um die Finanzen, Noah um Wäsche und den Einkauf. Manche Sachen erledigten sie zusammen, die meisten waren strikt geteilt. Sie kamen gut zurecht. Vielleicht zu gut, weil es für niemand weiteren Platz in ihrem Leben schuf.

An einer neuen Frau hatte Andreas nie Interesse gezeigt und oft fragte Noah sich, ob es an ihm lag. Schämte sein Vater sich für ihn? Dafür, was ihnen geschehen war? Dachte er, Noah wollte nicht, dass er glücklich war? Oder hatte Andreas Angst, sich nochmals zu verlieben und wieder verlassen zu werden? Er wusste es nicht. Es waren Gedanken, die er nicht haben wollte, die aber existierten. Wie das Ozonloch.

»Kennst du das Gefühl«, fing er vorsichtig an, »wenn du denkst, es muss sich irgendetwas verändern und du weißt nur nicht, was?«

Lola hatte mittlerweile ihren Kopf auf seinen Bauch gelegt und starrte zuerst an ihm vorbei. Sie blinzelte langsam, als müsste sie seine Worte verarbeiten.

»Kenne ich gut. Ist es das, was dich beschäftigt?«

»Irgendwie schon.«

Sie schwiegen einen Moment lang.

»Was ist mit dem Kerl aus der Klinik? Du meintest, du kennst ihn … hast du bereits mit ihm gesprochen?«

Noah hatte Lola von Matteo erzählt, jedoch vieles ausgelassen. Er kannte ihn, aber auf eine ganz andere Art, als es alle Magazine berichteten.

»Ich habe mit ihm gesprochen, ja.«

»Und?«

»Was ›und‹?«

Lola stach ihm ungehalten in die Seite.

»Na, wie ist er? Ist er hübsch? Hat er Grübchen?«

Ihre Faszination, was Grübchen, blaue Augen und niedliche Nasen betraf, würde er nie verstehen. Frauen allgemein verstand er nicht. Was er als schwuler, junger Mann auch nicht musste.

»Er ist gutaussehend«, sagte er und suchte eine passendere Umschreibung. »Vom Typ der attraktive Nachbar der Hauptfigur. Und nett. Glaube ich. Bisher hat er nicht viel mit mir gesprochen und beschränkt sich noch darauf, mich zu beobachten und mir Kaffee zu bringen. Und er lacht über meine Sprüche.«

Schmunzelnd dachte er an diesen Abend zurück und kam nicht umhin, sich das Bild ins Gedächtnis zu rufen, wie Matteo auf dem Fahrradständer gesessen und zum Himmel gesehen hatte. Es war ein schöner Anblick gewesen, ihn so entspannt zu sehen.

»Er klingt nett.« Sie schwieg kurz. »Warum ist er dort?«

»Keine Ahnung.« Er wusste es nicht. Bisher hatte er niemanden gefragt und eigentlich war es ihm egal.

»Nicht, dass er verrückt ist.«

»Du bist auch verrückt und ich mag dich.«

»Hey!«

Er kicherte und seufzte leise.

Matteo schien nicht klinisch depressiv, jedoch ebenso wenig gesund zu sein, sondern tanzte irgendwo zwischen traurig und gleichgültig, was Noah noch schlimmer fand. Er kannte diese Extreme bei psychisch Kranken, doch bei Matteo war es anders, denn er war … still. Als würde ihn nichts berühren, nichts anheben und dennoch vieles unter dieser ruhigen Fassade brodeln.

Gestern hatte er ihm einen Frosch gebastelt und auf den Nachttisch gestellt. Er war gespannt, wie Matteo diesen in seine kleinen Geschichten einbauen würde. Vor einigen Tagen hatte er einen Schwan in einen Becher gestellt und alle anderen Tiere um ihn herum platziert. Noah konnte sich irren, aber er war sicher, dass der Schwan jemanden im Zoo darstellte, der von unzähligen Schaulustigen begafft und verurteilt wurde. So, wie sich vermutlich Matteo fühlte.

»Ich muss los«, meinte Lola und stand urplötzlich auf. Die Stelle, auf der sie gelegen hatte, wurde kalt. »Ich habe morgen Frühschicht.«

Noah zog seine Augenbraue hoch. Ihr Dienst begann gegen 5 Uhr.

»Es ist halb acht.«

»Ich komme mit fünf Stunden Schlaf zurecht«, meinte Lola nur lakonisch.

Er schälte sich ebenso aus dem Bett und sah nach draußen. Der Himmel hatte sich zugezogen und zeigte ein Zelt voller grauer Wolken. Er verzog den Mund und wandte sich ab.

Am besten festes Schuhwerk anziehen, dachte er noch, nur, um es zu vergessen.

Eine Stunde später war er komplett nass, seine Socken mit Wasser vollgesogen und bei jedem Schritt schmatzten seine Schuhe. Er hatte seine Kapuze übergezogen, der Regen bahnte sich dennoch einen Weg durch den Stoff. Einige Tropfen liefen in seinen Nacken und bescherten ihm Gänsehaut. Er war trotz des schlechten Wetters mit dem Fahrrad gefahren, eine kleine Kiste im Rucksack, welche ein paar Origamifiguren enthielt und war froh, nicht den Korb genommen zu haben. Nässe zerstörte jeden Papierflieger.

Noah kam gerade noch vor Schließung der Haupttür an und trat rasch in den großen Flur. Er schüttelte sich und als er nach oben lief, um auf die Station zu kommen, schreckte er nach der dritten Kurve zusammen.

In einem der großen Fenster, die zur Straße zeigten, saß Matteo und starrte hinaus. Langsam drehte er den Kopf und musterte ihn aus dunklen Augen, als hätte er auf ihn gewartet.

»Du kommst spät.«

Matteo stempelte den vergangen Tag als furchtbar ab.

Am Morgen begrüßten ihn Kopfschmerzen, die sich anfühlten, als bohrte sich etwas aus seinem Schädel hinaus in die Freiheit. Es hämmerte schmerzhaft hinter seiner Stirn und er fühlte sich bereits nach der ersten Stunde Rückenschule vollkommen erledigt. Das Gefühl, sich übergeben zu müssen, lauerte in seinem Magen und mittags bekam er kaum einen Bissen herunter. Später war ihm immer noch unwohl und nach der letzten

Therapiestunde verzog er sich in sein Zimmer. Ein paar Stunden lag er nur im Bett und starrte ins Leere, während sich die Kopfschmerzen langsam in ein dumpfes Pochen verwandelten. Er wollte sich beschäftigen.

Matteo betrachtete die unzähligen Kopien von Mandalas, die er bekommen hatte, und musterte die Buntstifte daneben. Tobias hatte sie ihm besorgt, nachdem er ihm erklärt hatte, Ausmalen würde ihn beruhigen. Emmanuel brachte ihm sogar ein Zentangle-Buch mit. Er war froh, dass wenigstens die beiden sich um ihn kümmerten.

Es klopfte. Matteo saß am Fenster, starrte hinaus und schreckte aus seinen Gedanken auf. Er erwartete niemanden.

»Herein?«, sagte er und die Tür ging auf. Es war Schwester Anita.

»Hey Matteo, ich denke, du hast Besuch. Bei Ismael ist eine junge Frau, die meinte, sie würde dich gern sehen.«

Er horchte auf und schluckte.

Ismael war derjenige, an dem alle Besucher vorbei mussten und sollten die Patienten niemanden sehen wollen, wurden sie nicht durch gelassen. Matteo hatte bisher jeden empfangen, dieses Mal biss er sich nachdenklich auf die Lippe. Er ahnte, um wen es sich handelte.

»Ist ihr Name Jessica?«, fragte er.

»Ja. Sie meinte, sie sei deine Freundin.«

Er nickte bestätigend, starrte auf sein Bild hinab.

»Soll ich sie wegschicken?«

Er wusste, er war es Jessica schuldig mit ihr zu reden. Sie hatten einiges zu besprechen, ihm war vieles dank der Therapie klar geworden, besonders, was ihre Beziehung betraf. Aktuell war verstecken und jedoch verlockender. Hier hatte er seine Ruhe, konnte diesen alles verändernden Gesprächen ausweichen und alles erfolgreich *zerdenken*.

»Ich komme gleich zu ihr«, sagte er schlussendlich resigniert, stand auf und lief ins Badezimmer.

Zehn Minuten später hielt er die Klinke seiner Zimmertür umklammert, aber bewegte sich nicht. Seine Knie zitterten, weil ihm ein Gespräch bevorstand, welches er nicht hatte führen wollen. Es hätte niemals so weit kommen müssen, wäre er ehrlich gewesen.

Jessica saß im Aufenthaltsraum. Sie war perfekt gestylt, ihre blonden Haare trug sie offen, ihr Make-up war dunkel und nahezu ein Kunstwerk und sie hatte den teuren, weißen Mantel an, den Matteo ihr geschenkt hatte. Heute wirkte er nicht stilvoll, sondern eher wie eine unnötige Verkleidung. Seltsame Gedanken schossen ihm durch den Kopf. Sie war wie ein billiges Geschenk in einer schönen Verpackung. Es klang abwertend, doch er dachte es nicht zum ersten Mal.

Chris kam ihm entgegen und starrte in den Aufenthaltsraum. Vermutlich dachte er, Jessica war eine neue Patientin und brach innerlich in Panik aus. Er hatte erhebliche Probleme mit seinem Körper, hungerte sich meistens bis auf fünfzig Kilo herunter und hasste sich und alles, was er darstellte. Da brauchte er niemanden, der noch schlanker war als er selbst. Laut eigener Aussage hatte er noch nie eine Freundin, kam allgemein schwer mit anderen zurecht. Für Matteo beherrschte er das perfekte Maß an sozialer Interaktion und Isolation. Er drängte sich niemanden auf, war jedoch da, wenn man jemanden um sich duldete. Matteo starrte Jessica durch die Scheibe an, nur ein paar Meter von ihr entfernt und begriff, was offensichtlich vor seinen Augen lag. Er hatte es zuvor nie benennen können.

Aber Jessica lebte das Leben, welches er so sehr hasste.

Ihre Eltern waren reich, Geld stellte für sie kein Problem dar. Sie gönnte sich für mehrere hundert Euro im Monat Friseur und Kosmetik und besaß einzelne Taschen, im Wert eines Monatslohns. Selbst der Mantel hatte vierhundert Euro gekostet. Es freute ihn nicht, dass sie ihn trug, weil es simple Prestige für sie war.

Sie besaß eine arrogante Aura und ursprünglich gefiel ihm das an ihr. Sie war zielorientiert und selbstbewusst gewesen, als sie sich kennengelernt hatten. Eigenschaften, die er bewunderte. Heute empfand er nichts bei ihrem Anblick. Zögernd betrat er den Aufenthaltsraum. Als Jessica ihn erblickte, sprang sie mit einem Seufzen auf und warf sich ihm an den Hals, drückte ihren schmalen Körper an ihn. Sie roch nach dem teuren Parfüm, welches er ihr zum Valentinstag geschenkt hatte, eine Mischung aus Bergamotte und Pfirsich.

»Oh mein Gott, ich habe dich so vermisst«, wisperte sie gegen seine Haut. *Irgendetwas* hatte er ebenso vermisst, jedoch auf eine andere Art. Er hing mehr an den Erinnerungen, die er mit ihr teilte und ihm fehlten diese Gefühle, vermisste es, mit ihr glücklich zu sein.

Matteo schwieg und sie setzten sich. Er schluckte und starrte sie an. Perfekter Eyeliner, perfekter Mascara. Perfekte Lippen.

Sie war so perfekt, er befürchtete, sie würde beim nächsten Blinzeln seinerseits zerspringen, wie unter Spannung stehendes Glas.

Jessicas Hände landeten auf seinen, als er sie auf den Tisch legte und für einen Moment wollte er sie zurückziehen. Tief holte er Luft und erblickte Besorgnis in ihren Augen. War sie ehrlich? Hatte sie tatsächlich Angst verlassen zu werden, oder fürchtete sie sich nur davor, bald nicht mehr die Schöne neben einem der Nier-Söhne zu sein?

»Wie geht es dir, Matti?«

»Es geht mir langsam besser«, antwortete er ehrlich und sah sie an.

»Wieso hast du mich nicht angerufen? Ich meine ... ich hätte dir helfen können, Schatz.«

Ihre Worte stachen wie der Dolch, an dem viele tragische Helden in der Vergangenheit verstorben waren. Er jagte sich tief in seine Brust und durchbohrte sein Herz. Ihm lag eine schnelle, ehrliche Antwort auf der Zunge und er konnte kaum fassen, es erst jetzt begriffen zu haben. Der Blick in ihre verständnislosen, leeren Augen ließ ihn innerlich lachen.

»Weil ich dich nicht brauche.«

Sie waren plötzlich beide still und er sah, wie sie erschrocken den Mund öffnete und unverrichteter Dinge wieder schloss. Sie blinzelte, schien seine Worte langsam zu verstehen und wich von ihm ab. Die warmen Hände verschwanden.

Plötzlich war nichts Warmes mehr in ihrem Blick und die Freude, die sie vorher empfunden hatte, schien ebenso gewichen zu sein. Ihre geschminkten Lippen pressten sich fest aufeinander, sodass sie aussah, wie ein perfektes Porträt mit einer einfachen Buntstiftlinie als Mund. Matteo hätte gelacht, wäre ihm danach gewesen.

»Du machst also echt Schluss mit mir?«, fragte sie spitz und hob den Kopf. »Ehrlich?« Ein spöttisches Schnauben entwich ihr.

Er senkte den Kopf und nickte. Weil sie nicht zueinander passten. Manchmal waren die Menschen, die man liebte, nicht die, die man in einer Notsituation brauchte. Jessica konnte mit einem psychisch kaputten Freund nichts anfangen. Sie verstand die Tragweite einfach nicht.

Sie verstand *ihn* nicht.

»Jess, hör mal ...«, begann er ruhig, doch sie hob die Hand und wehrte seine Worte ab. Allein diese Geste beinhaltete so viel Arroganz, dass ihm schlecht wurde.

»Nein, du hörst *mir* zu«, zischte sie und schien sich innerlich zu sammeln. »Ich mache mir seit Wochen Gedanken, was mit uns ist und du Vollidiot schluckst Tabletten, bringst dich beinahe um, verschwindest in der Klinik und kommst mir jetzt so?! Hast du darüber nachgedacht, wie ich mich fühle? Ich habe die letzten Wochen ständig versucht, dich zu erreichen. Nie hast du abgenommen und immerzu musste ich mich von Tobias vertrösten lassen. ›Gib ihm Zeit‹, sagte er zu mir. Er meinte, du würdest noch mit mir reden. Aber ich hatte die Schnauze voll. Ich wollte endlich Klarheit.«

Wieder einmal drehte sich alles nur um sie und ihre Gefühle. Er war nur der dämliche Freund, der Tabletten schluckte, kaum klar kam, aber immer als Maskottchen an ihrer Seite sein musste. Nichts weiter. Niemand sonst.

Wahrscheinlich war er nicht fair zu ihr. Jedoch war er endlich ehrlich zu sich selbst.

Er stand auf. Unbewusst hatte er seine Hände zu Fäusten geballt, sah sie nicht an, sondern sprach in den Raum hinein: »Es ist vorbei, geh bitte.«

Jessica starrte ihn noch einen Moment lang an und presste ihre Lippen zusammen.

»Den Weg hätte ich mir sparen können. Feigling.«

Sie griff ihre Tasche, schob grob den Stuhl beiseite und eilte hinaus. Ehe sie bei den Treppen war, sah er, wie sie sich über das Gesicht wischte und eilig hinab stieg. Matteo blieb einen Augenblick wie erstarrt stehen, nicht sicher, was er empfand. Er ließ sich auf den Stuhl fallen, vergrub seine Finger in den Haaren und kicherte leise in sich hinein, ehe er die ersten warmen Tränen auf den Wangen spürte, seine Kopfschmerzen wurden erneut schlimmer.

Alles drehte sich und als er kopflos aus dem Aufenthaltsraum lief, kam einer der Pfleger auf ihn zu. Mit einer abwehrenden Geste stoppte er ihn, wollte nichts hören. Erst am Treppenabsatz bemerkte er, dass er kein Ziel hatte. Unschlüssig blieb er stehen und sah durch das große Fenster hinaus, verharrte so eine Weile. Die Wolken zogen vorbei, als würden sie Ziele verfolgen. Er beobachtete sie lange, ehe er sich auf das breite Fensterbrett setzte und wartete.

Und mit einem Mal erblickte er Noah im Regen.

Knabbergeräusche umgaben sie, ebenso das Rascheln in der Keksdose, während sie auf dem breiten Fensterbrett saßen und gemeinsam hinausstarrten. Die Wolken ballten sich zusammen, bildeten eine neue Decke aus Gewitter und Noah seufzte innerlich. Der Regen prasselte gegen die Scheibe, das gesamte Gebäude schien unter den Tropfen zu vibrieren. Es war fast wie eine Melodie.

»Wenn du ein Superheld wärst …«, sagte Noah ruhig und starrte nach draußen. Ihre Knie berührten sich, als Matteo sich einen Keks aus der Verpackung nahm. »… welche Kräfte hättest du?«

»Hm … kann ich nehmen, was ich will, oder muss ich die Superhelden ausklammern, die es bereits gibt?«

Er zuckte mit den Schultern. »Vollkommen egal.«

Sie schwiegen, während Matteo überlegte. Noah sah zu ihm und beobachtete, wie er den Keks zwischen die Lippen klemmte und grübelte. Er hatte ein schönes Profil. Ob er einmal gemodelt hatte? Er besaß dafür die besten Voraussetzungen.

»Dann will ich Gedanken lesen und manipulieren können.«

Diese Antwort ließ Noah erröten, hatte er doch selbst gerade über Matteo gegrübelt. Verlegen nahm er sich noch einen Keks. Matteo schien nichts zu bemerken und lehnte sich wieder an die Wand. Noch immer berührten sich ihre Knie.

»Cool. Und bei wem würdest du das einsetzen?«, wollte Noah wissen und fegte sich eine blaue Strähne aus dem Gesicht.

Matteo zuckte mit den Schultern, legte den Kopf zurück und sah nach draußen.

»Gegen all die dämlichen Reporter und Journalisten vermutlich. Damit sie mich endlich in Frieden lassen.« Er hob den Blick. »Und du?«

Er lehnte sich ebenso zurück, streckte sein Bein und seine Wade lag halb über Matteos. Der wich jedoch nicht zurück.

»Ich wäre gern jemand, der in die Zukunft blicken kann und sie verändern könnte.«

Bei dieser Antwort schluckte Matteo sichtbar, sein Adamsapfel hüpfte auf und ab.

»Auch cool. Das wäre ziemlich praktisch.«

Noah sah wieder nach draußen und griff nach der Cola, die sie sich teilten. Ihn beschlich das Gefühl, dass er Matteo besser kannte als sonst wen. Seit Wochen teilten sie kleine Geschichten miteinander und jetzt saßen sie hier, beide im Unwetter gestrandet. Selbst Schweigen fühlte sich mit ihm angenehm an.

»Wieso bist du bei dem Wetter eigentlich mit dem Fahrrad gefahren?«, wollte der wissen. »Ich meine, es war gemeldet, weißt du?«

»Ich höre kein Radio und es ist nur Regen.«

»Dennoch könntest du krank werden.«

»Na und?« Noah grinste. »Geht vorbei.«

»Du bist echt ein komischer Kerl.« Matteo beugte sich vor und griff nach einem weiteren Keks. »Sicher, dass du nicht von hier entflohen bist und eigentlich auf Station 3 gehörst?«

»Ziemlich sicher.« Noah musterte ihn einige Sekunden lang eindringlich, betrachtete sein Gesicht, seine Augen, alles an ihm. »Du bist dir zur Zeit bei gar nichts sicher, oder?«

Nun hob Matteo langsam den Kopf und starrte Noah an, als würde er ihn bewusster wahrnehmen. Seine Augen wirkten plötzlich dunkel und unlesbar.

»Hier werden … einige Gefühle aufgewirbelt und Gedanken angestoßen, die ich so nicht kenne«, gestand er nach einigen Augenblicken der Stille und spielte nervös mit seinen Fingern. »Ich habe heute aus einem Impuls heraus mit meiner Freundin Schluss gemacht, weil ich sie und mich nicht weiter in etwas festhalten wollte, was vielleicht nur noch in meiner Erinnerung existiert. Und weil ich weiß, dass wir nicht miteinander glücklich werden konnten.«

Interessant.

»Und das beschäftigt dich?«

Matteo nickte.

»Ich weiß, ich habe ihr wehgetan.«

»Und was ist mit dir?«

Verwirrt sah Matteo ihn an, braune Strähnen fielen ihm in die Stirn und er kämmte sie mit seinen Fingern zurück.

»Was meinst du?«

»Na, was ist mit dir? Hat sie dir nicht auch wehgetan?«

»Ja, klar …«

Noah unterbrach ihn mit einer Handbewegung.

»Dann hast du alles richtig gemacht.« Er lehnte sich vor, platzierte eine Hand auf Matteos Bein. »Unglücklich ist nur der, der glaubt, nur andere glücklich zu machen, würde sein Leben ebenso glücklich machen.«

Er konnte sehen, wie Matteo über diese Worte nachdachte und schmunzelte. Die Denkerfalte zwischen seinen Augen war niedlich.

»Das ist ziemlich puristisch gedacht.«

»Du kannst mit dem Thesaurus um dich werfen, wie du willst; meine Aussage bleibt.«

Ein Lächeln huschte über Matteos Gesicht.

»Hast du eigentlich eine Freundin?«

Breit grinsend schüttelte Noah den Kopf. Diese Frage hatte er erwartet.

»Nein, kein Interesse.«

Leicht nickte Matteo, anscheinend verstehend und gab ein leises Schnauben von sich.

»Frauen sind anstrengend, ist vielleicht besser allein zu bleiben.«

»So meinte ich das nicht.«

Fragend sah Matteo ihn an, ihre Blicke trafen sich für einen Augenblick lang zu intensiv. Es war einer dieser Gänsehautmomente, von denen Noah nur in Romanen las, wenn dem Hauptprotagonisten etwas klar wurde. Unwillkürlich wich er zurück und spürte Matteos Bein unter seinen.

»Wie dann?«

Diese Frage war so unschuldig formuliert und Noah sah ihn mit einem Lächeln an. Er fuhr sich durch das Haar, um Zeit zu schinden.

»Ich bin schwul. Ich habe keine Frauenprobleme.«

Diese Offenbarung schien Matteo die Sprache zu verschlagen. Ihm entwich nur ein »Oh«. Noah wusste nichts mit dieser Reaktion anzufangen, aber er sagte nicht ›wie widerlich‹ oder ähnliches in der Richtung, schien nur überrascht. Auf einer Skala von ›miserabel‹ bis ›großartig‹, wertete er das als erfolgreiches Outing.

»Keine Panik.« Er grinste frech. »Ich überfalle dich schon nicht.«

Matteos Gesicht wurde zuerst blass und dann rot, was Noah fast schon süß fand.

»Sehr zuvorkommend von dir …«

Noah lachte auf, nahm sich einen Keks und sah nach draußen. Noch immer prasselte der Regen auf die Erde hinab, schwächer als zuvor.

»Weißt du was? Ich will lieber das Wetter bestimmen können.« Überrascht sah Matteo ihn an. Noah fuchtelte mit der Hand. »Als Superheld meine ich.«

»Und warum? Damit du es jetzt sonnig machen kannst?«

»Nein.« Er sah nach draußen. »Damit ich solche Momente immer mal herauf beschwören kann.«

Er spürte Matteos Blick auf sich ruhen, sagte jedoch nichts mehr.

Hinter dem Wolkenzelt brach der Himmel auf und die Sonne kämpfte sich hervor.

KAPITEL 10

Nackt stand Matteo vor dem Spiegel im Badezimmer und betrachtete sich. Er legte den Kopf schräg, sah seine Schultern hinab, wanderte mit dem Blick über seine Brust, den Rest konnte er nicht mehr erkennen. Ein hoch hängender Spiegel war ein Zeichen der Zeit. Die Menschen benötigten nicht mehr, Gesichter konnte man kurzfristig perfekt gestalten, Körper jedoch nicht. Ein hoch hängender Spiegel sorgte für weniger Frust. Jeder besaß Makel, Ecken und Kanten und an manchen stieß man sich täglich. Auch bei ihm gab es einzelne Baustellen. Seine Arme waren ihm nicht männlich genug, vollkommen gleich wie viel Sport er trieb, und die Narbe auf seinem Bauch störte ihn.

Seine Mutter hatte ihm erzählt, dass er als kleines Kind einen spitzen Gegenstand geschluckt hatte und im Krankenhaus ein unsachgemäßer Schnitt gemacht worden war. Als Resultat trug Matteo oberhalb seines Bauchnabels eine etwa zehn Zentimeter lange Narbe. Er störte sich nicht daran, die Erinnerung an den Moment, als Jessica und er sich das erste Mal auszogen, um miteinander herumzumachen und dabei ihren erschrockenen Gesichtsausdruck zu sehen, stieß ihm jedoch bis heute bitter auf.

›Was hast du da?‹, hatte sie gefragt und er wollte ihre Worte durch einen Kuss im Keim ersticken, doch sie fuhr mit ihren Fingern über die unebene Stelle. Matteo hasste es, wenn jemand sie berührte.

Für ihn war sie wertlos. Er hatte sie keiner Heldentat zu verdanken, sie war einzig ein Zeichen seiner Dummheit, sonst nichts. Sein Oberkörper war gut gebaut, abgesehen vom kleinen Wohlstandsbäuchlein. Zwar traf er sich ab und zu mit Emmanuel im Fitnessstudio, wollte jedoch nur fit bleiben und seine Ausdauer trainieren.

Langsam fuhr er mit seiner Hand über seine nackte Brust und verfolgte sie mit seinen Augen. Unwillkürlich schoss ihm Noahs Geständnis in den Kopf. Er ließ die Hand sinken und fixierte sich im Spiegel.

Er hatte keine Ahnung, ob er heterosexuell war oder auf Typen stand. Eine Frage, die er sich bewusst nie gestellt hatte. Immerhin hatte jeder ab und zu eine Freundin und er laut Magazinen sogar ständig eine Neue. Manchmal genoss er die Blicke von Männern und fand sogar Gefallen daran, wenn sie ihm Komplimente machten. Es geschah nicht oft, war aber deswegen umso schmeichelhafter für ihn. Vor zwei Monaten, als er mit Tobias und Emmanuel in Berlin gewesen war, wurde er mit der Frage um seine Sexualität konfrontiert. Dort gab es unzählige Schwulenbars und er hatte sich seltsam angesprochen gefühlt. Nicht auf sexueller Ebene, sondern tatsächlich mehr emotional. Er erinnerte sich, dass er sich auf der Heimfahrt gefragt hatte, wie sich ein junger Mann fühlte, der feststellte schwul zu sein. Ängstlich? Verwirrt? Vielleicht so, wie er sich fühlte? In einer toleranten Umgebung lag die größte Angst sicherlich bei einem selbst. Man fürchtete, Freunde und Familie zu verlieren, und das konnte eine unglaubliche Belastung sein. Noch schlimmer stellte er sich vor, all das für immer zu verbergen.

Als Teenager hatte er Leonardo DiCaprio ziemlich süß gefunden und sich Filme nur wegen ihm angesehen. War das ein Zeichen dafür, schwul zu sein?

Nochmals legte er den Kopf schief, betrachtete sich. In solchen Situationen wünschte er sich, er könnte mit seiner Mutter oder seinem Vater darüber reden, was in ihm vor sich ging. Dafür hatte man Familien. Er hatte sich vorher nie viele Gedanken um seine Sexualität gemacht, es war egal, wen er liebte. Aber je länger er sie nicht benannte, umso mehr schienen sie aufzukommen. Gefühle unterschieden nicht zwischen den Geschlechtern, sondern nur zwischen Herzschlägen.

Er fragte sich, ob Noah ebenso dachte, und musste aus einem unerfindlichen Grund lächeln.

Noah faltete den letzten Papierflieger fertig und legte ihn zu den anderen in den Korb. Sie waren größer als seine sonstigen Origamifiguren. Er bereitete oft einige vor, sobald im Frühjahr die Jüngsten der Station auf dem Dach ihr Neujahrsfest vorbereiteten. Jedes Jahr ließen sie kleine Papierflugzeuge fliegen, auf denen sie Wünsche notierten und da sich Kinder selten entscheiden konnten, machte er meist die Monate zuvor hunderte davon. Er empfand es als beruhigend, dass sie noch an solche Dinge glaubten.

Es war Samstag und er hatte nichts vor. Normalerweise würde er mit Granny Jude spazieren gehen, jedoch war es aufgrund des Unwetters kaum möglich. Sie sagte, dass sie jeden unerwünschten Wassertropfen in den Knochen spürte, außerdem waren die nassen Wege ungünstig für Rollstuhlräder.

Noah sah auf die Uhr. Die Zeit war langsam vergangen und er hatte keine Ahnung, was er heute unternehmen sollte. Lola verbrachte Zeit mit diesem Tobias, den Noah immer noch nicht kannte und draußen regnete es weiterhin.

Es war erst sechs Uhr abends, er konnte noch irgendwo hinfahren und dennoch recht früh zurück sein.

Noah stand auf, packte das Origamipapier weg und suchte seine Regenjacke, fand in der Hektik nur eine Mütze und setzte diese auf. Er zog sich zwei Hoodies über und lief nach unten. Seine Sneakers waren wasserdicht, darum musste er sich keine Gedanken machen. Er spazierte durch die Zwischentür in die Garage, öffnete das Tor, schnappte sich sein Fahrrad und schob es in den Regen hinaus.

Es dauerte nicht lange, bis sein erster Hoodie durchnässt war, doch es kümmerte ihn nicht. Auf seinem Weg zur Klinik nahm der Regen zu, peitschte ihm ins Gesicht und Noah hatte Mühe seinen Lenker zu halten. Der Wind wurde stärker und seine Sicht immer schlechter.

Das Klinikgelände erschien trostlos und verlassen. Sonst waren die Raucherpavillons voll mit Menschen und Schwestern rannten umher, aber selbst der Parkplatz war fast leer. Hinter dem Gebäude schloss er sein Fahrrad an und wischte sich über das Gesicht.

Laut prasselten die Tropfen auf seinen Kopf und auf seinem Weg sprang Noah jubelnd in die Pfützen. Er rannte durch den Regen, breitete die Arme aus, drehte sich wie ein Kreisel und lachte laut. Das Wasser lief ihm in die Augen und er schüttelte sich die Kapuzen vom Kopf. Sicherlich würde danach die Farbe aus seinen Haaren fließen, was ihm herzlich egal war. All seine Sorgen schwammen in jedem Tropfen davon.

Er sah die Fassade des Gebäudes hinauf und erkannte Matteo, der am Fenster im Treppenhaus saß. Das tat er sehr oft, wie Noah bemerkt hatte.

»Komm runter!«, brüllte er hinauf. Matteo öffnete das Fenster.

»Du wirst nass!«, rief er besorgt zurück.

Noah lachte.

»Na und? Komm runter!«

Matteo schüttelte den Kopf und schloss er das Fenster wieder, ohne ein Wort zu sagen. Kurzzeitig breitete sich Enttäuschung in Noah aus, weil sie anscheinend nicht das teilten, was er vermutet hatte, als das Licht im Treppenhaus anging. Matteo lief die Treppe hinab Er grinste zufrieden, strich sich die feuchten Haarsträhnen aus dem Gesicht und lief zur Tür. Matteo starrte ihn vollkommen entgeistert an.

»Mann, es regnet wie Sau. Komm rein!«, meinte er, doch Noah lachte bloß. Er packte Matteo am Arm und zog ihn mit sich. Der verstand nicht gleich, ließ die Tür los und stolperte erschrocken nach draußen. Er trug ein helles Shirt und darüber eine Strickjacke, die ziemlich schnell durchweicht war. Verblüfft blickte sein neuer Freund ihn an, sah erschrocken zum Himmel, als sie die Tür zufallen hörten. Sie war nach sechs Uhr abends nur von innen zu öffnen.

»Komm, tanz mit!« Erneut sprang Noah umher. Er hatte Matteos Arm losgelassen und hüpfte von einer Pfütze in die nächste.

»Es regnet, du Klappskopf.«

»Na und?«

Sein Gegenüber zog sich die Jacke über den Kopf. Seine Haare waren bereits nass und hingen ihm in dicken Strähnen auf dem Kopf. Er schüttelte sich. Noah griff nach seinem Arm, dieses Mal entzog Matteo sich ihm jedoch.

»Du spinnst.«

Noah tat, als hätte er nichts verstanden, und legte eine Hand an sein Ohr.

»Was?«, fragte er laut nach und drehte sich nochmals, während ihm Matteo ›du spiiiinnst‹ hinterher rief. Doch ein Lächeln schwang in seinen Worten mit. Noah legte den Kopf in den Nacken und breitete die Arme aus. Der Regen kroch unter seiner Jacke, er schloss die Augen und hatte für den Bruchteil von Sekunden das Gefühl zu fallen. Erst, als ihn Matteo packte, öffnete er sie wieder und blickte ihn an.

»Was machst du?«, fragte er, seine Hand blieb weiterhin auf Noahs Arm. Sie blickten sich an und der Regen prasselte so laut, dass er seine eigenen Gedanken nicht verstand.

»Ich versuche zuzuhören.« Noah wischte sich ungeschickt mit der freien Hand die feuchten Strähnen aus dem Gesicht und legte den Kopf schief. »Du kannst es nicht hören, oder?«

Ehe Matteo antworten konnte, öffnete sich hinter ihnen die Haupttür. Martin tauchte darin auf und sah sie fragend an.

»Es regnet, schon bemerkt?«, rief er spottend, während Noah einzig auf den jungen Mann vor sich achtete und beobachtete, wie sich Regentropfen in seinen Wimpern verfingen.

»Ja«, knurrte Matteo als Antwort und rollte mit den Augen.

Sie sahen sich an und in jenem Moment konnte Noah alle Sterne des Himmels in Matteos Augen erkennen. Er wusste, dieser junge Mann war nicht verloren. Niemand war es jemals wirklich.

Der Augenblick verpuffte so schnell, wie er aufgetaucht war und sie wandten sich beide verlegen ab. Matteo hatte es mit einem Mal eilig ins Trockene zu kommen und Noah folgte ihm. Martin starrte sie an, als würde er ihre geistige Gesundheit anzweifeln.

»Geht hoch und trocknet euch ab«, empfahl er schmunzelnd und schloss die Tür. »Was machst du eigentlich hier?«

»Ich besuche Matteo.«

Angesprochener sah auf und schüttelte seine Strickjacke aus. Martin sah abwechselnd zwischen den beiden hin und her, zuckte mit den Schultern und ging zur Treppe. Nochmals schenkte Matteo Noah einen Blick, der alles und nichts bedeutete, und gemeinsam liefen sie nach oben.

Im großen Badezimmer trocknete Noah seine Haare unter dem Handtrockner und zog seinen ersten Hoodie aus. Als er hinausging, stand Matteo im Gang und reichte ihm ein Handtuch. Noah griff danach, verwundert darüber, dass Matteo nicht losließ. Wortlos blickte er ihn an und starrte auf die schönen Wimpern, die seine Augen umrahmten wie ein schönes Gemälde.

»Oh, hallo Noah.«

Anita tauchte plötzlich auf und erneut war der Moment vorbei. Sacht riss er sich von Matteo los, drehte sich um und grinste.

»Hey«, sagte er und hörte seinen Freund weggehen.

»Wie, bist du etwa mit dem Fahrrad hier?«

Noah grinste verlegen.

»Ja …«

Sie schnaubte amüsiert und er sah sich um, entdeckte Matteo im Aufenthaltsraum und holte tief Luft, ehe er ihm folgte.

Matteo spürte die Nässe in seinen Sachen, nahm eines der frischen Handtücher, ehe er zum großen Badezimmer auf dem Gang lief und wartete auf Noah. Dem Geräusch nach föhnte er sich die Haare und kam leicht verstrubbelt und konfus aussehend wieder hinaus gestolpert. Er war kleiner, als Matteo und seine Augen waren unglaublich hell. Es war seltsam, aber er betrachtete ihn vermutlich das erste Mal richtig. Intensiver.

Da waren diese leichten Sommersprossen in Noahs Gesicht, sein gefärbtes Haar, blau und schräg geschnitten. Er sah aus wie ein Punker, der seinen letzten Friseurtermin verpasst hatte. Es stand ihm. Heute trug er diesen albernen Hut nicht, der seinem Aussehen jedoch deutlich Schliff verlieh und noch exotischer erscheinen ließ.

Noah sagte nichts, starrte ihn nur an und nahm das Handtuch entgegen. Ihre Finger berührten sich kaum, aber allein dieser kurze Moment hinterließ sanfte Wärme. Er grub seine Hand fester in das Handtuch und ließ erst los, als er spürte, dass Noah daran zog. Matteo blickte ihn an und hatte das Gefühl, in dessen Augen zu versinken, zu fallen, und war wie erstarrt. Die Zeit war urplötzlich relativ, wie Einstein es gesagt hatte.

Schwester Anita war es, die ihn in die Realität zurückholte.

Matteo hörte ihr nicht zu, blinzelte verwirrt, verstand nicht, was in ihm vorging, deswegen kam ihm diese Unterbrechung durchaus gelegen.

Er wandte sich ab und lief in den Aufenthaltsraum, setzte sich auf die Couch und starrte in den Regen hinaus, der weiterhin gegen die Scheibe prasselte. Es war dunkel und ständig schienen mehr Wolken am Himmel aufzutauchen. Irgendwann kam Noah und setzte sich zu ihm, reichte ihm eine Tasse Tee. Matteo umklammerte sie, um sich daran zu wärmen, zog seine Beine mit auf die Couch, ignorierte vollkommen, dass er dies mit Schuhen nicht tun sollte, und starrte auf die Oberfläche seines Getränks.

Eine Zeitlang schwiegen beide, irgendwann sah Matteo zu Noah. Der nippte an seinem Tee, locker fielen ihm blaue Strähnen ins Gesicht. Matteo musterte ihn und horchte in sich hinein.

»Wieso bist du hier?«, fragte er leise, ohne nachgedacht zu haben. Es ergab für ihn keinen Sinn, dass jemand den er kaum kannte, im schlimmsten Regen seit Wochen, mit dem Fahrrad angefahren kam, nur um ihn zu besuchen.

Noah legte den Kopf schief, als hätte er Matteos Frage nicht verstanden.

»Was meinst du?«

»Warum kommst du bei dem scheiß Wetter so spät noch angefahren? Ich meine ... du musst zugeben, verrückt ist diese Aktion auf jeden Fall.«

Er grinste plötzlich. Es war ein komisches Gefühl, als hätte sein Gesicht vergessen, wie es sich anfühlte.

»Hm, dann bin ich halt verrückt«, meinte Noah unbekümmert und legte den Kopf auf die Couchlehne. Auf der Station lief jemand umher, er hörte Beate reden.

»Du hast meine Frage nicht beantwortet.« Matteo stieß ihn mit dem Ellenbogen an. »Also entweder stalkst du mich, du spinnst, oder du hast ein anderes Anliegen.«

Langsam drehte Noah den Kopf zu ihm. Er hatte dieses jungenhafte Grinsen auf seinen Zügen; als würde er jeden Moment etwas vollkommen Idiotisches unternehmen und in zehn Jahren darüber lachen.

»Oder.« Ein paar Augenblicke wartete Matteo, hoffte, es würde mehr folgen, was nicht geschah.

»Was?«

»Oder«, wiederholte Noah und nippte an seinem Tee.

Matteo seufzte.

»Okay, ich bin raus.« Er gab er sich geschlagen und stöhnte auf.

»Du bist lustig.« Noah lachte und Matteo sah ihn zweifelnd an.

»Und du spinnst.«

»Ja, ich weiß.«

Wieder schwiegen sie. Matteo leerte seinen Tee und streckte sich, um die Tasse abzustellen. Er wollte sich erheben, als Noah plötzlich fragte: »Warum bist du hier?«

Diese Worte trafen ihn überraschend.

»Bitte? Weil es draußen regnet«, antwortete er konfus und Noah schüttelte den Kopf.

»Nein, ich meine: Warum bist du *hier*?«

Bei dem Wörtchen ›hier‹ machte er eine kurze Drehung mit dem Kopf, als würde er auf den Raum deuten und erst diese Geste ließ Matteo die Frage richtig verstehen. Er sah auf die Tasse, die er noch mit einer Hand umklammert hielt und für weitere Sekunden nicht losließ.

Er schluckte, um Zeit zu gewinnen, und hoffte, dass die Erde spontan explodieren würde. Dadurch könnte er der Antwort entkommen, die eine seltsame Intimität zwischen ihnen zu schaffen drohte. Er war in einer Psychiatrie, was verdeutlichte, dass es ihm nicht gut ging.

»Ich weiß nicht, warum du das wissen willst«, meinte Matteo ausweichend. »Was denkst du denn, weswegen ich hier bin? Ich meine, du stehst in gutem Kontakt mit den Pflegern hier und all das … woher weiß ich, dass du es nicht längst weißt und nur so tust, als würde es dich interessieren? Ich weiß ja nicht einmal, warum du hier bist.«

Er war erstaunt, dass er seine wirren Gedanken irgendwie in eine sinnvolle Reihenfolge gebracht und geäußert hatte. Normalerweise besaß er keinen Durchblick bei dem Chaos in seinem Kopf.

Noah starrte ihn an. Das Grinsen war gewichen und in seinen Augen spiegelte sich Neugier, die Matteo verwirrte. Es schien, als würde er kontinuierlich denken und Pläne schmieden. Manchmal wich diese Neugier und schuf Platz für kleine Momente, in denen er Angst erkannte. Und Trauer. Matteo wurde nicht schlau aus ihm.

»Ich komme hier seit über acht Jahren her, weil diese Klinik meine Mutter behandelt hat«, gestand Noah ihm nach einer kleinen Pause.

Matteo blinzelte überrascht.

»Was … hatte deine Mutter?«, wagte er zu fragen.

»Schwere Depressionen und … Suizidgedanken.«

Unbewusst hielt Matteo die Luft an. Ähnliches war ihm von Dr. Buchhold diagnostiziert worden. Matteo litt definitiv an Depressionen und die Gedanken an Selbstmord waren verschleiert, brodelten unterschwellig. Der Gedanke an eine Art Flucht unterschied sich von einem Suizidgedanken lediglich in der Endlichkeit.

Noah atmete hörbar aus.

»Wenn ich gehen soll, musst du es sagen«, sprach er ruhig. Erneut lag ein leichtes Grinsen auf seinen Zügen. »Du scheinst gerade mit dir beschäftigt zu sein und ich möchte dich nicht stören. Sollte meine Anwesenheit irgendwie unangenehm sein, sag es.«

Matteo wusste nicht, was er erwidern sollte. Noch nie hatte jemand so rücksichtsvolle Worte zu ihm gesagt.

»Nein«, presste er hervor. Seine Stimme versagte, er räusperte sich. »Du störst nicht.«

Er lehnte sich zurück und starrte an die Zimmerdecke. Auf der Station war es ruhig, fast alle waren in ihren Zimmern. Nur Noah war zu hören, der neben ihm mit dem Fingernagel über die Tasse kratzte.

»Erzähl mir was«, bat er plötzlich, wohl wissend, dass er bisher nicht auf dessen Frage geantwortet hatte. »Egal, was.«

Für einen Moment schwieg Noah, schien sich plötzlich an bestimmte Dinge zu erinnern. Matteo spürte das gedankliche Rucken regelrecht.

»Ich wurde mal in der Turnhalle eingesperrt, weil mein Sportlehrer mich nicht rufen hörte«, begann er und schien zu grinsen. Seine Stimme klang weicher, wenn er lächelte. »Damals war ich in der fünften Klasse. Unsere Turnhalle befand sich auf dem Markt, etwa einen halben Kilometer von der Schule entfernt. Mein Sportlehrer war älter und ich war seit Tagen erkältet. Ich habe am Unterricht teilgenommen, mich aber zu langsam umgezogen. Als mein letzter Klassenkamerad runter ging, war es kurz still und mein Sportlehrer rief noch: ›Ist da noch wer?‹ Ich war heiser und krächzte nur ein ›ja‹, aber es war zu spät und Sekunden später hörte ich die Tür zufallen. Ich gebe zu, damals war das erschreckend, da ich kein Handy hatte und es gab noch kein Internet, welches ich irgendwo hätte nutzen können. Die Turnhalle war so alt, es gab nicht einmal ein Festnetz.«

Interessiert sah Matteo ihn an.

»Krass und was hast du gemacht?«, wollte er wissen. Solch eine Geschichte hatte er noch nie gehört.

»Zum Glück hatte die Eingangstür Glasscheiben. Ich blieb dahinter stehen und wartete, bis Passanten mich bemerkten, was in einer Kleinstadt echt dauert. Ich schrie einen älteren Mann an, er solle bitte zur Schule runter fahren und sagen, ich wäre noch hier. Ich war eine Stunde eingesperrt und ich hatte Durst und musste dringend auf Toilette, die übrigens verschlossen war, weil mein Lehrer pingelig war. Der alte Mann ging und mein Sportlehrer kam zwanzig Minuten später angerast und holte mich ab.«

»Dadurch hast du mindestens zwei Schulstunden verpasst«, meinte Matteo und Noah nickte.

»Genau.« Er setzte sich anders hin. »Ich war der Held der Klasse.«

Sie grinsten beide.

»Hast du noch mehr solcher Geschichten auf Lager?«, wollte er wissen.

»Unzählige.«

»Magst du mir noch mehr erzählen?« Er biss sich verlegen auf die Unterlippe.

Rasch warf Noah einen Blick nach draußen.

»Das Wetter scheint nicht besser zu werden und bis zehn Uhr habe ich Zeit«, meinte er. »Frag mich was.«

»Ach und was? Bei so etwas bin ich nicht gut.«

»Beim einfachen Frage-Antwort-Spiel? Oh!« Noah wog den Kopf hin und her. »Da muss ich dir recht geben, darin bist du echt schlecht.«

»Hey.« Matteo verzog den Mund und wurde leicht rot. »Ich überlege doch schon.«

»Ich hätte nie gedacht, dass ich mal jemanden kennenlerne, der sich Null für jemand Neues interessiert, obwohl er in einer Psychiatrie festsitzt und Ablenkung sicher gut gebrauchen kann«, nuschelte Noah und strich sich ein paar Strähnen aus dem Gesicht.

Matteo öffnete den Mund, um etwas Passendes zu erwidern, aber ihm fiel nichts ein. Außerdem hatte Noah Unrecht. Er interessierte sich sehr wohl für ihn.

»Du bist einfach aufgetaucht, ich weiß nichts über dich«, gestand Matteo und sah Noah lange an. »Wirklich gar nichts.«

»Deswegen hast du jetzt die Chance, mehr über mich zu erfahren«, sagte Noah, setzte sich seitlich auf die Couch. Sein Blick wirkte amüsiert, als wüsste er, dass Matteo ein paar recht unangenehme Fragen stellen wollte, sich jedoch nicht traute.

Er spürte, wie seine Ohren rot anliefen. Kurzzeitig wurden seine Gedanken vom Krach auf dem Gang unterbrochen. Martin diskutierte mit dem Neuankömmling. Der Mann mittleren Alters war verwirrt und letzte Nacht mit dem Krankenwagen eingeliefert worden.

»Okay.« Matteo und fuhr sich seufzend durch die Haare. »Wir fangen leicht an. Wie alt bist du?«

»25, Sternzeichen Widder«, kam es wie aus der Pistole geschossen. Erneut eine dieser komischen Antworten.

»Ich bin Stier und 21«, erwiderte Matteo. »Also bist du vier Jahre älter als ich.« Eine spannende Tatsache. Noah sah keineswegs älter aus. »Okay. Was isst du am liebsten?«

»Alles, außer Sardellen, Spargel, Pilze und Innereien«, gab Noah von sich und grinste weiterhin. Ihm bereitete dieses kleine Spiel sichtlich Spaß. »Und du?«

Matteo zuckte mit den Schultern. »Ich mag alles, was man auf Pizza packen kann.« Er überlegte weiter. »Trinkst du Alkohol?«

Wie hießen diese Typen, die wie Punkrocker aussahen, aber Drogen und Alkohol ablehnten und oft Veganer waren?

»Früher habe ich getrunken, heute bin ich eher *Straight Edge*. Ich sage es selten, weil das kaum jemand kennt. Ich trinke nur in guter Gesellschaft. Diese Einstellung braucht keinen Namen.«

Matteo blinzelte, hatte noch nie jemanden mit dieser klaren Einstellung kennengelernt. Die meisten seiner Freunde tranken oft und viel.

Er musterte ihn neugierig. Dinge, die man aus eigener Überzeugung ablehnte, brauchten keinen Namen. Matteo erkannte, dass er sich gern mit Noah unterhielt. Seine Worte und Aussagen waren weit entfernt von Standardsätzen und erschienen ehrlich, aber überlegt. Eigenschaften, die er bei allen anderen Menschen mehr als vermisste.

»Ich trinke nur mit Freunden und rauche, wenn ich gestresst bin«, gestand Matteo und sah zur Tasse auf dem Tisch. Aufgeregt verknotete er seine Hände ineinander.

»Ich weiß. Du rauchst heimlich, weil du es gern vor dir selbst verstecken willst.«

Einmal mehr spürte Matteo, wie intim alles mit ihm war. Zwei Fremde, die sich unterhielten, als würden sie sich kennen.

»Kommen wir zurück zu dir«, bat Matteo rasch und lehnte sich in die Couch. Tief sah er Noah in die Augen. Einen Moment lang zögerte er, sein Herz schlug ihm bis zum Hals.

»Wie hast du bemerkt, dass du schwul bist?« Er hatte schnell gesprochen, sonst hätte er diese Frage nie heraus bekommen. Die Worte lagen kitzelnd auf seiner Zunge, warteten nur darauf endlich hervorzusprudeln. Es interessierte ihn brennend. Mehr als alles andere.

»Ich wusste es schon lange, aber erst meine Mutter brachte mich dazu, ehrlich zu mir zu sein. Es war keine spontane Entscheidung und mehr eine Art Endlösung für meine Probleme. Ich hatte Gedanken, die ich nicht einsortieren konnte und das Schlimmste überhaupt war: Ich hatte riesigen Ekel empfunden, als ich ein Mädchen geküsst habe.« Noah lächelte, jedoch wich es schnell von seinen Zügen. »Zuerst habe ich gedacht, es war nur nicht die Richtige, aber irgendwann sah ich einen Film im Fernsehen mit Colin Farrell ... kennst du den?«

Matteo überlegte kurz, verschränkte seine Arme vor der Brust.

»Nenn mir einen Film von ihm.«

»Puh ... ›S.W.A.T. – Die Spezialeinheit‹, ›Minority Report‹, ›Brügge sehen und sterben‹, ›Das Tribunal‹ ...«

»... den Ersten und den Letzten kenne ich. Da hat der mitgespielt?«

Matteo zückte sein Handy, öffnete den Browser und tippte den Namen des Schauspielers ein.

Noah rutschte nah zu ihm und sah mit auf den Bildschirm. Er deutete auf ein Foto.

»So sah er damals aus.«

Ein attraktiver Mann.

»Und der hat dich angemacht?«

»Irgendwie schon ... der war sexy zu der Zeit. Ich war natürlich echt überrascht, dass ich auf einen Mann reagierte und habe bestimmt zwei Wochen gebraucht, ehe ich mir eingestehen konnte, vielleicht schwul zu sein. Diese Theorie musste ich erst testen, um sie zu bestätigen.«

Matteo packte sein Handy wieder weg.

»Was hast du getan?«, wollte er wissen und Noah legte den Kopf zurück, ihre Knie berührten sich erneut.

»Ich suchte mir eine Schwulenbar in der Stadt heraus und ging hin.«

Amüsiert lachte Matteo auf. »Ach Quatsch, echt?!«

»Ich wollte Schwule sehen. Wollte wissen, wie es aussah, wenn man schwul war. Und weißt du, was ich sah? Nur Männer, die Händchen hielten. Es war irgendwie ... wie eine Art Offenbarung.«

Noahs Worte blieben in Matteos Gedächtnis hängen. ›Männer, die Händchen hielten.‹ Es klang vollkommen normal. Was war besonders daran, schwul zu sein? Matteo wusste, dass er sich für andere Männer begeisterte, auch wenn er nicht wusste, wie weit sich diese Begeisterung ging. Er war als pubertierender Teenager verrückt nach einem GZSZ-Darsteller gewesen, weil er ihn eben cool fand. Ob dieses Interesse sexueller Natur gewesen war, wusste er nicht mehr.

Nun sah er Noah an und presste die Lippen fest zusammen.

»Du bist ehrlich zu mir … also bin ich es auch zu dir«, sagte er leise, grub eine Hand in eines der Couchkissen.

Aus dem Augenwinkel sah er, wie Noah eine Augenbraue hob. Wieder umspielte dieses bestimmte, wissende Lächeln seine Lippen und zauberte ihm einen frechen Ausdruck ins Gesicht.

»Ich habe eine Weile lang GZSZ geschaut, weil ein Schauspieler mitspielte, den ich irgendwie ziemlich cool fand.«

»Wow.« Noah lehnte sich zurück, als müsste er diese Worte erst verarbeiten, und legte theatralisch eine Hand an sein Herz. »Was ist das Geständnis? Deine latente Homosexualität oder der Fakt, dass du dich mit einer Daily Soap beschäftigt hast?«

Matteo warf ein kleines Kissen nach ihm, lächelte jedoch.

»Du spinnst.«

Er fragte sich, was ›latente Homosexualität‹ war. Das klang so exotisch wie ›Flexitarier‹.

»Jemanden scharf zu finden macht dich nicht gleich schwul.« Offensichtlich versuchte er, Matteo damit zu beruhigen. »Ich wette, der Konsum dieser Daily Soap hat mehr Schaden hinterlassen.«

Empört knallte Matteo ihm das Kissen gegen den Kopf und sie lachten beide, während draußen riesige Regentropfen zu Boden fielen.

KAPITEL II

Was hast du dir dabei gedacht? Ich meine … sie kam extra hierher …«

>*Bitte, mein Schatz, überlege dir das alles noch einmal. Wir können darüber reden, okay? Ich liebe dich. xx*<

»Tobias, ich denke, er hat es durchdacht. Eine solche Entscheidung ist nicht leicht und Matteo ist kein Typ, der jemanden einfach abschießt.«

»Ach, jetzt ergreifst du Partei für ihn? Na großartig! Zwei absolut emotionale Typen, die sich einig sind, dass man mit der langjährigen Freundin Schluss machen sollte, wenn diese sich nur Sorgen macht.«

»Hey, du bist derjenige, der mit Mädels Schluss macht, wie es ihm gefällt!«

»Ich bin mit Lola seit zwei Monaten zusammen und Mann, ich denke garantiert nicht daran, mit ihr Schluss zu machen!«

»Oh, wie wundervoll. Du hast einmal Glück und dein Schwanz ist ausnahmsweise nicht der Erste, der was zu sagen hat und plötzlich denkst du, du wüsstest, was Liebe ist?«

>*Bitte, Matteo. Bitte. xx*<

»Komm, lass es. Du hast davon genauso wenig Ahnung, wie …«

»Könntet ihr beide die Fressen halten?«

Matteo starrte genervt zwischen Tobias und Emmanuel hin und her, nicht sicher, wem von Beiden er am liebsten eines der belegten Brötchen quer in den Mund stecken wollte, um ihn zum Schweigen zu bringen. Er holte tief Luft und fuhr sich gestresst über die Stirn.

Sie saßen im Café der Klinik, nachdem er sie angerufen hatte und ihnen gute Nachrichten überbrachte. Aber Tobias' Starrsinn und Emmanuels Einwürfe dämpften seine Laune deutlich.

Sein Bruder sah ihn an, als verstünde er nicht, wer vor ihm saß. Matteo war bereits die fünfte Woche in der Klinik. Heute Morgen hatte er gesagt bekommen, er könne seine Therapie in drei Wochen ambulant fortsetzen, weshalb sie hier zusammensaßen. Worte, die aus dem Mund der Psychologen hochtrabend klangen, für ihn immerhin eine wichtige Information beinhalteten: Bald durfte er nach Hause. Sein Ziel seit Wochen.

Seine Mutter war gerade im Ausland, wie so oft, weswegen er nur Tobias von dieser Neuigkeit berichten konnte. Doch der erstickte seine Worte im Keim und warf ihm ein ›Du Idiot‹ an den Kopf. Alles nur, weil er mit Jessica Schluss gemacht hatte. Es ärgerte ihn, dass alle glaubten, seine Gefühle besser zu verstehen als er. Wie konnten sie nur? Nicht einmal er verstand sie nicht wirklich, obwohl sie zu ihm gehörten.

Seitdem schrieb Jessica ihm mindestens zwei Mal am Tag, meistens früh und abends. Matteo sah nur noch auf sein Handy, um zu sehen, ob Noah sich meldete. Nach reiflicher Überlegung hatte er es gewagt und nach dessen Nummer gefragt. Es war ihm wichtig, den Kontakt zu ihm nicht zu verlieren. Obwohl Noah seltsam war, anders als seine übrigen Freunde. Womöglich war es das, was Matteo an ihm mochte.

»Ich weiß nicht, warum ihr euch so in mein Liebesleben hineinsteigert«, sagte er genervt und linste in seine leere Kaffeetasse, schob sie gerade. »Es geht euch nichts an, ist euch das bewusst?« Sein Blick wanderte über den Tisch.

»Ich kapiere vor allem nicht, warum ausgerechnet *du*«, Matteo nickte zu Tobias, »so erpicht darauf bist, uns wieder zusammenzubringen. Immerhin hast du sie damals mit fauligem Weißbrot verglichen, nicht ich.«

Tobias lief rot an.

»Das ist ewig her!«, echauffierte der sich über diesen Vorwurf und seufzte leise, rieb sich durch das Gesicht. »Fein. Weißt du was? Ich dachte eben, dass gerade Jessica dir gut bekommen würde, wenn es dir besser geht … aber anscheinend hast du in dieser komischen Einrichtung hier«, er hob seine Hand und vollführte eine kurze Bewegung, die auf alles deutete, was um sie herum war, »eine gehörige Gehirnwäsche bekommen.«

»Ach, so gut, wie dir deine neue Freundin tut? Die du jetzt, nach etlichen Affären mal länger als drei Wochen halten konntest? Du hattest nur Glück«, fuhr Matteo ihn grob an.

Tobias schien ehrlich getroffen und Emmanuel wirkte, als hätte ihm jemand einen Schlag ins Gesicht verpasst. So ein Verhalten kannten sie von ihm nicht und auch Matteo war erstaunt, dass ihm diese Worte über die Lippen kamen.

»Die sind hier sehr nett, okay? Klar nervt es und ja, vielleicht hat die

Therapie mir die Augen geöffnet. Ich erkenne, was ich brauche und was nicht. Jessica tat mir nicht mehr gut. Sie versteht mich nicht ...«

Er brach ab und eine kurze Pause entstand. Emmanuel musterte ihn eindringlich.

»Nicht immer kann man jeden verstehen ...«, warf er vorsichtig ein und Tobias nickte.

»Sehe ich auch so.«

Matteo sah sie ernst an, wusste nicht mehr, worüber sie eigentlich sprachen und wer im Recht war. Aber er hatte den Unterton verstanden.

Sein Handy piepste und er sah auf den Bildschirm.

›Ich habe dir nichts getan, Matteo! Du weißt, dass ich ...‹

Mehr konnte er der Vorschau der Nachricht nicht entnehmen, aber es genügte ihm.

Er steckte das Handy in seine Jackentasche und stand auf. Tobias und Emmanuel tauschten einen verwirrten Blick.

»Wohin willst du?«, fragte Emmanuel.

»Ich gehe in mein Zimmer«, erklärte Matteo ruhig. »Und wenn ihr normal mit mir reden könnt und nicht nur hier erscheint, um mir Vorwürfe zu machen, könnt ihr gern übermorgen erneut kommen.«

Damit wandte er sich ab und kümmerte sich nicht darum, wer seinen Kaffee bezahlte. Für ihn zählte nur, hier wegzukommen.

Er wandte sich ab und lief aus dem Café. Schon nach wenigen Metern hörte Matteo die vertrauten Schritte seiner Brüder hinter sich. Sie holten ihn ein, sagten nichts weiter, sondern liefen nur neben ihm. Erst, als Emmanuel Matteo die Hand auf die Schulter legte, stoppte dieser und holte tief Luft. Außer ihnen war sonst niemanden in seinem Leben für ihn da. Auf alle anderen Menschen war kein Verlass.

»Du bekommst alle vier Wochen ein freies Wochenende«, erinnerte Noah Matteo, während er aus dem Fenster des Aufenthaltsraums sah und die Blätter betrachtete, die sich im Wind wogen. Für das kommende Wochenende waren die ersten Schneefälle angesagt.

Matteo zeichnete, besser gesagt, er malte ein paar Flächen mit Buntstiften aus. Noah beobachtete ihn und empfand ihn als ruhig und ausgeglichen, es schien fast schon meditativ zu sein, was er tat. Doch plötzlich stoppte er abrupt in der Bewegung und starrte zu ihm.

»Ich glaube, ich passe«, meinte er leise, klang deutlich verbittert.

Noah schwang sich vom Fensterbrett, lief zu ihm und schlang seine Arme überschwänglich um seinen Hals.

Matteo keuchte erschrocken, war wie erstarrt, zeigte keinerlei Anstalten, ihn von sich zu schieben. Noah grinste und beobachtete, wie sich das Gesicht seines Freundes veränderte.

»Du kommst hier zur Abwechslung mal raus. Ich finde, du könntest so etwas gut gebrauchen.«

»Ich will nicht nach Hause, meine Mutter ist eh nicht da«, murrte er und schob Noah sanft von sich. Es war nicht grob, aber bestimmend.

Langsam ließ dieser sich auf den freien Platz neben ihn sinken, legte den Kopf schief und gab nach Matteos Worten ein nachdenkliches Geräusch von sich.

»Du könntest auch mit zu mir kommen. Mein Vater ist ziemlich gelassen. Der wäre sicherlich froh, wenn ich nicht nur mit Lola rumhänge.«

Er zuckte mit den Schultern und fing Matteos überraschten Blick auf. Er sah schockiert aus, als hätte sein Angebot eine Art Zweideutigkeit beinhaltet.

»Zu dir?«

»Ja.«

»Für ... das Wochenende?«

Langsam nickte Noah.

»Wenn du weiterhin alles wiederholst, was ich gesagt habe, werde ich in diesem Leben nie eine Antwort bekommen.«

Matteo legte den Stift beiseite und sah ihn an. In seinen Augen lag ein neugieriges Funkeln.

»Meinst du, die erlauben das?«, fragte er nach und hob eine Augenbraue.

Noah fand diesen leicht zweifelnden Ausdruck putzig.

»Sie müssen es ja nicht erfahren. Mein Paps könnte dich abholen und Sonntag pünktlich hierher fahren, wenn du willst.«

Es war garantiert zu spontan. In Wahrheit dachte Noah schon eine ganze Weile darüber nach, weil er den Gesprächen über Matteos Familie einiges entnahm. Das alles war für seinen Freund belastend, für seine psychische Gesundheit nicht förderlich und er wollte ihm gern ein ruhiges Wochenende schenken. Er wusste, wie kaputt es ihn machte, allein zu sein, nirgends dazuzugehören. Vielleicht brauchte er zu diesem Teil seines Lebens Abstand. Ein paar Tage nicht der Sohn von Clemenz Nier zu sein, sondern ein normaler junger Mann.

Nachdenklich legte Matteo den Kopf zur Seite und verschränkte die Arme vor der Brust.

»Eigentlich … klingt das gar nicht so schlecht«, meinte er langsam. »Warum nicht?«

»Super!«

»Aber bitte lass uns keinen albernen Filmabend machen.« Warnend hob er einen Finger und Noah nickte.

»Versprochen.«

»Hast du eine Playstation?«

Noah schüttelte den Kopf.

»Okay, kein Problem. Ich komme gern das Wochenende mit zu dir.«

»Das Wörtchen ›gern‹ macht es noch besser.« Noah grinste erfreut.

»Pizza, eine alte Nintendo-Konsole und ein toller Ausblick ist alles, was ich dir bieten kann.«

Endlich war dieses Lächeln in Matteos Gesicht, welches Noah sehnlichst erwartet hatte und es erfüllte ihn mit einem wohligen Gefühl.

»Das klingt perfekt.«

Es war leichter als gedacht. Dr. Buchhold begrüßte den Vorschlag eines freien Wochenendes und drückte seinen Stempel unter die Erlaubnis. Irgendwie fand Matteo es interessant, wie erfreut alle darüber waren, dass er seinen Urlaub nahm. Mit Frau Thiel erarbeitete er eine Art Panik-Konzept und ging alle Übungen durch, sollte er in eine solche Situation kommen und bekam bei der Visite seine Unterlagen. Am Freitagnachmittag stand er mit gepacktem Rucksack auf dem Parkplatz und wartete. Während er den Lack eines parkenden Wagens betrachtete, kam ihm die Idee, das

Wochenende bei Noah zu verbringen, nicht mehr klug vor. Er fand es schrecklich, sich bei ihm einnisten zu müssen, weil er mit seiner Familie nicht klar kam, doch als er einen Pick-up vorfahren sah und eine Hupe hörte, die aus den 20ern zu stammen schien, gab es kein Zurück mehr.

Ein älterer Mann saß am Steuer und drehte das Seitenfenster herunter, während Matteo langsam zum Wagen lief. Das Auto war sichtlich nicht mehr das jüngste, schien jedoch robust und gepflegt. Auf dem Beifahrersitz saß Noah und öffnete ihm die Tür.

»Mission: Matteo retten, Level 2 geschafft.« Er grinste und verwirrt kletterte Matteo neben ihn in den Wagen, zog die Tür zu und schob seinen Rucksack auf den Schoß.

»Bist du Tom Cruise?«, witzelte er.

»Hi, Matteo«, grüßte Noahs Vater höflich und leicht errötend, weil er ihn nicht begrüßt hatte, schob er seine Hand an Noah vorbei.

»Hallo, Entschuldigung. Eigentlich habe ich Manieren«, stammelte er verlegen.

»Keine Ursache. Ich bin Andreas, nett dich kennenzulernen.«

Er lächelte nachsichtig und Matteo wusste sofort, von wem Noah sein Grinsen geerbt hatte. Es war, als würde die Sonne aufgehen, wirkte warm und einladend.

»Die Enge quetscht jede Manier aus den Beifahrern heraus. Paps, fahr los.«

Kaum hatte Noah diese Worte ausgesprochen, drückte Andreas auf das Gaspedal und der Wagen sprang einen Satz nach vorn. Sie brausten los und Matteo wusste nicht, ob er Angst hatte oder laut jubeln wollte. Ihn beschlich das Bedürfnis, seine Arme aus dem Wagen zu halten. Ein seltsames Gefühl der Freiheit breitete sich in ihm aus, während die Klinik im Rückspiegel verschwand.

Noah drehte am Radio und laute Musik erfüllte die kleine Fahrerkabine. Er hörte, wie Noah mitsang, stimmte mit ein und sie grölten so laut, als ginge es um ihr Leben.

Matteo beschloss, dieses Wochenende zu genießen.

»Bist du dir sicher, dass du schon mal eine Pizza selbst gemacht hast? Weil«, Matteo tippte auf die Anleitung auf dem Karton für den Teig, »irgendwie steht hier was anderes. Weniger Wasser.«

Noah linste nur kurz zu seinem Freund, der am Tisch saß und sah auf die Hinweise auf der Packung, die dieser ihm entgegenhielt. Natürlich standen dort genauere Schritte, aber weil Noah den Teig niemals nach Anleitung zubereitete, waren seine anders. Zweifelnd sah Matteo ihm zu, fuchtelte mit der Schachtel herum und musterte die Schüssel, in der sich der Teig befand. Noah suchte das Nudelholz, bestäubte es mit Mehl, hob den Teigklumpen aus der Schüssel, warf ihn auf den Tisch und rollte ihn aus. Geschickt und ziemlich flink. Überrascht beobachtete ihn sein Gast und warf die Verpackung weg.

»Okay, kapiert. Du machst das öfter.«

Noah grinste. »Gut erfasst.« Er sah auf und nickte zu dem Schneidebrett mit Paprika und Tomaten. »Magst du endlich deine Pflicht erfüllen?«

»Oh.« Hektisch zog Matteo das Brett zu sich, griff nach dem Messer.

Noah verkniff sich ein Auflachen und beobachtete ihn aus dem Augenwinkel. Sie verfielen in angenehmes Schweigen, während er den Teig fertig ausrollte und auf das Blech gab. Er hatte den Ofen vorgeheizt und schob das Blech hinein, konnte Matteos Blick spüren und wandte sich wieder zu ihm um.

»Wir haben noch Schinken und Mais da«, informierte er ihn, überlegte kurz. »Und ich glaube Ananas.«

Kurz verzog Matteo das Gesicht.

»Ich esse keine Ananas. Und bin kein Fan von Mais.«

»Wusstest du, dass Menschen Mais nicht verdauen können? Sie scheiden ihn einfach wieder aus. Unverdaut.«

Es war, als würde Matteos Gesicht in einzelne Teile zerfallen.

»Na, wenn das keinen Hunger auf Pizza macht«, witzelte er.

Noah grinste breit, alberte herum, stülpte die Topfhandschuhe über und tanzte durch die Küche.

Nach einigen Minuten holte er den Teig aus dem Ofen, beträufelte ihn mit Öl, nahm einen Pinsel, um alles zu verteilen, und gab das frische Basilikum dazu.

»Bist du sicher, dass das schmeckt?«, fragte Matteo zweifelnd und Noah sah ihn gespielt ernst an.

»Das hier«, er nickte auf das Blech vor sich, »wird die beste Pizza deines Lebens. Vertrau mir.«

Bisher sprach Matteo recht wenig. Wahrscheinlich musste er die anfängliche Scheu erst ablegen, ehe er in neuer Umgebung lockerer sein konnte. Noah hatte jedoch nicht den Eindruck, dass er sich unwohl fühlte, im Gegenteil, Matteo bewegte sich frei und vollkommen ungezwungen im Haus. Zwar war er ein wenig zurückhaltend, aber sobald er etwas zu sagen hatte, sprach er es aus. Eigenschaften, die Noah an ihm mochte. Es gab wenige Menschen, die ehrlich waren und über ihre Worte nachdachten.

Er stützte seinen Kopf auf die Arme, halb auf dem Tisch liegend und sah fasziniert zu ihm, nur für ein paar Sekunden, ehe Matteo seinen Blick erwiderte. Ruckartig wandte Noah sich ab und strich sich die Gänsehaut von seinen Armen.

»Alles fertig geschnitten, Chef«, ließ Matteo verlauten und Noah hob gespielt-arrogant den Kopf.

»Wurde ja auch Zeit, Sklave.« Er griff nach dem Brett. »Komm, Pizza belegen.« Sie alberten herum, belegten gemeinsam die Pizza fertig und Noah schob sie in den Ofen.

»Also, uhm, sag«, begann Matteo nach einer Weile, seinen Kopf auf seine Hände aufgestützt, »darf ich dir Fragen zu deiner Mutter stellen?«

Noah spürte, wie sich sein Magen zusammenzog. Wieder war da dieser Knoten, der ihm Unwohlsein bescherte. Das Gefühl war nicht neu, keineswegs. Es war sein ständiger Begleiter.

»Frag.«

Eine lange Pause entstand, in der Matteo spürbar nervös neben ihm über seinen Arm kratzte.

»Nein … vergiss es. Das war ziemlich unhöflich.«

»Nein, es ist nicht unhöflich«, versicherte Noah und schüttelte seine blaue Mähne.

»Wir kennen uns erst seit vier Wochen …« Matteo seufzte hörbar. »Ich will dich nicht aushorchen oder so.«

»Du meinst, wir kennen uns *schon* seit vier Wochen«, verbesserte Noah und sah zu ihm, musterte Matteos warme Augen, ließ seinen Blick über die vollen Lippen wandern. Erst nach mehrmaligem Blinzeln konnte er sich davon lösen. »Zeit ist relativ.«

»Sagte Einstein.«

»Wir sollten auf den Mann hören, er weiß, wovon er spricht.«

Erneut trafen sich ihre Blicke. Die Zeit war wirklich relativ; sie verging so langsam, dass Noah jede einzelne, geschwungene Wimper um Matteos Augen erkannte. War dieser sich bewusst, dass er Jede haben konnte? Und auf welche fiel seine Wahl? Auf eine wenig empathische Frau mit vermögenden Eltern. Noah verstand vieles nicht, aber warum Reiche nur in ihren Kreisen suchten, war eines der Dinge, die er nie kapieren würde.

»Vermisst du Jessica?«

Langsam lehnte sich Matteo zurück, blinzelte verwirrt aufgrund dieses Themenwechsels.

»Ehrlich gesagt ... nicht unbedingt«, gestand er und holte tief Luft. »Ich denke, ich sollte sie vermissen. Aber mir ist in der Zeit in der Klinik einiges bewusst geworden. Das hat zur Trennung geführt.«

»Zum Beispiel?« Die Antwort interessierte ihn.

»Weißt du, wie viel Zeit sie brauchte, wenn wir weggehen wollten?« Er schnaubte. »Vier Stunden! Und sie besitzt nur teure Kleider und Make-up ... am schlimmsten war es, wenn ihre Freundinnen zu Besuch waren. Ich hasse diese ständig kichernden Mädels, die über Versace-Kleider, Rabatte beim Friseur und ihre ständigen neuen Diäten erzählen. Ich habe mich oftmals wie eines ihrer teuren Accessoires gefühlt.«

Langsam blinzelte Noah.

»Was ist Versace?«

Matteo blickte ihn an, als hätte er die Frage nicht verstanden. Wenige Sekunden später, in denen sich Noah vornahm, ein paar Magazine von Frau Müller-Schönau zu lesen, lachte er auf.

Es war das reinste und wohl mit Abstand schönste Lachen, welches Noah je gehört hatte.

»Wow. Okay. Ich habe noch nie jemandem so viel erzählt und das Einzige, was du fragst, ist, wer Versace ist?«

Noah schob die Unterlippe vor.

»Du machst dich über mich lustig!«

Erneut lachte Matteo leise auf und schüttelte den Kopf.

»Nein, niemals ... du ...« Er unterbrach sich, wischte sich leicht über die Augenwinkel. »Du bist großartig.«

»Ich weiß.« Noah grinste und lehnte sich zurück, um in den Ofen zu sehen, zog die Topfhandschuhe über und öffnete die Klappe. Die Hitze, die ihm entgegen strömte, ließ ihn zurückschrecken. Nachdem er einen Blick riskiert und die Pizza für noch nicht fertig befunden hatte, schloss er den Backofen.

Zwanzig Minuten später saßen sie mit schief geschnittenen Pizzastücken auf den Tellern auf Noahs Bett und starrte nach oben.

»Du hast ein cooles Zimmer. Gemütlich.« Matteo sah sich um »Man kann den Himmel vom Bett aus betrachten …« Er stellte seinen Teller beiseite und legte den Kopf in den Nacken.

»Ich habe eine Dachluke, mit der man auf einen kleinen Vorsprung kommt und über die gesamte Stadt blicken kann.«

»Voll cool.«

»Hast du mal Sterne fotografiert?«, wollte Noah wissen und Matteo brummte verneinend.

»Nee, dafür habe ich keine Kamera.«

»Darum geht es doch nicht.«

»Nein?«

Noah schüttelte den Kopf und rollte sich über sein Bett, suchte unter einigen Kissen nach seinem Fernglas, zog es an der Schlaufe heraus und reichte es Matteo. Der musterte es mit einer hochgezogenen Augenbraue.

»Du weißt schon, dass es nicht fotografieren kann, oder?«, scherzte er. »Oder was willst du mir sagen?«

»Warte einfach ab.«

Als Noah wieder nach dem Fernglas, strich er mit seinen Fingern sanft über Matteos. Er sah hindurch, starrte zur Lampe, stellte es ein und reichte er es ihm wieder. »Leg dich zurück und dreh dich … so halb quer auf dem Bett, da hast du die beste Sicht.«

Matteo nickte, hob sein Becken an und schob sich weiter auf das Bett. Stumm ließ Noah seinen Blick über seinen Körper wandern, während er sich bewegte.

»Okay, mal schauen …«, nuschelte Matteo und fummelte mit dem Fernglas herum, fand eine Position, aus der er gut zum Dachfenster blicken konnte. »Wir ignorieren den Fakt, dass es noch zu früh für Sterne ist, okay?«

»Ja.« Noah grinste breit, seine Wangen schmerzten bereits. Er legte sich neben Matteo und sah ebenso nach oben, verzog fragend das Gesicht, als sein Freund leise brummte. Langsam drehte er den Kopf zu ihm.

»Die Aussicht ... wird später bestimmt besser«, sagte Matteo und Noah blinzelte langsam, während sein Blick an seinem Profil hängen blieb. Irgendwie erschien ihm dieser junge Mann kaum noch real zu sein. Er hatte Angst zu erwachen und ihn dadurch zu verlieren.

»Ich finde sie jetzt schon toll«, gestand er leise. Er war froh, dass Matteo keine Gedanken lesen konnte. »Der ganze Abend ist toll.«

Nun ließ Matteo das Fernglas sinken und sah Noah mit diesen wundervollen Augen an, deren Wimpernkränze eine gesamte Galaxie umrahmten.

»Danke ...«, sagte er leise, seine Stimme nahe am Zerbersten. Noah hatte ihn verstanden.

Er würde ihn immer verstehen.

KAPITEL 12

Matteo gähnte, drückte seinen Kopf in das Kissen und hörte der Musik nur zum Teil zu. Es war angenehm warm in Noahs Zimmer und vor einer Weile hatte er die Zeit aus den Augen verloren. Das Bett war wundervoll weich und einladend.

Kurzzeitig schlief er sogar ein. Die letzte Woche war sein Schlaf miserabel gewesen und die Tabletten, die er nun deswegen bekam, taten ihr übriges.

Sie sprachen über Autos und für jemanden, der behauptete nicht besonders viel davon zu verstehen, war Noah eine sprudelnde Quelle an Informationen. Er besaß eine besondere Art, die Welt zu erklären. Matteo wusste nicht, woran es lag, aber allein seine Anwesenheit löste in ihm ein Gefühl der Ruhe und Zuneigung aus. Zwar hatte er sich nie träumen lassen, dass ein Mann so etwas in ihm auslösen würde, aber es war okay. Noah war schwul, deswegen war vieles okay und es vereinfachte die Dinge auf angenehme Art. Er musste sich keine Gedanken machen, dass dieser seine Fragen seltsam fand oder seine Intentionen missinterpretierte.

»Sag mal …« Langsam drehte Matteo den Kopf und drückte seine Hand in das Kissen. »Wie machst du das, wenn du einen Typen süß findest? Ich meine … gehst du einfach hin und sagst dem das, oder wie? Immerhin gibt es bestimmt nicht so viele Schwule …«

»Es gibt mehr, als du denkst.«

Sein Gegenüber setzte sich im Schneidersitz hin und zog die Bettdecke über seine Beine. Die Heizung gluckerte munter vor sich hin, es war unglaublich gemütlich.

»Trotzdem, wie machst du das dann?«, beharrte Matteo und rollte sich auf den Bauch. Er drückte eine Gesichtshälfte tiefer in das weiche Kissen, welches erstaunlich gut roch. »Du kannst nicht einfach in der Disco einen Kerl anmachen, ohne Angst zu haben, dass er wütend wird, richtig?«

Langsam schüttelte Noah den Kopf.

»Ich gehe dafür woanders hin.«

»Wohin denn?«, fragte Matteo neugierig nach.

Er erinnerte sich an den Abend, an dem er mit Emmanuel und Tobias in Berlin gewesen war, sie fast eine Schwulendiscothek besucht hätten und an die warmen Ohren, die er bekommen hatte, als er sich vorstellte, wie halbnackte Männer sich darin lasziv auf der Tanzfläche bewegten.

»Wenn ich unterwegs bin, gehe ich ins *SchwuP*. Meine beste Freundin kennt dort einige Leute, weil ihr Bruder ein hochrangiger Mitarbeiter der Security ist.«

»Wow …« Matteo blinzelte; er hatte vor einer Weile vor diesem Laden gestanden. Ein komisches Gefühl beschlich ihn, seine Fingerspitzen kribbelten.

»Ist das so verwunderlich?«, wollte Noah wissen und fegte sich mit einer geschickten Kopfbewegung Haare aus dem Gesicht. »Ich bin schwul. Natürlich gehe ich ab und zu in schwule Läden. Hey, wenn es nach mir ginge, könnte es eine Liberty Avenue direkt vor meiner Tür geben und ich wäre der glücklichste Homo der Welt.«

Es war seltsam jemanden so reden zu hören, weil Noah extrem zufrieden damit schien. Er liebte sich, wie er war. Es war beneidenswert.

»Okay, nur zum Verständnis«, bat Matteo und hob eine Hand. »Was zum Henker ist die Liberty Avenue?«

Sein Freund sah ihn lange an und legte den Kopf schief.

»Du besitzt sehr große Bildungslücken, mein Lieber.«

Er krabbelte vom Bett, lief zu der kleinen Kommode und wühlte in einer der Schubladen. Als er fand, was er gesucht hatte, sprang zurück auf die Matratze und warf Matteo eine DVD zu.

»Da du anscheinend sehr interessiert bist, was die bunte Welt der Homosexuellen betrifft, wäre hier eine Hausaufgabe für dich. Die Liberty Avenue ist die Straße in Pittsburg, wo diese Serie spielt.«

Matteo griff nach der Hülle und musterte die Aufschrift. ›Queer As Folk‹ stand in weißen Buchstaben auf der vorderen Seite und er brauchte sich den Beschreibungstext nicht durchlesen, um den Inhalt zu erfassen. Es war eine Serie über Schwule.

»Und du denkst, ich schaue mir so etwas an?«, fragte Matteo vollkommen entgeistert und legte die DVD vor sich hin. Unbewusst schob er sie gerade. »Ich meine …«

»Du hast Interesse daran, ansonsten würdest du mich nicht ständig darüber ausfragen.« Noah zuckte mit den Schultern, kroch plötzlich zu ihm, blieb wenige Zentimeter vor Matteo sitzen und sah ihn an. »Und ich weiß, du hast auch Interesse an Männern.«

»Bitte?«

Matteos Stimme war ein Hauchen, er wagte kaum zu atmen. Ein freches Grinsen landete auf Noahs Zügen und langsam wich er zurück.

»Fast alle Menschen sind bisexuell, das sollte dich nicht schockieren.«

»Das habe ich auch mal gelesen …«, nuschelte Matteo verlegen.

Neben ihm gab Noah ein leises Geräusch von sich, was ihn aufsehen ließ und ehe er sich versah, küsste dieser ihn.

Ein winziger Kuss, sicherlich dauerte er nur zwei Sekunden. Zwei Sekunden, die sich wie Kaugummi dehnten, die das komplette Raum-Zeit-Kontinuum auf den Kopf stellten, aushebelten und die Frage nach der Zeit überflüssig erscheinen ließen. Zwei Sekunden, die tausende Schauer über Matteos Rücken jagten, dicht an der Wirbelsäule entlang und die jede Nervenzelle in seinem Körper kribbeln ließen. Zwei Sekunden, in denen er die Augen schloss und sich Unendlichkeit herbei sehnte.

Doch der Augenblick dauerte nur einen Wimpernschlag lang. Noah hatte sich erneut zurückgelehnt und sah ihn schmunzelnd an.

»Herzlichen Glückwunsch«, witzelte er. »Du hattest deine erste homosexuelle Erfahrung und bist nicht daran gestorben. Ich denke, dass man das als ›erfolgreich‹ verbuchen kann.«

Matteo starrte ihn an, blinzelte konfus, nahm er eines der kleinen Kissen und donnerte es Noah an den Kopf.

»Idiot«, nuschelte er und drehte sich beschämt weg.

Er war niedlich, wenn er peinlich berührt war.

Noah konnte bei nicht verhindern, Matteo bezaubernd zu finden, als dieser vollkommen verwirrt, mit roten Wangen auf dem Bett lag und mit sich und seiner Welt nicht klar kam. Natürlich, der kleine Kuss war gemein gewesen, das wusste er, doch er war der Meinung, dass man über solche Themen nicht verklemmt sprach, es war leichter, sich Dinge albern zu reden, um über gewisse Hürden zu gelangen.

Tatsächlich gab es keine Beschreibung für das, was Matteo in ihm auslöste. Er würde es als kribbelndes Chaos bezeichnen, ein wenig wie dieses Knusperpulver, welches er als Kind gern genascht hatte.

»Erinnerst du dich an die Lollis, die wie Füße aussahen und die man anlutschen und in Knusperpulver dippen konnte?«, fragte er unvermittelt.

Matteo brummte leise. Er lag rücklings auf einer Seite des Bettes, im Hintergrund lief leise Sigur Ros als Einleitung in die Nacht.

»Ja … waren verdammt lecker«, sagte Matteo leise und schmatzte, während er sich drehte.

Noah betrachtete ihn im Schein der Schreibtischlampe und im einfallenden Mondlicht. Er war sichtlich müde.

»Du bist wie dieses Pulver.«

Wieder schwieg Matteo eine geraume Zeit.

»Ich bin mir nicht sicher, ob du mich gerade beleidigt hast, oder nicht.«

Schmunzelnd schob Noah seine Hände hinter den Kopf und starrte an die Zimmerdecke.

»Keine Beleidigung.«

»Okay, du darfst weiterleben.« Ächzend erhob Matteo sich, wollte sich hinstellen, knallte aber mit dem Kopf gegen die Schräge und jaulte leise auf. »Fuck! Voll vergessen … Au.«

Noah wusste, dass er nicht lachen sollte, aber es fiel ihm schwer.

»Haha, lach du nur. Was lebst du auch unterm Dach? Ich bin größer als du, war doch klar, dass ich mich hier oben noch halb skalpiere.«

Während Matteo seine Schuhe suchte und sich auf den Bettrand setzte, hielt Noah inne. Sein sonst festgetackertes Lächeln verschwand von seinen Zügen und er begann, die Decke in seinem Schoß zu kneten.

»Ich habe hier oben Ruhe gefunden, wenn meine Mutter eine schlechte Zeit hatte und die ganze Nacht weinte, im Haus herum lief und klagte.«

Matteo seufzte hörbar.

»Wolltest …«

»Was ist mit deiner Mutter geschehen?«

Sie fingen gleichzeitig an zu sprechen, Matteo drehte sich halb zu Noah und sah ihn an.

»Ich meine … du redest in der Vergangenheitsform von ihr, ich habe sie bisher nicht kennengelernt, es muss also etwas geschehen sein.«

Noah konnte die Zeit hören, spürte sie zwischen seinen Fingerspitzen verstreichen und ahnte, dass er nur die Hände öffnen müsste, um sie zu verlieren.

So, wie er damals seine Mutter verloren hatte.

»Sie ist tot«, sagte er tonlos und sah Matteo unentwegt an. »Meine Mutter litt unter schweren Depressionen, die trotz aller Medikamente nicht unter Kontrolle waren. Sie sind dadurch meiner Meinung nach noch schlimmer geworden und an manchen Tagen kam sie nicht einmal aus dem Bett. Manchmal schrie sie mich an, manchmal begann sie zu weinen, wenn sie mich sah. Jeder Tag war anders, der Morgen sagte nichts über den Tag aus, weil es wenige Stunden später rein gar nichts mehr bedeutete. Ich habe meine Mutter geliebt.« Er unterbrach sich und drehte den Kopf weg. »Aber sie hat sich selbst nicht mehr geliebt.«

Noah wusste, dass er Bedauern in Matteos Augen erkennen würde, sollte er aufsehen. So war er eben. Mitfühlend, aber er konnte es nicht wirklich zeigen.

»Ich muss jetzt trotzdem ins Bad«, sagte Matteo leise.

Noah erhob sich und lief zur Bodenluke, um sie aufzuziehen.

Sein Freund kletterte nach unten, versuchte, leise zu sein. Nachdenklich sah Noah ihm hinterher. Er wusste, Matteo hatte nicht aus Unhöflichkeit nichts gesagt, als er mit der Erzählung bezüglich seiner Mutter endete, sondern eher, weil es dafür keine passenden Worte gab. Er kannte all das, jeder reagierte in dieser Art.

Sein Blick fiel auf das zweite Bettzeug und er überlegte, ob er es besser nach unten auf die Couch schaffen sollte.

Gott, war er müde. Er hatte keine Ahnung, wie seine Beine überhaupt noch funktionieren konnten, da er keinerlei Gleichgewichtssinn mehr zu besitzen schien. Er wusste, dass diese Müdigkeit eine Nebenwirkung seiner Tabletten war, aber wenn sie eine positive Änderung seines Schlafs bewirkten, musste er damit leben.

Das Badezimmer der Laurischs war klein, aber seltsam gemütlich. Es gab einen riesigen Spiegel, der den Raum optisch vergrößerte und schöne, türkisfarbene Fliesen. Das war seine Lieblingsfarbe, er besaß schwarz-türkise Nikes, die er über alles liebte und eine passende Jacke mit gleichfarbigen Kapuzenbändern. Was für ein komisches Wort. Türkis. Matteo wiederholte es gedanklich, er hatte keine Ahnung mehr, was es bedeutete. Sich im Spiegel betrachtend, versuchte er sich zu erinnern, was er hier wollte. Ein Badezimmer. Wahrscheinlich die Toilette benutzen, aber irgendwie war er sich nicht allzu sicher.

Sein Kopf, nein, der Raum drehte sich. Er schloss die Augen, hielt sich am Waschbecken fest und schluckte schwer. Er holte mehrmals hintereinander tief Luft, um den Schwindel wegzuatmen. Es dauerte, doch nach einiger Zeit gelang es ihm und sein Kopf fühlte sich nicht mehr so leicht an. Er hatte keinerlei Zeitgefühl und erst, als es sacht an der Tür klopfte, schreckte er aus seinen Gedanken auf.

»Alles okay?«, fragte Noah gedämpft durch die Tür und Matteo öffnete den Wasserhahn und ließ sich kühles Nass über die Handgelenke laufen.

»Ja … ich bin gleich fertig«, antwortete er hastig, fuhr sich mit den Fingern durch die Haare und sah nochmals in den Spiegel. Er brauchte Ruhe.

Matteo wandte sich zur Tür und schloss auf. Langsam schlich er sich durch den Flur, konnte Noah nirgends entdecken und zweifelte einen Moment lang an, ihn überhaupt gehört zu haben, doch als er am Wohnzimmer vorbei lief, sah er ihn am Fenster stehen und in Himmel blicken. Matteo betrachtete ihn mit leicht schräg gelegtem Kopf.

»Der Mond ist heute schön«, meinte er und näherte sich Noah, der sich zu ihm drehte. Selbst im kaum vorhandenem Licht erkannte er dieses freche Lächeln auf dessen Zügen.

»Ist er«, kam eine leise Antwort und plötzlich brach ein enormes Kribbeln in seiner Magengegend aus. Es verwirrte ihn.

»Ich bin müde …«, gestand er.

»Es ist auch spät. Wo soll ich dein Schlafgemach errichten? Couch oder oben im Bett?« Matteo zuckte zusammen.

»In deinem Bett?«

»In welchem sonst? Es ist groß genug für zwei. Meine beste Freundin übernachtet hier ständig.« Er trat einen Schritt zu ihm und seine Augen funkelten. »Oder hast du Angst davor, weil ich schwul bin?«

Rasch schnaubte Matteo und versuchte sich an einem gekünstelten Grinsen.

»Quatsch, ich habe keine Angst davor, dass du mich befummelst.«

»Dann also mein Bett?«

Gott, allein der Klang dieser Aussage bescherte ihm seltsame Schauer. Er gab sich relativ desinteressiert, er wusste, Noah versuchte ihn mit seiner direkten Art aus der Reserve zu locken.

»Von mir aus.« Er zuckte mit den Schultern und gähnte.

»Na los, gehen wir hoch.«

Als sie wieder in Noahs Zimmer waren und dieser das zweite Bettzeug an sich nahm – er hatte offensichtlich damit gerechnet, dass Matteo hier oben schlafen würde –, bemerkte er mit Missfallen, dass er sich nicht umgezogen hatte. Ebenfalls ein Grund, weswegen er ins Badezimmer gegangen war.

Noah legte das Kissen auf die freie Seite, die Decke ebenso, kroch über das Bett und zog sein Schlafshirt und eine kurze Hose hervor. Matteo beobachtete ihn und wurde unruhig. Dieses Gefühl wuchs, als Noah sich seinen Hoodie abstreifte und im Begriff war, sein Sweatshirt auszuziehen. Er nutzte die Gunst der Sekunde und drehte sich rasch zu seinem Rucksack, um darin zu wühlen. In einer fließenden Bewegung zog er sein Oberteil über den Kopf und das aus seinem Rucksack an. Als er seine Hose aufknöpfte, wagte er einen kurzen Blick über die Schulter. Noah war bereits umgezogen und spazierte zum Fenster.

Matteo kletterte ins Bett und beobachtete seinen Freund, der eine Weile lang nach draußen blickte, betrachtete seine schmale Figur, die schlanken, kaum behaarten Beine und diesen vorzeigbaren Hintern.

Bei diesem Gedanken kniff er die Augen zu und versuchte einzuschlafen.

Am Morgen erwachte Noah, weil ihm die Sonne im Gesicht kitzelte.

Er drehte den Kopf zur Seite und betrachtete Matteos Haarschopf, der knapp der Decke hervorlugte. Sonnenstrahlen fielen auf ein paar Strähnen auf dessen Hinterkopf und ließ sie golden schimmern. Er unterdrückte den Drang, ihm sacht durch das weich erscheinende Haar zu streichen, und wandte sich ab. Sein Blick wanderte nach oben, er starrte in den klaren, blauen Himmel und fragte sich, wie spät es wohl war. Fahndend sah er sich nach seinem Handy um, fand es auf dem Boden bei seiner Jeans und blickte auf die Uhr. Zehn vor acht.

Heute wollte er zu Granny Jude fahren. Vor einiger Zeit hatte sie ihn gebeten, ihr ein Menü zu kochen. Er musste Matteo davon überzeugen mitzukommen. Vielleicht gelang es, wenn er an dessen Gewissen appellierte, wie schön es wäre, einer alten Frau diesen Wunsch zu erfüllen. Sollte er keine Lust haben, würden sie eben hierbleiben.

Langsam stand Noah auf, bewusst leise, um Matteo nicht zu wecken, und streckte sich ein wenig. Er fuhr sich durch sein blaues Haar, kämmte es mit den Fingern zurück und lief zum Fenster. Noch war kein Schnee gefallen, welch Glück. Er sah seinen Vater den Müll wegbringen und wandte sich ab, um hinunterzusteigen. Im Badezimmer erleichterte er sich, zog sich um und putzte seine Zähne. Matteo schien auch wenige Minuten später noch nicht wach zu sein, was ihn beruhigte. Er wusste um dessen Schlafprobleme, heute durfte er so lange schlummern, wie es ihm beliebte.

Aus der Küche strömte ihm der Geruch von Rührei und Kaffee entgegen. Andreas stand am Herd, trug ein altes Shirt mit Löchern am Saum und eine Jogginghose. Das Radio auf dem Fenstersims dudelte fröhlich ein paar Oldies. Gähnend lief Noah zum Tisch, griff nach der Tageszeitung und setzte sich.

»Morgen, Paps«, begrüßte er seinen Vater und Andreas hob nur den Pfannenwender zum Gruß. Noah las sich nur die Schlagzeilen durch, blieb beim lokalen Teil hängen und zuckte zusammen, als es klopfte und jemand hereinkam.

»Guten Morgen, ihr Lieben!«

Lola trat in die Küche, mit zwei Beuteln in den Händen. Andreas drehte sich kurz zu ihr.

»Ah, du hast daran gedacht«, meinte er erfreut und sie nickte.

Heute trug sie viele Haarspangen auf einer Seite am Kopf. Ein Metalldetektor würde bei ihrem Anblick vermutlich durchdrehen.

»Natürlich. Meine Mutter ist froh, wenn sie ein paar Zucchini loswird.« Sie grinste, legte die Beutel auf den Tisch und setzte sich neben Noah. »Hallo, NoNo.«

»Hey.« Er legte die Zeitung beiseite. »Kaffee?«

Lola nickte und streckte sich.

»Ich habe in zwei Stunden Schicht, auch wenn ich heute eigentlich Urlaub gehabt hätte.«

Andreas sah sie tadelnd an.

»Du hast wieder getauscht?«

Lola seufzte.

»Ich bin zu nett.« Noah nahm eine Tasse aus dem Schrank und befüllte diese. »Aber meine Kollegin übernimmt oft für mich, das gleicht sich aus.«

Sie griff nach dem Kaffee, den er ihr hinstellte und trank einen großen Schluck, Andreas holte indes ein paar Teller aus dem Schrank und sah zu seinem Sohn.

»Für Matteo auch?«

Lola sah verwirrt zwischen ihnen hin und her, hielt ihre Tasse umklammert.

»Wie jetzt?«

»Er schläft noch«, meinte er und sah sie an. »Matteo ist zu Besuch.«

»Der aus der Klinik? Er heißt Matteo?«

Noah war bisher nicht aufgefallen, dass er seinen Namen nie erwähnt hatte. Er hatte wahrscheinlich zweimal von ihm gesprochen, die meisten Details für sich behalten. Dennoch wusste er, dass Lola clever genug war, um den Zusammenhang zu verstehen.

»Ja.«

Langsam stellte sie die Tasse ab.

»Er heißt so, wie …«, fing sie an, unterbrach sich jedoch, als eben jener in die Küche gelaufen kam.

Noah sah zu Matteo, der verschlafen unglaublich liebenswert aussah. Wie ein zerknautschter Panda.

»Morgen.« Er schien dem Geruch von Kaffee gefolgt zu sein und starrte hoffnungsvoll zu der Kaffeemaschine.

»Morgen. Magst du Rührei haben?«, wollte Andreas wissen und Matteo bejahte mit einem kleinen »mh-hm«.

Erneut stand Noah auf und deutete zu einem der Stühle. »Setz dich.«

Matteo schenkte ihm einen verschlafenen Blick und setzte sich neben Lola, die ihn weiterhin anstarrte.

»Du bist also Matteo.«

Sie grinste verschwörerisch und sah kurz zu Noah, der ihr einen warnenden Blick zuwarf, deutlich genug wie er hoffte. Er wollte nicht, dass sie ihn bedrängte und ausfragte, kannte sie jedoch gut genug und wusste, sie würde seine wortlose Bitte ignorieren. Lola stellte die Tasse ab und faltete ihre Hände.

»Hast du gut geschlafen?«, fragte sie ihn unverfänglich.

Er nickte und sah auf, als Noah ihm eine Tasse Kaffee hinstellte.

»Danke.« Er trank einen Schluck, was seine müden Lebensgeister sichtbar erweckte und räusperte sich, ehe er anfing zu reden.

»Ja, schon. Ich habe durchgeschlafen, was sonst eher die Ausnahme ist.«

Er hob den Blick und fixierte Noah, der rasch einen Schluck von seinem Kaffee nahm. Die peinliche Situation wurde durch Andreas aufgelöst, der Teller und die Pfanne mit Rührei auf den Tisch stellte. Matteo lehnte sich zurück und gähnte nochmals. Noah lächelte bei seinem Anblick. Er hatte noch nie jemanden bei sich übernachten lassen, für den er sich heimlich interessierte.

»Du hast lustig geschnarcht«, meinte er, als er sich setzte.

Schlagartig errötete Matteo und sah ihn entsetzt an.

»Du hättest du mich doch wecken können ...«

Lola sah zwischen ihnen hin und her.

»Ihr habt in einem Bett geschlafen?«, wollte sie mit einer erhobenen Augenbraue wissen und Noah nickte.

»Er war zu müde, um runter auf die Couch zu gehen.«

Matteo brummte zustimmend und nahm sich etwas Rührei, sah jedoch auf, da Lola ihn anstarrte.

»Ich bin Lola«, meinte sie endlich und musterte ihn immer noch. »Und du kommst mir erstaunlich bekannt vor ...«

Matteo ließ den Pfannenwender zurück in die Pfanne gleiten. Ein Zucken glitt durch seinen Körper und Andreas setzte sich mit einer Tasse Kaffee an den Tisch. Noah warf seiner Freundin metaphorische Blitze zu, denn sie schien nicht zu begreifen, wie fatal ihr neugieriges Nachfragen war.

»Lola?«, fragte Matteo nach und verzog nachdenklich das Gesicht. »Mein Bruder ist mit einer Lola zusammen ...«

Für einen Moment war es still, bis Lola ein seltsam verzücktes Geräusch, einem Fiepen gleich, von sich gab. Alle am Tisch zuckten zusammen, Andreas hielt überrascht seine Tasse fest, die ihm fast entglitten wäre.

»Was für ein Stress am Morgen«, nuschelte er.

»Du bist Tobias' Bruder Matteo. Der, der sich vor kurzem fast umgebracht hätte.«

Wieder war es still am Tisch und ein paar Sekunden später schien sich Lola ihrer Worte bewusst. Sie schlug die Hand vor den Mund und sah Noah entschuldigend an. Der blickte zu Matteo, der beschämt den Kopf gesenkt hielt. Beruhigend legte er seine Hand auf dessen Oberschenkel und spürte, wie er vor Überraschung zusammenzuckte.

»Tut mir leid, das ist mir … gerade so rausgerutscht.«

Andreas hob eine Hand, verscheuchte ihre Worte damit.

»Vergiss es einfach«, sagte er ruhig, aber Noah wusste, dass einer am Tisch das nicht konnte.

Prompt geschah das, was er hatte verhindern wollen. Matteo stand auf und lief zur Treppe. Angesäuert funkelte er Lola an.

»Du hast das Einfühlungsvermögen eines Presslufthammers.«

Entschuldigend verzog sie das Gesicht.

»Himmel, tut mir echt leid …«

»Was hast du dir denn gedacht? Du kannst ihm nicht so was an den Kopf werfen. Er hat weiß Gott genügend Probleme …«

»Sorry, ich habe nicht nachgedacht.« Das hatte Noah bemerkt.

Er stand auf, blieb kurzzeitig im Raum stehen und überlegte, was er tun sollte.

»Warum hast du überhaupt blaue Haare? Ist das nicht furchtbar out dieses Jahr?«

Matteo schob sich halb auf dem Bett liegend die Gabel voller Rührei in den Mund. Auf dem Tablett vor ihm standen ihre Teller und Kaffeetassen.

»Wie viele Menschen mit blauen Haaren kennst du?«, wollte Noah wissen.

Eine kleine Denkerfalte bildete auf Matteos Stirn. Die Antwort war ziemlich klar.

»Nicht viele, nur dich«, sagte er und zuckte mit den Schultern.

Noah grinste und schüttelte übertrieben seine Mähne.

»Siehst du und deswegen habe ich blaue Haare.«

Matteo beschloss, dass er aus ihm nicht schlau werden musste. Noah war eben … Noah. Seine Gedanken folgten einer ganz eigenen Logik.

Ein wenig schämte er sich, dass er wie ein kleines eingeschnapptes Kind gegangen war, um der Situation zu entkommen. Nach einigen Minuten war Noah gefolgt und hatte das Essen und ihren Kaffee mitgebracht. Es war irritierend, wie sehr sich dieser junge Mann um ihn sorgte.

Lola war also Tobias' Freundin. Er hatte es nicht gewusst, bisher hatte er nicht einmal ein Foto von ihr gesehen. Tobias berichtete zwar von ihr und wie toll sie war und es etwas Besonderes an ihr gäbe, aber diese brachiale Ehrlichkeit traf nicht zwingend Matteos Geschmack. Noah war zwar ebenso direkt, jedoch auf eine einfühlsamere Art und Weise.

»Ich finde, Lola stehen diese grünen Haare nicht«, meinte Matteo, lutschte die Gabel ab und schmatzte kurz. »Aber dir stehen die blauen.«

»Vielen Dank.«

»Ist echt krass«, Matteo sah Noah an. »Ich meine, dass mein Bruder mit deiner besten Freundin zusammen ist.«

»Wege kreuzen sich oftmals nicht nur einmal. Du hast immerhin auch nicht gewusst, dass ich derjenige bin, der deinen Hund Gassi führt.«

Leise schnaubte Matteo.

»Erinnere mich nicht daran. Gott, wie doof, oder? Da hätten wir uns schon vor einiger Zeit kennenlernen müssen.« Er schob das Rührei auf seinem Teller hin und her.

»Wie wir uns kennengelernt haben, war perfekt.«

Noah grinste und für einen Moment lang beschlich Matteo das Gefühl, er sollte Worte für all das finden, die bedeutungsvoll waren. Irgendwie. Doch er fand nicht die passenden, schluckte nur schwer und starrte Noahs Lippen an. Er ließ seinen Blick zu dessen Augen wandern und holte tief Luft. Okay, da waren sie. Gedanken, die er in Worte verwandeln konnte.

»Ich bin bi.« Seine Kehle schnürte sich zu, nachdem er diese Worte hervorgequetscht hatte. »Zumindest glaube ich das … also, ich hatte noch nie etwas mit einem Kerl, weil ich Angst davor hatte, dass es jemand von den Medien heraus finden würde und deswegen … aber ich interessiere mich für Männer. Ich dachte damals, als ich mein Studium begonnen habe, dass ich Zeit dafür finden würde, das alles zu ergründen. Dann lernte ich Jessica kennen und verwarf den Gedanken wieder. Tat ihn als kurze Spinnerei ab.«

Noah hatte seine Arme um seine Knie geschlungen, sah ihn aufmerksam an, sagte nichts und hörte geduldig zu. Ein verstehendes Lächeln lag auf seinen Lippen.

»Und du denkst, ich weiß das nicht?«, antwortete er auf dieses Geständnis.

Matteos Mund öffnete sich, ohne das Worte hervorkamen.

Noah löste seine Umklammerung und kroch zu ihm, hielt nur wenige Zentimeter vor seinem Gesicht inne und sah ihn an. Es war, als würde er in einen längst vergessenen See blicken und den Grund erforschen.

»Ich sagte dir doch, dass fast alle Menschen bisexuell sind.«

Matteo hörte die Worte kaum, seine Gedanken drehten und überschlugen sich.

»Kannst du ...«

Er wollte ihn fragen, ob er ein Stück zurückweichen könnte. Oder ob er ihn küssen dürfte. Oder ob Noah vielleicht die Welt anzuhalten vermochte. Nur für einen Moment.

Doch er konnte nicht zu Ende sprechen. Forschende Lippen lagen urplötzlich auf den seinen, warm und weich und ein wenig vertraut von dem kleinen Kuss am Vorabend. Noah rückte auf und Matteo hob eine Hand, legte sie an dessen Kopf und schloss die Augen. Um ihn herum drehte sich alles, die Zeit dehnte sich, Wärme schoss durch seinen Körper, gefolgt von einer Erkenntnis.

Zeit war wirklich relativ und gerade relativ abwesend.

KAPITEL 13

Es war nur ein Kuss gewesen. Ein Kuss zwischen zwei jungen Männern, von denen einer sich seiner sexuellen Präferenzen nicht sicher war und Noah sollte ihn neutral bewerten.

Doch hinter all den weiteren Küssen, die nach diesem ersten gefolgt waren, sah er viel mehr, was er sich nicht erklären konnte und dadurch seine Objektivität verlor.

Immer wieder fanden sich ihre Lippen, suchten sich auf den unterschiedlichsten Wegen. Matteos Geschmack auf seiner Zunge war berauschend. Genau wie seine Hand, die sich sacht in seinen Haaren vergrub und ihn näher zog. Dazu kam dieser Geruch, der von ihm ausging und der Noah schon die gesamte Nacht über in der Nase gekitzelt hatte. Eine sanfte Mischung aus Kaffee und Honig, seltsam betörend. Er machte sich nichts vor, er war angetan von Matteo und das seit einer ganzen Weile. Bisher schien dieses Interesse jedoch nur von seiner Seite her zu existieren und deswegen nahm er sich zurück. Selbst wenn sein neuer Freund behauptete, bisexuell zu sein, musste es nicht bedeuten, dass er auf ihn stand. Noah wusste nicht, wie ernst es diesem in seiner aktuellen Lage war und ob er seinen Gefühlen vertrauen konnte.

Er sah auf. Matteo saß an einem Tisch im Aufenthaltsraum, Granny Jude ihm gegenüber und schnitt liebevoll Äpfel klein. Sie unterhielten sich leise und sein Freund lächelte die gesamte Zeit. Die Erinnerungen an die vielen Küsse vom Morgen erschienen Noah urplötzlich weit, weit weg. Als hätten sie nie stattgefunden.

»Vergiss nicht zu rühren, Darling«, erinnerte Granny Jude ihn plötzlich und er zuckte zusammen. Rasch drehte er sich zu dem Topf und rührte in der kochenden Sauce.

Er hatte Matteo nicht überreden müssen, ihn zum Pflegeheim zu begleiten. Im Gegenteil, er schien diese Ablenkung zu begrüßen und sie gingen gemeinsam einkaufen und vom Center aus fuhren sie direkt ins Heim. Granny Jude begrüßte Matteo herzlich und bereits nach dieser kurzen Zeit hatte die alte Frau ihren Charme geschickt genutzt, um ihn um den Finger zu wickeln.

»Und du bist so ein kleines bisschen *famous*, Matteo?«, fragte Granny Jude mit ihrem liebreizenden, britischen Akzent.

»Nun ja … mein Vater ist berühmt.« Er schnitt den nächsten Apfel klein und schob die Stücke mit dem Messer in die große Schüssel. »Er ist Schauspieler.«

»Welch Talent!«

Matteo verzog den Mund und nickte ein wenig.

»Wie man es nimmt … ich finde, es gibt weitaus bessere.«

Granny Jude fing Noahs Blick auf und lächelte ihn an.

»Jeder hat ein Talent. Manche finden es jedoch erst spät heraus«, meinte die alte Frau und nahm sich den nächsten Apfel. »Noah, my Darling, sieh bitte nach dem Kuchen.«

Er tat ihr den Gefallen und öffnete die Ofenklappe, stach mit einem dünnen Holzstab in den Boden. Er brauchte noch ein paar Minuten.

»Und ihr zwei Cuties habt nichts Besseres an einem Samstagnachmittag zu tun, als mit einer alten Frau zu kochen? Keine Partys, keine wilden Knutschgelage irgendwo, wo solch attraktive Jungs wie ihr gesucht werdet?«

Noah sah rasch zu Matteo, der das Messer fallen ließ und Granny Jude ein wenig entsetzt über den Tisch hinweg anstarrte. In diesem Moment fand Noah ihn zuckersüß. Wie konnte jemand nur so schrecklich verlegen sein, sobald andere über intimere Sachen sprachen?

»Ich bin doch ohnehin nicht so der Partygänger, Granny«, meinte Noah lässig. »Und Matteo hat dieses Wochenende endlich frei. Ich weiß nicht, ob er etwas geplant hatte.«

»Da ich bei Noah zu Gast bin«, begann der und nahm sich einen weiteren Apfel, »werde ich brav bei ihm bleiben. Mir steht nicht der Sinn nach vielen Leuten.«

»Es müssen nur die Richtigen sein.«

Granny Jude lehnte sich zurück, hatte alles auf dem Brettchen fertig geschnitten. Für eine alte Frau mit Gicht konnte sie wahnsinnig geschickt mit dem Messer umgehen. Sie faltete ihre knochigen Hände und sah Noah lange an.

Er blickte zu Matteo und seufzte innerlich. Irgendwie beschlich ihn das Gefühl, alles falsch gemacht zu haben. Vielleicht hätte er ihn nicht küssen dürfen. Vielleicht hatte er damit ihre junge Freundschaft ruiniert und Matteo konnte es kaum erwarten, am Sonntag zurück in der Klinik zu sein. Verübeln könnte er es ihm kaum; er hatte ihn immerhin regelrecht überfallen. Doch in Matteos Augen hatte er ein stummes Flehen erkannt und seine vollen Lippen waren so einladend ... er hatte ihn einfach berühren müssen. Mehr als am Tag zuvor. Mehr als jemand anderes in seinem Leben. Er wollte spüren, was einer Explosion gleich käme und hatte so viel mehr bekommen. Matteo war auf den ersten Kuss eingegangen, aber konnte Noah das als Maßstab nehmen? Sicherlich war er überrumpelt gewesen und hatte ihn nicht vor den Kopf stoßen wollen. Das erklärte jedoch nur den ersten Kuss, nicht die vielen danach.

Gott, es war zum Verzweifeln.

Seit gestern Abend hatte sich einiges zwischen ihnen verändert. Auf jeden Fall war er sich sicher, dass Küsse niemals *nichts* bedeuteten, sondern alles in ein neues Licht rückten.

Alles hatte eine Bedeutung.

»Strafst du mich mit deinem Schweigen oder brauchst du Zeit, um nachzudenken?«

Matteo saß auf Noahs Bett und las in einem Buch. Es war ein wenig unhöflich und dennoch brauchte er es gerade. Sie hatten ohnehin den halben Tag geschwiegen und sich nur seltsame Blicke zugeworfen, seitdem sie am Morgen dieses Zimmer verlassen hatten. Nach unzähligen Küssen, einigen unschuldigen Berührungen und nachdem Matteos gesamte Gefühlswelt radikal und ohne Sicht auf Umkehr auf den Kopf gestellt worden war.

Das Problem war tatsächlich nicht der Fakt, dass sie sich geküsst hatten. Nicht ohne Grund hatte er Noah seine bisexuelle Neigung gestanden.

Nein, das Problem waren nicht die Küsse, sondern die Gefühle, die sie in ihm auslösten. Einen innerlichen Strudel aus *nicht-wahrhaben-wollen* und Sehnsucht, ein gedankliches Chaos mit mehr Fragen als Antworten und dem Empfinden, langsam an alldem zu ersticken.

»Ich strafe dich nicht mit Schweigen.«

Noah saß am Bettrand, ein alter Atlant ruhte in seinem Schoß und er faltete akribisch Origamifiguren. Eine Weile lang hatte Matteo ihn beobachtet und bewundert, wie akkurat und schnell er arbeitete. Eine Kunst, die seinesgleichen suchte.

»Wie nennst du das dann?«, wollte Noah wissen, schob sich eine blaue Haarsträhne aus dem Gesicht und Matteo ließ das Buch sinken.

Er seufzte leise.

»Ich versuche nachzudenken.«

»Über uns?«

Manchmal war ihm Noah tatsächlich eine Spur zu direkt.

»Sozusagen.«

»Okay.«

Er wandte sich wieder seinen Origamifiguren zu und Matteo beobachtete, wie Noah langsam das Papier in der Mitte faltete und umknickte. Es sah verwirrend aus, da er keinerlei Vorstellung von dem hatte, was Noah damit erschaffen wollte. Erst am Ende erkannte er einen Frosch, der behutsam im Korb landete.

Matteo legte das Buch beiseite und schob es auf dem Nachttisch gerade. Langsam setzte sich auf.

»Willst du darüber reden?«, fragte er und fuhr über sein Shirt. Unsicherheit befiel ihn und nervös nestelte er am Saum herum.

»Nur, wenn du willst.«

»Natürlich, sonst hätte ich nicht angefangen.«

Noah legte den nächsten gefalteten Frosch beiseite, stellte den Korb herunter und sah Matteo direkt an.

»Okay. Pass auf: Ich bin schwul, falls du es vergessen hast.«

Er musterte Matteo ernst. Ein seltsamer Ausdruck lag in seinen Augen, den er so noch nicht bei ihm gesehen hatte. Der nicht zu ihm passte.

»Für mich bedeuten Küsse etwas, wenn sie für den anderen auch etwas bedeuten. Ich möchte nicht, dass du dich gezwungen siehst, mir gegenüber Stellung deswegen zu beziehen. Falls du es nur probieren wolltest und nun eine Meinung dazu hast, okay. Aber wenn du …«

»… mehr willst?«

Auf seinen Einwurf folgte Stille und Noah schluckte sichtbar. Es war das erste Mal, dass Matteo ihn sprachlos erlebte. Schmunzelnd legte er den Kopf zur Seite.

»Was? Denkst du, ich habe dir aus reiner Laune heraus verraten, dass ich bi bin? Ich wollte dir sagen, dass ich Interesse an dir habe.« Er unterbrach sich kurz, um die passenden Worte zu finden. Es war schwieriger als gedacht. »Wie tief dieses Interesse geht, habe ich erst hier verstanden … aber ich mag dich.«

Matteo sah Noah an, dass er ihn mit seinen Worten überraschte. Er war normalerweise nicht der direkte Typ, verstand sich eher darauf, zu schweigen. Deutlich zu sagen, was er empfand und was er gern wollte, war für ihn ein großer Schritt. Das hätte er sich vor einigen Wochen niemals zugetraut.

Weiterhin saß Noah fassungslos da, den Mund leicht geöffnet, als stolperten Worte in seinen Gedanken übereinander. Er blinzelte unschlüssig und erwiderte Matteos Blick mit großen Augen. Um ehrlich zu sein, hatte er eine andere Reaktion erwartet, Noah so ruhig zu sehen, verunsicherte ihn.

»Wenn ich dich damit überrumple, weil du an sich nichts von mir willst, ist das …«

Er konnte nicht zu Ende sprechen. Noah überbrückte die kaum vorhandene Distanz zwischen ihnen und drückte die Lippen auf seine. Sie waren so weich wie in seiner Erinnerung. Er hob eine Hand und zog ihn mehr zu sich. Es dauerte nicht lange und Noah lag zwischen seinen Beinen. Es überwältigte und verwirrte ihn zu gleichen Teilen. Ihr Kuss intensivierte sich, schmeckte noch eine Spur kräftiger als am Morgen. Sacht biss Noah ihm in die Lippe und Matteo keuchte erschrocken auf und fuhr mit seiner freien Hand über dessen Rücken, glitt mit dem kleinen Finger versehentlich unter das Shirt und schob es unbewusst hoch.

Überrascht seufzte Noah in den Kuss hinein und versuchte sich nach oben wegzudrücken.

»Was wird das?«

»Was? Ich weiß nicht, was du meinst.« Unschuldig sah Matteo ihn an und fuhr sich über die Lippen, spürte dem Kuss nach.

»Deine Hände waren eben unter meinem Shirt. Ich habe es gespürt. Du hast mich begrabscht. So weit geht also das bisschen Herumexperimentieren jetzt? Mutig, mutig.« Noah grinste.

»Das hast du dir eingebildet.« Matteo seufzte theatralisch, überspielte seine Unsicherheit und drückte ihn fester an sich. »Das bisschen Nähe …«

»Habe ich nicht!« Entrüstet sah er Matteo an. »So ein bisschen Nähe? Kannst du mir garantieren, dass es bei ›so ein bisschen Nähe‹ bleibt?« Seine Augen funkelten.

»Nein«, sagte er ernst. »Kann ich nicht versprechen.«

»Was kannst du mir stattdessen versprechen?«

Matteo grinste verschwörerisch und fuhr sacht durch Noahs Haare. Es fühlte sich richtig an. Er zupfte an einer Strähne und sah ihm in die Augen. In diese Seen aus Grau und Grün.

»Ich verspreche dir, dass ich dich so schnell nicht wieder loslasse …«, meinte er leise.

Noahs Augen schimmerten und er legte seine Hände auf Matteos Brust. Dessen Nähe war plötzlich so präsent, sein Duft war überall.

»Das ist ein großes Versprechen.«

»Ich weiß.«

Langsam kroch er höher und hauchte Matteo einen weichen Kuss auf die Lippen.

»Ich mag dir gern die Chance geben, es einzuhalten.«

»… und dann waren wir im Kino. Lola wollte einen Film über einen Mann, der sein Gedächtnis verloren hat, sehen. Keine Ahnung, woher sie immer solche Filme nimmt, aber er war echt nicht schlecht. Er hat mich an eines der Bücher erinnert, die ich gelesen habe, als ich nach Hamburg gefahren bin und …«

Matteo hörte Tobias zu, konnte die gehörten Worte jedoch nicht verarbeiten. In seinem Kopf war seit zwei Tagen nichts anderes als Noah und dazu kam ein kleines, nerviges, zufriedenes Grinsen, welches er nicht von seinen Zügen bekam. Am Sonntag hatte Noah ihn zusammen mit Andreas in die Klinik gefahren. Sie saßen beide auf der Rückbank, ihre Hände berührten sich und sie schenkten sich flüchtige Blicke. Am Montag hatte er in der Frühstücksrunde kaum sprechen können, weil er nicht wusste, welche Worte sein Wochenende perfekt zusammenfassten. Er fand keine, die Gefühle, die ihn beherrschten, waren neu. Aufregend. Kribbelnd. Ein kleines Feuerwerk in seinem Bauch.

Sie hatten nicht darüber gesprochen, doch Matteo war sich sicher, dass sie zusammen waren. Er fühlte es und wenn Noah ihn ansah, war ein glückliches Schimmern in seinen Augen zu sehen. Komisch, wie das Leben manchmal spielte. Noch vor einigen Monaten war er nicht sicher gewesen, ob er an Männern interessiert war und plötzlich traf er auf Noah. Wer hätte gedacht, dass dieser blauhaarige Philosoph es schaffen würde, sein gesamtes Leben gewaltig auf den Kopf zu stellen? Er sicherlich nicht.

»Okay … bist du gerade gedanklich überhaupt im Lande?« Tobias fuchtelte mit der Hand vor Matteos Augen herum und verzog ein kleines bisschen beleidigt das Gesicht. »Du hast mir nicht zugehört, oder?«, maulte er.

Matteo setzte eine betretene Miene auf und rieb sich die Stirn.

»Sorry, ich habe gerade echt den Kopf voll …«

»Therapiestress?«, mutmaßte Tobias und sah sich auf der Terrasse des Cafés um. Heute waren sie allein, was jedoch an der späten Uhrzeit lag. Es fiel Matteo dennoch schwer, sich auf Tobias' Worte zu konzentrieren. Das vergangene Wochenende hatte ihm gutgetan. Nicht nur wegen der Veränderungen, der Tapetenwechsel war ebenso notwendig gewesen. Er war auf andere Menschen außerhalb seiner Familie getroffen und hatte komplett neue Seiten an sich entdeckt.

»Nein, kein Therapiestress. Ich war am Wochenende bei …«, rasch unterbrach er sich. »Wusstest du, dass Noah und Lola beste Freunde sind? Ich habe deine Freundin am Wochenende kennengelernt.«

Tobias blinzelte verwirrt.

»Meine Freundin? Wie, wann?«

»Ich war am Wochenende bei Noah, sagte ich doch.«

»Nein, sagtest du nicht«, widersprach Tobias. »Du hast es nicht gesagt, sondern, dass du meine Freundin kennengelernt hast und … fuck, was?! Du warst bei Noah *zu Hause*?«

Unbewusst donnerte Tobias seine Hand auf den Tisch, ihre Tassen klirrten leise. Dieser Hitzkopf.

»Wenn du auf Englisch fluchst, bist du fast wie unser Vater.«

Worte, die Tobias ablenkten. Verlegen lehnte er sich zurück, fuhr sich durch die Haare.

»Nein, jetzt mal ehrlich«, fuhr Tobias fort und hob seine Tasse zum Mund. »Wie kam es dazu?«

»Wusstest du, dass Noah Coconut Gassi führt? Das macht er, seit ich Student bin … war. Ich meine …«, Matteo grinste und sah zum Himmel. »Ich hätte ihm viel eher begegnen können. Komisch, oder?«

»Manchmal trifft man Menschen, wenn man sie braucht«, warf sein Bruder ein und rührte in seinem Kaffee, obwohl er ihn schwarz trank.

»Das mag sein …«

»Also. Was ist nun Tolles am Wochenende passiert, dass du so … strahlst?«

Nachdenklich sah Matteo ihn an und fragte sich plötzlich, wie tolerant er war. Hatte Tobias damals in Berlin nicht einen ziemlich flapsigen Kommentar von sich gegeben, als sie vor dem *SchwuP* standen? Männer sprachen nicht über Homosexualität und falls doch, war es mehr peinlich als informativ. Gerade bei Emmanuel und seinem Vater hatte er das Gefühl, dass sie wenig aufgeschlossen waren und deswegen mit seiner Neigung Zurückhaltung geübt. Immerhin war er sich nicht sicher gewesen. Seit dem Wochenende stand alles Kopf.

»Es ist … nicht leicht darüber zu reden, wenn ich ehrlich sein soll«, begann Matteo und holte tief Luft, während er Tobias ansah. Er versuchte es ein wenig auf der familiären Schiene. »Und da ich mit dir am besten klar komme, wollte ich es dir als erstes sagen.«

»Dann … sag?«, forderte er Matteo mit einem fragenden Blick auf. Der holte nochmals tief Luft.

»Ich … denke, ich bin bisexuell. Ich habe Noah am Wochenende geküsst.«

Das waren zwei Geständnisse zugleich. Er erkannte in Tobias' Augen, dass dieser nicht gleich verstand. In seinem Gesicht zeichnete sich nichts ab, was Matteo in irgendeiner Form deuten könnte. Das war bisher selten vorgekommen.

»Geküsst?« Er wich Matteos Blick aus, lehnte sich zurück, griff nach der Tasse und umklammerte sie, als müsste er sich festhalten. »Wow.«

Matteo wusste nicht, was er noch sagen sollte. Für seine Gefühle wollte er sich nicht rechtfertigen oder gar schämen. Auch wenn er sie noch nicht verstand, war er bereit, sie zu ergründen. Das erste Mal in seinem Leben war er nicht voller Zweifel.

»Es … hat sich irgendwie so ergeben, weißt du? Ich habe dir doch gesagt, dass Noah schwul ist …«

»Ja.«

»… und ich … also ich habe auch nach … Typen geguckt, weißt du?« Er wiederholte sich, weil er nervös war. Leise räusperte er sich.

»Aha …«

Tobias verschränkte seine Arme vor der Brust und Matteo verstand die nonverbale Aussage. Er versuchte, sich von alldem abzuschirmen, und wollte nichts mehr hören. Eine simple Geste, die ihn seltsam traf.

»Ich hoffe, du verstehst das.« Seine Stimme klang beinahe verzweifelt.

Tobias' Gesicht war eine Maske. Er verzog den Mund, schien lange an den gehörten Worten zu kauen. Matteo würde einiges zahlen, um seine Gedanken zu lesen.

»Also hast du deswegen mit Jessica Schluss gemacht?«

»Quatsch!« Irgendwie war er in seinem Stolz verletzt. »Ich habe Jessica verlassen, weil sie nicht gut für mich war und weil sie garantiert ohne mich besser klar kommt.«

Nun schnaubte sein Bruder abfällig.

»So ein Stuss, Matteo, echt jetzt.« Er schüttelte den Kopf. »Du hast mit ihr Schluss gemacht, um mit diesem Psycho zusammenzukommen? Mit einem *Kerl*?«

Der Vorwurf in seiner Stimme traf Matteo härter als erwartet. Wenn er ehrlich war, hatte er gerade bei ihm auf Verständnis gehofft, diese Reaktion war tatsächlich heftiger als befürchtet.

Matteo lehnte sich ebenso zurück, die Arme verschränkt und starrte Tobias an, der seinem Blick auswich. All das bescherte ihm Bauchschmerzen.

»Ich habe das nicht geplant, Tobias«, meinte Matteo nun recht ruhig. »Das mit Noah ist einfach passiert.«

Sie schwiegen beide eine geraume Zeit.

Plötzlich kam Bewegung in Tobias, er stand auf und griff nach seiner Jacke.

»Ich muss los.«

Ziemlich vor den Kopf gestoßen starrte Matteo ihn an und konnte nicht so schnell reagieren, wie er seine Sachen zusammen sammelte und ging. Er verstand nicht, was geschehen war und blieb für einige Sekunden reglos sitzen. Gedanken fluteten seinen Kopf und Gefühle jagten durch seinen Körper. Abwesend strich er sich über den Arm, um wieder aus diesem Karussell aussteigen zu können. Eine Technik aus der Therapie, um sich zu erden. Er suchte nach seinem Portemonnaie, warf einen Zehner auf den Tisch, und folgte rasch seinem Bruder, der auf direktem Weg nach vorn zum Klinikgebäude war.

»Tobias!«, rief er atemlos. »Mann, warte doch!«

»Ich sagte, ich muss los!«, donnerte der zurück und lief zum Parkplatz.

Seine Schritte wurden schneller und Matteo blieb stehen, weil er begriff, dass Tobias vor ihm weglief. Mit geballten Fäusten starrte ihm nach, auch, als dessen Wagen schon längst vom Parkplatz verschwunden war. Passend dazu begann es zu regnen und nach einiger Zeit von Tropfen durchweicht blieb er stehen. So lange, bis er die Kälte überall spürte.

»Komm, dein Herrchen wird sich richtig freuen, dich zu sehen.«

Noah lief mit Coconut von der Haltestelle aus bis zur Klinik und verzog das Gesicht, weil es zu regnen anfing, was seine Laune jedoch kaum trübte. Seit Stunden sehnte er sich nach Matteo und bald war er bei ihm. Es war verrückt; vor einigen Tagen noch hatte er sich gefragt, wie er sich unter Kontrolle bekommen sollte, wenn er in dessen Gegenwart war, und jetzt hatten sie sich geküsst. Mehrfach.

Es war wundervoll, zu wissen, dass seine Gefühle erwidert wurden. Obwohl noch nichts geklärt war, näherten sie sich mehr an. Er wollte mit Matteo zusammen sein, vollkommen egal, welche Dämonen diesen beschäftigten.

Vielleicht gerade deswegen.

Zwar lauerte etwas Dunkles, Trauriges in ihm, aber Noah wusste, es war nichts, was Matteo ausmachte. Er war ein liebenswerter Mensch, der krampfhaft versuchte, das Gute in allem zu sehen. Selbst nach all den Wochen, in denen dessen Familie sich nicht um ihn kümmerte, bewahrte sich Matteo einen positiven Blickwinkel.

Er sah Chris und Beate von Matteos Station im Raucherpavillon und bat die beiden, ein wenig nach dem Hund zu sehen.

»Du willst zu Matteo?«

Noah nickte, schob sich seinen Hut aus dem Gesicht.

»Ja, ich habe extra seinen Hund mitgebracht.«

Chris sah Noah ernst an.

»Ich denke, er braucht mehr Aufmunterung, als du denkst.«

Noah furchte fragend die Stirn.

»Ist etwas geschehen?«, wollte er wissen, aber Chris hob nur seine Schultern und wandte sich ab. Beate schenkte ihm einen mitfühlenden Blick und er bekam ein flaues Gefühl. Er hetzte die Treppenstufen hinauf zur Station, sein Herz raste. Als er ankam, sah er als erstes Martin und Anita, die im Schwesternzimmer saßen und gerade Akten ausfüllten.

»Hi, Noah. Ich hoffe, du hast heute keine Figuren durch das miese Wetter transportieren müssen.«

Er schüttelte den Kopf und lehnte sich kurz im Türrahmen an.

»Nein, ich wollte nicht, dass sie aufweichen, sollte es doch regnen.« Er sah zu Martin. »Ist Matteo in seinem Zimmer?«

Nun legte der Pfleger seinen Stift beiseite und musterte Noah ernst.

»Ist er. Aber er ist heute nicht gut drauf. Er hat nichts essen wollen und zwei Therapiestunden geschwänzt.«

Tadelnd sah Anita ihn an, da er diese Informationen preisgab. Martins Worte zu hören ließ Noahs mieses Gefühl in seinem Magen wachsen.

»Ist etwas geschehen, dass er so drauf ist?«

Martin zuckte mit den Schultern.

»Er hatte gestern Besuch von seinem Bruder. Mehr ist mir persönlich nicht aufgefallen.«

Diese Aussage verwirrte ihn, denn bisher hatte er nur Positives von Matteos Brüdern gehört. Er nickte den beiden zu und spazierte den Gang hinab zu dessen Zimmer. Sacht klopfte er und als er nichts hörte klopfte er nochmals.

»Matteo, ich bin's, Noah.« Er lauschte, vernahm immer noch nichts. »Ich komme rein, okay?«

Als er die Tür öffnete, empfing ihn erschreckende Kälte und unsicher setzte er den ersten Schritt in den Raum. Es dauerte nur wenige Augenblicke und er entdeckte Matteo, der auf dem Fensterbrett saß und hinaus starrte. Das letzte, übrige Tageslicht beleuchtete dessen Statur. Noah konnte seine weichen Gesichtszüge ausmachen und sah, dass seine Augen glänzen. Noch nie hatte er einen derart traurigen Anblick erlebt und lief rasch zu ihm. Sacht legte er eine Hand auf seinen Oberschenkel.

»Hey, was hast du?«

Langsam drehte Matteo den Kopf zu ihm. In seinen Augen lag tiefe Traurigkeit und Enttäuschung. Es schmerzte, ihn so zu sehen.

»Bitte …« Seine Worte erstarben. »Sag mir … dass es richtig ist, was wir tun.«

Noah holte tief Luft, nickte jedoch überzeugt.

»Ist es. Es ist richtig.«

»Und … sag mir, dass du auch etwas spürst, wenn du mich ansiehst. Irgendetwas.«

Nachdenklich suchte er nach den richtigen Worten.

»Ich fühle eine ganze Menge. Schon die ganze Zeit.«

Matteos Unterlippe zitterte.

»Also …« Matteo brach ab, rutschte von der Fensterbank und sah ihn an. Auffallend intensiv, als würde er in Noahs Augen lesen.

»Was ist passiert?«, wollte Noah wissen, doch Matteo schüttelte nur den Kopf.

»Küss mich. Bitte. Und stell mir keine Fragen, okay?«

Er ging auf seine Worte nicht ein und forderte Nähe. Etwas, das Noah ihm niemals abschlagen würde. Niemals. Rasch trat er zu ihm, stellte sich auf die Zehenspitzen und küsste ihn. So schnell, dass es wehtat, als ihre Lippen sich trafen. Dennoch war es wundervoll. Ein Gefühl, welches er nicht missen wollte. Behalten wollte, für immer.

KAPITEL 14

m Raum war es so still, dass er seinen Herzschlag hören konnte. Seine Lippen brannten, als würde er fiebern und seine Haut war überzogen von einer leichten Gänsehaut. Die Luft roch nach Sehnsucht und der Schnee vor dem Fenster fiel langsam wie in einem Märchen. Kühne Finger bahnten sich eine Spur über seine Taille und blieben an seinem Hosenbund hängen, während warme Lippen und ein unsichtbarer magnetischer Reiz ihn zu Noah zogen. Als könnten sich ihre Körper aus rein physikalischer Kraft nicht voneinander entfernen. Alles, was sie imstande waren zu tun, war dem Atem des jeweils anderen lauschen, seine Präsenz spüren.

Willenlos folgte Matteo Noah zu seinem Bett. Sie setzten sich, doch verweilten nicht lange still. Es war eng, sie rutschten zusammen und eine seltsame Dynamik entwickelte sich. Lippen fanden zueinander, Hände wanderten über Stoff und fuhren in weiche Haare. Manchmal fehlte ihm der Atem und ab und zu waren ihre Bewegungen ungeschickt. Matteo konnte nicht sagen, ob zwischen ihnen alles zu schnell geschah. In Büchern verliebten sich die Paare meist innerhalb von hundert Seiten, ehe das erste große Fummeln stattfand, er kannte Noah jedoch seit fast zwei Monaten. Zweihundert Buchseiten voller Gefühle. Irgendwann klopfte es an seiner Zimmertür und hektisch drückten sie sich voneinander weg. Noah rutschte schnell vom Bett und Matteo folgte ihm, fuhr sich durch seine wirren Haare und rückte sein Shirt zurecht. Sein Blick glitt zu Noah, der ebenso seine Frisur richtete und seinen Hut suchte. Er setzte ihn gerade auf, als Schwester Anita eintrat und mit ihr ein pelziges Etwas in den Raum huschte, das Matteo ansprang. Er hockte sich hin, begrüßte seinen Hund und ließ sich von ihm den Hals abschlecken. Grinsend wuschelte er durch das weiche Fell, während Schwester Anita lächelte.

»Der süße Kerl hat unten gewartet und da unsere Chefin weg ist, dachte ich mir, er könnte schnell mit hoch.«

Sie sah zu Noah, der am Fenster stand. Matteo wusste, dass dieser grinste und strahlte ihn dankbar an. Vollkommen selbstlos hatte er Coconut mitgebracht.

»Aber bitte sorg dafür, dass er nichts kaputt macht.«

»Okay.«

Der Hund wuselte zu Noah und schmiegte sich an dessen Bein, weshalb dieser sich zu ihm beugte und ihm sacht durch das weiche Fell strich. Anita war bereits an der Tür, drehte sich nochmals zu Noah.

»Ach, und du weißt, wie spät es ist?« Ein Lächeln lag auf ihren Zügen. »Martin ist bis halb elf da, ich sage ihm Bescheid, dann kann er dich mitnehmen.«

»Danke dir, Anita.«

Als sie allein waren, stand Matteo auf, zog seine Hose zurecht und fuhr sich über die Lippen. Er sah zu Noah, erhoffte sich auf irgendeine Art stumme Antworten auf die vielen Fragen, die durch seinen Kopf rasten, konnte in dessen Gesicht jedoch nichts lesen. Langsam ging er zum Bett und setzte sich. Coconut blickte zu ihm, legte sich vor seine Füße auf den Boden und schien nicht willig, einen Meter zu weichen.

»Magst du mir erzählen, was eigentlich los ist?«

Langsam hob Matteo den Kopf und ließ seinen Blick über Noahs Augen und hinab zu seinen Lippen wandern, die weich, warm und einladend waren. Warum konnte nicht alles so einfach sein, wie Küssen?

»Ich habe gestern mit meinem Bruder gesprochen«, sagte er nach einigen Sekunden und Noah blinzelte.

»Wart ihr euch uneinig, ob Pokémon oder Digimon der bessere Anime ist, oder was hat dich aufgebracht?«

Matteo schmunzelte aufgrund dieser Aussage ein wenig, schüttelte jedoch den Kopf.

»Ich habe ihm gesagt, dass ich bisexuell bin und dich geküsst habe.«

Sie sahen sich an, keiner von ihnen wagte es, ein Wort zu sprechen, und einzig Coconuts Hecheln erinnerte Matteo daran, dass die Zeit nicht stillstand. Noah sah überrascht aus, schürzte seine Lippen und nickte langsam.

»Ich nehme an, er hat nicht gerade gut reagiert?«

Leise brummte Matteo und verzog das Gesicht.

»Er ist gegangen, hat noch irgendwas gemeint, von wegen ich hätte wohl wegen dir meine Freundin verlassen und … keine Ahnung, irgendwie …«

Er zuckte auf der Suche nach den richtigen Worten mit den Schultern und wich Noahs Blick aus.

»Du kannst nicht von jedem erwarten, dass er es versteht.« Noah holte tief Luft und stützte sich mehr auf das Fensterbrett. »Weißt du, wir glauben in einer recht modernen Zeit zu leben, aber es ist dennoch nicht so, dass jeder gedanklich ebenso modern ist. Ich empfand es immer als Beleidigung, dass sich Menschen dafür interessieren, mit wem ich intim werde und mit wem nicht. Also frage ich manchmal Leute, warum sie heterosexuell sind und will wissen, wie das so ist … mit einer Frau. Kann ich mir nämlich null vorstellen und zu meiner Freude sehen sie ziemlich betreten aus und fragen mich nie wieder.«

»Ich habe es aber von meinem Bruder erwartet, Noah.« Matteo seufzte verzweifelt und sah zu Coconut. »Ich habe gedacht, dass gerade er es verstehen würde und mir nicht mit diesem Argument kommt. Ich meine … du weißt, dass es sich einfach ergeben hat und man, ich habe eine scheiß Angst vor all diesen … Gefühlen. Echt.«

Er spürte, wie er bebte, innerlich aufgewühlt und mit allem überfordert. In der Therapie hatte er gelernt, dass er sich all diesen Empfindungen stellen musste und sie nicht mehr in sich vergraben sollte. Ansonsten würde er daran zerbrechen, wenn sie sich an die Oberfläche drückten und ihn in einen Strudel aus Zweifel und Angst warfen. Doch das war leichter gesagt als getan.

Unsicher sah er zu Noah, der endlich auf ihn zukam. Ihre Blicke trafen sich; er ertrank in der Zuneigung, die er in seinen Augen erkannte. Es verging eine kleine Ewigkeit, ehe er ihn küsste. Schlagartig sank Matteos Anspannung, seine Schultern lockerten sich. Sanft legten Noahs Hände sich an seine Brust.

»Deine Gefühle sind das wichtigste, Matteo. Und wenn jemand sie nicht versteht, ist das nur logisch; du verstehst sie selbst kaum.«

Es war, als würde Noah Dinge anders sehen als alle anderen Menschen.

»Aber ich möchte, dass du weißt: Mir sind sie sehr wichtig. Und ich helfe dir gern, sie zu verstehen.«

Matteo grinste als Antwort. »Ach und wie?«

Daraufhin küsste Noah ihn so intensiv und gefühlvoll, dass ihm schwindlig wurde.

»Du wirst schon sehen.«

Schwungvoll warf Lola ihm eine Packung Taschentücher an den Kopf und starrte ihn finster an.

»Du blöder, verstrahlter Kerl! Willst du mir nicht endlich verraten, was alles geschehen ist in den letzten Tagen?«

Sie drehte ihr Glas zwischen den Fingern, während Noah sich die Stirn rieb. Bei dieser Beobachtung fiel ihm etwas auf. Zu Beginn ihres Kennenlernens hatte Matteo zwanghaft Dinge zurechtgerückt, mittlerweile schien er kein großes Verlangen mehr danach zu haben. Er wusste nicht, was sich geändert hatte, aber er begrüßte es.

Langsam beugte er sich zu den Taschentüchern und hob sie auf, warf sie auf den Tisch. Der Tag war lang gewesen; zuerst hatte er in der Kinderpsychiatrie ausgeholfen, danach im Pflegeheim vorbeigesehen und am Nachmittag war sein Karatekurs dran gewesen. Es war einer dieser Tage, die voller Erlebnisse steckten, sodass er nicht dazu kam, durchzuatmen.

Jetzt war es halb acht und zu spät, um noch zu Matteo zu fahren. Ohnehin würde dieser bald zu Hause sein und die Klinik danach nur noch auf ambulanter Basis besuchen. Zwar war sich Noah nicht sicher, inwieweit Matteo stabil genug für eine Rückkehr in den Alltag war, dennoch freute er sich für ihn.

»Was willst du denn wissen?«, fragte er seine beste Freundin und grinste ein kleines bisschen. »Du hast mir wochenlang deinen neuen Freund verheimlicht. Habe ich dich deswegen wie Schweizer Käse durchlöchert?«

Bei der Erwähnung von Lolas Freund zuckte er zusammen und umfasste seine Tasse. So spät trank er normalerweise keinen Kaffee mehr, jedoch hatte Lola heute Nachtschicht und ihn gebeten welchen zu kochen. Wahrscheinlich würde er bis 3 Uhr kein Auge zutun.

»Du kannst Tobias gern kennenlernen, immerhin …«

»Keine schlechte Idee.«

Sie sah ihn verwundert an.

»Bitte?«

»Deinen Freund kennenlernen. Immerhin bin ich dein bester Freund, er wird mich so oder so irgendwann treffen.«

Sie hob eine Augenbraue und schenkte ihm einen zweifelnden Blick.

»Nun ja, schon …« Erneut musterte sie Noah fragend. »Aber ich bin mir sicher, du planst etwas.«

Er grinste verschwörerisch und nickte.

»Tue ich und du wirst mir dabei helfen, Schätzchen.«

Er nippte an seinem Kaffee, sah hinaus und beobachtete die Schneeflocken, die am Fenster vorbeitanzten.

»Wie geht es dir?«

Diese Frage an einen Psychiatrieinsassen zu richten, war reiner Hohn. Matteo hatte keine Ahnung, wie er sie beantworten sollte. In der Therapie hatte er gelernt, seine Stimmung einzustufen. Dafür gab es eine Skala von eins bis zehn und eine grundsätzliche Farbe, die seine Laune seiner Meinung nach widerspiegelte. Meistens nahm er grau oder blau. Blau war eher traurige Stimmung, grau eher neutral.

Gerade würde er ein dunkles Grau wählen und eine Zwei.

Es war Abend und er wusste, dass sein Vater nur anrief, weil irgendwer von seinen Brüdern ihn daran erinnerte und ihm damit auf die Nerven gegangen war. Die Zeitverschiebung in Los Angeles machte es Clemenz Nier schwer, mit seinen Kindern in Deutschland Kontakt zu halten. Dazu kam der Umstand, dass er es nicht gern tat.

»Es geht.« Das bissige ›was willst du?‹ lag ihm auf der Zunge, aber er schluckte es herunter und sah aus dem Fenster. Draußen hatte sich eine Art Schneesturm entwickelt und alles war erschreckend dunkel. Einzig die Straßenbeleuchtung machte die wirbelnden Flocken deutlich.

»Wann wirst du entlassen?«, wollte Clemenz wissen.

Matteo legte den Kopf an die kalte Scheibe. Es war spät und er war müde.

»Nächste Woche«, antwortete er maulfaul. Er räusperte sich und fügte noch an: »Wenn alles gut geht.«

»Und … geht es dir besser? Also hast du das Gefühl, die Therapie hat geholfen?«

Im Hintergrund konnte Matteo Klappern hören. Es klang, als würde jemand Besteck an einen Tellerrand schlagen. Natürlich, es war Mittag in Los Angeles, sicherlich aß sein Vater gerade.

»Schon, ja. Es war auf jeden Fall eine Erfahrung und ich … bereue, was passiert ist.«

Es fiel ihm schwer, zu sagen ›ich bedaure meinen Selbstmordversuch‹, weil er sich wie ein Verlierer vorkam. Obwohl Frau Thiel beteuerte, dass es mehr ein Hilferuf und definitiv kein Anzeichen von Schwäche war.

Menschen, die Selbstmord begingen, waren nicht schwach. Sie schafften es, sich die Angst vor dem Tod und vor den Gedanken, wie viel Schmerz und Einsamkeit sie hinterließen zu nehmen. Er war ein Überlebender seiner eigenen Angst.

»Das ist wundervoll, mein Junge«, meinte Clemenz und griff nach dem Besteck. Matteo konnte es hören. »Hör mal, ich habe mit deiner Mutter gesprochen und ich möchte dir ein Angebot machen.«

Nun war Matteos Müdigkeit verschwunden, er setzte sich aufrechter hin und drückte sich das Telefon ans Ohr.

»Was … für ein Angebot?«

»Ich wollte ich dir anbieten, dass du ein Semester hierher kommst und an einem College studierst, um dir deine Noten zu verbessern. Ich würde dir die Zeit bezahlen, du musst dir diesbezüglich keine Sorgen machen. Du kannst bei mir wohnen oder in einer Wohnung, mir vollkommen gleich. Aber damit könntest du deinen Lebenslauf aufmotzen und danach stelle ich dir frei, ob du nach Deutschland zurückgehst oder in Los Angeles bleiben magst.«

Langsam sickerten die gehörten Worte ein. Er räusperte sich und versuchte Zeit zu gewinnen, um seine Gedanken zu ordnen. Mit der linken Hand hielt er sich irgendwie fest, vergrub sie tief in seinem Hoodie.

»Das … ist ein super Angebot … *Dad* …« Er presste die Bezeichnung für seinen Vater regelrecht hervor, wollte nicht undankbar erscheinen. »Ich möchte aber darüber nachdenken. Ist das in Ordnung für dich?«

»Natürlich.«

Clemenz klang nicht enttäuscht, anscheinend hatte er damit gerechnet. Sie plauderten noch eine Weile und komplett verwirrt legte Matteo auf. Er starrte sein Handy an, nicht sicher, ob er sich das Gespräch nicht eingebildet hatte. Zu seiner größten Überraschung hatte Clemenz nichts bezüglich seines Outings gesagt. Matteo schloss daraus, dass Tobias ihn bisher nicht verraten hatte.

Er legte den Kopf in den Nacken und starrte hinaus, überlegte, ob er Noah anrufen sollte. Bisher schrieben sie nur in WhatsApp miteinander. Meistens nichts Besonderes, Noah schickte ihm zwischendurch kleine Sprüche oder fragte, wann er Zeit hatte. Sie verhielten sich wie Freunde, doch Matteo hoffte, sie waren so viel mehr.

Er wählte dessen Nummer und wartete.

»Na hallo, welch Überraschung.«

Er konnte das Lächeln in Noahs Stimme hören und grinste ebenso.

»Hi, ich wollte nur fragen, ob du morgen herkommst? Wir könnten in die Stadt fahren, ich habe Ausgang bekommen.«

Er fiel mit der Tür ins Haus, aber bei Noah durfte er so sein. Nervös spielte er mit den Bändern seines Hoodies.

»Das klingt super. Soll ich Coconut abholen und mitbringen?«

»Ja, gern! Ab wann hättest du Zeit?«

»Erst ab fünf, wir können ja über den Weihnachtsmarkt gehen und irgendwo essen, was meinst du?«

Matteo spürte, dass seine Wangen warm wurden. Was Noah vorschlug, hörte sich verdächtig nach einem Date an. Sie würden zusammen über den Weihnachtsmarkt spazieren, Lichter an Tannenbäumen bewundern und Lebkuchenherzen betrachten. Auch wenn Matteo aufpassen musste, so freute er sich dennoch bereits darauf. Vor allem auf Noah.

»Das klingt wunderbar.«

»Okay, dann hole ich dich morgen ab. Zieh dich warm an, damit du nicht frierst.«

Wieder war dieses Grinsen in Noahs Worten förmlich zu hören und in Gedanken sah er ihn vor sich.

»Zieh du dich auch warm an.«

»Muss ich nicht. Wenn du bei mir bist, reicht das.«

Sicherlich nahm die Farbe in seinem Gesicht eine dunklere Nuance an. Verlegen strich er sich über den Nacken.

»Dann … bis morgen?«

»Ja, bis morgen.«

Matteo verkniff sich ein ›schlaf schön‹, weil er nicht wusste, ob es angebracht war. Er hoffte, er würde sich das nächste Mal trauen.

Ein Schritt nach dem anderen.

Die Stadt war hell erleuchtet, überall funkelte es und tausende Girlanden mit milchigen Glühbirnen hingen über ihren Köpfen. Es roch an jeder Ecke nach süßem Gebäck, gebuttertem Mais, Knoblauchbrot und gefüllten Pilzen, dazwischen mischte sich der Geruch von Zimt, Nelken und Karamell. Alles war festlich und duftete nach seiner Kindheit.

Coconut lief brav an Matteos Seite, Noah hielt eine Zipfeltüte mit Schmalzgebäck umklammert. Sie hatten beide kleine Holzgabeln und Matteo klaute sich ab und zu ein Stück.

»Magst du die Weihnachtszeit?«, wollte Noah wissen und schob sich einen Krapfen in den Mund. Matteo blieb kurz stehen, zog ihn zu sich und wischte ihm mit dem Daumen etwas vom Mundwinkel. Diese Geste war so sanft, dass Noah Gänsehaut verspürte und Matteo überrascht ansah, doch Coconut zog sie rücksichtslos weiter.

»Es geht. Ich hatte immer ziemlich einsame Weihnachten«, sagte Matteo leise. Sie liefen weiter und mussten einigen Menschen ausweichen. »Meine Großeltern haben nicht mehr allzu lange gelebt, als ich Kind war, aber sie nahmen mich und meine Mom bei sich auf. Meine Mutter hatte nach Clemenz ein paar Freunde, also Männer, die zufällig zu Weihnachten vorbei kamen und mir sinnlose Geschenke brachten. Einmal bekam ich einen Füllfederhalter. Mit acht.« Matteo schnaubte.

Noah hörte ihm interessiert zu. Er wollte mehr von ihm erfahren, ihn verstehen.

»Und bei dir?«

Noah überlegte, denn diese Frage war nicht leicht zu beantworten. Sie liefen geradewegs zum Markt, auf dem ein riesiger Weihnachtsbaum aufgebaut war und dessen Lichter über die ganze Stadt strahlten. Kinder rannten lachend um ihn herum, jubelten, bissen in riesige Lebkuchenherzen und waren mit Schokolade beschmiert.

»Ich hatte immer schöne Weihnachten. Zumindest, bis ich sechzehn war.«

Um Zeit zu gewinnen und die richtigen Worte zu finden, schob sich Noah ein weiteres Stück Schmalzgebäck in den Mund. Er hatte keine Ahnung, wie er seine Erinnerungen am besten zusammenfassen sollte. Es war nicht alles nur schwarz oder weiß.

»Danach versuchte mein Vater alles, damit wir weiterhin schöne Feiertage hatten, aber es war anders. Wir haben allein Plätzchen gebacken, aßen sie gemeinsam und schenkten uns nichts mehr. Er meinte, er wäre froh, dass ich da war und bräuchte kein Geschenk, nur weil Weihnachten war, und ich respektierte das. Meine Großeltern kamen am zweiten Weihnachtsfeiertag noch vorbei, brachten uns kleine Tüten voller Süßigkeiten und meine Großmutter machte die leckerste Ente überhaupt. Es war traurig, als wir das erste Weihnachten ohne sie feiern mussten.«

»Deine Großeltern sind tot?«, fragte Matteo nach und Noah nickte.

»Ja, leider. Mein Großvater starb letztes Jahr.«

»Das tut mir leid«, meinte Matteo leise, doch Noah zuckte nur mit den Schultern.

»Es war besser so. Eine Krankheit hat sein Leiden nur unnötig verlängert.«

Noah warf die leere Tüte weg und wischte sich die Finger grob an seiner Jacke ab, griff Matteos Hand und umschloss sie.

»Lass uns von etwas anderem reden.«

»Wollen wir uns Knobi-Brot holen?«

Noah lachte.

»Magst du mich heute noch küssen?«

Matteo verzog das Gesicht und nickte.

»Stimmt.«

Nun lachten sie beide und liefen zu einem Stand, an dem Glaskugeln verkauft wurden. Noah betrachtete die schönen, winzigen Welten, in denen Schneemänner und kleine Tannenbäume standen und in manchen waren dünne Bilder an der Glaswand eingraviert. Es war wundervolle Kunst, die er staunend bewunderte. Ihr beider Blick blieb an einer Kugel hängen, in der sich zwei Figuren unter künstlichem Schnee küssten. Zwei Männer.

Matteo griff nach ihr und betrachtete sie ausgiebig. Der Verkäufer beäugte sie misstrauisch, hatte offensichtlich Angst, dass sie sie fallen ließen. Mit einem Lächeln reichte Matteo sie dem Verkäufer, bezahlte und peilte einen neuen Stand an, an dem es Geschenkboxen gab. Er fand eine, die ideal war und fragte Noah, welche Farbe ihm gefiel.

»Ich mag Türkis«, antwortete er mit einem verwirrten Blinzeln.

Matteo kaufte die Box und weißes Geschenkband. Die Verkäuferin packte alles schön ein und gemeinsam gingen sie weiter. Noah hatte keine Ahnung, was all das sollte.

Irgendwann hielten sie bei einem kleineren Tannenbaum, direkt neben einem Stand mit Maiskolben. Sanft zog Matteo Noah an sich. Er war so verblüfft, dass er nahezu gegen ihn prallte und seine Wange an dessen Brust drückte, vollkommen gleich, ob die Menschen um sie herum sie deswegen anstarrten. Ein weicher, kühler Kuss landete auf seiner Stirn und er schloss genießend die Augen. Ein paar Minuten später liefen sie weiter, Hand in Hand, und erst als es zu kalt wurde, verließen sie den Markt. Noah begleitete Matteo mit dem Bus bis zur Klinik, hauchte ihm noch einen Kuss auf die Lippen, ehe dieser ausstieg.

Coconut lag zu seinen Füßen und schlief. Er grinste unablässig, lehnte sich an die Scheibe und legte die Hand auf seine Tasche. Ein hohles Klopfen unter seinen Fingerspitzen ließ ihn zusammenzucken. Noch ehe er hineinsehen konnte, vibrierte sein Handy und er zog es aus der Manteltasche.

›*Nicht reingucken vor Weihnachten!*‹, schrie ihn Matteos Nachricht regelrecht an. Nun packte ihn die Neugier. Er ahnte bereits, was sich in seiner Tasche befand. Als er weißes Geschenkband und einen türkisfarbenen Karton erblickte, lächelte er so breit, dass seine Wangen schmerzten.

›*Können wir reden? Ich komme nachmittags vorbei.*‹

Matteo war sich nicht sicher, was er von Tobias' Nachricht halten sollte. Vor allem, weil es das erste Lebenszeichen seit fünf Tagen war. Er wollte mit ihm reden, aber hatte Angst, erneut diese Abscheu in seinem Blick zu erkennen und zu wissen, dass er ihn nicht verstand. Was wollte Tobias denn noch sagen? Wie sehr es ihn anekelte, dass sein Bruder sich auf einen anderen Mann eingelassen hatte? Darauf konnte Matteo getrost verzichten.

Er saß im Aufenthaltsraum und spielte eine Runde Dame mit Chris, der das Spielbrett mittlerweile wütend musterte.

»Sag mal, du übst dieses dämliche Spiel doch heimlich«, knurrte er und Matteo schmunzelte. Das tat er tatsächlich. Noah spielte ab und zu mit ihm, weil er das Ziel verfolgte, Granny Jude in drei Runden zu besiegen.

»Ich spiele manchmal mit Noah«, gestand er und zuckte mit den Schultern. Er machte seinen nächsten Zug und Chris musterte ihn interessiert.

»Du und Noah … ihr seid … zusammen?«

Unruhig spielte Matteo mit einer Figur, die er zuvor von Chris' Seite abgeräumt hatte.

»Uhm … ich denke schon.«

Zumindest, wenn es nach ihm ging. Mit Noah hatte er bisher nicht darüber gesprochen. Nicht, weil er feige war, sondern weil er abwarten wollte, wie es nach seinem Klinikaufenthalt weiter ging.

»Schön für euch.« Chris grinste. »Ehrlich jetzt. Noah ist ein super Kerl.«

»Ich weiß.« Matteo machte seinen nächsten Zug und gewann. »Sorry, Chrissi.« Entsetzt starrte Chris auf das Spielbrett und seufzte genervt.

»Man, das war das fünfte Mal!«

Matteo lehnte sich zurück und sah durch den Raum. Sein Blick fiel auf den Fahrstuhl, aus dem in jenem Moment Tobias herauskam.

Ihre Blicke trafen sich und Matteo klopfte auf den Tisch.

»Ich muss dann mal, Chris.«

Langsam stand er auf und zog seine Jeans nochmals hoch, lief aus dem Aufenthaltsraum und blieb vor Tobias stehen. Sein Bruder hielt seine Umhängetasche umklammert und presste seine Lippen fest zusammen, die Anspannung stand ihm ins Gesicht geschrieben. Matteo hingegen war ziemlich ruhig.

»Hi.«

Tobias erwiderte nichts, trat einen Schritt auf Matteo zu und ehe dieser sich versah, schlang er seine Arme um ihn. Er war feucht vom Schnee draußen, roch nach Regenwasser und Aftershave. Matteo war so überrascht, dass er etwas nach hinten taumelte, seine Arme jedoch ebenso um ihn legte und zufrieden die Augen schloss.

»Es tut mir leid«, nuschelte Tobias in seine Schulter.

Langsam nickte Matteo.

»Mir auch …«

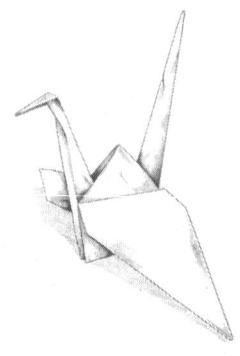

KAPITEL 15

Matteo, ich bitte dich. Mach kein Problem daraus. Du rufst dir ein Taxi und lässt es auf meine Rechnung setzen, mach bitte keinen Aufstand deswegen.«

»Darum geht es nicht, Frances! Am letzten Tag findet ein Abschlussgespräch statt und …«

»Ich kann mir nicht vorstellen, dass dabei meine Anwesenheit unbedingt erforderlich ist. Du weißt, ich habe Termine. Ich werde am Samstag in Sydney erwartet und muss heute noch fliegen. Hast du eine Ahnung, wie viel ich in letzter Zeit arbeite, damit du in dieser Klinik sein kannst?«

Zwanzig Tage vor Weihnachten und er stritt mit seiner Mutter darüber, wie er am letzten Tag seines Aufenthalts nach Hause kam. War es zu viel verlangt, dass sie ihn abholte? Sie hatte ihn nur ein einziges Mal besucht und keinen der Termine für eine Familientherapie wahrgenommen. Ständig musste sie arbeiten oder etwas anderes war wichtiger. Ihm würde sicherlich eines Tages der Schädel platzen, weil er es nicht mehr hören konnte. Er war ihr vollkommen egal.

»Mom, ich weiß«, sagte er mit ruhiger Stimme, obwohl seine Hände zitterten und er sich verloren im Zimmer umsah. »Aber es würde mir viel bedeuten, weißt du?«

»Matteo … ich kann nicht.« Sie seufzte. »Es geht nicht. Bitte ruf dir am Freitag ein Taxi und ich sage Melanie, sie soll dir Essen bestellen.«

»Sie heißt Melinda, Mom.«

»Ich sage Emmanuel und Tobias Bescheid, dass sie dir am Wochenende Gesellschaft leisten können und wenn ich wieder da bin, reden wir über alles weitere.«

So machte sie es immer. Probleme tauchten auf, wurden vorerst aufgeschoben und irgendwann vergessen. Sollte sie sich dennoch daran erinnern, argumentierte sie so sachlich, dass es sich auch um Auswertungen an der

Börse handeln könnte und nicht um familiäre Stolpersteine. Matteo liebte seine Mutter, aber in den letzten Jahren, in denen sie mehr in die Firma ihrer Eltern involviert worden war, kam er sich wie überflüssiger Ballast vor. Er hatte damit leben müssen, dass er seinem Vater nichts bedeutete, bei seiner Mutter schmerzte ihn dieser Umstand noch viel mehr.

»Von mir aus …«, murrte er und rieb sich genervt die Stirn. Er konnte nicht gewinnen.

»Wenn was ist, ruf an.«

»Okay.«

»Bis dann, Matteo.«

Er legte auf und starrte finster nach draußen an. Am liebsten wollte er sein iPhone gegen die Wand werfen und zusehen, wie es in tausende Teile zersprang. Doch dann wäre seine Kommunikationsmöglichkeit komplett weg und er müsste unnötig länger hierbleiben, weil er sich auffällig verhielt. Wahrscheinlich würden sie ihm noch mehr psychische Probleme diagnostizieren und darauf konnte er verzichten.

Morgen fanden die letzten Einheiten statt, gefolgt von seinem Abschlussgespräch mit Dr. Buchhold und der letzten Stunde während seines stationären Aufenthalts bei Frau Thiel. Ambulant würde sie ihn weiterhin betreuen, aber alle anderen sah er diese Woche hoffentlich zum letzten Mal. Nicht, weil er sie nicht mochte, sondern weil er sie gern unter anderen Umständen getroffen hätte und nicht als suizidaler Notfall.

Er betrachtete seine Zeichenmappe auf dem Tisch, in der er seit Wochen Mandalas sammelte. Die innere Ruhe, die er beim Ausmalen empfand, war wundervoll. Manchmal brachte Frau Friedrich ihm einige Kopien, weil sie seine Leidenschaft dafür kannte. Noah sammelte mittlerweile ebenso für ihn und versah die Blätter mit kleinen Texten. Auf einem stand ›und die Sonne scheint nur für dich‹. Matteo liebte es, wie er allem, was er tat, eine persönliche Note gab.

Der Gedanke an Noah beruhigte ihn und die vorher pochende Wut verrauchte im Nichts. Zwar hatten sie sich bisher nur geküsst und vollkommen unschuldig miteinander gekuschelt, aber sobald er hier raus war, wollte er diese Beziehung gern vertiefen. Er wusste, dass Noah nach Orangen und Zimt roch und dass sich seine Haut unter seinen Fingerspitzen warm und weich anfühlte. Seine Haare dufteten nach frischem Zitronen-Shampoo, wenn er seine Nase darin vergrub und seine Küsse fühlten sich an, als würden sie ihm Leben einhauchen. Aber das genügte ihm nicht, er wollte mehr von ihm wissen und kennenlernen.

Kurzzeitig wog er das Handy in den Händen und biss sich nachdenklich auf die Unterlippe. Seine Finger bewegten sich automatisch über den Bildschirm.

»Hallo, mein Lieblings-Matteo«, begrüßte Noah ihn am Telefon und brachte ihn damit zum Grinsen. Das gelang nur ihm.

»Du kennst mit Sicherheit nur einen.«

»Du kannst doch trotzdem mein Liebling sein.«

Wie so oft hörte er das Lächeln in seinen Worten.

»Hast du einen Wunsch, oder wolltest du nur meine Stimme hören?«

»Ich werde am Freitag entlassen.« Er wollte nicht um den heißen Brei herum reden. »Meine Mutter muss nach Sydney und ist bis Montag nicht da. Und ich versuche gerade zu klären, wie ...«

»Sollen wir dich abholen kommen? Du kannst das Wochenende bei mir bleiben, wenn du magst.«

Obwohl Matteo damit gerechnet hatte, freute er sich dennoch riesig darüber. Bei ihm fühlte er sich willkommen.

»Das wäre ... fantastisch. Aber nur, wenn es keine ...«

»Es macht keine Umstände.«

»Darf ich dich wenigstens auf eine Pizza einladen? So zum Dank?«, schlug er vor und sein Freund lachte leise.

»Natürlich, Matti. Darfst du.«

Matti. Es klang niedlich, wenn er es sagte. Eigentlich hasste Matteo diesen Spitznamen, aber Noah durfte ihn so nennen. Am liebsten jeden Tag.

»Ich schreibe dir noch, wann die Zeit am besten wäre, okay?«

»Super. Ich freue mich!«

»Ich mich auch.«

Und diese Freude war so ehrlich, dass sein Herz eine Spur schneller schlug und ihn benommen machte. Als er auflegte, drückte er sich das Handy an die Brust und grinste dümmlich vor sich hin.

Er erkannte sich selbst kaum wieder.

Noah kannte eine Menge Leute aus Berlin. Als Lola und er eine Phase der Selbstfindung durchlebten, besuchten sie regelmäßig einige der Teenager-Discos in der Hauptstadt. Besonders häufig waren sie nach dem Abschluss dort. Alles geschah zu schnell, zuerst das mit seiner Mutter und dann sollte er sich plötzlich um eine Ausbildung kümmern und keiner verstand, warum er das nicht packte. Sein Blick in die Zukunft war finster. Er jobbte zuerst als Zeitungsverkäufer an einem Kiosk und danach in einem Supermarkt in der Gemüseabteilung. Lola trug zu der Zeit einen langen Iro, hatte keine Lust auf Ausbildung oder Schule – sie besuchte eine Berufsschule für Sozialwesen – und rebellierte so ziemlich gegen alles. Sie hasste alle ehemaligen Mitschüler und Normalos mit einer großen Leidenschaft und motzte den halben Tag herum. Dank ihres Bruders, der einige Jahre zuvor in die Hauptstadt gezogen war, kamen sie in viele Clubs und nutzten es großzügig aus.

In Berlin lernte Noah die ersten Schwulen außerhalb der Schule kennen. Es gab kleinere Diskotheken, in denen Bars in der Nähe waren, die erst ab 22 Uhr wirklich auf Personalausweise achteten. Während Lola damit beschäftigt war, alle Lesben zu begutachten und flapsige Sprüche abzuliefern, konnte Noah seine Blicke kaum von zwei Männern nehmen, die sich küssten. Sie strichen sich über die Wangen, ihre Bärte kratzten garantiert und dennoch schienen die Küsse so sanft und einfühlsam zu sein, wie er es selten gesehen hatte. Die groben Hände fuhren zart über alles, was sie erreichen konnten und die Augen waren genießend geschlossen. Es war ein Anblick, der ihn lange Zeit verfolgte und immer wieder kehrte Noah mit seinen damals achtzehn Jahren in diese Bar zurück und wartete darauf, dass er die zwei Männer erneut sah. Er hoffte es, denn er wollte diese kribbelnde Wärme in seinem Körper zurück, die der Anblick der beiden bei ihm ausgelöst hatte.

Irgendwann stand er an der Theke und bestellte sich ein Getränk. Er musste seinen Ausweis vorzeigen und plötzlich tippte ihn jemand auf die Schulter. Er rechnete mit Lola, die ihn nochmals anmurrte, dass sie gehen wollte, doch zu seiner Überraschung erblickte er einen hübschen, brünetten Kerl, der ihn anlächelte. Auf den ersten Blick erkannte er ihn nicht, aber nach einer Weile begriff er, dass es einer der jungen Männer war, die er beim Küssen beobachtet hatte.

»Hi.« Der Fremde lächelte.

Noah blinzelte. Er sprach wirklich mit ihm.

»Uh, hi …« Seine Stimme war kaum zu hören, die Musik in der Bar zu laut.

»Ich bin Roman«, stellte sich der hübsche Mann vor, lehnte sich mehr zu Noah und hauchte ihm sanft ins Ohr. »Du bist in letzter Zeit oft hier, oder?«

Es war eine billige Anmache gewesen, auf die Noah damals nicht wirklich eingegangen war. Roman bemerkte schnell, dass er es hier nicht mit jemanden zu tun hatte, den er sich für eine Nacht krallen konnte und vollkommen unverfänglich kamen sie ins Gespräch. Es entwickelte sich Freundschaft, die zuerst aus Treffen am Wochenende bestand und sich langsam auf eine persönlichere Ebene schob. Durch Roman lernte Noah auch andere Leute in Berlin kennen und mittlerweile lebte dieser in einer schönen Wohnung und arbeitete als Koch. Ein Leben ohne viel Clubbesuche und nächtelanges Feiern, weil auch er erwachsen geworden war. Sie sahen sich nicht mehr allzu oft, schrieben sich aber Nachrichten. In den letzten Wochen hatte Noah viel von Matteo gesprochen und Roman machte ihm Mut, dranzubleiben. Trotz der Entfernung hegten sie eine sehr schöne Freundschaft, wie er fand. Roman war immer noch einer der wenigen Menschen, die er in einer Notlage um Hilfe bitten würde, weil er ihn niemals im Stich ließ.

Ob er die beiden einander vorstellen sollte? Allein, um Matteo ein kleines bisschen seine Welt zu zeigen? Sicherlich hatte er einige Fragen und Zweifel, die Noah ihm gern nehmen würde.

Da Matteo das Wochenende bei ihm bleiben würde, stand einem Abstecher nach Berlin nichts im Weg. Er musste nur Roman kontaktieren, damit dieser sich einiges für ihren Aufenthalt einfallen ließ. Noah war gerade auf dem Weg zum Karatekurs und suchte sein Handy in der großen Manteltasche. Es war ziemlich kalt geworden und der Schnee rieselte auf seinen Hut. Er klopfte ihn ab und stellte sich bei einem Bäcker kurz unter.

»Hallo, mein Sonnenschein.«

Romans tiefe Stimme hallte durch das Telefon. Er klang gehetzt, wahrscheinlich war er im Fitnessstudio.

»Hey Roman. Hast du am Wochenende etwas vor?«, fragte er direkt.

Sein Freund überlegte eine Weile, brummte nachdenklich in den Hörer.

»Ich denke, ich könnte für dich Platz machen. Was magst du unternehmen?«

»Ich würde mit Matteo vorbei kommen. Vielleicht hast du Bock auf eine kleine Schwuppenfete?«

Sie machten sich oftmals darüber lustig, wie andere sie bezeichneten. Einmal hatte Roman mit seinem damaligen WG-Mitbewohner eine ›Schwuli-Buli-Fete‹ geschmissen und etliche Dragqueens eingeladen. Einige Anwohner im Haus verließen sogar über Nacht das Gebäude. Mittlerweile war Roman weniger provokativ, verstellte sich jedoch nicht. Er stand dazu, schwul zu sein, und trug einen LGBT+ Anstecker an seinen Arbeitshemden.

»Oh, dein süßer neuer Freund? Aber natürlich! Oh, darf ich Charlotte einladen? Und Amanda?«

»Na klar. Also steht das?«

»Ja! Oh, ich freue mich so! Awww, ich wollte diesen Matteo schon die ganze Zeit kennenlernen. Ich beziehe euch dann das Bett in Konstantins Zimmer, der ist aktuell auf Bildungsreise. Ich freue mich, dich zu sehen, mein Süßer.«

»Ich mich auch.«

Er legte auf und spazierte zur Turnhalle. Als er sie betrat wurde er von den ersten Kindern begrüßt, die er heute unterrichten würde.

Am Nachmittag wartete er auf Lola und ihren Freund Tobias.

Eher hatte sich das Treffen sich aufgrund von Lolas Spätschichten nicht ergeben. Sie wussten, wie bedeutungsvoll diese Begegnung sein würde, deshalb war genügend Zeit wichtig. Es wäre nur von Vorteil, wenn sie sich verstehen würden. Für sie alle.

Noah hatte ein kleines Café in der Nähe des Bahnhofs ausgesucht. Vor ihm stand wenige Minuten später ein dampfender Kakao und er blickte in die weiße Schneelandschaft außerhalb der warmen Stube, beobachtete die Menschen in den dicken Mänteln und wünschte sich Matteo herbei. Es würde die kommende Situation leichter gestalten.

Vorsichtig setzte er sich gerade hin und ächzte leise unter Schmerzen. Ihm tat die Seite weh, weil er im Karateunterricht in Gedanken versunken gegen die Sprossenwand geknallt war. Es war nicht schlimm, er hatte sich abfangen können und irgendwie festgehalten. Gegenüber den Kindern hatte er gelacht und den Schmerz weggekichert, sich heimlich jedoch immerzu die Seite gerieben. Wahrscheinlich hatte er sich einen blauen Fleck am Arm und den Rippen eingehandelt.

Wenig später sah er einen silbernen Wagen – ein älteres BMW-Modell – auf den Parkplatz fahren. Am Steuer saß ein hübscher blonder Kerl und Noah erkannte Lola auf dem Beifahrersitz. Matteo hatte nicht gelogen; sein Bruder sah gut aus.

Sie stiegen aus dem Auto, Tobias richtete seinen Schal und sah sich fragend um. Er sagte etwas zu Lola, sie lächelte ihn über das Wagendach an, kam zu ihm gelaufen, nahm seine Hand und führte ihn in das Café. Lola fand Noah sofort, stürmte zu ihm und breitete ihre Arme aus. Als seine Freundin ihn in eine vollbusige Umarmung zog, ächzte er kurz auf.

»Ach NoNo, ich freue mich, dass du da bist«, meinte sie, ließ es klingen, als hätte sie ihn ewig nicht gesehen.

»Ich mich auch.«

Lola ließ ihn los, drehte sich zu Tobias und zog diesen sanft neben sich.

»Tobias, das ist mein bester Freund Noah. Noah, Tobias«, stellte sie die beiden vor und Noah musterte ihren Freund. Er hatte feine Gesichtszüge, die ihn jünger erscheinen ließen, und breite Schultern. Sicherlich machte er Kraftsport, anders konnte Noah sich dessen festen Händedruck und die sichtbar starken Arme kaum erklären.

»Hallo«, begrüßte Tobias ihn und schmunzelte sogar leicht.

»Hi, nett dich endlich kennenzulernen.«

Sie setzten sich und Tobias zog seine Jacke aus, platzierte sich neben Lola und legte seine Hand auf ihren Oberschenkel. Noah mochte auf Anhieb, wie er mit ihr umging und schenkte Lola ein Grinsen.

Die Kellnerin kam zu ihnen und sie bestellten beide einen Kaffee, Lola fegte Tobias Schnee von den Haaren. Mit einem zufriedenen Lächeln beobachtete Noah die beiden und nippte an seinem Kakao.

»Was machst du beruflich?«, wollte Tobias wissen und er stellte seine Tasse ab.

»Ich arbeite als Karatelehrer, Seniorenentertainer, Krankenpfleger und Bürohilfe.«

Blinzelnd musterte Tobias ihn, Lola rollte mit den Augen.

»Noah hat einen Abschluss als Ergotherapeut, arbeitet in der Nervenklinik und hält sich zur Zeit mit Nebenjobs über Wasser. Er lebt noch bei seinem Vater, der eine eigene Werkstatt besitzt.«

Sie ließ sein Leben klingen, als wäre es komplett durchschnittlich.

»Ich boykottiere das normale Leben«, fügte er deshalb erklärend an. »Ich möchte für Menschen da sein; es geht mir nicht ums Geld. Das sollte es nie.«

»Okay. Cool.« Es fiel Tobias sichtbar schwer, auf diese Aussage korrekt zu reagieren, und er sah Lola um Hilfe bittend an.

»Mach dir keine Sorgen; Noah ist gern philosophisch-seriös. Er meint es nicht nur so; er ist so.«

»Das beruhigt mich tatsächlich kaum.«

»Entschuldige. Meine Arbeit macht mir ehrlich Spaß; ich mache sie nicht, um Geld zu verdienen.«

Tobias nickte. »Matteo sagte, dass du … wie heißen diese Figuren aus Papier?«

»Origamifiguren?«

»Ja genau. Die verteilst du irgendwie in der Klinik?«

»Richtig.« Noah lehnte sich zurück, sah sein Gegenüber an. »Ich bastle jeden Abend welche. Und wenn ich Zeit habe, verteile ich sie in der Psychiatrie auf der Kinder- und Jugendstation.«

Tobias lehnte sich zur Seite, musterte ihn interessiert.

»Und warum? Ich meine, was hast du davon?«

Eine Frage, die Noah oft gestellt bekam. Er lächelte.

»Weil ich möchte, dass die Kinder einen Grund zu lachen haben. Oder wenigstens für einen Augenblick aus der grauen Welt gerissen werden, die sie dort umgibt.«

Langsam nickte Tobias, offensichtlich zufrieden mit dieser Antwort.

»Wow … okay. Wenn man es so sieht … Finde ich gut.«

»Hast du bereits Origami probiert?« Noah sah sich auf dem Tisch um und erblickte einen zusätzlichen Menüzettel. Er langte danach und riss den Zettel zurecht. »Es ist nicht schwer, man muss nur die richtige Technik kennen.«

Schnell faltete er einen Schwan und reichte diesen Tobias.

Er betrachtete ihn, schmunzelte leicht und sah Noah an.

»Ziemlich kindisch, aber irgendwie auch cool.«

»Wenn du deine Kindlichkeit verlierst, verlierst du dich selbst.«

Intensiv sahen sie einander intensiv an. Unterbrochen wurde ihr kleiner Starrwettbewerb von der Kellnerin, die ihre Getränke brachte. Langsam rührte Tobias in seinem Kaffee und ließ seinen Blick zu dem Origamischwan wandern.

»Wie geht es dir zur Zeit?«, fragte Lola und leckte genüsslich ihren Löffel ab, an dem noch Zucker klebte.

»Ganz gut. Wir fahren am Wochenende zu Roman nach Berlin«, berichtete Noah.

»Du und Matteo?«

Nun sah Tobias auf, schwieg jedoch noch.

»Ja, zumindest hatte ich mir das so gedacht.«

»Matteo wird Freitag entlassen, oder?«, fragte Tobias stirnrunzelnd.

»Richtig.«

»Und er … ist am Wochenende bei dir?«, hakte er nach.

»Ich weiß nicht, wie viel du in letzter Zeit von Matteo mitbekommen hast, aber seine Mutter ist am Wochenende nicht da. Deshalb habe ich ihm angeboten, ihn am Freitag von der Klinik abzuholen, damit er am Wochenende nicht allein ist.«

»Frances muss viel arbeiten. Ich glaube, sie sagte irgendwas von Australien …« Tobias fing einen fragenden Blick von Lola auf und räusperte sich. »Sie ist die Erbin eines renommierten Stifteherstellers und übernimmt nach und nach die komplette Firma. Als Matteo noch studiert hat, war sie gerade in der Einarbeitungszeit.«

»Stifte?«, fragte Lola nach und zog eine Augenbraue nach oben. »Das klingt irgendwie nicht spannend.«

»Ist es auch nicht«, stimmte Tobias zu. »Aber sie ist die Erbin und nimmt ihre Position sehr ernst.« Er sah wieder zu Noah. »Darf ich dich etwas fragen?«

»Klar.« Er ahnte, was folgen würde.

»Bist du wirklich schwul? Ich meine … ihr testet nicht nur aus, ob ihr vielleicht Gefühle füreinander habt, es ist echt was dahinter?«

»Machst du dir Sorgen um Matteo?«

»Ich finde nur … nach allem, was ihm widerfahren ist … es wäre mies, wenn du ihm was vormachst.«

Lola sah ihren Freund streng an.

»Es gibt wenige Sachen, für die ich meine Hand ins Feuer legen würde, aber für Noahs Ehrlichkeit bürge ich.«

Obwohl Lola ihr Gespräch unterbrochen hatte, sah ihn Tobias weiterhin ernst an. Noah spürte, wie wichtig ihm diese Sache war und es rührte ihn tatsächlich, dass ihm Matteo scheinbar viel bedeutete. Er lächelte entwaffnend und hoffte, ihm genügend Vertrauen zu vermitteln, um das seine ebenso zu gewinnen.

»Ich bin schwul und ich empfinde etwas für deinen Bruder. Sogar ziemlich viel und ich würde ihm gern das Leben bieten, das er verdient.«

Nachdenklich musterte Tobias ihn, presste seine Lippen zusammen und lehnte sich ein wenig zurück, erwiderte jedoch nichts. Lola sah Noah liebevoll an, sie verstanden sich ohne Worte.

Tobias nahm den Schwan in die Hand und musterte ihn.

»Wie funktioniert das? Kannst du mir das zeigen?«, fragte er und lächelte sogar ein wenig.

Matteo sah aus dem Busfenster und presste seine Lippen fest zusammen. Er war nervös und spielte mit den Fingern ständig am Hoodieband herum. Zur Beschäftigung hatte er sich ein Buch mitgenommen, es jedoch bisher nicht angerührt. Die winterliche Landschaft zog am Fenster vorbei und schien wie aus einem Märchen entsprungen.

Vor einem Tag hatte er endlich die Klinik verlassen, ließ wochenlange Therapiegruppen, bemalte Mandala und Stunden voller Selbstzweifel hinter sich. Es war seltsam gewesen, das letzte Mal in dem Zimmer zu stehen, welches er wochenlang bewohnt hatte. Eine Flucht vor der Realität, um endlich zu ergründen, was ihn hierher gebracht hatte. Umso schöner war es gewesen, die Tür hinter sich schließen zu können und zu wissen, dass es ihm besser ging. Andreas und Noah hatten ihn abgeholt und es war ein schöner Abend bei den Laurischs gewesen.

Andreas bereitete köstlichen Lachs zu, Noah zauberte einen leckeren Reissalat und unterhielt sie mit witzigen Geschichten. Noah und er warfen sich über den Tisch hinweg Blicke zu und seit langer Zeit fühlte er sich wohl in seiner Haut. Noah berichtete, dass er ihn nach Berlin einladen wollte und gemeinsam fuhren sie am nächsten Morgen los. Zu Beginn der Fahrt döste Matteo ein wenig, jetzt hielt er Noahs Hand und beobachtete schmunzelnd, wie er versuchte, mit der anderen ein Buch zu lesen.

»Soll ich dich loslassen?«, fragte er leise.

Er mochte dieses kleine Grinsen, mit dem Noah ihn ansah, es wirkte lebensfroh und echt.

»Unterstehe dich«, antwortete Noah und blätterte mit einer Hand um. »Siehst du? Klappt auch ohne Liebesentzug.«

Einen Moment lang sog Matteo seinen Anblick in sich auf. Die blauen Haarsträhnen fielen sanft in Noahs Gesicht und kitzelten seine unglaublich niedliche Nase.

»Was machen wir in Berlin?«, fragte er wiederholt, sein Freund legte seinen Finger in das Buch und blickte auf.

»Du magst keine Überraschungen, oder?« Er seufzte gespielt. »Wie schade.«

»Also soll ich besser nicht fragen und dir vertrauen?«

»Japp.«

In seinem Bauch kribbelte es. Er lehnte sich zu Noah und legte seine Fingerspitzen unter dessen leicht stoppeliges Kinn, küsste ihn sacht. Nur ihre Lippen berührten sich und dennoch schloss Noah genießend die Augen. Es war ein gutes Gefühl, dass er es mochte.

»Okay.«

Nach knapp zwei Stunden Fahrzeit erreichten sie den zentralen Bushof und stiegen aus. Matteo gefiel Berlin, zu seinem Missfallen war das Wetter meistens komplett gegen ihn, wenn er hier war. Heute war der Himmel grau und dunkel. Noah führte ihn zur U-Bahn und sie fuhren mit ihrem wenigen Gepäck durch die Stadt. Das Brandenburger Tor klebte hundertfach an den Scheiben und leuchtete durch die dunklen Tunnel Berlins. Noah passte unglaublich gut hier her. Die gelben Halterungsstangen waren ein wundervoller Kontrast zu seinen blauen Haaren. Seit ein paar Tagen trug er keinen Hut mehr, sondern eine graue Wollmütze. Das Wetter hatte sein winterliches Modebewusstsein geweckt und enge Röhrenjeans und schwarze Schuhe komplettierten sein Outfit. Dazu hatte Noah einen dunkelroten Mantel gewählt und Matteo war sich nicht sicher, ob blaue Haare zu Weinrot passten, doch Noah sah fabelhaft aus.

Der grinste und lehnte sich vor, legte kurz seine Hände auf Matteos Knie.

»Wir müssen gleich raus, ein paar Straßen laufen und sind da.«

Wenige Minuten später spazierten sie durch Berlin. Matteo hielt seine Tasche fest umklammert und sah sich neugierig um. Diesen Stadtteil kannte er nicht.

Noah führte ihn zu einem recht schicken Wohnhaus und klingelte. Achtsam nahm Matteo ihm den Rucksack ab. Es war Mittag und er verspürte großen Hunger, sein Magen knurrte und als eine Stimme »Kommt hoch« durch die Sprechanlage verlauten ließ, freute er sich auf eine warme Wohnung und vielleicht eine Kleinigkeit zu essen.

Der Hausflur war nobel und wirkte frisch saniert. Mit dem Fahrstuhl fuhren sie in den fünften Stock. Matteo hatte keine Ahnung, wen sie hier besuchten. Er war gespannt und schrecklich nervös zugleich.

»Du musst keine Angst haben, okay? Er ist ein lieber Kerl«, meinte Noah, als sie vor einer Haustür anhielten. Ein unglaublich attraktiver Mann öffnete, strahlte sie beide an. Er hatte das Gesicht eines Models, als wäre er aus einem Plakat am Bahnhof entlaufen, und würde für Zahnpasta werben.

»Noah, mein Schatz!«, begrüßte er seinen Freund und zog ihn an sich. Noah ließ sich von dem hübschen Kerl umarmen, löste sich dann von ihm. Matteo schluckte, fühlte sich in den Hintergrund gedrückt und wollte einen Schritt zurückweichen, aber Noah zog ihn zu sich.

»Und das ist also der berühmte Matteo?«, wollte die Türschönheit wissen.

»Ja, das ist er.«

Noahs Freund streckte ihm die Hand hin.

»Hallo, Hübscher. Ich bin Roman. Freut mich, dich kennenzulernen.« Er trat zurück. »Kommt herein, meine Lieben! Ich habe euch ein kleines Essen gemacht. Nichts Besonderes, aber ich nehme an, ihr habt Hunger.«

Matteo begriff immer noch nicht, was hier ablief und folgte den beiden in einen riesigen, hellen Flur. Schon auf dem ersten Blick war der gute Geschmack des Inhabers deutlich erkennbar.

»Ich möchte dir eine andere Welt zeigen«, meinte Noah leise, stellte sich auf die Zehenspitzen, um ihn sanft zu küssen, nahm seine Hand und zog ihn in das mit Abstand schönste Wohn- und Esszimmer der Nation. Farbenfrohe Bilder an den Wänden, zwei passende, runde Teppiche auf dem Boden, ein an der Wand hängender Fernseher und dazu Designermöbel. Die Couch war ein Hingucker aus weißem Leder und einer riesigen Liegefläche. Alles war modern und minimalistisch, wie Matteo es sonst nur aus Katalogen kannte.

Angrenzend an das Wohnzimmer war die offene Küche.

»Was hast du gezaubert?«, fragte Noah und nahm eines der Gläser, die auf der Theke standen. Roman hatte sich ein Wischtuch auf die Schulter geworfen und warf geschickt ein paar Leckereien in einer Bratpfanne herum. Matteo staunte und sah sich immer noch verblüfft um. Sogar der Tisch war bereits gedeckt.

»Nur ein paar Hackbällchen in Tomatensauce und dazu gefüllte, vegetarische Maultaschen.«

Er sah unglaublich am Herd aus, seine Bewegungen erinnerten Matteo an die in amerikanischen Kochsendungen, die Emmanuel ab und zu sah.

»Roman ist Berufsschullehrer einer Kochschule hier in Berlin«, erklärte Noah ihm und er sah noch eine Spur beeindruckter zu dem Mann, der ihnen gerade in der Wohnküche Essen zauberte.

»Es klingt aufregender, als es ist. Ihr könnt euch ruhig setzen, es geht gleich los.«

Noah rollte mit den Augen und sah zu Matteo.

»Er untertreibt. Er kocht fantastisch.«

Gemeinsam liefen sie zum Tisch und beobachteten Roman, der ein paar Kräuter klein schnitt. Neben ihm kam er sich mickrig vor. Als Noah jedoch seine Hand auf seine legte und ihn liebevoll ansah, zerstreuten sich Matteos Gedanken.

Der hübsche Koch schlenderte zu ihnen und stellte vor jedem einen dampfenden Teller ab.

»Bitte, ihr Lieben.« Roman legte eine Hand auf Matteos Schulter. »Ich hoffe, du isst meine Kreation und enttäuschst mich nicht mit der Aussage ›sorry, ich bin Vegetarier‹.« Er legte seine Hand theatralisch auf seine Brust. »Das würde mir das Herz brechen!«

Noah lachte und griff nach seinem Besteck, während Matteo grinsend den Kopf schüttelte.

»Keine Panik, ich mag Hackbällchen. Und Maultaschen.«

»Du magst also Bällchen … süß.«

Frech grinste der Koch und fuhr ihm plötzlich durch die Haare, lief danach zurück zur Theke und holte den dritten Teller. Matteos Wangen glühten vor Verlegenheit.

»Auf ein schönes Wochenende.«

Sie prosteten sich zu und rasch nahm Matteo einen großen Schluck. Er war sich nicht sicher, ob Alkohol im Getränk war, aber aktuell wäre es ihm ganz recht, um seine Schüchternheit abzulegen.

Danach nahm er den ersten Bissen zu sich, gab ein leises Stöhnen von sich und fing ein wissendes Grinsen von Roman ein. Es war unglaublich lecker.

Ja, dieses Wochenende würde besonders werden.

KAPITEL 16

M an, gibt es hier keine Heterosexuellen heute?«
Ein flapsiger Spruch und Noah beobachtete, wie Matteo leicht zusammenzuckte. Gerichtet waren diese Worte an Roman und André, die auf der Couch im großen Wohnzimmer der WG saßen und sich vollkommen albern, wie Susi und Strolch, eine Salzstange teilten. Aus der Stereoanlage dröhnte basslastige Rockmusik und ließ die Oberfläche seines Getränks Wellen schlagen. Matteo saß halb versunken in einem großen Sessel, Noah dicht neben ihm.

Daniel, ein Freund von André und Roman, war Urheber dieses Satzes. Er war der einzige Heterosexuelle im Raum, der laut eigener Aussage sogar eine Freundin hatte und nur gekommen war, weil – Noah zitierte gedanklich Roman – ›er immer da war, wo es Essen und Trinken gab‹. André war Romans bester Freund und bezaubernd. Noah mochte ihn, sie sahen sich nur sehr selten. Aber vor einiger Zeit waren sie zusammen mit Roman im *SchwuP* gewesen und hatten unglaublich viel Spaß.

»Sorry Schatz, aber die Heten-Macho-Party findet die Straße runter statt«, meinte Roman nur und grinste Daniel an, der eine Grimasse schnitt und die Arme vor der Brust verschränkte. Noah griff in die Schüssel mit Snacks und schob sich eine Hand voll Salzbretzeln in den Mund, mit der freien Hand streichelte er über Matteos Arm und beobachtete alle.

»Du hast mir Essen versprochen«, klagte Daniel und stupste Roman an. Seufzend erhob dieser sich, nahm sein Glas und lief zur Küche.

»Dann komm, du verfressenes Etwas.«

Erfreut sprang Daniel auf, klatschte in die Hände und tänzelte Roman hinterher. Lachend beobachteten sie die Szene.

Mit einem Teller voller Maultaschen und Sauce kehrte er aus der kleinen Küche zurück, strahlte in die Runde und setzte sich im Schneidersitz neben André, der auf das Essen starrte.

»Guck nicht so hungrig, alles meins!«

Auch Roman kam zurück und reichte Noah ein Sektglas.

»Matteo, magst du auch?«

»Ich habe noch, danke.«

»Aw, er ist so höflich.« André warf Matteo einen schmachtenden Blick zu.

»Jaw, er isch sooow süsch!«, äffte Daniel ihn mit vollem Mund nach und André schlug ihm empört gegen die Schulter. Noah gab indessen seinem Freund einen weichen Kuss auf die Lippen. Er konnte Roman leise fiepen hören und André seufzte angetan, aber er gab nichts auf die beiden. Wenn er seine Zuneigung zeigen wollte, tat er es. Mit glänzenden Augen sah Matteo ihn an, als er sich sacht löste und nochmals hauchte er ihm zart einen Kuss auf die Stirn.

Als es an der Tür klingelte, schwebte André regelrecht in den Flur und ein paar Augenblicke später ertönten schrille Stimmen. In Matteos Gesicht standen sprichwörtlich Fragezeichen.

»Bestimmt noch andere Freunde von Roman«, erklärte Noah sanft und sah die leichte Unruhe in Matteos Blick.

»Also wird das eine Party?«

»Sozusagen. Ich möchte nur, dass du Leute kennenlernst, die wissen, wie es ist, ausgegrenzt zu werden. Und die dennoch weitermachen.«

Ehe Matteo etwas sagen konnte, küsste Noah ihn beruhigend und legte sanft seine Hand an dessen Wange. Bevor die Gäste eintraten, löste er sich von ihm, sah seinen Freund aber liebevoll an. »Ich hoffe, du magst sie.«

»*Daaaaarling*! Oh mein Gott, wir haben uns ja *eeewig* nicht gesehen!«

Eine gekünstelt hohe Stimme drang zu ihnen, klackende Absätze ertönten im Flur, Roman lachte und André bat quietschend darum, nicht erdrückt zu werden.

Mit einem breiten Grinsen auf den Lippen kam Roman zurück in die Wohnküche.

»Ich hole die Snacks. Die Ladys haben immer Hunger, wenn sie bei mir sind.«

»Roman! Du kleiner Schwerenöter, mein Knackarsch vom Lande!«

Theatralisch betrat Charlotte Chokes den Raum. Sie hatte ein schillerndes, goldenes Kleid an, welches an den Knien endete und ihre Füße steckten in hohen, ebenso goldenen Schuhen. Auf ihrem Kopf trug sie eine lockige, blonde, perfekt gestylte Perücke und ihr Make-up war makellos. Noah war begeistert von ihrem Outfit. Zuerst stand Charlotte überfordert im Raum und sah sich um, bis er sich erhob und zu ihr lief und ihr einen Kuss auf den Handrücken hauchte.

»Madame«, begrüßte er sie und Charlotte legte sich theatralisch eine Hand an die Brust.

»Oh, so höflich! Hallo, mein Süßer. Lange nicht gesehen.«

»Charlotte, das ist mein Freund Matteo.«

In jenem Moment kam Amanda Dickson in den Raum gestakst und Noah ging sogleich zu ihr, umarmte sie. Amanda, laut Ausweis Florian, kam aus Noahs Viertel und sie waren zusammen zur Schule gegangen.

»Hey, mein Hübscher.« Amanda kniff Noah in die Wange.

Er grinste breit und strahlte.

»Lange nicht gesehen, nicht wahr?«

Als Matteo gerade von Charlotte eine lautstarke Bewertung erhielt, wandte er sich ihm wieder zu. Er wollte seinen Freund nicht ihren Plastikkrallen überlassen, die in jedem eine Art Beute sah.

»Dreh dich mal, mein Sternchen.«

Matteo, der sich verlegen erhoben hatte, tat ihr den Gefallen und Charlotte schlug ihm liebevoll auf den Hintern.

»Prachtstück. Du bist ja mal ein Fang. Lass mich raten …« Sie streckte einen manikürten Finger in Noahs Richtung und lächelte. »Deiner?«

Er nickte und Matteo warf ihm einen hilflosen Blick zu, der einfach nur bezaubernd war. Rasch lief er zu ihm und nahm seine Hand.

»Genau, meiner. Also schön Finger weg, Charlotte«, neckte er.

»Was für ein Goldstück. Und so höflich … ach ist das schön.«

Amanda kam zu Matteo, der ihr ebenfalls einen weichen Kuss auf den Handrücken hauchte. Zum Dank strich sie ihm zärtlich über die Wange und setzte sich zu Daniel auf die Couch. Der starrte sie an und schüttelte den Kopf.

»Weiber«, nuschelte er nur und Amanda schlug ihm gegen den Kopf und sie lachten unbeschwert. Auch Daniel kannte die zwei Dragqueens, sie plauderten drauf los und berichteten von ihrem turbulenten Tag, Roman kehrte mit Snacks zurück und Amanda griff sogleich zu.

»Schatz, ich liebe dein Essen«, nuschelte sie, Charlotte musterte den Teller nur neidisch.

»Ich muss auf meine Figur achten.«

Daniel rollte mit den Augen. »Ich sag ja: Weiber.«

André stellte ein anderes Lied an der Stereoanlage ein und Noah musterte seinen Freund. Er konnte in seinem Blick erkennen, wie interessiert und neugierig er war. Genau das hatte er erreichen wollen.

»Matteo ist ein schöner Name. Italienisch, oder?«

»Ja …« Charlotte puderte sich kurz ab und beeindruckt sah Matteo ihr dabei zu.

Der komplette Abend war vollkommen bizarr. Das erste Mal in seinem Leben traf er auf Männer, die sich freiwillig wie Frauen anzogen und bei Amanda musste er sogar zweimal hinsehen, um die Verkleidung zu erkennen, wenn man sie so nannte. Sie hatte wundervolle Beine und ein schönes Gesicht; er fragte sich kurz, wie sie ohne dieses Make-up aussah. Zu Beginn war es ungewohnt gewesen, dass er die Männer mit ›sie‹ ansprechen sollte, doch Amanda erklärte ihm einiges.

»Ich mag solche Namen. Man hört sie nicht ständig.« Vorwurfsvoll blickte sie Daniel an. »Nicht so, wie deiner.«

Charlotte betrachtete Matteo interessiert und er ahnte, dass er eingeschüchtert wirkte. Das alles war neu für ihn; er hatte nicht den Hauch einer Ahnung, wie er sich verhalten sollte. Nach unzähligen Cocktails fühlte er sich zumindest viel wohler zwischen den Jungs und Mädels. Irgendwann spielte gute Musik und Roman zog Noah mit sich und tanzte mit ihm durch das Wohnzimmer. Grinsend saß Matteo neben Amanda und beobachtete die beiden.

»Ich mag deine Haare«, meinte er mutig zu ihr und sie lächelte.

»Danke, Süßer.« Kurz stupste sie ihn mit der Schulter an. »Ist Noah dein Freund?«

»Ja … ist er.«

»Woher kennt ihr euch?«

Die Frage, vor der er sich gefürchtet hatte. Er konnte nicht sagen, dass sie sich in der Psychiatrie kennengelernt hatten. Zu seinem Glück kam in jenem Moment Daniel und zog ihn hoch.

»Komm mit, ich denke, du brauchst Alkohol«, ließ er verlauten. Daniel holte eine Flasche Whiskey aus dem Kühlschrank, grinste und schob sich sein Basecap aus der Stirn. »Lass uns einen auf den Abend trinken.«

Er goss je einen Schluck Whiskey in zwei Gläser und füllte sie mit Cola auf. Anschließend gab er zwei Eiswürfel dazu, reichte ihm ein Glas und stieß mit ihm an.

Daniel erzählte, dass er mit Roman zusammen gelernt hatte. Dieser war sein Ausbilder gewesen und irgendwann hatten sie sich nach dem Unterricht auf ein Bierchen getroffen. Zwischen den zwei unterschiedlichen Männern entwickelte sich schnell eine Freundschaft, die mittlerweile seit sechs Jahren anhielt.

»Bist du schwul?«, fragte Daniel lässig an die Theke gelehnt und Matteo zuckte mit den Schultern.

»Ich würde es als bisexuell bezeichnen«, nuschelte er und nippte an seinem Getränk.

»Bisexuell ist doch okay.« Daniel zuckte mit den Schultern. »Sich festlegen ist irgendwie ziemlich altmodisch. Ich bin zwar hetero, habe aber auch mal einen Kerl geküsst.«

Er trank einen großen Schluck, während Matteo ihn überrascht ansah. Neugierig folgte er Daniels Blick und schloss daraus einiges.

»Etwa Roman?«, wagte er zu fragen und Daniel grinste verschworen.

»Vielleicht?« Wieder zuckte er mit den Schultern und füllte sich mehr Cola in sein Glas. »Magst du noch einen?«

Dankend lehnte Matteo ab und beobachtete, wie Noah und Roman eine heiße Sohle aufs Parkett legten. Leicht missbilligend verzog er den Mund und Daniel klopfte ihm auf die Schulter.

»Komm, geh und tanz mit Noah.«

»Ich kann nicht tanzen.«

Daniel brummte leise. »Kann niemand.«

Erneut fiel sein Blick auf Noah und Roman. Diese Nähe beim Tanzen weckte seine Eifersucht, wurde durch den Alkohol verstärkt. Rasch stellte er sein Glas ab.

»Alles gut, Matti?«

Matteo konnte wirklich nicht tanzen, doch der Ausdruck in Noahs Augen, als er auf sie zukam, machte ihn schwach und ließ den Wunsch in ihm wachsen, in seiner Nähe zu sein.

Der ruhige Song endete und Fall Out Boy schallten mit einer Nummer durch den Raum und sie tanzten durch das Zimmer und lachten. Es erfüllte Matteo mit so viel Wärme, dass er zwischendurch vergaß zu atmen. Noah schmiegte sich fest an ihn und er konnte dessen Hände an seinem Körper fühlen. Sie waren warm und weich, bahnten sich einen Weg über seine Brust und irgendwann tatsächlich unter sein Shirt. Er erschauderte und versuchte seine Unsicherheit zu überspielen, indem er ihn küsste. Sie bewegten sich weiter und Matteo intensivierte den Kuss, ließ seine Finger hinauf zu Noahs Kopf gleiten, vergrub sie sacht in dessen Haar und zog ihn besitzergreifend an sich.

Innerhalb weniger Sekunden durchströmten ihn heiße und kalte Schauer zugleich, er spürte Noah überall. Es gefiel ihm, wie gut ihre Körper zusammen passten. Sie bildeten einen eigenen Rhythmus.

Noah keuchte gegen seine Lippen, während Matteo seine Hände auf dessen Rücken ruhen ließ. Sie bewegten sich gemächlicher und genossen die Nähe des jeweils anderen. Erneut trafen sich ihre Lippen und für einen Moment wusste Matteo nicht mehr, wo er war, und blendete alle anderen im Raum komplett aus. Innerlich bebte er und sehnte nach so viel mehr. Er wollte Noahs nackte Haut an seinen Fingerspitzen fühlen, seine Lippen überall spüren.

»Schätzchen!«, riss sie eine Stimme aus ihrer kleinen Welt.

Charlotte und Daniel standen mit Sektgläsern neben ihnen. Matteo schwankte leicht, das Tanzen und Drehen brachte ihn zusätzlich aus dem Gleichgewicht. Noah nahm Daniel eines der Gläser ab, wollte ihm eines reichen, aber er lehnte ab. Zuerst musste er sich setzen, ihm war schwindlig. Und Sekt vertrug er nicht.

Er sank in den Sessel und sah zu, wie alle miteinander tanzten.

»Hey.«

Roman stand irgendwann über ihm, lehnte sich auf die Rückenlehne des Sessels.

»Alles klar? Magst du was essen?«

Matteo wusste nicht, was er von ihm halten sollte. Er war nett, sein Hauptproblem war jedoch, dass er sich so gut mit Noah verstand. In seinen Augen ein wenig *zu* gut.

»Nein, geht schon.«

Roman hob eine Augenbraue.

»Okay. Magst du trotzdem kurz mitkommen?«, bat er ihn. »Ich möchte dir etwas zeigen.«

Verwundert blinzelte Matteo aufgrund der Bitte, war aber zu höflich, um abzulehnen.

Langsam folgte er ihm, spazierte durch die schicke WG und fragte sich erneut, wie viele Menschen hier normalerweise lebten. Sie gingen zu dem Zimmer am Ende des Ganges. Das Schlafzimmer war groß und übertraf tatsächlich alles.

»Ist das ein Kandinsky?«, fragte Matteo und nahm die farbenfrohen Bilder daneben nur flüchtig wahr. Überrascht hielt Roman inne.

»Uhm, ja … ist nur ein Druck, kein Original.«

Matteo beobachtete, wie er sich durch das Zimmer bewegte. Roman war sexy, keine Frage. In dieser Jeans hatte er außerdem einen vortrefflichen Hintern. Seit wann fiel ihm so etwas auf? Er hätte weniger trinken sollen.

Roman strich sich seine Haare aus der Stirn und kam zurück zu Matteo, hielt ihm ein Fotoalbum unter die Nase.

»Schau da mal rein, ich denke, das könnte dich interessieren.« Er grinste und klopfte ihm sacht auf die Schulter. »Setz dich ruhig und sieh es dir in Ruhe an.« Mit diesen Worten ging er hinaus und ließ Matteo verblüfft im Zimmer zurück.

Er blickte auf das Album, öffnete es, lief zum Bett und setzte sich. Sein müder, leicht betrunkener Kopf dankte ihm dies, die Welt drehte sich ein wenig langsamer. Die erste Seite war leer und als er weiterblätterte, sah er auf dem ersten Foto einen kleinen, blonden Jungen Er erkannte Roman sofort. Daneben klebte eine weitere Aufnahme, aus einer sichtbar anderen Zeit und erst der zweite Blick verriet ihm, dass der Blondschopf darauf Noah war.

Er war ein süßer Junge gewesen. Stupsnase, Sommersprossen und schöne, blonde Haare mit kleinen Löckchen.

Matteo blätterte weiter und sah etliche Bilder von Roman und Noah, zweiter schätzungsweise um die 16, einige mit einem Rotschopf, der ihm bekannt vorkam. Erst nach weiteren Fotos realisierte er, dass es sich um Amanda handelte. Matteo war fasziniert und fragte sich dennoch, warum Roman ihm diese Fotos zeigte. Sie waren bis zu acht Jahre alt, er fand es schön, Noah als Kind zu sehen, verstand jedoch nicht, weswegen er sich diese Bilder ansehen sollte.

Irgendwann klopfte es an der Tür. Matteo sah auf und klappte das Album zu, als Noah den Raum betrat.

»Hey, was machst du hier?«, wollte er wissen und setzte sich neben ihm aufs Bett.

»Roman hat mir ein Fotoalbum gezeigt.«

»Ach echt? Sag bloß. Das haben wir immer aktualisiert, wenn wir uns trafen. Wusste gar nicht, dass Roman es noch hat.«

Er nahm es ihm ab und blätterte darin, lachte irgendwann und zeigte Matteo einen Schnappschuss. Darauf trug Noah die Haare voller Luftschlangen und hatte eine bunte Tröte im Mund.

»Das war Silvester vor fünf Jahren. Flo, also Amanda, kam gerade aus Amerika zurück.« Er lehnte sich an Matteo, der einen Arm um ihn legte, und blätterte weiter. »Schau mal, hier habe ich angefangen im Pflegeheim zu arbeiten. Das hier ist Granny Jude. Sah sie nicht flott aus?«

Lächelnd betrachtete er das Foto der älteren Frau, neben der Noah saß und in die Kamera grinste.

»Du warst niedlich …«, nuschelte er und zog ihn enger an sich.

Sein Freund kicherte.

»Ja, ich bin alt geworden, was?«

Matteo brummte.

»So war das nicht gemeint …«

Noah legte das Album beiseite und drückte Matteo auf dem Bett zurück. Er war so verblüfft, dass er es geschehen ließ und wenige Augenblicke später landeten warme Lippen auf den seinen und er schlang die Arme automatisch um Noah. Dieser rutschte zwischen seine Beine und bescherte Matteo für einen Moment lang Gänsehaut.

»Fuck«, hauchte er, von seinen Gefühlen überwältigt.

»Alles okay?«

»Ja, ich … wow, du … bist mir gerade ziemlich nahe …«

Sofort wollte Noah zurückweichen, aber Matteo hielt ihn fest und zog ihn an sich.

»So war das auch nicht gemeint.«

»Ich will dich nicht bedrängen …«

»Hör auf, ich liebe das.«

Sie sahen sich an und erst nach mehrmaligem Blinzeln begriff Matteo, was er gesagt hatte und was es bei Noah auslöste. Zunächst schien sein

Freund wie erstarrt, lehnte sich dann rasch zu ihm und küsste ihn. Er riss an Matteos Shirt, fand einen Weg darunter und berührte mit warmen Fingerspitzen dessen Haut. Sanft strichen seine Finger über Matteos Bauch, hinauf bis zu seiner Brust und ihm entwich ein leises Aufstöhnen, welches jedoch im Kuss erstarb. Er glühte und zitterte unter diesen Berührungen, fuhr mit seinen Händen Noahs Rücken hinab und fuhr ebenfalls unter dessen Shirt. Gefühle strömten auf ihn ein, erdrückten ihn nahezu und er spürte, wie Noah sein Shirt höher schob. Für einen Moment bekam er Panik.

»W-was … wenn jemand rein kommt?«

Trotz seiner Worte zog er Noah fester an sich. Gott, er wollte so viel mehr von ihm.

»Das wird nicht passieren. Außerdem will ich … dir etwas zeigen …«

»Und … was?«

KAPITEL 17

Frech zog Noah an Matteos Jeansbund, rutschte vom Bett und grinste ihn an.

»Komm, steh auf«, forderte er und griff nach dessen Händen. Er war sich nicht sicher, glaubte jedoch ein wenig Angst zu erkennen. Als Matteo aufstand, küsste er ihn kurz.

»Was hast du gedacht, was wir hier machen?«, wollte er wissen, sah grinsend zu, wie Matteos Wangen sich rot färbten. Ihn in Verlegenheit zu bringen war eines seiner liebsten Hobbys. Sein Freund sah zur Seite weg und entzog ihm eine Hand.

»Nichts«, nuschelte er und sacht strich Noah ihm über die Wange.

»Geht es dir gut? Du hast eine Menge getrunken.«

»Nee, nee … schon okay.«

Trotz seiner Worte wirkte er ziemlich angetrunken.

»Meinst du, du schaffst ein paar Stufen?«

»Wohin?«

Zuerst zogen sie ihre Schuhe und Jacken an, die Noah schnell aus dem Flur holte. Romans Zimmer lag in Richtung Hinterhof und er hatte sich an einen ziemlich tollen Platz erinnert.

»Ich hoffe, du bist schwindelfrei«, neckte er Matteo, während der die Feuertreppe neben dem Balkon ansah.

»Klaaar.«

Noah lief als Erstes hinauf und leuchtete ihnen mit seinem Handy den Weg. Stufe für Stufe stiegen sie nach oben und Matteo blieb für einen Augenblick stehen und sah hinab.

»Nicht runter gucken, Matti«, mahnte er ihn sanft und fasste nach hinten, ergriff fest seine Hand und gemeinsam erklommen sie den restlichen Weg, stiegen über einen Vorsprung und landeten auf dem Dach. Romans Vermieter hatte in der Wohnungsanzeige mit einer Dachterrasse gelockt, doch bis auf

einige vage Verbesserungen und einem unbenutzten Farbeimer war davon
wenig zu erkennen. Wahrscheinlich würde dieses Vorhaben wie der Berliner
Flughafen enden: Als ein Projekt, mit welchem man irgendwann nicht einmal
mehr angeben konnte, ohne sich lächerlich zu machen. Noah grinste Matteo
neben sich an und hielt sich an ihm fest; gab acht, dass sein Freund sicher stand.

»Schau«, forderte er ihn auf und blickte über die hell erleuchtete Hauptstadt. Die Lichter wirkten durch die vorweihnachtliche Stimmung noch
schöner und heller. Sie froren schrecklich, genossen dennoch schweigsam
diesen Ausblick. Überall blinkte und blitzte es und Matteo schien ebenso
beeindruckt und sprachlos wie Noah. Ganz leise hörte er ein gehauchtes
›wow‹. Er wandte sich von dem Schauspiel ab und musterte seinen Freund.
Den Kopf schiefgelegt ließ er seinen Blick über ihn wandern und zog ihn
unbewusst näher zu sich.

»Wunderschön«, meinte Matteo und schwankte mit einem Male.

Noah hielt ihn bei sich und schmunzelte.

»Ist dir schwindlig?«

»Nein. Aber ich bin bissl' betrunk'n, glaub ich …«

»Frische Luft hilft dir.«

Sie setzten sich auf den Dachvorsprung, der zur Treppe führte, und
Matteo legte einen Arm um Noah. Der legte seinen Kopf auf dessen Schulter ab und grinste über diese niedliche Anschmiegsamkeit. Gemeinsam
starrten sie in das schöne Berlin.

Und lauschten ihrem Herzschlag.

Matteo lag auf dem Bauch und spürte, wie jemand an ihm herumzog. Er
konnte fühlen, wie mit geschickten Fingern sein Hosenknopf geöffnet, die
Jeans hinabgezogen und von seinen Füßen gestreift wurde. Sein Kopf lag
die gesamte Zeit im Kissen, die Augen hielt er geschlossen.

»Ist dir schlecht?«, fragte Noah und er grunzte ein ›nein‹. Schlecht war
ihm nicht, er war nur echt müde. »Ich hätte nicht gedacht, dass ich dich
so schnell befummeln darf.«

Er konnte Noah lachen hören und wollte einen Arm heben, aber es
gelang ihm nicht.

»Schatz, du musst noch dein Shirt ausziehen. Komm.«

Matteo konnte über diesen Spitznamen nicht nachdenken und ließ sich aufhelfen. Geschickt schob Noah das Shirt über seinen Kopf, fuhr ihm sanft durch die Haare und hauchte ihm einen liebevollen Kuss auf die Stirn. Ihm war schwindlig.

Warum musste er auch einwilligen, mit Amanda und Daniel, um die Wette zu trinken? Noah hatte ihn noch gewarnt, zumindest war es witzig gewesen.

»Sin’ die an’ern noch da?«, fragte er nuschelnd.

Noah drückte ihn sanft in das Kissen, zog die Bettdecke über ihn.

»Daniel ist noch da, die anderen sind gegangen, nachdem du im Wohnzimmer auf der Couch zusammengesackt bist.«

Er klang amüsiert. Als er aufstand, wackelte die Matratze und ließ seinen Magen springen.

»Ich habe dich ja gewarnt.«

»Jaa …«, maulte Matteo und legte schützend eine Hand auf seine Augen.

»Ich ziehe mich nur schnell um, dann komme ich ins Bett.«

»’nkay.«

Er bekam nur am Rande mit, wie Noah den Raum verließ. Langsam rollte er sich auf die Seite und wartete, bis sein Kopf der Drehung folgte. Müde kuschelte er sich ins Kissen und als Noah zurückkam, das Licht löschte und unter seine Bettdecke kroch, presste dieser sich fest an ihn. Zuerst glaubte er, dass Noah seinen Arm an seine Kehrseite drückte, aber irgendwann begriff er, dass die Beule, die sich an seinen Hintern presste, nichts mit einem Arm zu tun hatte.

»Magst … kuscheln?«, fragte er mit schwerer Stimme in die Dunkelheit.

»Nein, ich will dir nur nahe sein … Ist dir wohl zu nahe?«

»Nee… aber wenn du was willst, sag’s … wie s-sum Beispiel ein Blowjob oder so …«

Leise lachte Noah und drückte sein Gesicht in Matteos Haare.

»Als wenn du das gerade auf die Reihe bekommen würdest. Wo hast du das her?«

Noahs Hand lag sanft auf seiner Taille. Eigentlich war ihm gerade alles egal, Hauptsache er blieb ihm so nahe.

»Amanda … un’ Char…lotte hab’n darüber gesproch’n …«, nuschelte er und stieß auf. Kurz hielt er sich die Hand vor den Mund und hoffte, nicht kotzen zu müssen.

»Worüber? Dass du mir einen blasen musst?«

Weiterhin schwang dieses Schmunzeln in Noahs Worten mit und Matteo kam sich lächerlich vor. Er versuchte, sich zu drehen, bereute diese Bewegung jedoch schnell. Verwirrt sah sein Freund ihn im Halbdunkeln an, wich zurück. Die warme Hand war von seiner Hüfte verschwunden.

»Sin' wir … ein Paar?«

Schluckend sah er Noah an und versuchte in dessen Augen zu blicken. Das Straßenlicht fiel schwach durch das Fenster hinein und erleuchtete nur seine Silhouette, er konnte sonst nichts erkennen. Deswegen sah er auch nicht, dass sich Noah näherte und erst, als er dessen Lippen sanft auf seinen spürte, ahnte er die Antwort.

Er war ein wenig betrunken. Nein, er war ziemlich betrunken, aber Noah war bei ihm. Nichts in seinem Leben konnte noch schlimm sein mit ihm an seiner Seite. Diesem blauhaarigen jungen Mann, der das Leben liebte und ihn vielleicht auch. Irgendwann.

»Du kleiner Idiot«, hauchte der ihm zu und strich ihm zärtlich über die Stirn. »Schlaf jetzt, okay?«

Es war keine Antwort und Matteo wollte nicht darauf bestehen und war viel zu müde, um darüber nachzudenken. Er schloss die Augen, griff um sich und zog Noahs Arm wieder um seine Taille. Wenn er nicht das haben konnte, was er wollte – dann wenigstens das.

»Kaffee und ein Schuss Zitrone. Hilft gegen das Gefühl, sterben zu wollen.«

Roman schob Matteo die Tasse über den Holztisch zu und Noah bedachte seinen Freund mit einem mitfühlenden Blick. Der saß neben ihm, rieb sich die Stirn und sah, um ehrlich zu sein, miserabel aus. Als hätte ihn jemand mehrmals überfahren. Brummend nahm Matteo die Tasse an sich, umschloss sie mit seinen Händen und verzog gequält das Gesicht. Roman hatte ihnen Frühstück zubereitet und es roch nach Bacon und Rührei, was bei Matteo sichtbare Übelkeit auslöste. Vor diesem stand ein Teller mit einem Heringsbrötchen und sauren Gurken. Roman kannte sich aus.

»Wieso geht es dir nicht mies?«, wollte Matteo mit einem verkniffenen Blick auf ihren Gastgeber wissen, der an seinem Kaffee nippte und ihn über den Tassenrand hinweg ansah. »Du hast doch auch getrunken.«

»*Ich* war aber nicht der Meinung, ich könnte zwei trinkfeste Dragqueens unter den Tisch saufen.«

Matteo gab ein leises Schnauben von sich. Beruhigend strich Noah ihm über den Oberschenkel und nickte zur Tasse.

»Trink das, es schmeckt nicht, aber hilft.«

»Nicht gerade motivierend«, nuschelte er, setzte jedoch die Tasse an und verzog angewidert das Gesicht. Noah konnte sich ein Grinsen aufgrund von Matteos vorwurfsvollen Blick nicht verkneifen und auch Roman lachte leise.

»Bah, ist das ekelig«, motzte er mit gekräuselten Lippen und Roman zuckte mit den Schultern, leerte seinen Kaffee.

»Was nicht schmeckt, hilft.«

Er zog seinen Teller zu sich und nahm sich Rührei aus der Pfanne. Auch Noah griff nach einem Toast und beschmierte diesen mit Butter, legte eine Scheibe Schnittkäse darauf und biss hinein. Im Hintergrund dudelte das Radio und verkündete Berliner Nachrichten, während Roman Matteo ein Glas Wasser reichte und diesen langsam wieder zu einem Menschen machte.

»Heute Abend ziehen Charlotte und Amanda durch Berlin. Wollt ihr mit?« Roman überdachte seine Worte. »Also … Dennis und Flo. Sie kommen umsonst ins *SchwuP* und wenn ihr sie begleitet, können sie euch sicherlich mit auf die Gästeliste setzen lassen. Amanda hat einmal die Woche eine Show und sie ist großartig.«

Fragend sah Matteo auf, umklammerte seine Tasse und war im Stuhl weiter zusammen gerutscht.

»Mal gucken«, sagte er und Noah schmunzelte.

»Das *SchwuP* liegt leider außerhalb des Homo-Viertels. Ist keine offizielle Bezeichnung, aber es ist geschichtsträchtig, sollte Matteo vielleicht mal sehen«, sagte Roman an Noah gewandt.

»Klar.«

Matteo klang müde und nicht fasziniert von einer Stadtrundfahrt.

»Roman nennt es gern ›H-Viertel‹.«

Noah warf seinem Kumpel einen ›ich mag den Namen immer noch nicht‹-Blick zu.

»Ich finde, das ist ein super Name für diesen wundervollen Stadtteil. Er sollte offiziell sein«, protestierte der sogleich und goss sich Kaffee nach. »Aber um auf das Thema zurückzukommen«, fügte er an, »ich muss leider heute Abend zu einem Freund, aber ich weiß, dass André in den Club geht und er könnte euch begleiten, wenn ihr wollt. Dann kennt ihr dort immerhin drei Leute. Na, Interesse?«

Es war auffällig, wie dringend Roman sie loswerden wollte.

»Triffst du dich mit einem … besonderen Freund?« Grinsend hob Noah eine Augenbraue und Roman kratzte sich verlegen am Kinn.

»Vielleicht?«

Er hielt sich bedeckt, wahrscheinlich war bisher nichts spruchreif. »Wir gehen irgendwo was trinken, also unternehmt ruhig etwas, bei mir wird es bestimmt spät.«

»Klingt super, wenn sich Matti bis heute Abend erholt hat«, meinte Noah. Der winkte grob ab.

»Ich bin nur verkatert, nicht kurz vorm Sterben«, meinte der und verzog jedoch gequält das Gesicht. »Zumindest nicht mehr, auch wenn ich mir wohl auf ewig Kaffee versaut habe.«

Er stellte die Tasse ab und sah zu Roman, der breit grinste.

»Und ihr beide? Was ist das nun zwischen euch?«, wollte er interessiert wissen, lehnte sich lässig zurück und winkelte ein Bein an. »Ich meine … diese Blicke, ständig küsst ihr euch … ihr seid richtig zusammen?« Er nahm einen großen Schluck Kaffee und sah neugierig zwischen ihnen hin und her.

Noah blickte zu Matteo, der offensichtlich verarbeiten musste, was Roman gefragt hatte, erwiderte seinen Blick und lächelte.

»Das hat mich ein betrunkener Matteo gestern auch gefragt.« Er klopfte ihm sacht auf den Oberschenkel. »Und bisher habe ich nicht darauf geantwortet.«

»Also …« Die Türklingel unterbrach Roman, der die Lippen zusammen presste, seine Tasse abstellte und sich durch seine Mähne fuhr. Er stand auf, richtete sein Shirt und ging zur Haustür.

»Was meinst du?«, wollte er leise wissen und Matteo zuckte mit den Schultern.

»Gestern hast du nicht begeistert gewirkt«, nuschelte er bedrückt.

Rasch lehnte sich Noah zu ihm, legte seine Fingerspitzen unter Matteos

Kinn und hob es an. Er sah in seine wässrigen, rot geränderten Augen und lächelte, lehnte sich vor und küsste ihn sacht.

»Ich wollte nur nicht ›ja‹ sagen und am nächsten Tag feststellen, dass du es vergessen hast.«

Matteo erwiderten den Blick, seine Unterlippe bebte leicht.

»Als könnte ich so etwas vergessen …«, flüsterte er, was Noah erneut lächeln ließ. Aus dem Flur erklang ein fröhliches ›Guten Mooorgen‹ von Daniel, der mit lautem Getrampel in die WG gelaufen kam.

»Na, ihr zwei Hübschen?«, begrüßte er sie gespielt schmalzig, setzte sich auf den freien Platz, nahm sich Romans Tasse, befüllte sie mit Kaffee und trank gierig. »Wow, den habe ich gebraucht.«

Der ursprüngliche Besitzer der Tasse kam zurück in die Küche.

»Du Schmarotzer, hast du wenigstens an den Wein gedacht?«

Daniel grinste und nickte, griff in seine Umhängetasche und zog mit einem dramatischen ›Tadadaaah‹ eine Flasche Rotwein hervor, stellte sie auf den Tisch und drehte das Etikett zu Roman, der es streng musterte und zufrieden nickte.

»Perfekt.«

»Sollte deinem Date schmecken. Habt ihr noch Brötchen? Ich habe noch gar nichts gefrühstückt.«

Noah nickte und deutete zum Korb auf der Theke. Rasch erhob sich Daniel und holte sich einen Teller und ein Messer.

»Und, was macht ihr heute?«, wollte er wissen, während er eine dicke Schicht Nutella auf ein Weizenbrötchen schmierte und herzhaft hinein biss.

»Ausruhen, denke ich«, antwortete Noah und sah zu Matteo. »Oder?«

»Wir können was unternehmen …«

»Mein Lieber, du kannst kaum stehen. Leg dich hin. Vielleicht geht ihr besser nachmittags was essen, hm?« Aufmunternd grinste Roman ihn an. »Im Kühlschrank habe ich noch ein paar Aspirin, falls du welche brauchst.«

»Wer hebt denn Tabletten im Kühlschrank auf?«, witzelte Daniel, verstummte jedoch, als Roman ihm einen drohenden Blick zuwarf.

»Und du hast heute ein Date?« Noah legte den Kopf schräg. »Wie kommt es, dass du mir nichts davon gesagt hast? Ich meine, dann wären wir an einem anderen Wochenende vorbeigekommen.«

Eigentlich war er mehr gekränkt, dass er ihm nichts von dem Date an sich erzählt hatte.

»Es hat sich eben so ergeben …« Roman zuckte mit den Schultern. »Er hat erst gestern zugesagt.«

Matteo sah von seinem halb gegessenen Fischbrötchen auf.

»Wie heißt er?«

»Evgeni … er ist Halbrusse.«

»Uuuh!«, gab Daniel von sich, während er ein weiteres Brötchen schmierte. Verlegen schubste Roman ihn und ein leichter Rotschimmer legte sich auf seine Wangen.

»Du magst ja Exoten.«

»Als wäre ein Halbrusse in Berlin ein Exot.«

»Ich bin Halbitaliener und sieht man das?«, fragte Daniel und grinste in die Runde.

»Deine Mutter mag aus Südtirol kommen, das macht dich noch lange nicht zum Halbitaliener, du Trottel.«

»Hey, ich mag nicht so aussehen, aber ich bin sensibel!«

Noah lächelte und wusste nicht, was er gerade mehr mochte. Den Fakt, dass er endlich seinen besten Freund wiedersah, mit Matteo hier war, oder dass der gerade seine Hand nahm und sie fest umschloss. Er musterte ihn kurz und fand, dass er ziemlich blass wirkte.

»Magst du noch ein Stündchen schlafen, Matti?«, fragte er ihn leise.

Müde blickte Matteo ihn aus kleinen Augen an.

»Uhm, nein …«

»Das macht keine Umstände«, meinte Roman. »Duschen darfst du auch gern, das weckt die Lebensgeister.«

Noah sah Matteo an und grinste.

»Oder traust du dich nicht allein?«, fragte er frech nach und sah amüsiert, wie sein Freund rote Wangen bekam. Verlegen setzte Matteo sich auf, ließ Noahs Hand jedoch nicht los.

»Quatsch, ich mag nur keinem zur Last fallen.«

»Es ist ein Angebot.«

Roman stand auf, zog Daniels Teller weg, der diesem entsetzt nachsah. Er kaute noch und hielt das letzte bisschen Brötchen weit weg.

»Und du bist satt! Sonst muss ich nach vier Tagen wieder neue Nutella holen.«

»Aber ich bin im Wachstum!« Schmollend schnitt Daniel eine Grimasse. Matteo lachte, verzog aber gleich danach gequält das Gesicht. Noah stand auf und zog ihn mit hoch.

»Komm, du gehst schön duschen und dann ruhst du dich aus.«

Liebevoll sah er ihn an und Daniel gab ein verzücktes Seufzen von sich.

»Guck, wie süß sie sind.«

Ohne Diskussion folgte Matteo ihm in ihr Zimmer. Es war unheimlich praktisch, dass ein kleines Bad direkt daneben lag, so konnte er beobachten, wie sich Matteo langsam bis auf die Shorts auszog und duschen ging. Er hatte keine Ahnung, ob er das mit Absicht getan hatte, sexy war es auf jeden Fall. Auch Noah zog sich um und wartete geduldig auf seinen Freund, der irgendwann mit feuchten Haaren und nacktem Oberkörper aus dem Badezimmer spaziert kam. Er sah besser aus, nicht mehr so blass.

»Schöner Anblick.«

Matteo warf sich neben ihn auf das Bett, umarmte sein Kissen und sah ihn an.

»Tat gut.« Er seufzte leise.

Noah streckte seine Hand aus, fuhr Matteo sanft über Wange und Lippen.

»Du bist schön, weißt du das?«

Seine Stimme war nur ein Hauchen und Matteo blinzelte sehr langsam, lächelte ein wenig.

»Danke …«

Ohne zu überlegen lehnte Noah sich vor und küsste ihn. Es war elektrisierend, wie der erste Kuss. Sie liebkosten sich sanft und langsam, ihre Zungenspitzen stupsten sich an. Diese Zuneigung war es, die Noah suchte. Rasch rutschte er näher zu Matteo, legte einen Arm um ihn und zog seinen Freund an sich. Ihre Körper trafen aufeinander, nur wenig Stoff trennte sie.

Kurz lösten sich ihre Lippen, Noahs Hand lag an Matteos Hintern. Unbewusst hatte er sie tiefer gleiten lassen und jetzt er sah ihn entschuldigend an.

»Hast du … Angst?«, wollte Noah leise wissen, weil er glaubte Panik in Matteos Blick zu erkennen und zog ihn mehr zu sich. »Ich würde nichts tun, was du nicht willst.«

»Das weiß ich, aber …« Matteo brach ab. »Ich habe keine Erfahrung mit …«

»Ich weiß.«

»Und … ich weiß nicht, was du magst und was nicht.«

Noah schmunzelte.

»Nun, heute Nacht warst du begeistert von der Idee, mir einen Blowjob zu geben, ohne mich nach meinen Vorlieben zu fragen.«

»Oh Gott …«

Beschämt sah Matteo zur Seite, aber Noah lachte leise und küsste ihn.

»Ich fand das ziemlich sexy. Du klingst niedlich, wenn du betrunken bist.«

»Niedlich … na großartig. So will ein Kerl bezeichnet werden.«

»Du bist wundervoll. Ich möchte, dass du das weißt.«

Langsam stützte er sich mit der anderen Hand ab und fuhr mit seiner Hand Matteos nackten Rücken hinauf.

»Ich habe dennoch Angst. Davor mit dir … also …«, stammelte er. Noah unterbrach ihn sanft mit einem weiteren Kuss.

»Musst du nicht. Es wird alles perfekt werden. Und jetzt …«, er fuhr erneut über Matteos Rücken und glitt behutsam unter dessen Shorts, »frage ich dich: Möchtest du einen Blowjob?«

»Mein Körper sagt ›ja‹…«, nuschelte er, sah jedoch beschämt drein. »Aber ich möchte nicht, dass du …«

Schnell legte Noah ihm den Zeigefinger auf die Lippen, um ihn verstummen zu lassen.

»Ich möchte es aber. Ich möchte, dass du dich gut fühlst«, flüsterte er ihm zu und küsste Matteos Ohrmuschel.

»Und jetzt dreh’ dich auf den Rücken und entspann dich …«

Langsam kam Matteo dieser Bitte nach und drehte sich um, beobachtete ihn mit großen Augen. Sanft legte Noah seine Lippen auf die nackte Haut, küsste sich eine unsichtbare Spur den Oberkörper hinab und erhielt eine leise, keuchende Reaktion. Matteo legte seine Hände neben sich und grub die Finger fest in das helle Bettlaken. Er erschauderte, Noah spürte es unter seinen Lippen und grinste ein wenig.

»Alles okay?«, fragte er ihn leise und sah zu ihm hinauf.

Hektisch nickte sein Freund und biss sich auf die Lippen. Überzeugt war er nicht, doch der Anblick, dem ihn Matteo bot, beruhigte ihn. Angetan war er auf jeden Fall. Noah suchte sich Bestätigung in seinen Augen, auf keinen Fall würde er etwas unternehmen, was Matteo nicht wollte.

»Wenn es dir zu viel wird ... sag es«, erinnerte er sanft, zog dessen Shorts hinab, und sah nochmals nach oben. Matteo hatte den Kopf genießend zurückgelegt. Sein Anblick gab ein ausgesprochen sinnliches Bild ab und erregte ihn auf eine vollkommen neue Art.

Alles war neu mit Matteo und unglaublich aufregend.

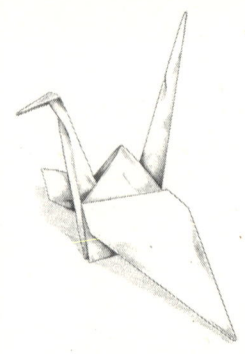

KAPITEL 18

D u ... bist der Wahnsinn«, hauchte er, noch immer benommen und sah seinen Freund breit grinsend an. Noah beugte sich über ihn. Blaue Strähnen fielen ihm ins Gesicht und für einen Moment fragte sich Matteo, wieso dieser junge Mann ihn mochte. Er streckte seine Hand nach ihm aus und berührte ihn zärtlich an der Wange, strich mit den Fingerspitzen über dessen weiche Haut.

»Danke.«

»Nicht dafür«, meinte sein Freund leise, lehnte sich rasch vor und küsste ihn sanft. Er wollte Noah gerade näher ziehen, als dieser lächelnd zurückwich.

»Und jetzt gehe ich duschen, mein Lieber.«

Er drückte Matteo noch einen unschuldigen Kuss auf den Mund und kroch rückwärts vom Bett, wühlte seine Sachen aus dem Rucksack und eilte ins Badezimmer. Matteo legte den Kopf zur Seite und schlummerte mit einem dümmlichen Grinsen auf den Lippen ein.

Später gesellten sie sich zu Roman und Daniel ins Wohnzimmer und spielten gemeinsam auf der Playstation. Noah war kein guter Partner bei ›Need For Speed‹ und Matteo versuchte krampfhaft, ihre Punkte oben zu halten. Daniel zockte häufig und kannte das Spiel in- und auswendig, schlug in den ersten Runden jeden, selbst Roman.

»Wenn das *Super Mario Kart* wäre, hätte ich euch komplett abgezogen«, maulte Noah und verschränkte nach seiner deutlichen Niederlage trotzig die Arme vor der Brust.

»Ja«, schnaubte Roman belustigt, drückte auf seinen Controller und sah schmunzelnd zu ihm. »Wenn wir 1995 hätten und du auf andere Fahrer mit Schildkrötenpanzer schießen könntest.«

»Mach du dich nur lustig, du hast auch nicht gewonnen!«

Noah sah nach Unterstützung suchend zu Matteo, der grinste nur leicht.

»Leute, wollen wir Pizza bestellen? Ich habe Bock auf Pizza.« Erwartungsvoll sah Daniel in die Runde und strahlte vor allem Matteo an. »Ja? Pizza?«

»Wir haben doch erst gefrühstückt«, warf Roman ein und stand auf, um die CD aus dem Fach zu nehmen.

»Das ist zwei Stunden her. Also: Pizza?«

»Geh in die Küche, am Kühlschrank hängt ein Flyer von einer guten Pizzeria hier um die Ecke.«

Matteo hatte seine Hand auf Noahs Bein gelegt und streichelte sacht über dessen Jeans. Als es klingelte, zuckte er erschrocken zusammen und Noah sah mitfühlend zu ihm.

»Das könnte Flo sein. Der wollte rum kommen, weil er noch was an meinem Rechner einstellen muss«, nuschelte Roman und lief in den Flur.

Matteo legte den Kopf auf Noahs Schulter und schloss die Augen, konnte fühlen, wie sein Freund ihn näher zog und ihm einen Kuss auf die Stirn drückte.

»Geht es dir besser?«

»Nur noch leichte Kopfschmerzen. Aber mir ist nicht mehr übel.«

Im Flur waren Schritte und Lachen zu hören.

Überrascht erblickte Matteo einen jungen, rothaarigen, zum Teil stark tätowierten Mann. Florian sah ganz anders aus als in seiner Rolle als Amanda.

»Hey ihr zwei«, begrüßte er sie.

Daniel lehnte an der Theke und studierte weiterhin akribisch das Angebot des Pizzaservice.

»Du musst das nicht auswendig lernen, bring den Flyer her«, maulte Roman und Angesprochener sah entsetzt auf.

»Ich wusste, du liebst mich nicht mehr! So wie du mit mir redest …«

Noah lachte leise, was Matteo unter seinen Fingerspitzen fühlen konnte und Roman seufzte, lief zu Daniel und entriss ihm den Prospekt.

»Depp. Komm.«

»Pädagogisch wertvolles Gespräch«, sagte Florian, lehnte sich bequem im Sessel zurück und platzierte einen Arm auf der Rückenlehne. »Als gibt es heute Pizza?«

Mit dem ergatterten Prospekt wedelnd, setzte sich Roman wieder.

»Du kriegst eine Pizza von mir, wenn du meinen Rechner wieder hinkriegst.«

Flo grinste.

»Deal.«

Grübelnd stand Matteo vor seinem Rucksack und musterte seine dürftige Auswahl. Er bedauerte, dass er sein Lieblingsshirt nicht darunter war, er hatte jedoch nicht damit gerechnet, ein Outfit für den Abend zu benötigen.

»Vielleicht sollten wir lieber hierbleiben.«

Noah, der auf dem Bett saß und auf seinem Handy las, sah zu ihm auf.

Matteo stützte seine Hände in seine Hüften, pustete Luft aus.

»Ich habe nichts mitgenommen, was auch nur ansatzweise clubtauglich ist.«

Erstaunt legte Noah den Kopf schief.

»Das war das mit Abstand schwulste, was du bisher gesagt hast.«

Mit den Augen rollend schnitt Matteo ihm eine Grimasse.

»Ich finde, du siehst super aus.«

»Das hilft mir bei meinem Problem nicht gerade.«

»Ich wollte es nur gesagt haben.« Noah grinste und stand auf. »Ich habe eine Idee. Du müsstest doch ungefähr Romans Größe haben.«

Zweifelnd sah Matteo an sich hinab und blinzelte. Roman war größer, er war jedoch kräftiger. Er folgte Noah, der Roman erklärte, dass Matteo nichts zum Anziehen dabei hatte. Es schien, als ginge eine Art Licht in dessen Gesicht an und er zog Matteo in sein Zimmer, offenbarte eine Art Kammer, in der sich drei Kleiderstangen mit etlichen schicken Anzügen, Hemden und Jeans befanden. Kurz ließ Roman seinen Blick über ihn wandern. Er schien vollkommen in seinem Element.

»Magst du es eher lässig, oder so eine Mischung aus schick und klassisch?«

»Uhm … lässig.«

Langsam nickte Roman und schob einige Bügel beiseite, suchte nach einem bestimmten Oberteil. Er zog ein dunkelblaues Hemd mit silbernen Applikationen hervor.

»Probiere das mal an.«

Matteo zog sich rasch das Shirt über den Kopf und schlüpfte hinein. Es saß gut, doch Roman zupfte unzufrieden an ihm herum und schüttelte den Kopf.

»Das nicht. Du hast breite Schultern, damit können wir was anfangen. Vielleicht nur ein Shirt und darüber ein Hemd.«

Es war eine modische Beratung der anderen Art, denn Roman beurteilte die Sachen danach, ob sie Matteos Schultern hervorhoben oder nicht und wie die Farben zueinander passten. Dinge, auf die er niemals achtete.

»Die Jeans geht gar nicht.«

Der abfällige Ton in Romans Stimme und dessen Fingerzeig mit dem entsetzten Blick ließ Matteo schmunzeln und er betrachtete seine Hose.

»Okay. Warum nicht?«

»Weil man deinen Hintern darin nicht sieht.«

Das war ein schlüssiges Argument. Zumindest für Roman. Für Matteo war es seltsam und er zog an der vorderen Seite seiner Jeans. In der Klinik hatte er abgenommen, die Hose saß nicht mehr so eng, wie noch vor einigen Wochen.

»Warte kurz, ich habe irgendwo noch eine *Levis* rumliegen, die dir passen könnte.« Nochmals begutachtete Roman ihn. »Ich denke, du hast eine Größe kleiner als ich. Das sollte klappen. In die Jeans habe ich zuletzt vor drei Jahren reingepasst, danach habe ich *Ben & Jerrys* entdeckt.«

Sie lachten beide und Roman wühlte im Schrank herum.

Er reichte ihm eine dunkle Jeans und ein grau-meliertes Shirt mit einem riesigen Aufdruck, dazu ein schwarzes Hemd. Matteo wusste, dass er keine Wahl hatte, und zog die Hose, das Shirt und dazu das Hemd an. Er war überrascht, wie gut die Jeans saß, und lief zum Spiegel, der neben dem Bett stand. Begeistert musterte er sich, während Roman zu ihm kam und angetan die Hände auf seine Schultern legte, ihn sacht drehte.

»Sehr geiler Hintern. Damit ziehst du Blicke auf dich«, sagte er und grinste ihn im Spiegel an.

Matteo war erstaunt. Er hatte sich immer für zu dick empfunden, um engere Jeans zu tragen.

Zufrieden mit seinem Werk ging Roman mit ihm ins Wohnzimmer, wo Noah und Florian auf der Couch saßen und sich Videos auf dem Laptop ansahen. Bevor Matteo den Raum betrat, kündigte Roman ihn ausschweifend an.

»Werte Herren, darf ich das zuvor zwar nicht hässliche, aber versteckte Entlein vorstellen, welches nun ein wundervoller Schwan mit Knackarsch ist?« Er machte einen Schritt zur Seite.

Matteo fühlte, wie seine Wangen vor Verlegenheit brannten.

»Du siehst richtig heiß aus, Matteo«, meinte Florian, grinste. »Und ich sehe es deinem Freund an, dass er mir wortlos zustimmt.«

Noah stand auf und stolperte zu Matteo, der ihn auffing und lachte. Er zog ihm am Hemdkragen herunter und spürte Noahs Lippen wenige Augenblicke später auf den seinen, schmolz unter dessen Berührungen regelrecht und schloss genießend die Augen.

Erneut klingelte es an Romans Wohnungstür.

»Essen!«

Minuten später kam Daniel erfreut ins Wohnzimmer und hielt einige Kartons in den Händen. »Hab für euch mitbezahlt, klären wir später.«

Matteo hatte nichts bestellt, aber als er den Karton aufklappte, lächelte er. Noah wusste genau, was er mochte.

»Kein Mais.«

Matteo nickte langsam und gab ihm einen schnellen Kuss gegen die Wange.

»Okay, ihr Flachzangen«, meinte Daniel und schob sich ein halbes Stück Pizza in den Mund. »Isch liebe eusch!«

»Oh Gott, er wird sentimental«, nuschelte Flo mit einem entsetzten Blick zu Noah und wieder lachten sie alle und Matteo fragte sich, wann sein Leben sich so wundervoll entwickelt hatte.

Ein Blick zur Seite, in Noahs schöne grau-grüne Augen, beantwortete seine Frage ohne ein einziges Wort.

Das Licht im Club war grell und beleuchtete ausgewählte Bereiche. Strahler ließen Lichtkegel durch die dunklen Räume tanzen. Sobald er den Kopf drehte, erkannte er nicht mehr viel und musste mehrmals blinzeln, bis seine Augen sich an die ungewohnten Lichtverhältnisse gewöhnten. Er hielt das Glas mit Cola fest und starrte in die sich zum Beat bewegende

Menschenmasse. Alles war ineinander vermischt und lief in Zeitlupe ab. Noah wollte nicht sagen, dass er diese Art Musik nicht mochte – ein Fan war er jedoch nicht.

Florian hatte sich gleich nach ihrer Ankunft mit einem Zwinkern verabschiedet. Matteo neben ihm starrte ebenso in die Menschenmasse. Er lehnte an der Bar, nippte an seinem Coronabier und sah ziemlich nervös aus. Wahrscheinlich fühlte er sich an seinem ersten Tag in einer Schwulendisco als würde er auf dem Silbertablett präsentiert und aus diesem Grund blieb Noah die ganze Zeit bei ihm. Es war nicht schwer, den jungen Mann attraktiv zu finden und er wollte ihm aufdringliche Typen ersparen.

Ein halbnackter Kerl stieß gegen Matteos Schulter, ließ seine dunklen Augen über dessen gesamte Erscheinung wandern und Noah hätte es nicht gewundert, wenn er sich noch angetan über die Lippen lecken würde. Innerlich spürte er ein unangenehmes Ziehen in der Brust und zog seinen Freund besitzergreifend näher zu sich.

»Die ziehen einen ja förmlich mit Blicken aus«, klagte der, halb in Noahs Ohr schreiend, um die Musik zu übertönen.

»Du bist eben deren Beuteschema.«

Verwirrt sah Matteo ihn an.

»Oh bitte, es steht nicht jeder auf Brünette.«

Er rollte mit den Augen und Noah grinste frech.

»Ich stehe auf Brünette.«

»Ist mir aufgefallen.«

»Oh, habe ich das etwa nicht gut verbergen können? Schande über mich.«

Sein Freund schubste ihn sacht mit der Schulter und lächelte. Sie sahen zur Tanzfläche und Matteos Augen wurden plötzlich riesig. Er beobachtete ein Paar, welches sich inmitten der anderen langsam auszog. Noah hatte Mühe zu erkennen, wo diverse Hände lagen. Eine entblößte Pobacke war bereits zu sehen und er schmunzelte.

»Es ist ganz schön … warm hier.«

Zumindest glaubte Noah diese Worte verstanden zu haben.

»Wenn du gehen willst, sag es ruhig.«

»Wenn es dir nichts-«

»Nein, lass uns gehen«, unterbrach er ihn und sah sich um. Er suchte einen schnellen Weg nach draußen, denn er konnte spüren, wie unglaublich

213

warm Matteos Hand in der seinen war. Seine Handfläche war schweißnass. Sacht zog ihn er mit sich und bahnte sich einen Weg durch unzählige tanzende Körper. Einige hielten sie auf, manche zischten ihnen nicht jugendfreie Angebote zu und als sie endlich in der Lobby waren, seufzte er erleichtert.

Bei der Garderobe verstand Noah seinen Freund wenigstens wieder und nickte zu einem freien Sofa. Gerade hatten sich einige Männer von dieser erhoben und liefen in Richtung Tanzsaal. Sie hechteten zusammen zu der Couch und Matteo setzte sich zufrieden aufatmend hin. Er lehnte sich zurück, versank regelrecht im Polster und schloss die Augen. Verwundert darüber, wie müde Matteo schien strich Noah sacht über dessen Wange.

»Möchtest du nach Hause?«

»Nein, nicht, wenn du nicht nach Hause willst.«

Lächelnd schüttelte Noah den Kopf.

»Ich möchte dann gehen, wenn du gehst. Also mach dir keine Gedanken. Ich wollte nur, dass du Spaß hast.«

Matteo hob seinen Kopf und sah ihn an.

»Wenn du da bist, reicht mir das.«

Noah schrieb Flo eine Nachricht, dass sie gehen würden.

Matteo hatte ihre Jacken geholt und ein Blick in sein Gesicht genügte, um Noah ein schlechtes Gewissen zu verpassen. Er sah erschöpft aus und es war ihm nicht aufgefallen. Vielleicht hatte er ihm heute zu viel zugemutet.

Gemeinsam liefen sie hinaus und spazierten durch das nächtliche Berlin. Beeindruckt sah Noah zum Himmel. Sterne schienen sich durch die graue Wolkendecke zu kämpfen und er blieb kurz stehen, um sie zu beobachten. Matteo folgte seinem Blick. Unbewusst griff er nach dessen Hand und kurz schenkte Noah ihm ein Lächeln.

»Ich bin ziemlich langweilig, oder?«

»Kein Stück. Wieso denkst du das?«

Noah zuckte mit den Schultern, sah nochmals zum Himmel und musterte zwei Sterne. Sie funkelten wie Diamanten.

»Ich weiß nicht, ich finde mich nicht gerade interessant.«

Leise schnaubte Matteo, während sie die teilweise verlassenen Straßen entlang liefen.

»Du bist einer der interessantesten Menschen, die ich kenne und sagst so was? Du spinnst.«

»Darf ich dich was fragen?«

Sichtlich verwirrt nickte Matteo.

»Klar.«

Sie liefen noch ein paar Meter, ehe Noah genügend Mut gesammelt hatte, um sprechen zu können. Nochmals hob er den Blick, starrte die Sterne an und hoffte, sie würden ihm eines Tages den richtigen Weg zeigen.

»War dein Selbstmordversuch vor einigen Monaten Absicht oder wolltest du nicht sterben, sondern nur, dass jemand dir zeigt, dass es sich zu leben lohnt?«

Noah musste es wissen, er wollte nicht noch einmal jemanden verlieren, den er sehr liebte.

»Ich …« Matteo stockte, unterbrach sich. »Es war … eine Verzweiflungstat. Nichts weiter. Ich hatte das Gefühl, dass ich in meinem eigenen Leben nicht mehr erwünscht bin. Ich wollte weg von alldem, was mich monatelang fertiggemacht hat.«

Er hielt an, zog Noah zu sich und ein Schimmer lag in seinen Augen, wie Noah überrascht feststellte.

»Aber dann kamst du.«

Er blinzelte und konnte die gehörten Worte nicht gleich auf sich beziehen. Doch langsam verstand er, schlang seine Arme um Matteos Hals und drückte sich lächelnd an ihn.

»Eigentlich bist ja du in mein Leben getreten, aber das ist nicht wichtig.«

Er küsste ihn sanft und griff dann nach Matteos Hand.

»Komm jetzt. Du brauchst Schlaf, mein Lieber. Und morgen fahren wir zurück.«

»Halt«, sagte Matteo plötzlich, als sie loslaufen wollten und deutete zum Himmel. »Sternschnuppen!«

Noah folgte seinem Blick im richtigen Moment und sah ebenso eine Sternschnuppe.

»Wow …«

Er überlegte, was er sich wünschen sollte. Ein Blick zur Seite verriet ihm jedoch, dass er den wichtigsten Wunsch bereits erfüllt bekommen hatte. Zufrieden schmiegte er sich an Matteo und genoss, wie dieser seinen Arm um ihn legte. Um sie herum fuhren Autos, die Stadt surrte und bebte förmlich und dennoch gab es gerade nichts Schöneres für ihn als diesen Augenblick. Nichts war wichtiger, nichts war wundervoller.

Er sah sich um, versuchte, den Weg zur Haltestelle nochmals gedanklich durchzugehen, und sah urplötzlich in seinem Augenwinkel ein Blitzen. Konfus blickte er in die Richtung, aus der es vermeintlich gekommen war, konnte aber nichts erkennen. Aufmerksam musterte er die Umgebung und nahm Matteos Hand.

»Lass uns gehen«, meinte er leise und hoffte, er hatte sich alles nur eingebildet.

»Ich hoffe, es hat dir hier gefallen, Matteo.« Roman goss ihm frischen Kaffee ein.

»Ja, es war toll bei euch. Danke für die Gastfreundschaft und alles«, meinte er und langte nach einem Brötchen aus dem Korb.

Roman grinste.

»Ich hoffe, Amanda und Charlotte haben dich nicht zu sehr aus dem Konzept gebracht.«

Matteo schüttelte den Kopf.

»Überhaupt nicht, ich mag die beiden.«

»Charlotte hat ihm sogar angeboten, ihn das nächste Mal zu schminken und richtig zu stylen«, warf Noah ein und biss in sein Brötchen.

Erstaunt sah Roman ihn an.

»Eine riesige Ehre von Charlotte Chokes geschminkt zu werden.«

Mit roten Wangen versteckte sich Matteo hinter seiner Kaffeetasse.

»Ich denke, ich komme auf jeden Fall noch mal mit.«

»Blauer Lidschatten steht dir bestimmt, Matti«, witzelte Noah.

Sie frühstückten in aller Ruhe, ihr Bus fuhr erst gegen Mittag. Roman bot an sie zum Bushof zu fahren, was sie dankend annahmen und verabschiedeten sich dort mit einigen Umarmungen. Matteo war sich sicher, dass er bald wieder hier sein würde, denn er hatte sich lange nicht mehr so willkommen gefühlt.

Im Bus war es angenehm warm, Matteo lehnte sich an Noahs Schulter, halb im Sitz vergraben und beobachtete, wie dieser in seinem Buch langsam Seite für Seite umblätterte. Er mochte das an ihm. Alles, was er tat, beinhaltete eine gewisse Schönheit.

Zurück in der Stadt trennten sich ihre Wege. Eigentlich hätte er gern bei Noah übernachtet, aber er wusste, dass es irgendwann Zeit war, nach Hause zu gehen, immerhin gab es einige Dinge zu klären. Also verabschiedete er sich mit einem weichen, aber liebevollen Kuss von Noah und versprach ihm, sich zu melden.

Als er vor der Einfahrt der Villa stand, ließ Karl vom Sicherheitsdienst ihn mit einem erfreuten Lächeln hinein und kam angelaufen, um ihm zwei der Taschen abzunehmen. Der Mann arbeitete seit über zehn Jahren für Frances Kowalk. Matteo mochte ihn und fand seine offene, lustige Art erfrischend. Er bedankte sich und legte seinen Haustürschlüssel auf die Anrichte im Foyer.

»Ich bin zu Hause!«, rief er, nicht mit einer Antwort rechnend und hörte nur schnelle, kleine Schritte auf dem Parkett. Coconut kam angerannt und stürmte auf ihn zu, als hätte er ihn monatelang nicht gesehen. Beinahe rannte er Matteo um, der lachte und mit dem kleinen Aussie schmuste. Danach ging er in die Küche, dicht gefolgt von seinem Vierbeiner und machte sich einen Kaffee. Mit der Tasse in der Hand lief er zurück in das Foyer und entdeckte Melinda in der zweiten Etage.

»Matteo, mein Lieber!«

Sie zog die Handschuhe ab und lief die Treppe hinab. Er grinste, umarmte sie erleichtert. Wenigstens freuten sich die Angestellten und Coconut über seine Rückkehr.

»Hallo Melinda. Alles okay hier?«, fragte er und sie nickte.

»Du hast abgenommen, wow. Und du siehst irgendwie glücklicher aus. Hattest du ein schönes Wochenende bei deinem Freund?«

Es klang unschuldig, wie sie das Wort ›Freund‹ sagte. Dennoch stolperte sein Magen kurzzeitig. Noah war sein *Freund*.

»Ja, es war super.« Er trat zurück und nahm einen großen Schluck Kaffee. »Ist meine Mutter zuhause?«

Melinda schüttelte den Kopf.

»Nein, sie musste heute Morgen nach New York.«

Natürlich.

»Aber dein Vater hat angerufen und meinte, du sollst ihn bitte zurückrufen.«

Er wusste, worum es ging. Bisher hatte er noch keine Zeit gehabt, sich deswegen Gedanken zu machen. Er wollte zwar von allem Wegkommen

– das Angebot mit Los Angeles war tatsächlich überaus verlockend – aber er würde nicht ohne Noah gehen. Ohne ihn hatte L. A. keinerlei Reiz.

»Okay, danke.« Er sah sich nochmals im Foyer um und erblickte einen Stapel Magazine. Seine gesamten Abos der letzten Wochen, ordentlich aufgereiht und nach Ausgaben sortiert, sichtbar Melindas Werk. Er griff nach den obersten Exemplaren und lief in die Küche.

»Soll ich dir nachher etwas zu Essen machen?«, wollte die Haushälterin wissen, doch Matteo verneinte. Hunger hatte er keinen, notfalls würde er sich später einfach eine Pizza bestellen. Er setzte sich an die Küchentheke, blätterte ein paar Magazine durch, suchte nur nach den Schlagzeilen und las alles eher halbherzig.

Als er seinen Namen entdeckte und zwei Fotos daneben erblickte, schreckte er auf, spürte, wie ihm das Blut aus den Wangen wich. Die erste Zeile, die er bewusst wahrnahm, war eindeutig. ›Nier-Sprössling mit neuer Liebe gesichtet: Ist er schwul?‹

Seine Finger bebten, er starrte direkt in Noahs Gesicht. Es war ein Foto von gestern. Am meisten irritierte ihn, dass Noah anscheinend direkt in die Kamera blickte. Hatte er die Paparazzi etwa gesehen und nichts gesagt? Er wusste, wie wichtig Matteos Auftreten in der Öffentlichkeit war und wenn er mitbekommen hätte, dass sie beobachtet wurden, hätte er ihn niemals in der Öffentlichkeit geküsst.

›Seit Wochen kursieren Gerüchte über die Trennung von Matteo Nier und seiner Freundin Jessica, der Erbin einer bekannten deutschen Kosmetiklinie. Nun konnten Fotografen diese bestätigt sehen. Der junge Mann wurde am Wochenende innig küssend in Berlin auf einer Partymeile voller angesagter Clubs entdeckt. Jedoch nicht mit einer anderen Frau, sondern mit einem jungen Mann. Um wen es sich bei dem blauhaarigen Liebhaber von Matteo Nier handelt, ist noch unklar, aber es ist deutlich zu erkennen, wie nahe sie sich stehen.‹

Gott, war ihm plötzlich schlecht. Er presste sich die Hand auf den Mund, fuhr sich durch die Haare und sah sich verwirrt um. Das war eine Katastrophe, eine mittelschwere Katastrophe. Er spürte, wie seine Welt zu kippen drohte und konnte nichts tun.

Mit einem kräftigen Hieb beförderte er seine Kaffeetasse zu Boden, zerriss das Magazin mit einem Ruck und donnerte es quer durch die Küche. Er atmete schwer und zitterte vor Wut am ganzen Körper.

In diesem Moment vibrierte sein Handy und kündigte einen Anruf an.

KAPITEL 19

Was hast du dazu zu sagen?«
Fassungslos starrte seine Mutter ihn im kleinen Skype-Fenster des Computerbildschirms an. Sie hatte sich in ihr Hotelzimmer zurückgezogen, ein strenger Dutt thronte auf ihrem Kopf und ihr Blazer war nur zum Teil aufgeknöpft. Es ließ die Situation ernst wirken. Seine Mutter war erst vor einer Stunde aus dem Mittagsmeeting zurückgekommen, hatte ihre Nachrichten überprüft und den Bericht gefunden. Auf anderen Seiten waren die Bilder bereits ebenso veröffentlicht, Matteo musste nicht danach suchen, seine Facebook-Chronik war voll damit.

Nach seinem kleinen Ausraster hatte er sich in sein Zimmer zurückgezogen, auf das Bett geworfen und lange an die Decke gestarrt. Er schrieb Noah nicht, konnte keinen Muskel bewegen und nicht klar denken. Jeder normale Gedanke schien zu verpuffen.

Es war schrecklich, nichts tun zu können. Zusehen zu müssen, wie alles in sich zusammenfiel.

»Was soll ich dazu sagen?«, antwortete Matteo und zuckte mit den Schultern. Sein MacBook lag vor ihm auf dem Bett und er starrte auf die Tastatur.

»Meinst du nicht, eine Info über deinen Freund wäre nett gewesen?«, fuhr Frances fort. »Oder allgemein eine Nachricht darüber, dass du schwul bist?«

»Ich bin nicht schwul«, verteidigte sich Matteo gleich und sah sie ernst an. »Man bezeichnet es als bisexuell.«

»Als ob das eine Rolle spielt, wie du es nennen willst, Matteo! Hast du eine Ahnung, was für ein Skandal das ist? Hast du dabei an mich gedacht? Oder an deinen Vater?«

Nein, hatte er nicht. Leichtsinnig, wie er war, hatte er nur auf seine Gefühle gehört und das getan, was sein Herz ihm sagte. Seit langem hatte er sich nicht mehr so wohl in seiner Haut gefühlt und das war Noahs Verdienst. Er hatte oft genug zurückstecken müssen, sollte den stillen Sohn mimen, der sich nichts zu Schulden kommen ließ. Es war nur wichtig, was andere dachten und wie sich das auf die Familie und das Ansehen auswirkte. Weder seine Mutter noch Clemenz interessierte es, wie es ihm ging.

»Was soll das? Es ist meine Entscheidung, wen ich date und wen nicht!«

»Nicht, wenn es ein *Mann* ist!«, donnerte Frances zurück und seufzte laut. »Ich habe dir beigebracht, dass du tun und lassen kannst, was du willst. Aber wenn Kameras auf dein Leben gerichtet sind, solltest du aufpassen. Was ist daran so schwer? Du hast es all die Jahre hinbekommen.«

»Es ist nicht, als hätte ich das geplant«, murrte er.

»Und wann hattest du vor, mit mir darüber zu reden? Ich wusste nicht einmal, dass du dich von Jessica getrennt hast! Und dann erfahre ich durch ein dummes Klatschblatt, dass du neuerdings Männer triffst.«

»Wann hätte ich dir das sagen sollen, hm?« Matteo wurde wütend und starrte den Bildschirm an. »Du warst nur ein einziges Mal in der Klinik, um mich zu besuchen! Ein *einziges* Mal.«

Frances rollte mit den Augen.

»Oh, bitte. Machst du mir Vorwürfe, weil ich arbeite, damit du ein schönes Leben haben kannst? Ich warne dich … ich bezahle alles, was damit zu tun hat. Durch mich kannst du verreisen, teure Schulen besuchen und jedes Wochenende feiern. Das verdankst du nicht deinem dämlichen Vater, sondern mir!«

»Und dennoch interessiert dich mein Leben nicht!«

»Rede nicht so einen Schwachsinn, Matteo!«

Sie hatten beide ihre Stimmen erhoben und starrten sich zornig an.

»Hör zu«, fuhr sie ruhiger fort und fuchtelte mit ihrer Hand vor dem Bildschirm herum. »Ich habe nichts dagegen, dass du schwul bist. Du bist und bleibst mein Sohn, auch wenn ich eine Information diesbezüglich nett gefunden hätte.« Sie schenkte ihm einen seltsam enttäuschten Blick. »Du kannst aber nicht vor den Fotografen herumtänzeln und diesen Kerl …«

»Er heißt Noah«, warf er genervt ein.

»… küssen. Du kannst ihn nicht vor allen Leuten küssen. Hast du mich verstanden? Wie willst du aus dieser Sache raus kommen?«

Matteo senkte schulterzuckend den Kopf.

»Keine Ahnung.«

Erneut seufzte seine Mutter, lehnte sich zurück und sah ihn ernst an.

»Ich werde über deinen PR-Agenten ein Interview veranlassen, in dem du alles richtig stellen kannst.«

Abwehrend schüttelte Matteo den Kopf.

»Nein, danke.«

»Matteo, du musst das klar stellen.«

Er sah sie an und erkannte, wie wichtig es ihr war, alles ins richtige Licht zu rücken. Was genau? Matteo war sich sicher, er war ihr dabei vollkommen egal.

»Du willst keinen schwulen Sohn in den Medien, richtig?«

»Darum geht es nicht«, begann Frances, Matteo drückte jedoch auf ›Gespräch beenden‹ und klappte den Laptop zu. Lange Zeit starrte er vor sich hin, vollkommen gedankenlos und griff nach seinem Kissen. Er presste es sich auf den Mund und schrie. Seine Stimme war gedämpft und dennoch hörte er sie laut und deutlich. Wie das Kreischen des innerlichen Kindes, welches ständig übersehen wurde. Alles schmerzte. Ein leises Vibrieren kam aus der Richtung seines Nachttischs. Es war sicherlich seine Mutter, die ihn nochmals anschreien wollte und darauf hatte er keine Lust mehr.

Er dachte an das Wochenende zurück. An Amanda auf hohen Schuhen und Charlotte mit den langen Wimpern. Er roch Romans leckere Tomatensauce, sah in seiner Erinnerung Noah neben sich im Bett, wie er ihn aus großen Augen anblickte. Wie seine Finger sacht über die Narbe an Matteos Bauch geglitten waren und er dennoch keine Fragen gestellt hatte. Wie leicht alles gewesen war, in diesen zwei Tagen.

Sollte das alles nichts bedeuten, weil er Noah nicht in der Öffentlichkeit küssen durfte? Homosexuelle waren längst ein relativ normaler Anblick. Er sah häufiger Schwule und Lesben in der in den Medien. Endlich fühlte er sich in seiner Haut wohl, wie er lebte und liebte und plötzlich erschien es wichtig, was andere darüber dachten? Warum war es nie wichtig, was er darüber dachte?

Sein Handy klingelte zum wiederholten Mal. Er rutschte zum Nachttisch und sah auf den Bildschirm. Noah. Rasch griff er nach dem Smartphone und nahm den Anruf entgegen.

»Hi Lieblings-Matti. Ich wollte nur hören, ob wir uns morgen treffen können?«

Erstaunlich, er war knapp fünf Stunden von ihm getrennt und allein beim Klang seiner Stimme kam dieses Kribbeln in seinem Bauch zurück.

»Hey Noah. Uhm ... ist glaube gerade schlecht ... aber halt. Du ... liest keine Nachrichten, oder?«

»Nein. Warum?« Noah klang beunruhigt.

»Man hat uns in Berlin gesehen.«

»Aha. Und?«

»Beim Knutschen. Es gibt Fotos.«

Es war einige Sekunden lang still in der Leitung. Noah schwieg und schien nicht gleich zu wissen, was er dazu sagen sollte.

»Ich nehme stark an, das ist nicht gut?«, mutmaßte er und Matteo seufzte, während er sich zurück auf sein Bett warf.

»Nein. Ganz und gar nicht.«

»Was wirst du jetzt tun? Soll ich dir fern bleiben, bis sich alles geklärt hat?«

Damit hatte er gerechnet. Noah war nicht dumm. Er wusste, welche Konsequenzen all das hatte und schlussfolgerte geschickt, doch Matteo wollte auf keinen Fall, dass es den Medien gelang, sie zu trennen.

»Vergiss es. Wir gehen trotzdem ins Kino, okay?«

»Wirklich? Ich meine, ich würde es verstehen ...«

»Nein, Noah. Ich will mit dir ins Kino. Und ich will dich küssen, wann und wo ich will. Es ist mir egal, ob irgendwelche Paparazzi uns folgen; Fotos haben sie bereits und eigentlich müsste ich ein Interview geben ...«

Er brach ab, weil ihm plötzlich eine Idee gekommen war. Für einen Moment waren sie beide ruhig und Noah fragte nach einer Weile, ob er noch am Telefon wäre. Matteo schluckte.

»Ich weiß, was ich mache.«

»Und was?« Noah klang ehrlich überrascht.

»Ich gebe ein gezieltes Interview. Ich wette, Roman kennt ein gutes Magazin, die für queere Neueinsteiger wie mich geeignet sind.«

»Und du meinst, dass das eine gute Idee ist?«

»Ich weiß nicht einmal, ob morgen aufzustehen eine gute Idee ist. Aber ich weiß, dass ich es für dich machen werde. Du bist nun an meiner Seite und das soll die Welt ruhig wissen. Also spiele ich mit offenen Karten, aber nach meinen Regeln.«

Ein leises, gerührtes Seufzen kam von Noah.

»Das war mit Abstand die schönste, Teilweise-Liebeserklärung, die ich je bekommen habe.« Matteo lachte.

»Wir sehen uns morgen.«

»Ich freue mich schon. Bis morgen, Matti.«

Noah legte auf, während Matteo schmunzelnd den Kopf schüttelte und sich ins Kissen fallen ließ.

Die Zeiten, in denen er sich sagen ließ, was er zu tun und zu lassen hatte, waren vorbei.

»Ihr wart *ohne mich* in Berlin?!«

Lola klang wütend. Sie umklammerte ein Buttermesser und starrte Noah über den Frühstückstisch hinweg an. Beunruhigt musterte er sie und hoffte, dass sie ihn im Falle des Falles nicht damit erwischte.

»Es war spontan und außerdem waren wir mit Roman und Flo unterwegs«, erklärte er ruhig. Sie verzog das Gesicht zu einer betroffenen Miene und schmollte.

»Dabei habe ich Flo ewig nicht mehr gesehen! Du bist so selbstsüchtig, Noah.«

»Wir waren in Schwulenclubs unterwegs, Lola. Ehrlich, es wäre nicht gerade spannend für dich gewesen.«

»Woher willst du das wissen? Egal. Wie hat es Matteo gefallen?«

Noah grinste ein wenig hinter seiner Kaffeetasse.

»Ich denke, es hat ihm sehr gut gefallen. Er war zum Ende hin richtig traurig, als wir fahren mussten. Und Roman sagte mir, dass er ihn mag und nett findet.«

»Den Roman-Segen hast du also«, meinte Lola und biss in ihren Toast. »Kommt ihr gut zurecht, du und Matteo?«

Noah spürte, wie seine Wangen leicht erröteten, und senkte den Blick.

»Wir kommen sehr gut zurecht. Matteo hat mich sogar gefragt, ob wir jetzt zusammen sind.«

Lola strahlte augenblicklich.

»Großartig!«

»Wenn man davon absieht, dass wir in Berlin von Fotografen beschattet und abgelichtet wurden.«

Das Strahlen verschwand.

»Was?«

Noah zuckte mit den Schultern. Seine beste Freundin starrte ihn entsetzt an und ließ die Hand mit dem Toast sinken.

»Wie kann das sein? Wo?«

»Keine Ahnung. Ich dachte noch, ich hätte ein Blitzen gesehen. Matteo sagte mir, in welcher Zeitschrift und als ich es online gesucht habe, fand ich bereits woanders Beiträge dazu. Auf seiner Facebook-Seite wird auch darüber gesprochen.«

Er fühlte sich deswegen miserabel. Vielleicht hätte er es verhindern können und besser aufpassen müssen. Immerhin wusste er, dass sein Freund im öffentlichen Leben stand und hatte ihn dennoch auf der Straße geküsst. Aber wie hätte er ihm widerstehen können? Matteos Lippen luden dazu ein. Jede verdammte Sekunde.

Jetzt hatten sie den Schlamassel und er war sich noch nicht sicher, was Matteo diesbezüglich unternehmen würde.

»Ziemlicher Bockmist, wenn du mich fragst«, meinte Lola und nahm sich noch einen Toast. »Aber ihr bekommt das hin. Ihr seid süß zusammen und ich bin froh, dass ihr endlich außerhalb der Klinik eine Beziehung führen könnt.«

»Darüber bin ich auch froh.« Sein Blick wanderte zur Küchenuhr und er schreckte zusammen. »Oh, ich muss in einer Stunde in der Stadt sein! Die Kinderpsychiatrie hat heute einen morgendlichen Bastelkurs.«

»Shit, ich muss auch los.« Sie schob sich die Reste ihres Toasts in den Mund.

Andreas tauchte in der Küche auf, begrüßte und verabschiedete Lola und nahm sich eine Tasse aus dem Schrank.

»Kommt Matteo heute vorbei?«, fragte er Noah, der überrascht zu ihm sah.

»Weiß nicht, warum?«

Andreas lehnte sich an die Theke, während Lola aufstand und ihre Jacke nahm.

»Ich bin nachmittags in der Stadt, muss ein Autoteil in dem Viertel abholen, in dem er lebt. Da könnte ich ihn gleich abholen.«

Noah lächelte. Sein Vater war eine gute Seele, hatte nie ein Wort darüber verloren, dass er schwul war. Im Gegenteil: Andreas hatte ihm damals nach seinem Outing eine HIV-Broschüre hingelegt, dazu eine Packung Kondome und gemeint, er solle bitte aufpassen. Er dürfe lieben, wen er wolle, solange es ihn glücklich mache.

»Ich frage ihn, wir wollten heute ins Kino«, meinte er zu seinem Vater, hörte Lola ein ›bis dann‹ rufen und die Haustür zuknallen. Blinzelnd sah Andreas ins Nichts, hob seine Tasse und nahm seufzend einen Schluck.

»Mein Beileid an ihre Patienten, wenn sie so zerstreut dort ankommt«, sagte Andreas noch und Noah lachte.

›Du hast Freitag ein Interview bei der Galant und ich wünsche, dass du auch hingehst. – Frances‹

Es war typisch für seine Mutter, dass sie trotz seiner Ablehnung etwas vereinbarte. Als wäre er vollkommen unfähig, es selbst hinzubekommen.

Matteo suchte sich im Internet ein queeres Magazin mit einer großen Onlinepräsenz heraus. Es war ihm wichtig, dass sein Outing von jemandem veröffentlicht wurde, der dem Thema Homosexualität nicht kontrovers gegenüber stand und er keine Gefahr lief, einen Beitrag zu kreieren, der ihm mehr schadete als half. Er kannte die *Galant* – sie verdrehten gern die Worte, um eine bessere Headline zu bekommen. Frances hatte bereits mehrere Interviews in besagter Zeitschrift gegeben, vor allem wegen ihrer Liaison mit Clemenz und ab und zu bezüglich ihres angetretenen Erbes. Matteo hatte sich nur ein oder zwei dieser Berichte angesehen, interessierte sich jedoch selten dafür. Doch jetzt ging es um ihn und er wollte auf keinen Fall, dass ein albernes Klatschblatt für Adlige sein Liebesleben auseinandernahm.

Matteo sagte den Termin bei der *Galant* ab, schrieb dem queeren Magazin und erhielt innerhalb von einer Stunde eine Antwort. In zwei Tagen würde er sich in Berlin mit einem Reporter treffen. Er musste noch Noah von einem weiteren Ausflug in die Hauptstadt überzeugen und vielleicht konnten sie kurz Roman besuchen.

Nach diesem Entschluss wollte er sich anziehen, um mit Coconut hinauszugehen, als sein Handy klingelte. Er fischte es aus seiner Hosentasche und sah auf den Bildschirm. Tobias.

»Hey, was gibt es?«, begrüßte er ihn sichtlich verwirrt.

Normalerweise war Tobias nie vor zwölf wach, geschweige denn ansprechbar.

»Ich muss nicht fragen, was bei dir gerade los ist, oder?«, begann sein Bruder sogleich und Matteo seufzte.

»Ziemlicher Scheiß ist los. Du hast es garantiert online gesehen.«

»Was wirst du unternehmen? Und was hat Frances gesagt?«

»Ich werde ein Interview geben. Und begeistert war sie nicht.«

»Okay, klingt vernünftig.«

»Alles okay bei dir?«, wollte er wissen, während er Coconut anleinte.

»Soweit schon. Ich muss bald nach New York zum Vorstellungsgespräch. Die wollen mich als Ingenieur einstellen.«

»Wow.« Manchmal vergaß Matteo, dass seine Brüder noch ein Leben außerhalb von Wochenenden, Partys und Alkoholnächten besaßen und das Tobias tatsächlich sein Studium abgeschlossen hatte.

»Es wird langsam ernst.«

»Was sagt Lola dazu?«.

»Begeisterung sieht anders aus. Aber noch ist nichts in trockenen Tüchern. Ich will ihr keine Angst machen, aber es kann sein, dass ich in einem halben Jahr in New York bin.«

Das klang wirklich ernst. Es fühlte sich an, als würde er ihn an seiner Seite verlieren. Matteo wollte ihn unterstützen, aber der Gedanke daran, dass einer seiner Stützpfeiler bald nicht mehr im Lande war, tat seltsam weh.

»Schon krass«, gab er leise zu und spielte mit dem Haustürschlüssel in seiner Hand.

»Ja ... Magst du morgen vielleicht was unternehmen?«

»Morgen treffe ich mich mit Noah. Vielleicht Übermorgen? Ich habe nur bis 16 Uhr Tagesklinik, danach gern.«

»Okay, ich melde mich noch mal. Und ... ich habe Dad übrigens nichts erzählt. Das solltest du selbst tun.«

Matteo lächelte und wusste, warum er Tobias mochte. Er konnte verdammt kompliziert sein, doch er war auf seiner Seite, selbst wenn er die Gründe nicht verstand.

»Danke dir. Ich denke, er wird es bereits wissen. Er hat immerhin auch Google …«

»Niemand googelt sich so oft wie du.«

»Hey«, Matteo räusperte sich. »Ich bin halt gern auf dem Laufenden, wenn gelästert wird.«

Tobias lachte, was Matteo ebenso schmunzeln ließ. »Bis dann, Bruderherz.«

»Bis dann.«

Er legte auf und sah zu Coconut, der sich trotzig auf den kalten Boden gelegt hatte und schmollend zu ihm nach oben starrte. Versöhnlich sah er seinen pelzigen Freund an, klapperte mit der Leine und Coconut sprang erfreut auf. Matteo lächelte über das aufgeregte Bellen des Hundes und ging mit ihm hinaus.

Die Tür stand offen.

Noah hielt einen Korb mit Muffins in der Hand. Die gesamte Busfahrt über hatte er den Duft genossen, jetzt konnte er sie nicht mehr riechen. Alles war anders. Jeder Schritt hörte sich seltsam an und Noah stand nur da und starrte zur Tür. Sie war sonst nie offen. Nie.

Es war niemand zu sehen, nicht Frau Müller-Schönau, nicht Benjamin. Eine gespenstische Stille lag auf dem hässlichen Linoleum, war in die Wände gekrochen und er wusste es, seitdem er die Station betreten hatte, wollte es jedoch nicht verstehen oder aussprechen. Er konnte nicht.

Langsam ließ Noah den Korb fallen, der hohl auf dem Boden aufkam, und rannte los. Er stürmte auf das Zimmer zu, fiel regelrecht hinein und sah Benjamin, der bedächtig das Bettgestell abwusch. Er drehte sich zu ihm und ehe er etwas sagen konnte, begann Noah den Kopf zu schütteln. Nein. Nein, nein, nein.

»Noah, ich …«

Die Tür stand offen.

Er wusste, warum. Weil es niemanden mehr dahinter gab, niemand mehr dahinter lachte und mit klickenden Stricknadeln am Fenster saß.

Weil die schönen, grauen Augen von Granny Jude für immer geschlossen und ihre blassen Hände kalt waren.

Benjamin trat mit besorgtem Blick zu ihm, aber Noah wich zurück. Er stolperte, als wüsste er nicht mehr, wie seine Beine funktionierten. Sein Hals war zugeschnürt, obwohl er schreien wollte. Er schüttelte den Kopf, starrte zu dem Bettgestell, auf dem keine geblümte Bettwäsche mehr lag. Das kuschelige, geknautschte Kissen fehlte, in welchem Granny Jude gelegen und Noahs Erzählungen gelauscht hatte. Es roch nicht mehr nach ihren Eukalyptus-Bonbons, es surrte keine Heizung mehr. Alles war still, als wären alle Geräusche der Welt mit ihr verschwunden. Das Zimmer war leer wie alles auf einem Schlag in ihm.

Noah starrte zu Benjamin, der seinen Arm ergriffen hatte. Alles rauschte an ihm vorbei. In seinen Ohren herrschte ein schrecklich lautes Piepen, welches stetig lauter wurde und erst, als er spürte wie sich seine Beine langsam bewegten, hörte es auf. Er sank auf einen Stuhl außerhalb des Zimmers, Benjamin holte ihm ein Glas Wasser, welches er ihm regelrecht in die Hand drückte und zwang ihn, zu trinken. Stumm starrte Noah zu der Tür und schüttelte weiterhin den Kopf.

Die Tatsache, dass Granny Jude tot war und er es nicht ändern konnte, fand langsam Platz in seinem Bewusstsein.

»Noah, es tut mir leid. Ich weiß, sie hat dir eine Menge bedeutet.«

Benjamin hatte eine Weile gewartet, ehe er ihn ansprach und schien sich seiner Worte nicht sicher.

»Wann ist es passiert?«, wollte er wissen.

»Vor etwa acht Stunden.«

Da war er gerade aufgestanden, um sich für den Tag vorzubereiten. Er hatte unnötige Gedanken an seine Fahrt in die Kinderpsychiatrie verschwendet, nochmals den Busplan geprüft und sich vollkommen belanglose Fragen gestellt. Es kam ihm schändlich vor, nicht gespürt zu haben, dass seine älteste Freundin im Sterben gelegen hatte.

Granny Jude, die ihm damals, als er sie in der Stadt getroffen hatte, ein Bonbon schenkte. Es war gewesen, nachdem man seine Mutter für tot erklärte und Noah nicht verstand, was geschah. Tagelang hatte er sich weit weg vom Haus aufgehalten, weil er es darin nicht aushielt. Deswegen war er sinnlos mit dem Bus in der Gegend herum gefahren. An diesem Tag saß er vor einer Drogerie und starrte vor sich hin. Granny

Jude war mit ihrer damaligen Pflegerin unterwegs, meinte bei seinem Anblick leise, er solle nicht so traurig dreinblicken und gab ihm ein warmes Bonbon. Sie begann zu erzählen, berichtete mit charismatischem, britischen Akzent über verflossene Liebschaften mit britischen Soldaten, ihrem Landhaus und ihren Kindern, die damals alle in Deutschland lebten und die alte Dame kurzerhand zu sich geholt hatten. Ein Sturz beendete das familiäre Leben und sie kam in ein Pflegeheim, da zwischen zwei kleinen Enkelkindern keine Zeit für sie war. Granny Jude meinte, sie hätte es gut und das Essen dort wäre ihr sowieso lieber als das ihrer Schwiegertochter.

Sie war die erste Person, die es nach dem Verlust seiner Mutter schaffte, ihn zum Lachen zu bringen.

Danach besuchte er sie mehrmals im Pflegeheim und bot ihr an, ihr vorzulesen oder für sie zu backen. Seine Besuche wurden häufiger, denn sie schaffte es, dass er vergessen konnte.

Noah erzählte ihr, was ihn bedrückte und Granny Jude fand immer die richtigen Worte. Sie sagte ihm, dass er stark und jemand Besonderes war. Das berührte ihn, seine Mutter hatte ihm ähnliche Worte gesagt. Er wollte stark sein und beschloss in diesen ersten Wochen, die er bei Granny Jude war, dass er sein Leben verändern würde.

Sie war sein Licht in der inneren Dunkelheit gewesen und plötzlich war dieses Licht erloschen.

Es war Minuten her, seitdem er Noah an sich gezogen hatte und bisher war er nicht gewillt, ihn loszulassen. Er wusste, dass etwas nicht stimmte, sah es in seinen Augen, die seltsam schimmerten, als hätte er die gesamte Nacht über geweint. Noahs Haut glühte und seine gesamte Statur wirkte gebrochen. Er war eigentlich vorbei gekommen, um ihn zum Kino abzuholen, was jedoch komplett in Vergessenheit geraten war, als er die Tränen in Noahs Gesicht gesehen hatte. Im Wohnzimmer sah es wüst aus. Auf dem Tisch stand eine Schale mit Chips, etliche benutzte Taschentücher lagen dazwischen und eine leere Tüte Erdnussflips hing über der Tischkante.

Er musste seit Stunden hier sitzen und weinen, was Matteo unglaublich schmerzte und deswegen drückte er ihn an sich. Erst nach einer ganzen Weile erzählte Noah stockend, was geschehen war. Die Trauer schien ihn innerlich zu ertränken. Matteo wusste, wie wichtig Granny Jude für seinen Freund gewesen war.

»Es tut mir leid …«, hauchte er in Noahs weiche Haare, vergrub seine Nase darin. »So leid …«

Noah sagte nichts, bohrte seine Finger fester in Matteos Oberteil und hielt sich an ihm fest. Er bebte, zitterte regelrecht und er zog ihn noch enger an sich, sodass Noah fast auf seinem Schoß saß.

»Ich bin da …«, flüsterte er ihm zu. »Hörst du? Ich bin da …«

Ein leises Seufzen voller Tränen entwich seinem Freund.

»Sie fehlt mir«, wisperte Noah.

»Ich weiß.«

»Was mache ich nur ohne sie?«

»Es geht irgendwie weiter, das verspreche ich dir.«

Sein Freund hob den Kopf, sah ihn aus tränennassen Augen an und drehte sich aus seiner Umarmung, setzte sich mehr auf.

»Versprich mir etwas anderes«, bat er leise.

»Was du willst.«

Noah zupfte an Matteos Shirt herum und sah ihn eindringlich an, als könnte er in dessen Augen lesen.

»Versprich mir, dass du mir erst sagst, du liebst mich, wenn du es wirklich so meinst. Okay?«

Sein Blick sagte deutlich, dass er jedes Wort ernst meinte und langsam nickte Matteo.

»Okay.«

Er lehnte sich vor und küsste ihn kurz. Der Kuss schmeckte salzig, ein wenig nach Trauer und dem Ozean. Als würden Noahs Empfindungen langsam ertrinken und das wollte er niemals zulassen. Er kannte das Gefühl, wenn sich eine drückende Leere im Inneren ausbreitete und alles mit sich riss. Niemand sollte sich so fühlen müssen. Sacht strich Matteo über seine Wange, musterte ihn liebevoll.

»Kann ich dir sonst etwas Gutes tun?«

Noah schmiegte sich an ihn wie eine verschmuste Katze und murrte leise. Er klang verschnupft vom vielen Weinen.

»Magst du nachher Pommes essen? Wir haben noch welche im Gefrier-fach.«

Das brachte Matteo zum Lächeln.

»Gern.«

Hauptsache, er konnte weiterhin bei ihm sein.

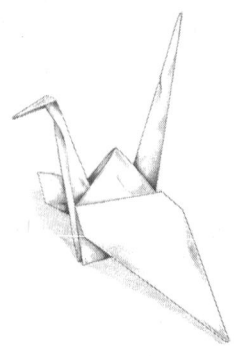

KAPITEL 20

Berlin roch laut Noah nach Literatur, frischem Schnee und Freiheit. Für ihn war der Geruch eher ein olfaktorischer Angriff. In der Hauptstadt stank es zum Teil nach Ausdünstungen, Fisch, alten Möbeln und Hanf. Er hasste es, allein dort hinzufahren, auf der anderen Seite konnte er Noah nach allem, was geschehen war, nicht noch mehr zumuten. Er sah, wie sehr sein Freund innerlich kämpfte. Der Verlust von Granny Jude war heftig und Matteo versuchte, so verständnisvoll zu sein, wie es ihm nur möglich war. Deswegen besuchte er das queere Magazin allein.

Es waren nur noch wenige Tage bis Weihnachten. Er würde heute zurückfahren, denn er wollte Heiligabend mit Noah zusammen feiern. Seine Mutter befand sich im Ausland, weshalb dem nichts im Wege stand. Für Frances war Weihnachten nicht wichtig und auf Clemenz konnte er ohnehin verzichten. Die Zeiten, dass sie ihm eine fröhliche Familie vormachten, waren vorbei.

Der Schnee glitzerte und Matteo setzte seine Sonnenbrille auf. Es war kalt, die Wintersonne war dennoch angenehm.

Mit dem Taxi fuhr er zu der Adresse, die ihm per E-Mail zugeschickt worden war, sah sich interessiert um und versuchte, sich zu orientieren. Er war in diesem Teil Berlins noch nie unterwegs gewesen. Vor einem Bürogebäude blieb er stehen. Ein Blick auf die unzähligen Klingelschilder verriet ihm, dass er richtig war.

Matteo hatte keine Ahnung, was ihn erwartete. Er stellte sich auf die junge Frau ein, mit der er die ganze Zeit gemailt hatte und hoffte, sie würde nett sein.

Er betrat ein helles Treppenhaus und suchte den Fahrstuhl, fand aber keinen. Seufzend nahm er die Treppe und starrte auf jede Tür, um die Redaktion zu finden. Erst in der dritten Etage wurde er fündig, holte nochmals tief Luft und setzte endlich seine Sonnenbrille ab, die ihn vor neugierigen Blicken schützte. Er klingelte und wartete ungeduldig. Als die Tür surrte, stieß er sie auf und betrat ein helles Vorzimmer. Hinter einem Tresen sah er eine junge Frau, die ihn anlächelte.

»Hallo! Du musst Matteo Nier sein. Ich bin Bianca. Nett, dich kennenzulernen«, meinte sie und reichte ihm die Hand. Er nickte lächelnd, erkannte den Namen aus den Mails.

»Hallo, freut mich.«

»Olaf wartet schon auf dich. Komm mit.«

Sie lief voraus und er folgte ihr in ein schickes und extrem buntes Büro. Eine grüne Couch, gelbe Stühle, lila Tische. Alles in den Farben der Regenbogenflagge, wie er annahm. An den Wänden thronten gerahmte Artikel und Auszeichnungen, überall standen kräftige grüne Pflanzen, es wirkte insgesamt gemütlich und einladend. Von besagtem Olaf war noch nichts zu sehen und Matteo zog zuerst seine Jacke aus, hängte sie an den Haken hinter der Tür und schaute sich interessiert um, sah aus dem großen Fenster. Der Blick in die Stadt war nichts Besonderes, simple graue Gebäude und schmutzige Dächer. Bianca fragte ihn, ob er etwas trinken wolle und er bat um einen Tee zum Aufwärmen und nahm in einem der Sessel Platz. Hinter ihm öffnete sich die Tür und ein junger, blonder Mann trat ein.

»Hallo, ich bin Olaf Kuschinski, zweiter Chef von *queer liest*.« Er reichte Matteo die Hand, und legte seine zweite darauf, während Matteo innerlich am liebsten zurückweichen wollte.

»Hallo, ich bin Matteo.«

Olaf nickte und bat ihn, sich wieder zu setzen. Bianca kam zurück, stellte Matteo die Tasse Tee hin und reichte ihrem Kollegen ein Tablet.

»Ich hoffe, du hast gut hierher gefunden?«

»Ja, ging ziemlich gut. Ihr habt ein schönes Büro.« Er fügte ein kleines Lächeln an.

»Ich hätte zehn Fragen an dich«, erklärte Olaf, »Wir haben ein wenig recherchiert und waren sehr erstaunt über deine Anfrage.«

Tief holte Matteo Luft, um sich zu beruhigen.

»Ich möchte Stellung beziehen und offene Fragen klären«, sagte er und der Redakteur nickte. Er reichte ihm das Tablet, auf dem die zehn Fragen standen. Matteo überflog sie, er hatte sie bereits in der letzten E-Mail gelesen.

»Sehr schön. Wir werden das mit einem Aufnahmeprogramm aufzeichnen, damit ich später alles genauer ausarbeiten kann. Bevor es online geht, wirst du eine Kopie bekommen und kannst mir notfalls noch sagen, ob ich etwas verändern soll.«

»Alles klar.«

Olaf legte das Tablet beiseite und sah ihn an.

»Wie geht es dir, seitdem die Zeitschriften über deinen Besuch in Berlin berichtet haben?«

Matteo seufzte innerlich.

»Ich stehe seit meiner Geburt unter Beobachtung. Das liegt an meinem berühmten Vater, Clemenz Nier, den sicherlich einige kennen dürften. Deswegen sind solche Fotos für mich nichts Neues. Mir tut es nur für meinen Freund leid, der ungewollt im Rampenlicht steht.«

»Du bist bei uns, weil du dich offiziell outen möchtest.«

Matteo nickte.

»Wie kommt es dazu?«

Langsam setzte sich Matteo anders hin. Er wurde nervös.

»Ich möchte Klarheit schaffen, weil ich keine Lust mehr auf ein Versteckspiel habe. Ich hatte vor einigen Wochen einen Nervenzusammenbruch, musste deswegen in Therapie und lernte dort meinen Freund kennen.«

»Zuvor warst du jedoch in einer Beziehung mit einer Frau?«

»Ja.«

»Gehe ich also richtig mit der Annahme, dass du bisexuell bist?«

Erneut nickte Matteo.

»Ich hatte schon immer das Gefühl, mich auch für Männer zu interessieren, nahm es aber nicht ernst genug. Ich habe es als eine Art ›freundschaftliches Interesse‹ abgetan. Als Noah – ich meine, mein Freund – plötzlich in mein Leben trat, stellte sich mir die Frage erneut.« Er biss sich kurz auf die Lippe. »Bitte erwähnt seinen Namen nicht.«

Olaf lächelte ihn an und nickte.

»Du hast deine Freundin also wegen einem Mann verlassen?«, hakte er nach.

»Nein, nicht wegen ihm. Ich habe sie verlassen, weil es das Beste war. Das mit meinem Freund hat sich erst danach ergeben.«

»Wie hat dein Umfeld auf dein Outing reagiert?«, fragte der Redakteur und Matteo erinnerte sich an den Tag, als er mit Tobias darüber gesprochen hatte. Er seufzte und nahm einen Schluck Tee.

»Gemischt. Ich habe eine ziemlich wirre, aber auch unterstützende Familie, die für mich da ist. Die mir, wenn sich Probleme anbahnen, den Rücken stärkt und mich unterstützt.«

Er lächelte und wollte gern an seine gesagten Worte glauben.

›Bist du von allen guten Geistern verlassen, Matteo?!‹ Du kannst doch nicht zu einem verdammten Schwulenmagazin dackeln und aus dem Nähkästchen plaudern, ohne mit mir darüber zu sprechen! Und überhaupt! Hast du eine Ahnung, was das für mich bedeutet? Wie lächerlich du mich gemacht hast? Ich fasse es nicht!‹

Weihnachten und Liebe waren zwei Dinge, die Noah immer miteinander verbunden hatte, aber in den letzten Minuten musste er seine Meinung ändern. Dieses Jahr schien verflucht zu sein. Er starrte zu seinem Freund, der auf dem Bett saß und seine Mailbox abrief. Zuerst brüllte Clemenz ihn voll. Danach trudelte eine Nachricht seiner Mutter ein.

›Matteo, was hast du dir dabei gedacht?! Ich weiß gar nicht, was ich sagen soll! Du machst alles zunichte, was ich jahrelang versucht habe aufzubauen! Und das wegen einem Kerl? Ruf mich zurück, sobald zu Zeit hast!‹

Als wäre es nicht schlimm genug, dass Matteos Eltern sich aufführten, als hätte ihr Sohn ein Verbrechen begangen, gab es noch mehr solcher Nachrichten. Zwei davon drückte Matteo stoisch weg. Eine aufgebrachte Frauenstimme ertönte und Noah zuckte zusammen.

›Du mieses Arschloch! Du hast mich mit einem Kerl betrogen? Wie verlogen kann man sein? Jetzt bist du auch noch schwul! Hast du mir also die ganze Zeit was vorgemacht?! Ich fasse es nicht, du feiger Arsch!‹

Vermutlich konnte nur eine Exfreundin so aufgebracht klingen.

Matteo saß auf dem Bett und starrte ausdruckslos sein Handy an, bevor er sich durch das Gesicht fuhr und es in seinen Händen verbarg. Seine Schultern hoben und senkten sich und Noah wagte es erst nach einigen Augenblicken, zu ihm zu rutschen. Zuerst glaubte er, dass Matteo ihn abweisen würde, doch als er ihn sacht an der Schulter berührte, lehnte er sich regelrecht in die Berührung. Rasch schlang er einen Arm um ihn und wartete, bis er den Kopf auf seine Schulter legte. Beruhigend küsste er ihn auf die Stirn und sie schwiegen ein paar Augenblicke lang.

»Granny Jude hat Weihnachten geliebt und meine Mutter auch«, meinte er in die Stille hinein und fühlte, wie sein Freund ruhig ein- und ausatmete. »Okay, ich beschließe etwas für uns.«

Matteo sah auf, seine Augen waren glasig. Es war, als könnte Noah alles dahinter sehen, vor allem den Schmerz in dessen Seele.

»Und was?«

»Wir gehen jetzt runter, schmücken den Weihnachtsbaum und kochen das Essen für heute Abend. Und bis dahin bleiben alle Handys hier und niemand stört uns. Okay? Wir können Plätzchen backen. Was meinst du?«

Schwach grinste Matteo, wischte sich über die Augen.

»Du kannst kochen? Ich dachte, du kannst nur Pizza belegen.«

Schmollend schob Noah seine Unterlippe vor und stand auf.

»Pass auf, mein Lieber! Ich kann ziemlich gut kochen. Du hast nur nie gefragt.«

Er hielt ihm die Hand hin und zog ihn nach oben.

»Ach, jetzt ist es meine Schuld?«, fragte Matteo witzelnd nach.

Noah küsste ihn sanft. Er mochte es, ihn zum Verstummen zu bringen.

Sie ließen ihre Handys tatsächlich in seinem Zimmer, Noah warf im Wohnzimmer alberne Weihnachtsmusik in die Anlage und bereitete einen schnellen Plätzchenteig zu. Er tänzelte umher, kochte Matteo einen Weihnachtstee und gab ihm ein paar lustige Ausstechfiguren. Für einen Moment blieb er stehen, starrte die silbernen Formen an. Granny Jude hatte sie gemocht. Vor allem den Schneemann, den sie dekoriert hatte, wenn er mit allen die Weihnachtsfeier vorbereitete. Kleine Dinge konnten große Erinnerungen hervorrufen.

Matteo stand neben ihm und nahm ihm behutsam die Figur aus den Händen, rollte ungeschickt die Teigklumpen aus und stach ein paar Plätzchen aus. Indes kramte Noah im Gefrierfach herum und fand die Ente, die sein Vater besorgt hatte. Er holte sie hervor und legte sie in ein warmes Wasserbad.

Sie summten zur festlichen Musik und warfen sich vielsagende Blicke zu. Jeder arbeitete in seinem eigenen Tempo und da Noah die Ente vorerst nicht zubereiten konnte, half er, die Plätzchen auf das Blech zu legen. Er stupste mit seinen mehligen Fingern gegen Matteos Nase und der umschloss lachend mit klebrigen Händen Noahs Gesicht. Unter den Klängen einer rockigeren Version von ›Last Christmas‹ küssten sie sich. Wenig später saß Matteo wie ein kleines Kind vor dem Backofen und behielt das Backblech im Auge. Noah schälte in aller Ruhe die Kartoffeln zu Ende und gesellte sich zu ihm.

»Und? Was Spannendes im Fernsehen?«

Matteos Grinsen erhellte den Raum. Würde Noah nicht längst auf ihn stehen, wäre es jetzt um ihn geschehen.

»Ja, der Backkanal. Sehr interessant. Jamie Oliver backt deutsche Mürbteig-Plätzchen.«

»Ah, dieser Jamie Oliver hat einen sexy Backlehrling.«

»Findest du?«, fragte Matteo und kam näher.

»Ja …«

Langsam fanden sich ihre Lippen und nach und nach vertieften sie den Kuss. Noah ließ die Ofenhandschuhe fallen, die er zuvor noch genommen hatte und legte seine Arme um Matteo. Der zog ihn mehr an sich und wenig später saß er auf dessen Schoß. Ein Ort, der so viel Geborgenheit bedeutete.

Matteos Hände rutschten automatisch und unter Noahs Pullover. Warme Fingerspitzen berührten seine Haut und sie keuchten beide in den andauernden Kuss hinein. Noah bewegte sein Becken auf Matteos Schoß, die Plätzchen waren in jenem Moment vollkommen egal. Zärtlich strich sein Freund ihm über den Rücken, fuhr an seiner Wirbelsäule entlang und entlockte ihm leise Geräusche. Sich plötzlich nähernde Schritte im Haus ließ sie auseinanderfahren. Sie sahen sich kurz an und hektisch kroch Noah von Matteos Schoß und richtete sich auf, ehe sein Vater in die Küche kam. Sie grinsten ihn an und Andreas summte zur Musik, ehe er die restlichen Einkäufe, die er vor den Feiertagen erledigt hatte, in den Schränken verstaute. Matteo tauschte mit Noah einen schnellen Blick, als Andreas verschwunden war und sie lachten beide.

»Dein Vater weiß, dass wir zusammen sind, oder?«, wollte Matteo schmunzelnd wissen.

»Ja, aber beim Rummachen muss er uns nicht erwischen.«

Mit einem Schmunzeln sah Noah, wie rot sein Freund wurde, lehnte sich rasch zu ihm und presste ihm einen lauten Schmatzer auf die Wange.

»Du süßer, verlegener Kerl.«

»Mach dich nicht lustig über mich …«, klagte Matteo und drehte den Kopf weg.

»Doch, weil du süß bist.«

Übermütig kitzelte er ihn durch. Matteo wand sich wie ein Aal und rächte sich, indem er Noah packte und hochhob.

»Gnade! Gnade!«, flehte er lachend, Matteo dachte offenbar nicht daran und trug ihn leicht stolpernd bis zur Couch. Überrascht sah Noah sich um, landete Augenblicke später bereits im weichen Polster. Ein kleines Lächeln lag auf Matteos Zügen, als er sich über ihn beugte und ihm einen weichen Kuss auf die Lippen drückte. Wieder schlang er seine Arme um dessen Hals, zog ihn gänzlich auf sich und biss ihm in die Unterlippe. Sein Freund brummte, rutschte zwischen Noahs Beine und stützte sich neben seinem Kopf ab.

»Wo … ist dein Vater?«, fragte Matteo in den Kuss hinein und verwundert hob er eine Augenbraue.

»Wir küssen uns und du denkst an meinen Vater?«

Wieder schienen Matteos Wangen zu glühen und amüsiert lachte er leise.

»Er ist in der Werkstatt. Feiertage halten ihn nicht ab, dort entspannt er am meisten.«

»Okay …« Das schien Matteo zufrieden zu stimmen, sanft küsste er Noah erneut. Hände erkundeten unbekannte Bereiche auf dem Körper des jeweils anderen und hinterließen feurige Spuren. Sie waren sich so nahe, dass er glaubte, Matteos Herzschlag an seinen Fingerspitzen zu fühlen.

Ihre Küsse wurden leidenschaftlicher und inniger, Noah spürte die Hitze, die sich zwischen ihnen entwickelte und stöhnte leise, als Matteo sich auf ihm bewegte. Gott, wusste der Kerl, wie unglaublich er war? Irgendwann registrierten sie einen seltsamen Geruch, lösten sich verwirrt voneinander und sahen sich fragend an.

»Riechst du …?«

»Oh nein!«

Sie rappelten sich auf und stürzten in die Küche. Entsetzt starrten sie zum Backofen, bevor sie darauf zustürmten und Matteo die Klappe aufriss. Eine dunkle, süßlich riechende Wolke kam ihnen entgegen, die sie beide kurz nahezu erblinden ließ. Matteo hustete und suchte nach den

Topfhandschuhen, griff nach dem Blech und zog es heraus, legte es auf dem Kochfeld ab. Noah öffnete das Fenster, damit die Wolke entweichen konnte, erst dann sah er zum Backblech. Die Plätzchen waren dunkelbraun, tendierten zum Schwarz. Ein wenig traurig blickte Matteo auf sie hinab.

»Wir haben noch zwei weitere Bleche«, tröstete Noah seinen Freund. Er zog ihn zu sich und küsste ihn nochmals. »Das waren mir zehn verkohlte Kekse wert.«

Matteo lächelte und erwiderte den Kuss liebevoll.

Die Ente war kross und geschmacklich perfekt, zart mit einer ganz leichten Orangennote. Die Kartoffeln hatte Noah mit Petersilie verfeinert und das Gemüse duftete herrlich.

»Ich hoffe, euch schmeckt der Wein«, meinte Andreas.

Matteo nahm sein Glas und trank einen Schluck. Er war kein Fan von Rotwein, dieser war jedoch schön weich und passte perfekt zur Ente. Nachdenklich musterte er seinen Freund.

»Wo hast du so gut kochen gelernt?«, wollte er von ihm wissen.

Andreas antwortete jedoch zuerst.

»Hannah hat viel gekocht, als Noah noch ein Kind war. Er hat ihr oft dabei geholfen und sich die meisten Schritte und Kniffe tatsächlich gemerkt.«

Noah schnitt ihm eine Grimasse.

»Auch wenn es mich wie einen Klugscheißer erscheinen lässt, aber mein Vater hat recht. Ich habe aufgepasst, wenn meine Mutter gekocht hat. Sie kannte die meisten Rezepte auswendig und ich irgendwann auch.« Er spießte ein Stück Ente auf. »Deshalb habe ich die ganzen Anleitungen für meine Origamifiguren im Kopf, ich kann mir so was gut merken.«

»Aber in der Schule konnte er sich nicht zwei Zeilen des ›Erlkönigs‹ behalten«, scherzte Andreas.

Matteo lachte leise und legte unter dem Tisch eine Hand auf Noahs Oberschenkel. Sie aßen ruhig weiter, plauderten über ein paar unverfängliche Dinge und er berichtete, dass er nach den Feiertagen mit der in der Klinik empfohlenen Ergotherapie in einem Sozialzentrum beginnen würde.

Irgendwann erhob Andreas sich, leerte im Stehen sein Weinglas und schritt zum Wohnzimmerschrank.

»So, Bescherung!«, verkündete er strahlend.

Verblüfft sah Noah ihm nach und Matteo nahm an, dass Andreas selten so enthusiastisch zu Weihnachten war. Es war schön, dass es offensichtlich dieses Jahr anders war. Zu seiner Freude hatte Noah das Geschenk seinem Wunsch entsprechend bisher nicht geöffnet. Gerade wollte er etwas zu ihm sagen, als dieser aufsprang und nach oben lief. Verwirrt blieb Matteo sitzen, da Andreas auf ihn zukam. Überrascht blinzelte er, als dieser ihm ein kleines Päckchen reichte.

»Frohe Weihnachten, mein Junge«, verkündete er und Matteo schluckte, kurzzeitig von seinen Gefühlen überwältigt.

»A-aber das wäre nicht nötig gewesen …«

Matteo sah das leicht schluderig verpackte Geschenk an. Andreas machte eine kurze, wegwerfende Handbewegung.

»Ach was.«

Er lächelte ihn an und setzte sich in den Sessel im Wohnzimmer. Matteo betrachtete das Päckchen und packte es vorsichtig aus, während er Noah im zweiten Stock rumoren hörte. Es zog ein Halsband für Coconut hervor, sogar mit Gravur und zu Matteos Freude war hinter der Hundemarke eine kleine, silberne Regenbogenflagge.

»Wow! Das sieht toll aus! Vielen Dank!«

Matteo fuhr mit den Fingern darüber und strahlte Andreas an. Der grinste zufrieden und goss sich etwas zu Trinken ein.

»Freut mich, dass es dir gefällt. Noah hat es ausgesucht. Aber ich fand es schick. Ich hoffe, es gefällt deinem Modekritiker von Hund.«

»Ich komme mir total dumm vor, ich habe gar nichts für dich …«

»Du hast den Wein mitgebracht. Wir sind quitt, mein Junge.«

Erneut nannte Andreas ihn ›mein Junge‹. Etwas, was er von seinem eigenen Vater noch nie gehört hatte. Ihn befiel eine seltsame Melancholie, die Sehnsucht, ein so entspanntes Fest mit seiner Familie haben zu können.

Für einen Moment lang starrte er auf das Hundehalsband. Wie sehr er sich als Kind normale Weihnachten gewünscht hatte. Mit einem Baum, ein paar vollkommen belanglosen Geschenken, einem Vater an seiner Seite, der mit ihm die Eisenbahn ausprobierte und einem mit Liebe gekochten Essen. Genau das hatte er gewollt und bekommen hatte er einen Erzeuger, der sich zwei Stunden an irgendeinem Feiertag nahm, dabei meistens nur mit seiner Mutter stritt und einen dummen Umschlag mit einer Einzahlungssumme für sein Konto hinterließ. Mehr nicht.

Er pfiff Coconut zu sich und band ihm das Halsband um.

»Steht ihm hervorragend«, kommentierte Andreas und der Hund wedelte erfreut mit der Rute.

Noah kam zurück, strahlte und löste ihn aus seinen trüben Gedanken. Er griff nach Matteos Hand, zog ihn vom Stuhl hoch und hielt eine Hand hinter seinem Rücken versteckt.

»Okay, da ich mein Geschenk nicht öffnen durfte, musst du warten.«

Strahlend zauberte er eine Geschenktüte hervor und hielt sie ihm hin. Matteo grinste und nahm sie an sich, konnte jedoch nur weißes Seidenpapier erkennen. Unterdessen holte Noah die Box, die Matteo in seine Tasche geschmuggelt hatte, als sie auf dem Weihnachtsmarkt gewesen waren, nahm sie mit zur Couch und setzte sich. Seine Augen leuchteten, als er die Glaskugel vorsichtig auswickelte.

»Sie ist so schön. Aber war die nicht teuer?«

Er grinste. »Du mochtest sie. Da ist der Preis egal.«

»Aber …«

Obwohl Andreas neben ihnen saß, gab Matteo ihm einen raschen Kuss auf die Wange. Noah grinste breit. Wenn er lächelte, leuchtete alles an ihm. Seine Augen strahlten, seine Nase kräuselte sich niedlich und er bekam kleine Grübchen. Matteo konnte es nicht mehr abstreiten. Er empfand unglaublich viel für ihn. Weil er eben … Noah war.

»Jetzt du!«, forderte der und verfrachtete die Geschenktüte, die Matteo kurz auf den Couchtisch gestellt hatte, auf dessen Schoß. Er schmunzelte und zog das Papier heraus, entdeckte einen kleineren Karton und zog etwas gehüllt in noch mehr Seidenpapier hervor. Er wickelte es aus, zum Vorschein kam eine Figur mit blauen Haaren. Er hatte diese Funkos schon oft gesehen, aber diese sah aus, wie …

»Das … bist du! Oh mein Gott!«

Matteo lachte und drehte sie, sogar einen kleinen Filzhut hatte sie auf dem Kopf. Riesige Augen starrten ihn an, der Funko trug einen grauen

Hoodie mit einer kleinen Kapuze und eine hellblaue Jeans. Genauso wie Noah heute und Matteo wusste, dass dies pure Absicht war.

»Wie hast du das gemacht?«

Noah legte den Kopf auf Matteos Schulter.

»Es gibt ein paar *Do-it-yourself* Funkos, dazu noch Modelliermasse und Farbe und sehr, sehr viel Geduld.«

»Danke … das ist ein so cooles Geschenk.«

Noah sah ihn aus funkelnden Augen an.

»Nun kannst du mich überall mit hinnehmen und bist nie allein. Ich bin bei dir.«

Diese Worte berührten Matteo. Er zog Noah näher an sich, Andreas schaltete den Fernseher ein und gemeinsam sahen sie zum hundertsten Mal ›Stirb langsam‹, wie wahrscheinlich jeder zweite Haushalt in Deutschland. Doch das war es, was Weihnachten irgendwie großartig machte. Besonders war es jedoch nur, weil er bei Noah war.

Alles war besonders mit Noah.

Am ersten Weihnachtsfeiertag fuhren Andreas und Noah Matteo nach Hause. Der fehlende Anruf von dessen Familie, speziell seiner Mutter, hatte diesen nicht einmal irritiert und wahrscheinlich war Noah deswegen empörter als er. Durch eine Nachricht von Tobias wusste Matteo, dass Frances wieder in Deutschland war. Unterdessen hatte Noah erfahren, dass Granny Jude am 28. Dezember beigesetzt werden sollte. Matteo versprach, ihn zu begleiten. Vorsichtig hatte er nachgefragt, ob er bald wieder bei ihm übernachten durfte und Noah musste deswegen schmunzeln. Er wollte nichts lieber, als in Matteos Armen liegend einzuschlafen.

Vor dem Hause der Kowalks stand ein fremdes Auto mit einem Münchener Kennzeichen. Noah wollte gerade fragen, welche seltsamen bayrischen Verwandten Matteo noch hatte, als dieser verkrampft seine Hände in seinem Schoß ballte und angespannt aus dem Fenster starrte. Erst beim zweiten Hinsehen erkannte Noah die Angst in seinen Augen.

»Soll … ich noch mit reinkommen?«

Matteo schüttelte den Kopf, sah zu ihm. Für den Bruchteil von Sekunden hatte Noah das Gefühl, in seinen Augen zu ertrinken. Er schluckte heftig, weil er glaubte zu verstehen, wie Matteo sich fühlte.

»Nein ... ist okay.«

Matteo lächelte, doch Noah erkannte, wie gespielt alles war. Das Lächeln erreichte seine Augen nicht. Er griff seinen Rucksack und öffnete die Tür. Kalter Wind pfiff in den Pick-up, als Coconut ihm folgte. Noah mochte es, wie kuschelig es durch die Enge im Wagen war, doch als Matteo ausstieg, nahm er alles Warme mit sich.

Er stakste durch das elektronische Tor, gefolgt von seinem Hund und Andreas und Noah beobachteten beide beunruhigt, wie er das Haus betrat. Die Villa fraß ihn regelrecht. Noah schluckte ein wenig, weil er sich nicht sicher war, was er zu erwarten hatte.

Er ahnte, dass sein Freund es ebenso wenig wusste.

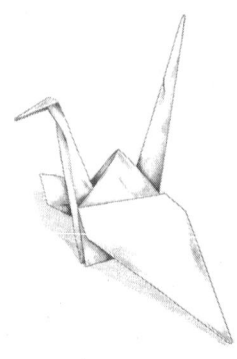

KAPITEL 21

Matteo stellte seine Tasche ab, lief durch das weiträumige Foyer und ging in die Küche. Weiter kam er nicht, bevor er seinem Vater gegenüber stand. Clemenz saß am Tisch, massierte gestresst seine Stirn und wirkte wie ein falsch platziertes Möbelstück. Frances stand hinter der Kücheninsel, goss sich ein Glas Wein ein und schien die letzten Stunden im Alkohol ertränken zu wollen. Er sah ihnen den Jetlag an, sie waren anscheinend beide erst vor wenigen Stunden in Deutschland gelandet. Ein Fakt, der jedoch keinerlei Mitleid in ihm hervorrief.

»Hi«, gab er leise von sich, wusste, dass sie seine Anwesenheit längst registriert hatten. Sogar Coconut schien die angespannte Situation zu bemerken und huschte mit eingekniffenen Schwanz davon.

»Wird auch Zeit«, knurrte Clemenz und sah zu ihm. »Setz dich.«

»Ich wollte zuerst meine …«

»Ich sagte: Setz dich.«

Der drohende Tonfall seines Vaters ließ ihn zusammenzucken. Kurz stand er wie gelähmt an Ort und Stelle, ließ seine Tasche fallen und lief langsam zu einem der Stühle. Wie befohlen setzte er sich und Clemenz blickte ihn aus leicht roten Augen an. Er wirkte erschöpft.

»Willst du mir erklären, was die Sache in Berlin sollte? Oder soll ich dich gleich anschreien?«

»Hier schreit niemand, Clemenz«, unterbrach Frances ihn tonlos und Matteo war dankbar, dass seine Mutter ihm wenigstens diesbezüglich zur Seite stand. »Rede sachlich mit ihm.«

Clemenz knallte plötzlich mit der Hand auf den Tisch und Matteo zuckte erschrocken zusammen.

»Ach, so sachlich, wie er mit mir gesprochen hat? Ich habe von einem beschissenen *Blog* erfahren, dass mein Sohn schwul ist!«

Verächtlich lachte Matteo auf und drehte den Kopf weg. In seinem Magen lag plötzlich ein schwerer Klumpen.

»Auf einmal bin ich ›dein Sohn‹. Normalerweise wärst du nicht einmal hier, *Dad*.«

Clemenz hob eine Hand und deutete drohend mit dem Finger auf Matteo. Eine Geste purer Hilflosigkeit, wie er mittlerweile wusste, wenn Eltern keinen anderen Ausweg mehr sahen und überfordert waren.

»Pass gut auf, Matteo. Ich habe dir dein *verfluchtes* Studium bezahlt und diese *dämliche* Klinik.«

Frances räusperte sich. Clemenz hatte sich nur daran beteiligt. Sie wussten es alle.

»Sei gefälligst respektvoller!«

Seine Stimme war lauter geworden, Matteo wich jedoch keinen Zentimeter zurück. Eher fühlte er sich größer. Mächtiger.

»Wie respektvoll soll ich einem Mann gegenüber sein, der nur rumvögeln kann und Kinder in der ganzen Welt zeugt, sich aber um keines kümmert?!«

Er hatte es nicht gewollt, aber war mit jedem Wort lauter geworden und stand plötzlich auf. Auch sein Vater erhob sich und sie starrten sich über den Tisch hinweg an.

»Du hast keine Ahnung von meinem Leben!«, spie Clemenz.

»Du genauso wenig von meinem!«, erwiderte Matteo trotzig und ebenso laut.

Die Luft zwischen ihnen war geladen. Matteo glaubte, den Boden unter seinen Füßen beben zu spüren, sicherlich war er es selbst. Wut kochte in seinem Bauch und er biss sich so fest auf die Unterlippe, dass es schmerzte.

»Werd nicht frech! *Du* bist derjenige, der plötzlich ankommt und behauptet, schwul zu sein! Und es in der gesamten, *verfickten* Welt herumposaunt!«

Wie würden Clemenz' Fans reagieren, könnten sie ihn gerade erleben? Wie war es möglich, solch einen Choleriker zu mögen? Ob sie überhaupt eine Ahnung hatten, wie er wirklich war?

»Stört es dich etwa, dass ich endlich weiß, wo ich hingehöre? Weil du es nach etlichen Beziehungen immer noch nicht weißt?«, fragte er spottend zurück.

Clemenz schnaubte.

»Du gehörst nicht zu einem schwulen Schwachmaten! Warst du etwa die ganze Zeit bei ihm? Der, der dich umgedreht hat?«

»Er hat mich nicht umgedreht!«

Matteo war zu aufgebracht, er konnte kaum noch reden und seine Hände ballten sich zu Fäusten. Sein gesamter Körper stand so unter Spannung, dass es schmerzte.

»Er war bei einem Noah«, sagte Frances und spielte sicherlich auf die E-Mail an, die Matteo ihr geschrieben hatte. Schließlich hatte er nicht gewollt, dass sie die Polizei rief, sollte sie vorzeitig nach Hause kommen und ihn nicht vorfinden.

»So heißt dieser Kerl?«

»Lass ihn da raus«, knurrte er seinen Vater an. Er würde nicht zulassen, dass irgendwer Noah zu nahe kam. »Das hat nichts mit ihm zu tun. Ich wusste vorher, dass ich mich für Männer interessiere.«

Clemenz fuhr sich über die Haare und schürzte seine Lippen. Matteo kannte diesen Ausdruck und wusste, dass er sich krampfhaft versuchte zurückzuhalten.

»Ist ja interessant. Und hast du jemals daran gedacht, mir oder deiner Mutter etwas davon sagen?«, fragte er zynisch nach, während Matteo einen Schritt vom Tisch zurücktrat.

Er gab ein verächtliches Schnauben von sich.

»Wann denn? Etwa in den ganzen Monaten, in denen nie einer da war?« Er sah anklagend zu seiner Mutter. »Oder mich im Krankenhaus besucht hat?«

Frances seufzte genervt, verdrehte die Augen und stützte eine Hand auf den Küchentresen. Sie stellte ihr Weinglas ab.

»Was soll das, Matteo? Ich bitte dich, ich muss *arbeiten*!« Sie betonte das letzte Wort und hob eine Hand. »Was denkst du, wer hier das Geld verdient, damit du es schön hast?«

»Ach, um mehr geht es hier ja eh nicht!«, schrie Matteo.

Clemenz lief um den Tisch herum und baute sich drohend vor ihm auf, sein Gesicht verkrampft zu einer wütenden Grimasse. Nochmals stolperte Matteo einen Schritt zurück, dieses Mal aus Angst. Er wusste nicht, was geschehen würde.

»Wir bezahlen für deine Bildung und all die Dinge, die du hast. Zum Beispiel für den Mercedes, der noch immer in der Garage steht, weil jemand seinen Führerschein nicht weitergemacht hat. Oder die Ski-Ausrüstung, die ebenso in der Garage steht, weil drei Wochen Ski-Camp in den Alpen nicht gut genug waren. Die Gitarre in deinem Zimmer, obwohl der Privatlehrer ein Vermögen gekostet hat, oder der Hund, der nicht billig ist. Geschweige denn das Studium, was vollkommen umsonst war und die tolle Wohnung, die ich dir gekauft habe und die leer steht.«

Clemenz hatte beim Sprechen gespuckt und Matteo wischte sich linkisch über die Wange, brach den Blickkontakt zu ihm jedoch nicht ab. Er blieb standhaft, obwohl er am liebsten wegrennen wollte.

»Und das Einzige, was du mir und deiner Mutter entgegenbringst, ist Verachtung und Respektlosigkeit. Wegen einem nicht erfolgten Besuch im Krankenhaus? Wie lächerlich.«

Matteo atmete tief ein, presste seine Fäuste so fest zusammen, dass es schmerzte. Kurz warf er einen hoffnungsvollen Blick zu seiner Mutter, aber die sah zur Seite, als wollte sie mit der gesamten Situation nichts zu tun haben. Als wäre er Ballast, den sie nach all den Jahren endlich als solchen erkannt hatte.

Er sammelte den restlichen Mut zusammen, verpackte ihn in die gesamte Abscheu, die er seit Jahren für seinen Erzeuger hegte und stieß Clemenz mit dem Zeigefinger vor die Brust. Nur sacht, aber bestimmend.

»Komm mir nicht zu nahe, nicht dass mein ›Schwul-sein‹ auf dich überspringt«, fauchte er und blickte ihn aus schmalen Augen an.

Sein Vater schien etwas sagen zu wollen, Matteo drehte sich jedoch bereits auf dem Absatz um und lief zur Treppe. Er pfiff nach seinem Hund und schnappte sich seine Jacke und sein Handy.

»Was soll das? Wo willst du hin?!«, schrie Clemenz, jedoch reagierte Matteo nicht, er handelte automatisch. Coconut flitzte um ihn herum, wedelte erfreut mit der Rute.

Aus der Küche hörte er laute Stimmen, Frances und Clemenz brüllten sich an, einer warf dem anderen Dinge an den Kopf, die weder produktiv noch sinnvoll waren. Er verstand zum Glück kaum ein Wort, da es in seinen Ohren rauschte und griff nach der Türklinke.

Mit polternden Schritten kam ihm Clemenz nach, drückte die Haustür fest zu und presste Matteo plötzlich gegen die Wand. Erschrocken keuchte dieser auf, mit einer solch rabiaten Art hatte er nicht gerechnet und starrte ihn verblüfft und panisch an. Für Sekunden bekam er kaum Luft.

»So nicht, mein Freundchen«, knurrte Clemenz ihn an. »Ich habe dir ein Angebot gemacht und davon wirst du Gebrauch machen. Du hast eine Woche Zeit, deine Sachen zu packen und dich für Los Angeles zu rüsten. Dort melde ich dich an einem Privat-College an und die werden dir zeigen, wie das Leben richtig funktioniert.«

Matteo öffnete den Mund, aber Clemenz hob warnend seine Hand.

»Ah, ah! Kein Wort! Tu', was ich dir sage, oder das war's. Dann fliegst du hier raus und kannst zusehen, wo du bleibst, obdach- und mittellos. Ich bin mir sicher, dass dein toller, schwuler Freund dir nicht mehr zur Seite stehen wird.«

Endlich ließ er ihn los. Frances trat hinter Clemenz und zog ihn weg.

»Matteo, du solltest in dein Zimmer gehen«, forderte sie ihn auf, doch er schüttelte den Kopf.

»Nein, ich will hier raus.«

Abermals umfasste er die Türklinke und ehe jemand ihn aufhalten konnte, öffnete er die Tür und schob sich in die Kälte hinaus. Flocken rieselten langsam vom Himmel und er hatte weder Handschuhe noch eine Mütze oder einen Schal bei sich.

»Matteo!«, rief Frances, doch er joggte bereits die Einfahrt hinab.

Er hörte Coconut hinter sich, seine Schritte knirschend auf der frischen Schneedecke. Rasch lief er weiter und kommentarlos öffnete Karl ihm das Tor. Gefolgt von seinem Hund lief er die Straße hinab und floh vor der den Trümmern seiner kaputten Familie.

Seine Schritte waren so schnell, dass er mehrmals wegrutschte. Nach etwa vier Querstraßen hielt Matteo inne, keuchte schwer und stützte seine Hände auf seine Oberschenkel. Er schnappte nach Luft und sah sich um. Immerhin war er weit genug entfernt und konnte endlich zu Atem kommen. Langsam klopfte er seine Taschen ab, suchte sein Handy und sah auf das Display, hatte jedoch kaum Internet-Empfang. Nachrichten kämen wahrscheinlich nicht an.

Kurz sah er sich nach dem Weg um, lief los und war froh, dass sein Hund bei ihm war. So war er wenigstens nicht allein. Sein Handy vibrierte nach wenigen Augenblicken, aber als er die Nummer seines Vaters sah, schaltete er es aus. Wütend schob er es zurück in seine Tasche, während Coconut neben ihm nach Schneeflocken schnappte.

Mit einem überaus mulmigen Gefühl war Noah nach einigen Minuten mit seinem Vater vom Haus der Kowalks weggefahren. Er hatte warten wollen, da Matteo sichtbar panisch gewesen war und es behagte ihm nicht, seinen Freund mit alldem allein zu lassen. Nach zehn Minuten fuhren sie los. Andreas schien genauso beunruhigt und fragte Noah, ob dieser wusste, wie Matteos Familie so war – er konnte ihm nicht darauf antworten.

Zu Hause angekommen, saß Noah nachdenklich am Wohnzimmerfenster und blickte nach draußen in die verschneite Landschaft. Sein Vater räumte die Garage auf, im Ofen brutzelten die restlichen Stücke der Ente und Kartoffeln standen auf dem Herd. Schließlich bastelte er kleine Origami-Sterne und legte sie in eine durchsichtige Plastikbox. Es dauerte nur wenige Sekunden, bis er einen fertig hatte.

So ganz konnte er sich nicht konzentrieren, sah ständig auf sein Handy. Er hatte gehofft, dass Matteo ihn anrufen oder wenigstens eine kleine Nachricht schreiben würde. Doch von seinem Freund kam nichts.

Sie hatten Kaffee getrunken und warteten auf das Abendessen und er konnte sich nicht mit Fernsehen oder Ähnlichem ablenken, deshalb bastelte er, während Andreas die Garage geräuschvoll entrümpelte. Das Haus erschien seltsam leer ohne Matteo, selbst sein Vater hatte sich an den jungen Mann gewöhnt und es freute Noah, dass sie sich mochten. Die Menschen, die er am meisten liebte.

Er hielt inne, als er die letzten Ecken des Sterns zurecht schob und blickte auf. Es wurde langsam düster, minütlich schien sich das Tageslicht mehr zurückzuziehen, die Straßenlaternen waren seit einer halben Stunde eingeschaltet. Seufzend legte er seinen Kopf gegen die Scheibe. Wie trist die Welt doch war, sobald gefrorenes Wasser sie bedeckte. Alles sah gleich aus ohne Tageslicht.

Andreas kam ins Haus und schüttelte sich.

»Gott, ist das kalt geworden. In der Werkstatt habe ich es kaum noch ausgehalten.«

»Ich sage dir seit zwei Jahren, dass du über eine Heizung nachdenken solltest«, meinte Noah nur und sein Vater schnitt ihm eine Grimasse.

»Besserwisser«, maulte er, lief in die Küche und öffnete den Kühlschrank. Noah grinste, sah aus dem Fenster und blinzelte, da er glaubte, etwas erblickt zu haben. Er sah genauer hin. Lief dort eine Katze herum? Normalerweise holte der Nachbar seine zwei Kater bei diesem Wetter herein.

Dann erkannte er das Tier und sprang auf. Der Atlas, der vorher auf seinem Schoß geruht hatte, fiel dumpf zu Boden und klappte auf, während er zur Haustür sprintete und diese aufriss. Die Kälte erreichte ihn unglaublich schnell, dennoch er rannte nach draußen, bis zum letzten Absatz der Treppe. Coconut kam zu ihm gelaufen, vollkommen eingeschneit und flitzte schnell ins Haus.

»Oh nein …«, hauchte Noah, als er Matteo erkannte. Sein Freund hatte die Arme um sich geschlungen, lief langsam, seine Jeans war komplett durchweicht. Er war blass und seine Haare klebten ihm feucht und auch gefroren in der Stirn. Noah packte ihn und schob ihn ins Innere des Hauses. Andreas hatte Coconut bereits entdeckt und kam in den Flur.

»Noah, wo kommt …«

»Wir haben Besuch«, unterbrach Noah ihn und sah Matteo besorgt an. »Bist du verrückt? Es schneit seit Stunden …«

»I-ich weiß …«, stammelte Matteo, seine Lippen bebten.

Noah knöpfte ihm die Jacke auf und streifte sie ihm von den Schultern. Er war komplett durchnässt, die Kleidung vollgesogen und schwer.

»Wieso hast du mich nicht angerufen?«, wollte er wissen, aber Matteo antwortete nicht. Unter seinen Fingerspitzen, die auf dessen Armen ruhten, spürte er ihn zittern. Er zog ihn an sich und schloss ihn in eine feste Umarmung. Er spürte, wie sehr sein Freund fror und deswegen war gerade nichts wichtiger, als ihn aufzuwärmen. Er bugsierte ihn ins Badezimmer und setzte ihn auf den heruntergeklappten Toilettensitz, nahm ein Handtuch und rieb dessen Gesicht trocken. Eine Geste, die ihn kurz schmunzeln ließ.

»Ab mit dir unter die warme Dusche«, meinte er und Matteo nickte langsam. Er erhob sich und streifte sich die nassen Sachen ab. Noah nahm sie an sich und warf sie gleich in die Waschmaschine, während sein Freund sich schlotternd unter den Wasserstrahl stellte.

»Ich komme gleich wieder«, versprach er und lief rasch in das Schlafzimmer seines Vaters, um aus dessen Schrank einen Pullover und eine

Jogginghose zu holen. Seine Sachen konnte er nicht nehmen, da Matteo größer und etwas kräftiger war als er, die von Andreas sollten passen.

Er kehrte ins Badezimmer zurück. Matteo hatte sich nach der Dusche hingesetzt und in das Handtuch eingewickelt, zitterte weiterhin. Noah legte die Sachen beiseite und hockte sich vor ihm hin.

»Wir reden später darüber, okay Matti?«, flüsterte er und sah in die großen, traurigen Augen seines Freundes. Der nickte und Noah richtete sich auf, nahm den Pullover und zog ihn Matteo über den Kopf. Es war erstaunlich, wie kooperativ er war und deswegen beunruhigend. Noah hatte ihn nach dem Klinikaufenthalt als trotzigen, jungen Mann kennengelernt, als jemand, der wusste, was er wollte und vor allem, was nicht. Er hatte in den letzten Wochen diese innere Weltoffenheit in Matteo entdeckt und die ewig unterdrückte Neugier nach dem, was er begehrte, aber nicht erreichen konnte. Genau das hatte er aus ihm heraus gekitzelt und einen fröhlichen, glücklichen Menschen darunter gefunden.

Aber das hier war nicht der Matteo, den er kennengelernt hatte.

Sein Freund zog die Jogginghose an und rieb sich danach durch das müde Gesicht. Wie lange er wohl unterwegs gewesen war? Wenn er die gesamte Strecke gelaufen war, mussten es mindestens drei Stunden sein und das bei dem heftigen Schneefall. Ein absolut leichtsinniges Verhalten.

»Ist das okay so?«, wollte er von ihm wissen und langsam nickte sein Freund. Noah nahm seine Hand, führte ihn ins Wohnzimmer, bugsierte ihn auf die Couch und legte ihm die Wolldecke um, die am Fußende lag.

»Magst du einen Tee?«, rief Andreas aus der Küche und Noah bejahte für Matteo. Er strich ihm durch die Haare, hörte Coconut kommen und klopfte auf die Couch, auf die der Hund gleich sprang. Matteo zog ihn an sich und vergrub sein Gesicht in dem weichen Fell. Er war still, vermutlich war er einfach erschöpft. Zumindest hoffte es Noah. Er ging in die Küche und fing einen ernsten Blick von seinem Vater auf, der neben dem Wasserkocher stand.

»Was ist mit ihm?«

Ratlos zuckte Noah mit den Schultern. Wenn er zumindest eine Ahnung hätte, was geschehen war, um ihm helfen zu können.

»Mach ihm einen Pfefferminztee«, bat er seinen Vater, klopfte ihm dankend auf den Rücken und kehrte ins Wohnzimmer zurück, nachdem er die Kartoffeln und den Ofen ausgestellt hatte. Andreas würde den Rest allein hinbekommen. Er setzte sich neben Matteo, legte einen Arm um ihn und hauchte ihm einen weichen Kuss auf die Stirn. Zumindest war er nicht mehr eiskalt.

»Du kleiner Idiot«, flüsterte er ihm sanft zu, hoffte, Matteo hörte das sanfte Lächeln in seiner Stimme. »Das nächste Mal rufst du mich an. Wir hätten dich abgeholt.«

»Ich brauchte das …«, meinte Matteo leise und schmiegte seine Wange an Noahs Schulter. »Ich musste … nachdenken.«

»Und dabei frieren?«, fragte Noah leicht zweifelnd.

»Irgendwie … ja.«

»Du weißt, wie lächerlich das ist, Matti?«

»Ja.«

Nochmals küsste Noah ihn auf die Stirn, holte danach leise Luft. Die Besorgnis um seinen Freund war noch nicht gewichen.

»Ist dir wärmer?«

Matteo nickte. Er war sichtlich erschöpft, sein gesamter Körper schien wie erschlafft und er lehnte sich kraftlos an ihn. Noah konnte es ihm kaum verübeln, die Strecke war nicht zu unterschätzen. Mit dem Auto brauchten sie über eine halbe Stunde und bei dem Wetter locker die doppelte Zeit. Zu Fuß war das ein ziemlicher Marathon.

Andreas kam ins Wohnzimmer und stellte den Tee auf den Couchtisch.

»In fünf Minuten können wir essen.«

Er musterte sie besorgt, sagte jedoch nichts, teilte nur einen raschen Blick mit seinem Sohn und ging in die Küche zurück.

Noah spendete seinem Freund weiterhin Wärme und Nähe. Zwei Dinge, die dieser anscheinend dringend brauchte. Sie waren recht still am Tisch, als sie wenig später gemeinsam aßen. Matteo rührte kaum etwas an, schien schrecklich müde zu sein und als sie den Tisch abgeräumt hatten, scheuchte Andreas sie davon und meinte, sie sollten ruhig gehen.

In seinem Zimmer angekommen, warf Matteo sich auf das Bett und zog sogleich die Decke über sich. Noah setzte sich neben ihn, fuhr ihm sanft mit den Fingern durch das Haar. Liebevoll fuhr er mit dem Zeigefinger über die Stirn, über den Nasenrücken und über die Lippen. Als würde er ihn malen und sich alle kleinen Besonderheiten und Unregelmäßigkeiten seines Gesichts einprägen. Die Situation war intim, Matteo hatte die Augen genießend geschlossen.

»Du bist wunderschön …«, hauchte er ihm zu und ein kleines Lächeln umspielte Matteos Lippen.

»Warum sagst du das immer?«, fragte er nach.

Noah beugte sich zu ihm und hauchte ihm einen Kuss auf die Lippen.

»Weil es stimmt. Für mich bist du wunderschön. Nicht nur äußerlich.«

Matteo besaß eine innerliche Schönheit, die anders strahlte, als es bloße Schönheit jemals könnte.

»Du bist komisch …«

Noah lachte leise, spürte, wie sein Freund unter seinen Berührungen einschlief. Er brauchte den Schlaf dringend und morgen war auch noch ein Tag.

Noah blieb neben ihm sitzen, streichelte über seine Wange, den Arm und seine Haare. Als er sicher war ihn nicht zu wecken, richtete er sich leise auf, zog seine Sachen aus und rutschte mit unter die Bettdecke. Vorsichtig legte er einen Arm um Matteo, vergrub seine Nase in dessen Haarschopf und seufzte zufrieden.

Was auch geschehen war, sie würden es hinbekommen.

»Mein Vater will mich in Los Angeles auf ein Privat-College schicken. Er war nicht begeistert über mein Outing, noch weniger darüber, dass ich ein Interview gegeben habe. Wobei das aber mein Ansehen gehoben hat.«

Auf seinem Handy türmten sich ungelesene Nachrichten. Davon mehrere von Jessica, hunderte von seinem Vater, Frances und von Miles, Jason, Tobias und Emmanuel. Alles, was er an Familie hatte, meldete sich. Bisher hatte er keine einzige Nachricht gelesen oder abgehört, er konnte einfach nicht.

Eine Tasse Tee stand vor Matteo auf dem Couchtisch und Noah und Andreas saßen bei ihm und hörten ihm zu.

»Er hat es mir vor einigen Wochen angeboten, aber ich habe bisher nichts dazu gesagt, weil ich überlegen wollte, immerhin …«, er hob seinen Blick und sah Noah an, »bist du hier«, schloss er und entlockte seinem Freund ein sanftes Lächeln. »Aber nun will er mich zwingen. Meine Eltern sehen mein Outing als Angriff auf ihr Privatleben an und mein Vater denkt, ich könnte ihm damit seine Karriere erschweren.«

»Wie egoistisch«, zischte Andreas leise, und schien vollkommen fassungslos über Matteos Worte.

»Er drohte mir, dass ich eine Woche hätte, um meine Angelegenheiten zu klären, dann will er mich mit nach Los Angeles nehmen.«

»Das kann er nicht, da du über 18 bist«, sagte Noah gleich und schüttelte den Kopf. »Und außerdem wäre das ein ziemlicher Skandal, wenn du am Flughafen eine riesige Szene machen würdest. Das will er sich garantiert nicht antun.«

Matteo schmunzelte bei der Vorstellung, wie er sich am Metalldetektor festhielt und mehrere Flughafenpolizisten an ihm herumzogen.

»Du wärst überrascht, was mein Vater alles kann«, gab er jedoch trocken von sich. »Er ist Clemenz Nier. Er hat Geld. Manche Dinge muss er nicht einmal selbst tun.«

Wieder sah Andreas beunruhigt aus und presste die Lippen fest zusammen.

»Danach bin ich abgehauen. Einfach raus, weil ich keinen anderen Ausweg gesehen habe. Es war dumm die gesamte Strecke zu laufen, aber ich konnte nicht anders. Mein Kopf war voller Gedanken und ich musste weg.«

»Schon okay …«

Andreas hob eine Hand.

»Also dein Vater kann dich auf jeden Fall nicht zwingen. Noch dazu gibt es Möglichkeiten, Matteo. Ich habe absolut nichts dagegen, wenn du vorerst hierbleibst. Hast du eine Chance, an ein paar Sachen heranzukommen, die du vielleicht brauchst?«

»Ja, unser Hausmädchen. Sie würde mir bestimmt etwas vorbeibringen.«

Andreas nickte zufrieden.

»Na also. Und gemeinsam suchen wir dir eine schöne Wohnung in der Nähe. Deine Mutter ist verpflichtet, dir eine zu bezahlen, bis du 25 bist. Wir sind hier in Deutschland, gegen diese Gesetze kann dein Vater nichts sagen.«

Beeindruckt sah Noah Andreas an.

»Und er muss dir Unterhalt zahlen, der steht dir zu. Ebenso wie das Kindergeld.«

Von alldem hatte Matteo keine Ahnung. Das klang ziemlich gut.

»An sich habe ich eine Wohnung in Berlin … aber dort habe ich ja nur während meines Studiums gewohnt.« Er überlegte einen Augenblick. »Also … könnte ich eine eigene Mietwohnung beziehen?«, fragte er nach.

»Wenn du angibst, dass die familiäre Situation daheim aktuell für dich untragbar ist. Und da deine Eltern gut verdienen, steht einer Kostenübernahme für deine Wohnung nichts im Weg.«

»Mein Vater hat sogar behauptet, er habe mir Coconut geschenkt.« Sein Blick fiel auf seinen Hund, der zu seinen Füßen lag und mit seinen blauen Augen aufblickte. »Dabei habe ich ihn gefunden. Er hat nur den Tierarzt bezahlt ...«

Noah rutschte zu ihm und legte sacht seine Hand auf dessen Oberschenkel.

»Du bleibst hier und versuchst noch an ein paar Sachen heranzukommen«, sagte er und sah zu seinem Vater.

Mit einem erleichterten Lächeln sah Matteo sie an.

»Ich danke euch.«

Er griff nach seinem Handy, um Melinda anzurufen. Wenn er Glück hatte, konnte sie ihm noch heute ein paar Sachen bringen. Er erreichte die Haushälterin, die zwar verwirrt schien über alles, was er forderte, aber meinte, sie würde am Ende des Tages vorbeikommen. Er gab ihr eine grobe Liste durch und hoffte, seine Kreditkarte befand sich noch in seiner Geldbörse, wenn Melinda sie ihm brachte.

Danach beschloss Andreas, heute für das Essen zu sorgen. Noah äußerte Zweifel aufgrund der fehlenden Kochkünste seines Vaters, ließ ihn dennoch machen. Matteo kuschelte sich mit seinem Freund vor den Fernseher und schlummerte nochmals weg, erschöpft von seinem gestrigen Marsch. Irgendwann wachte er allein auf der Couch auf, der Fernseher lief leise, ansonsten war es im Haus still. Er sah sich verwirrt und schlaftrunken um und lauschte, konnte nichts vernehmen, auch Coconut war verschwunden.

Langsam stand er auf, ging ins Badezimmer und danach in die Küche. Andreas schob gerade ein Blech mit Pommes in den Backofen und sah auf, als er ihn hörte.

»Gut geschlafen, mein Junge?«

Langsam nickte Matteo und fuhr sich durch die Haare.

»Noah ist mit Coconut kurz eine Runde spazieren gegangen.«

»Er hätte mich wecken können«, klagte er und fühlte sich übergangen, aber Andreas schenkte ihm ein Grinsen, ähnlich dem von Noah.

»Er wollte dich schlafen lassen, Matteo. Er macht sich Sorgen.«

Bedrückt starrte er zum Küchentisch und ließ sich auf einem der Stühle nieder. Andreas fragte ihn, ob er noch einen Tee wollte, und schaltete nach seinem Bejahen den Wasserkocher ein.

»Es tut mir leid für all die Umstände«, nuschelte Matteo entschuldigend und umklammerte die noch leere Tasse mit dem Teebeutel darin.

Andreas winkte ab und warf sich ein Wischtuch über die Schulter.

»Du musst dich für rein gar nichts entschuldigen. Es ist nicht deine Schuld, dass deine Eltern Vollidioten sind.« Er sah in den Ofen, als wäre er sich nicht sicher, ob er alles richtig eingestellt hatte. »Eltern haben die Pflicht, zu ihren Kindern zu stehen. Auch wenn sie richtige Scheiße bauen. Es bleiben die eigenen Kinder.«

Das war eine gute Einstellung und Matteo glaubte, dass Andreas diese auch befolgte. Er stand hinter Noah, obwohl er sicherlich nicht alles guthieß, was dieser tat.

»Meine Mutter war nicht immer so«, sagte er und drehte die Tasse. »Früher hatte sie Zeit. Nachdem meine Großeltern ihr die Firma übergeben haben, war irgendwie alles wichtiger als ich. Eigentlich habe ich gehofft, dass sie eines Tages einen netten Mann kennenlernen würde, der alles zum Guten wenden könnte.«

Er zuckte mit den Schultern, erinnerte sich an die unzähligen, hoffnungslosen Versuche seiner Mutter, auf albernen Charity-Events und bei öffentlichen Veranstaltungen irgendwelche Männer kennenzulernen. Meistens hatte sie nicht einmal die Chance, ihnen ihre Nummer zu geben. Frances war nicht unbeholfen, allerdings grob und direkt. Eigenschaften, die schnell verschreckten und eine Weile hatte Matteo angenommen, dass er diese Unarten mit ihr teilte. Er war zwar leicht reizbar, besaß jedoch zum Glück einen Kern, der tief und empfindsam war.

»Das ist eine ziemlich einsame Hoffnung, mein Junge«, meinte Andreas und schüttelte sich eine Strähne aus der Stirn. Der Wasserkocher klickte und langsam schenkte er Matteo etwas in die Tasse. Er drehte sich zu ihm und lehnte sich an die Küchenzeile. »Du bist nicht für das Glück deiner Mutter verantwortlich.«

»Ich weiß.« Matteo zupfte am Teebeutel.

»Bist du dir sicher, dass du es weißt?«, hakte Andreas nach und hob fragend eine Augenbraue. »Weil es mir vorkommt, als wärst du dein ganzes

Leben lang damit beschäftigt, es deinen Eltern recht zu machen. Und das musst du nicht.«

Eine Aussage, die Matteo zum Nachdenken anregte. Hatte Andreas recht? Versuchte er, alles zu tun, wie es seine Eltern von ihm erwarteten? Weil Clemenz eben keinen skandalträchtigen Sohn brauchte und Frances einen Ruf als seriöse Erbin eines Millionenkonzerns zu verlieren hatte?

Die Tür wurde geöffnet und Coconut kam angelaufen, wedelte mit dem gesamten Körper und schien ausgesprochen glücklich. Grinsend lehnte Matteo sich zu ihm und kraulte ihm das nasse Köpfchen.

»Na, mein Kleiner? War der liebe Noah fein mit dir spazieren?«

»Es ist wunderschönes Wetter draußen!«, verkündete dieser strahlend, stand mit halb geöffnetem Mantel und rosigen Wangen in der Tür. Er hatte sich eine graue Wollmütze aufgezogen und blaue Handschuhe an den Händen. In den Haarspitzen hatten sich ein paar Schneeflocken verfangen und Matteo konnte sich an niemanden in seinem Leben erinnern, den er jemals glücklicher über Schneefall gesehen hatte.

»Wusstest ihr, dass jede Schneeflocke einzigartig ist? Keine gleicht der anderen. Ich wünschte, ich könnte sie alle behalten.«

Matteo fing Noahs warmen Blick auf, sah dieses umwerfende Lächeln und wusste in jenem Moment nur eines:

Niemand glich Noah.

Denn der war *einzigartig*.

KAPITEL 22

Noah erinnerte sich kaum an die Beisetzung seiner Mutter.
Zwar war er bereits 16 gewesen, doch es erschienen alle Tage, nachdem die Polizei sie laut Andreas über ihren Tod informierte, wie ein einziger Albtraum. Er fand sich bedroht durch einen herabfallenden Fels aus Veränderungen, Trauer und Enttäuschung. Andreas sorgte dafür, dass Noah eine Weile in der Klinik blieb, damit er Abstand zu allem bekam, sowie professionelle Hilfe und sein er in der Zeit das Schlafzimmer ausräumen konnte. Seine Großtante zog übergangsweise ein, um ihnen zur Seite zu stehen.

Er hatte nicht die Kraft zu sprechen, und schwieg vierzehn Tage lang. Die Beisetzung fand in einem kleinen Kreis statt. Keine Kirche, sondern nur der schmuddelige Festraum und kein Sarg. Nur ein vergrößertes Foto von Hannah. Sein Vater erklärte ihm, dass er sich um alles bereits gekümmert hatte. Sie würden allein Abschied nehmen.

Ihm war nie klar gewesen, dass Beerdigungen ebenso individuell waren, wie die Menschen. So einmalig wie Granny Jude.

Sie waren etwas schrecklich Endgültiges und bereits beim Betreten des Friedhofsgeländes spürte, wie sich sein Hals zusammenschnürte. Er konnte jeden Schritt spüren, den er tätigte und hatte dennoch nicht das Gefühl, der Kapelle näher zu kommen. Granny Jude war nicht besonders religiös gewesen, doch es war wundervoll, dass sie einen solch schönen, letzten Gang antreten durfte, denn sie hatte dieses alte Gotteshaus gemocht. Manchmal durfte Noah die Fotos bewundern, die Granny Jude von Kirchen gesammelt hatte. Sie sagte, dass man nicht gläubig sein musste, um ihre Schönheit zu würdigen. Noah war zum ersten Mal in der Kirche und sah sich vorsichtig um, als er sich bei anderen Gästen einreihte, um einen Platz zugewiesen zu bekommen. Er konnte den Sarg nicht lange ansehen, es schmerzte zu sehr. Wirr suchte er mit seinem Blick nach jemanden, den er kannte. Granny Jude hatte kaum noch Familie, nur ihre Tochter und diverse Enkelkinder lebten noch. Einige erkannte er sogar von den Fotos aus ihrem Zimmer.

Eine ältere Frau kam zu ihm und fragte ihn nach seinem Namen.

»Ich bin ... Noah. Noah Laurisch.«

Ein Lächeln breitete sich auf ihrem Gesicht aus und sie nickte, führte Noah in die erste Reihe. Verwirrt wollte er protestieren, erblickte Frau Müller-Schönau und Benjamin, die ebenso ganz vorn saßen. Auch sie schienen nicht zu wissen, was geschah.

»Du bist richtig, Granny Jude hat es so in ihrem Testament geschrieben«, erklärte sie ihm leise und Noahs Anspannung wuchs. Er sank in die kühle Holzbank und schluckte. Benjamin schenkte ihm ein kleines, aufmunterndes Grinsen und gemeinsam betrachteten sie die unzähligen Menschen, die sich in die Kirche quetschten. Granny Judes Tochter begrüßte sie mit einem schwachen Lächeln und setzte sich neben Frau Müller-Schönau. Noah spürte Blicke auf sich lasten, die er jedoch nicht deuten konnte. Sein Fokus lag auf dem riesigen Bild, welches von Granny Jude aufgestellt worden war. Auf dem Foto schien sie wie das blühende Leben und lächelte ihn an. Noah erkannte sogar den pfirsichfarbenen Pullover, den sie so gern getragen hatte und Benjamin erzählte leise, dass er dieses Foto gemacht hatte, als er seine neue Kamera testete. Noah wünschte sich, er könnte sie noch einmal vor sich sitzen sehen und ihr danken. Ihre Hand halten und über die vom Leben gezeichnete Haut streichen, in ihren klaren, grauen Augen versinken und ein ganzes Leben voller Liebe, Leid und Leichtigkeit dahinter erblicken. Nur einmal noch.

Noah sah das Foto an und wischte sich über die Augen, da er ihrem Blick nicht standhielt. Der Verlust ihres Lächelns schmerzte in seiner Brust, schien wie ein Amboss auf dieser zu ruhen und ihm die Luft abzudrücken. Er schluckte, schloss die Augen und versuchte ruhig zu atmen.

Granny Jude hatte ihre Grabrede selbst geschrieben und die nette Rednerin hielt sich Wort für Wort daran. Sie erzählte von der Zeit in West London, wo Granny Jude aufgewachsen war, und berichtete von den zwei Brüdern, die sie früh verloren hatte. Vom Zweiten Weltkrieg, Liebschaften mit britischen Soldaten, ehe sie sich in einen deutschen Soldaten verliebte. Von schönen und schweren Tagen auf dem Landsitz in England, ihrem späten Abschluss in Kunstgeschichte und den drei Kindern. Die

Tochter, die mit sechzehn ein Kind bekam und den Sohn, den sie aufgrund der schlechten Lebensumstände verlor. Granny Jude hielt viele Jahre im hohen Alter noch Vorlesungen und aufgrund eines Sturzes landete sie im Rollstuhl. Noah war erstaunt. Er hatte vieles von ihr nicht gewusst. ›Una Mattina‹ von Ludovico Einaudi wurde gespielt, als die Rednerin eine Pause machte und er vermied es, jemanden anzusehen.

Er wollte nicht weinen. Granny Jude fand, dass Tränen verlorene Lebenszeit waren, er konnte sie jedoch nicht länger zurückhalten.

Er erinnerte sich an ein Spiel, welches sie gespielt hatten. Man musste unterschiedliche Listen zu gegebenen Fragen anfertigen, wie das Lieblingsessen und Urlaubsziele. Einmal hatte Granny Jude ihn gefragt, was für ihn die traurigsten Lieder waren und er gab ihr eine lange Liste. Sie spielte ihm Schallplatten mit Stücken vor, die sie hörte, nachdem ihr Kind verstorben war. Er erinnerte sich an ihre geschlossenen Augen, wie sie langsam den Kopf zu traurigen Soulklängen bewegte und an stumme Tränen, die sich über verwitterte Haut ihren Weg nach unten bahnten und in ihrer Bluse verschwunden waren.

Sie hatte ihm ihre Liste nie gezeigt.

»Am dankbarsten jedoch, war sie für einen bestimmten Menschen in ihrem Leben. Einen jungen Mann, der ihr das Leben von einer wundervollen Seite zeigte, der sich die Zeit nahm, um ihr Besuche abzustatten, und der so selbstlos war, dass es ihren Glauben in die Menschheit neu erweckt hatte. Noah war jemand Besonderes für Jude. Vor allem, weil er nicht ahnte, wie wertvoll er ist. Und sie hoffte, sie hatte ihm das vermitteln können.«

Die Tränen, die nach diesen Worten über seine Wangen liefen, waren warm und voller Liebe.

Es war ein rührender Moment und deshalb bekam Noah gar nicht mit, dass leise ›The Last Line‹ spielte. Ein Song, den er mochte, weil er authentisch war. Zum Ende erhoben sie sich, seine Knie fühlten sich weich an, seine Hände waren geballt. Farben stürzten auf ihn ein, er starrte den Sarg an und begriff nicht, was er sah. Sein Gehirn weigerte sich, dieses Holzbett als letzte Ruhestätte seiner ältesten Freundin zu akzeptieren. Wenn es nach ihm ginge, würde sie auf einem Blumenmeer liegen und die Themse hinabtreiben, begleitet von Trompeten, die ein trauriges Lied spielten und die danach für immer verklingen sollten.

Benjamin legte seine Hand auf seine Schulter und gemeinsam liefen sie mit zittrigen Schritten hinter dem Sarg her. Als sie stehen blieben und ihre Blüten in das offene Grab warfen, schneite es. Noah legte den Kopf in den Nacken und hoffte, dass seine Freundin ihm diesen Schnee schickte, um ihn lächeln zu sehen. Und er tat ihr diesen Gefallen, sagte ein lautloses ›Danke‹ zum Himmel und starrte in einen Tunnel aus herumfliegenden Flocken.

Einmalig, wie es Menschen waren, die man in seinem Leben traf.

Matteo hatte entsetzliche Kopfschmerzen. Er drehte sich im Bett auf die kühlere Seite, presste seinen schmerzenden Schädel in den Stoff und schloss die Augen. Sein Zeitgefühl war komplett durcheinander, er hatte keine Ahnung, wie spät es war. Er erinnerte sich daran, dass Noah heute Morgen aufgestanden war, ihm einen sanften Kuss auf die Stirn drückte und sagte, er wäre später zurück. Heute war Granny Judes Beerdigung. Zwar hatte er ihn ursprünglich begleiten wollen, aufgrund des aktuellen Medienrummels ließ er es jedoch bleiben.

Müde hob er den Blick und hörte Schritte auf der Treppe. Sicherlich war er deswegen aufgewacht. Matteo kroch unter die Bettdecke. Auf seinen Ohren lag ein unangenehmer Druck und er fühlte sich seltsam schwammig, als hätte ihn jemand überrollt.

»Matti, bist du wach?«, fragte Noah flüsternd und er brummte, räusperte sich.

»Ja …«

Noah kam zum Bett und setzte sich neben ihn auf die Matratze. Er strich ihm sacht über die Stirn, als befürchtete er, ihm wehzutun. Obwohl er lächelte, sah Matteo die traurigen Augen und spürte, wie seine Fingerspitzen zitterten.

»Ist mit dir alles in Ordnung?«

Wieder landete ein kleines, müdes Lächeln auf Noahs Zügen.

»Nein …«

Er sah traurig aus, wie ein ausgesetzter Welpe, der die Welt nicht verstand. Matteo setzte sich auf, rutschte auf dem Bett zurück und hob die

Decke an. Einladend sah er zu ihm und wartete, bis sein Freund sich die Jacke und Jeans ausgezogen hatte und zu ihm kroch. Rasch legte er seinen Arm um ihn, legte sich zurück ins Kopfkissen, zog ihn an sich und vergrub die Nase in seinen blauen Haaren.

»Du bist ganz warm«, flüsterte Noah und sein Körper bebte in Matteos Umarmung.

»Hab Kopfschmerzen«, nuschelte er, die Augen halb geschlossen.

»Du hast dir bestimmt was weggeholt, als du diesen Schneemarathon vollzogen hast.«

»Ich wollte halt zu dir. Da war der Schnee kein Hindernis.«

Noah kicherte leise und dieses Lachen vibrierte wohltuend gegen Matteos Brust.

»Papa hat uns Schnitzel und diverse Dinge gekocht. Irgendetwas davon sollte wohl Gemüse sein, auch wenn es nicht so gerochen hat.«

»Heißt also, wir müssten aufstehen? Oh man.« Matteo brummte.

»Wir können nachher kuscheln.«

Er hob seinen Kopf und wartete, bis Noah ihn ansah.

»Versprochen?«

»Sowas von versprochen.«

Noah lächelte, rollte sich aus seiner Umarmung auf dem Bauch und gab Matteo einen federleichten Kuss auf die Lippen. Er schloss genießend die Augen. Es kribbelte angenehm bis in seine Fingerspitzen und sendete Schauer über seinen Rücken.

»Und jetzt sollten wir runter gehen und dir eine Tablette gegen dein pochendes Köpfchen geben. Du denkst bestimmt zu viel nach, Matti.«

Noah zog eine Hand unter seinem Körper hervor und strich ihm leicht mit den Fingerspitzen über die Stirn.

»Schon … aber sicher nicht zu viel.«

»Hast du über deinen Vater nachgedacht?«

Matteo nickte.

Noah hob eine Augenbraue. »Dann war es zu viel.«

»Würdest du mit mir nach Los Angeles gehen?«, fragte Matteo aus einem Impuls heraus und Noah blinzelte überrumpelt, lächelte jedoch wenige Sekunden später.

»Nun, hätten wir nicht erst einmal an die Ostsee fahren können, statt gleich auszuwandern?«, witzelte er und sie lachten beide.

Zärtlich legte er seine Hände an Matteos Wangen und küsste ihn.

»Du weißt, ich kann nicht mit dir gehen, auch wenn es schön wäre. Ich kann meinen Vater nicht allein lassen.«

»Ich kann an sich auch nicht … weil ohne dich will ich nicht weg.«

»Und dein Vater kann dich nicht zwingen, Matteo«, erinnerte Noah ihn sanft, rollte vom Bett, stand auf und streckte sich. Die kürzeren Haare, die er jetzt trug, standen ihm hervorragend. Matteo widerstand nur mühsam dem Drang, ihm mit gespreizten Fingern hindurchzufahren, als Noah sich zu ihm lehnte, um eines der Kissen zurecht zu schieben und einmal mehr betrachtete er dessen nahezu perfektes Profil.

»Ich spüre es, wie du mich ansiehst.«

Noah blickte zu ihm und musterte ihn, als könnte er etwas in Matteos Augen erkennen, von dessen Existenz er nicht einmal wusste.

»Geht es dir gut?«

Matteo schwieg und presste seine Lippen fest zusammen. Eine schwere Frage, auf die es keine einfache Antwort gab. Wenn er ehrlich war, hatte er keine Ahnung von seinem aktuellen Gemütszustand. Seit der Klinik bewegte er sich über Seelentrümmer, die er bisher nicht beiseite geschafft hatte und drohte, sich daran zu verletzen. Im Endeffekt wollte er nur vergessen.

»Ich weiß es nicht. Ich glaube schon …«, er seufzte, fuhr sich durch die Haare, »manchmal ist es eben nicht okay. Kennst du diese seltsame Leere, in die man jederzeit fallen könnte? Dieses schwarze Loch, was einem alles aussaugt?«

Noah schüttelte den Kopf und sah ihn dennoch weiterhin ernst an.

»Also … es ist kein Loch, aber es fühlt sich so an. Und manchmal ist es da und saugt alles Gute aus mir raus. Manchmal weiß ich nicht, warum ich jemals traurig war.«

Noah kroch wieder zu ihm und nahm seine Hand. Jetzt lag definitiv Besorgnis in seinem Blick.

»Kannst du mir sagen, wenn du das Loch siehst? Damit wir es zusammen bekämpfen können?«

Er ahnte, dass Noah Angst hatte, wieder jemanden zu verlieren, dem es nicht sichtbar schlecht ging. Die Beerdigung heute hatte ihn aufgewühlt und Ängste hervorgeholt, die er sonst wegsperrte.

»Okay …«

Noah lehnte sich zu ihm und schmatzte einen winzigen Kuss auf seine Nase. Matteo rieb sich grinsend über den Nasenrücken.

»Lass uns essen gehen! Es riecht wundervoll nach … diesem seltsamen Gemüse.«

Lachend schälten sie sich aus dem Bett.

Weil er nicht volljährig war, durfte Noah seine Mutter nicht in der Klinik besuchen. Erst als sie auf die offene Station verlegt wurde, konnte er sie einmal in der Woche sehen. Er erinnerte sich daran, wie er bei seinem ersten Besuch ihr Zimmer betrat. Der Duft von Krankenhaus und Rosen hing im Raum und die Tür ging nur schwer auf, da heftiger Luftzug sie zudrückte. Hannah saß am offenem Fenster, den Blick nach draußen gerichtet, ihre langen, blonden Haare wehten im Wind. Es war ein schöner Tag gewesen und Noah wusste noch, was er bei ihrem Anblick gedacht hatte. Sie hatte wie ein Engel ausgesehen.

Getrübt wurde dieser Anblick durch das fehlende Lächeln in ihrem Gesicht. Kein Glanz in ihren Augen, nichts. Es war, als würde er ein lebloses Gemälde ansehen und nicht begreifen, aus welcher Epoche es stammte. Dieser Mensch vor ihm konnte nicht seine Mutter sein.

Als die Medikamente bei Hannah anschlugen, durfte sie draußen spazieren gehen. Sie bekam ihr altes Lächeln zurück, freute sich über zwitschernde Vögel, über jüngst erblühte Blumen und über den simplen Geruch von frisch gemähtem Gras. Er war froh gewesen, dass seine Mutter langsam gesund wurde und dann, eines Tages, wie aus dem Nichts … war sie plötzlich weg.

Als hätte sie nie existiert.

Noah war zu jung und unerfahren gewesen, um etwas erkennen zu können. Mit der Zeit begriff er, dass psychische Erkrankungen immer einen Anfang hatten. Vor allem aber, dass man sie nie vollends los wurde, und das hatten Andreas und er bei Hannah übersehen.

Er würde nicht zulassen, dass ihm so ein Fehler bei Matteo passierte.

Wenn er in den letzten Wochen etwas kennengelernt hatte, dann war es das Gefühl, geliebt zu werden. Matteo musste es ihm nicht sagen, Noah spürte es. Er konnte es in jedem Blick sehen, in jeder Berührung spüren und in jedem Moment, indem sie den Atem des jeweils anderen teilten. Noah wollte all das noch lange genießen, am liebsten für immer.

Er würde *niemand* mehr an seine Blindheit verlieren.

Matteo lag auf der Couch und hatte einen dampfenden Tee vor sich. Er hustete und war tatsächlich angeschlagen, wie Noah es vermutet hatte. Andreas stand bereits in der Küche und durchforstete im Internet eine Vielzahl an Rezepten, wie er am besten eine stärkende Suppe aus eingefrorenen Rinderknochen zubereitete. Noah liebte ihn dafür, dass er so selbstlos war.

Er lehnte sich über das Sofa, sah zum Fernseher, auf dem Animationsfilm lief und blickte auf seinen schlummernden Freund hinab. Matteo sah leicht fiebrig aus. Seine Wangen glühten und seine Nase schien verstopft zu sein, da er beim Ausatmen leise fiepte.

Lange Zeit betrachtete er ihn nur und fragte sich, womit er diesen wundervollen Mann an seiner Seite verdiente. Noah konnte sich kaum noch an eine Zeit erinnern, in der Matteo nicht in seinem Leben war, er bereicherte es mit seiner Anwesenheit darin.

Noah wollte sich gerade in den Sessel setzen, als sein Blick auf das Matteos leuchtendes Handy fiel. Neugierig sah er auf den Bildschirm. Ein Name. *Jessica.* Die Exfreundin.

Er reagierte nicht und sah zum Fernseher. Ein paar Minuten später erwachte sein Freund mit einem verwirrten Blick, sah sich aus kleinen, müden Augen um und warf die Wolldecke von sich.

»Gut geschlafen?«, fragte er ihn sanft.

Matteo nickte, gähnte kurz und rutschte über die Couch.

»Ja … Kopfschmerzen sind weg, endlich.«

Noah grinste und nickte zu dem Smartphone.

»Jessica hat versucht dich anzurufen«, informierte er ihn und sah zu seinem Bedauern, wie Matteos Gesicht regelrecht in sich zusammenfiel. Es tauchte ein Ausdruck auf seinen Zügen aus, den er noch nie gesehen hatte. Eine Mischung aus Ahnungslosigkeit und … *Angst.*

»Ich weiß gar nicht …«, fing Matteo an, schluckte und griff nach seiner Teetasse auf dem Couchtisch. »Ich weiß nicht, was ich ihr sagen soll. Immerhin … oh man.«

»Was denn?«, wollte Noah wissen. Es klang nicht, als ginge es nicht nur um das Sorgerecht für ein Lieblingskopfkissen.

Matteo wirkte nervös, stellte die Tasse wieder ab, vergrub das Gesicht in seinen Händen und holte hörbar Luft. Verwirrt blinzelte Noah bei diesem Anblick.

»Ich denke, sie …«, Matteo brach ab, sah ihn kurz an und in seinen Augen lag ein Ausdruck der Reue, »… hat den Ring gefunden.«

Seine Lippen bebten bei jedem Wort und Noah begriff im ersten Moment nicht, was das zu bedeuten hatte. Es war wie beim Zuhören einer fremden Sprache. Er konnte sie nicht verstehen und der Blick in Matteos Gesicht, welches mehr zu einer bedauernden Maske wurde, trug nur minimal dazu bei, dass sein Gehirn irgendetwas davon verarbeitete. Noah sah ihn einfach nur an.

Eigentlich sah er durch ihn hindurch.

»Was meinst du damit, er hat seiner Freundin einen Ring geschenkt?«

Lola zog ihre perfekt gezupften Augenbrauen zusammen. Sie hatte aufgehört in ihrem Kaffee zu rühren, in dem sich ohnehin keinerlei Zucker oder Milch befand, und starrte ihn an.

»Einen Ring zur Verlobung«, klärte Noah mit bemüht ruhiger Stimme und schluckte bei seinen eigenen Worten.

Seine Freundin öffnete vollkommen empört den Mund und klappte ihn lautlos wieder zu.

»Bitte *was*?!«

Im Grunde wusste er nicht mehr, was gestern geschehen war. Er hatte sich um seinen Freund kümmern wollen und etwas erfahren, was alles ins Wanken brachte. Matteo gestand ihm, dass er vorgehabt hatte, seiner Freundin einen Antrag zu machen. Einen Heiratsantrag, um genauer zu sein und den Ring hatte er – zu Noahs Fassungslosigkeit – in Jessicas Zimmer versteckt, um ihn im Falle des Falles schnell zur Hand zu haben. All das klang so bizarr und aus einem schlechten Jugendfilm entrissen, dass Noah fast darüber lachte. Natürlich war es keineswegs witzig. Es warf viele Fragen auf, vor allem die offensichtlichste: wenn Matteo Jessica hatte heiraten wollen, waren seine aktuellen Gefühle Noah gegenüber ehrlich? Oder handelte es sich nur um eine temporäre Gefühlsverwirrung und er brauchte ihn nicht als jemanden, den er liebte, sondern einzig als einen Freund?

»Scheiße und jetzt?«

Lola fluchte wieder, dieses Mal leiser. Bedrückt zuckte Noah mit den Schultern.

»Ich habe keine Ahnung. Ich habe ihm gesagt, dass ich Zeit brauche, um darüber nachzudenken. Er hat mir versichert, dass es nichts mit uns zu tun hat und er sie nie gefragt hat.«

Wieder zuckte er mit den Schultern, um seine eigene Unschlüssigkeit zu untermalen.

»Das macht seine Absichten jedoch nicht weniger vorhanden. Ich meine, er hat sie *heiraten* wollen … wieso hat er sie dann plötzlich verlassen?«

Noah starrte auf die Tischplatte und fand keine Antwort auf diese Frage. Ehrlich gesagt fragte er sich all das ebenso. Warum hatte Matteo Jessica verlassen? Etwa wegen ihm? Aus reiner Neugier heraus oder weil er nichts mehr für sie empfand?

Seine Gedanken ergaben keinerlei Sinn.

»Er sagte zu mir, weil er in der Therapie entdeckt hat, dass sie nicht das war, was er brauchte.«

»NoNo, dennoch hat man *immer* einen Grund, warum man jemanden als Partner hat«, sagte Lola. »Ich habe genügend bei Tobias. Man ist nicht nur zusammen, um zusammen zu sein.«

Er schob seine Tasse herum und bemerkte, dass Matteo genau das seit einiger Zeit nicht mehr tat. Er rückte keine Dinge mehr zurecht.

Alles hatte sich irgendwie verändert.

»Also: Was nun? Wo ist Matteo gerade?«, fragte Lola weiter.

Noah lehnte sich zurück und fuhr sich durch seine blauen Haare.

»Er ist bei seinem Bruder … also deinem Freund«, sagte er mit einem kleinen Schmunzeln. »Okay. Genug von mir. Wie läuft es bei dir?«

Seine sonst so redselige Freundin verlor sich in Floskeln, ehe sie endlich mit ein paar Kleinigkeiten heraus rückte.

»Ich war bei meiner Schwiegermutter«, begann sie und stützte ihre Stirn auf ihre Handflächen. »Und fuck, habe ich mich blamiert.«

Noah gluckste amüsiert, weil er wusste, was bei Lola unter die Kategorie ›blamiert‹ fiel und das war tatsächlich nicht sehr viel. Sie vertrat die Meinung, dass nichts zu peinlich sein konnte. Demnach musste sie ein neues Level erreicht haben, oder Tobias hatte es geschafft und sie tatsächlich verändert.

So, wie es auch Matteo bei ihm geschafft hatte.

»Erzähl«, meinte er und nippte an seinem Kaffee.

Mittlerweile bunkerte Matteo genügend Sachen bei Noah, um mindestens zwei Wochen bei ihm auszukommen, ohne Wäsche zu waschen. Momentan überschlugen sich die Ereignisse und er musste Entscheidungen treffen. Die jüngsten Erkenntnisse hatten nicht gerade dazu beigetragen, alles zu vereinfachen, im Gegenteil.

Er saß auf dem Bett, umringt von seinen Pullovern und Shirts, die er zusammenlegte und in den Koffer packte und schluckte, da er versuchte, nicht zu heulen. Es funktionierte nicht, ständig schlichen sich kleine Tränen über seine Wangen. Es war nicht seine Absicht gewesen, Noah wehzutun. Er hatte nur versucht, Jessicas Anruf zu erklären.

Als Noah gegangen war, rief er sie an und erfuhr, dass sie tatsächlich den Ring gefunden hatte. Matteo bat sie, ihn irgendwann bei seiner Mutter gemeinsam mit den paar Shirts und einer Jeans abzugeben. Sie musste ihn nur zwischen die Sachen schieben und alles wäre gut. Jessica war kurz angebunden und hatte keine Lust, irgendein tiefgründiges Gespräch mit ihm zu führen. Schlimmer konnte es kaum kommen, immerhin war die Sache nun geklärt.

Vielleicht nicht mit Noah, aber zumindest mit ihr.

Er legte den nächsten Pullover in den Koffer, seine Hände zitterten. Noch immer fühlte er sich angeschlagen, aber fit genug, um sich allem zu stellen. Und wenn Noah wollte, dass er ging … würde er das tun.

Er hörte Schritte auf der Bodenleiter, wischte sich über die Augen und sah zur Luke. Noahs Kopf tauchte auf und sein Freund spähte in den Raum.

»Ich bin allein hier, falls du nach jemandem Ausschau hältst«, sagte er leise.

»Wenn hier noch jemand wäre, müsste ich jetzt wohl eine unglaublich eifersüchtige Szene machen. Und ich kann Karate.«

Matteo betrachtete das kleine Lächeln auf Noahs Zügen und warf den Pullover beiseite, den er gerade zum sicherlich zehnten Mal zusammen legte.

»Meinst du … meinst du, wir können reden?«

Er verfolgte, wie sein Freund nach oben kam, sich auf das Bett setzte und zu ihm blickte.

»Das können wir, aber vorher …«

Noah wischte sich durch das Gesicht. Seine Augen glitzerten verräterisch. Es tat Matteo in der Seele weh.

»Sag mir … bitte, dass du … mich nie …« Er brach ab, seine Stimme zerfiel wie ein angebrochenes Glas.

Rasch rückte Matteo zu ihm und spürte neue Tränen. Eine Hand legte er an Noahs Gesicht.

»Niemals. Ich habe dich niemals belogen. Und …«

Noah zitterte unter seinen Fingerspitzen, schien aufgewühlt zu sein, weswegen sich Matteo erhob und seine Arme um ihn schlang. Er zog ihn an sich und vergrub die Nase in dessen Haaren. Für mehrere Sekunden und unendlich viele Herzschlägen fragte er sich, ob er weiter reden durfte. »Ich liebe dich.«

Kurzzeitig versteifte sich Noahs Körper, sank daraufhin endlich in seine Arme. Er drückte sein Gesicht in Matteos Shirt und binnen kürzester Zeit war es tränennass. Das alles war nur seine Schuld.

»Es tut mir …«

»Sei ruhig und küss mich einfach, du Idiot«, unterbrach Noah ihn rasch, hob den Blick und seine Augen voller Tränen lösten in Matteo noch mehr Reue aus. Sacht fuhr er über die feuchte Wange und küsste ihn fest. Der Kuss war intensiv und salzig, wie das Meer und noch ehe er verstand, was geschah, waren sie ein Bündel aus Gliedern und nackter Haut und bestanden aus Atem, Küssen und verlorener Zeit.

KAPITEL 23

N oah zitterte. Sein gesamter Körper schien sich aufzubäumen und dann zu erschlaffen, als würde Strom durch ihn fließen.
»Nicht gut?«

»Doch … perfekt…«, hauchte er.

Es waren nur noch wenige Stunden bis Silvester, sein Vater war draußen, schob den Schnee der vergangenen Nächte von ihrem Grundstück und sie lagen hier und tauschten weiche Küsse aus.

Der Tag hatte vollkommen normal angefangen; sie frühstückten, holten mit Andreas zusammen in der Stadt DVDs und Essen für den Abend und fuhren wieder nach Hause, wo sich sein Vater irgendwann in die Garage verzog. Noah und Matteo waren nach oben gegangen, hatten auf dem Bett gelegen, in den hellgrauen Himmel gestarrt und darüber gesprochen, was sie sich für das neue Jahr wünschten. Nach einigen Albernheiten hatte Matteo ernst gesagt, dass er sich wünschte, ihn immer bei sich haben zu können. Immer.

Und dann hatten sie sich geküsst. Im ersten Moment dachte Noah, es würde dabei bleiben, sein Freund überraschte ihn jedoch mit offensichtlichen Absichten.

Noch wusste er nicht, was Matteo wegen Los Angeles unternehmen würde, doch er hatte ihm die Sache mit Jessica vergeben. Zu verurteilen, dass er einst etwas für Jessica empfunden hatte, wäre lächerlich.

Sein Freund hatte ihm versichert, dass er den Ring vor einem Jahr besorgt hatte. Eine Trotzreaktion, als die ersten Gerüchte einer Trennung aufgekommen waren und als Beweis für sich, dass er nicht schwul war. Ein ziemlich alberner Versuch, bedachte Noah die ganzen Geschichten, die er mittlerweile kannte. Von dem Abend, als Matteo mit Tobias und Emmanuel in Berlin vor dem *SchwuP* stand, bis hin zu den unzähligen Malen, die Matteo sich auf *GayRomeo* angemeldet und wenige Stunden später wieder abgemeldet hatte. Er kannte dieses Spielchen mit der eigenen Unsicherheit und nahm es ihm nicht übel, dass er mit seinen 21 Jahren nicht gewusst hatte, was er wollte.

Zumindest wusste er es jetzt.

Matteo küsste ihn nochmals, seine Handfläche lag an Noahs Wange und der schmiegte sich in die sanfte Berührung, schloss die Augen. Sie blieben nackt liegen, im gleichen Takt atmend, ruhig und wortlos. In Noahs Ohren rauschte es sanft und er schmiegte sich eng an seinen Freund, der bereitwillig seine Arme um ihn schlang.

»Morgen werde ich zu meinem Vater gehen und ihm sagen, dass ich ihn nicht nach Los Angeles begleiten werde«, sagte Matteo plötzlich und innerlich verfluchte Noah ihn dafür, die schöne Stimmung zerstört zu haben.

»Okay«, sagte er leise, legte den Kopf in den Nacken und platzierte seine Hand auf Matteos Brust.

»Okay? Sehr wortkarg, mein Lieber.«

»Ich mag nicht reden. Ich mag nur hier mit dir liegen.«

»Wir können beides.«

Er zog ihn mehr an sich, legte ihm seine Hände an den Hintern.

»Aber ich habe eine tolle Idee.«

»Ach ja? Für die Weltherrschaft musst du aber bis zum Frühjahr warten.«

»Ich meine wegen des Rings.«

Noah versteifte sich. Er hatte das Thema meiden wollen.

»Ich werde ihn zurückgeben und von dem Geld fahren wir in den Urlaub. Nur wir beide.«

Lange sagte er nichts. Es klang überaus verlockend mit ihm wegzufahren. Eine Weile weg von allem. Er malte auf Matteos dunkler Haut, fuhr mit seinen Fingerspitzen die Konturen seines Brustkorbs entlang. Bisher war ihm nicht aufgefallen, wie gebräunt sein Freund war und welchen schönen Körper er unter den Shirts verbarg. Langsam erkundete er ihn mit den Augen und bemerkte nicht, wie seine Hand folgte.

Erst als Matteos Lippen ihn sacht auf der Stirn berührten, erwachte er aus seinem tranceähnlichen Zustand, blinzelte und sah ihn lächelnd an.

»Du bist wunderschön, weißt du das?«, fragte er leise gegen Matteos Lippen. »Und ein schöner Mensch gehört in eine schöne Stadt. Wie wäre es, wenn wir nach Prag oder Hamburg fahren?«

Noah war noch nie richtig im Urlaub gewesen. Als Hannah noch bei ihnen gewesen war, hatten sie nie Zeit gehabt und danach kein Geld. Für ihn war es nicht schlimm gewesen, er glaubte jedoch, einiges verpasst zu haben.

»Du findest Hamburg schön?«, fragte Matteo zweifelnd.

»Du nicht?«

Hannah war begeistert von Hamburg gewesen und irgendwie sah es Noah als Pflicht an, diese Stadt ebenso zu mögen.

»Nun ja … ich bin mehr ein Fan von Köln und Berlin.«

»Die gefühlt schmutzigsten Städte Deutschlands. Das passt zu dir«, witzelte Noah.

Matteo sah ihn empört an, hob eine Hand und attackierte ihn. Noah lachte auf, wollte ihm entkommen, aber sein Freund war stärker, drückte ihn zurück und warf sich auf ihn, um ihn durchzukitzeln.

»Gnaaade! Ich kann Karate!«

Matteo ließ ihn frei, grinste frech und fegte sich eine Strähne aus der Stirn. Atemlos blickte er ihn an und schlang seine Arme um seinen Hals.

Sie küssten sich innig, sodass Noah die Schritte in der zweiten Etage nicht gleich vernahm. Als er ein Türknallen hörte, zuckte er zusammen, ebenso wie Matteo. Für den Bruchteil von Sekunden sahen sie sich panisch an und stoben auseinander.

»Jungs?«, rief Andreas behutsam nach oben.

Noah stand auf und suchte seine Boxershorts.

»Wir kommen gleich runter!«

»Alles klar, der Filmmarathon geht bald los. Lola und Tobias sind hier.«

Matteo blickte fragend zu ihm, hatte anscheinend ebenso wenig von diesem Vorschlag am Frühstückstisch mitbekommen.

»Okay!« Oh verdammt.

Matteo lief umher, suchte seine Sachen zusammen, stolperte und landete auf dem Bett. Noah kroch zu ihm, zog ihn zu sich und küsste ihn sanft.

»Ganz ruhig, Matti. Zieh dich in aller Ruhe an«, meinte er leise und fischte nach seinem Shirt, zog es über, ebenso wie eine Jeans. Er schloss den Hosenknopf, während er zur Bodenleiter lief und stieg hinab, lief rasch ins Badezimmer und richtete seine Haare.

Der Silvesterabend konnte beginnen.

Lola war seltsam und gerade deswegen sympathisch. Sie besaß eine erfrischende Art und Matteo gefiel besonders, wie direkt sie war. Bei den kurzen Treffen zuvor war ihm das nicht wirklich aufgefallen, aber heute bemerkte er es umso genauer.

Noah gesellte sich zu ihnen, suchte mit Lola zusammen nach einem guten Pizzalieferdienst, damit Andreas nichts kochen musste und sie dabei alle in Gefahr brachte und Matteo nutzte den ruhigen Moment, um mit Tobias unter vier Augen zu sprechen. Sie saßen im Wohnzimmer, sein Bruder hielt ein Glas Wasser in der Hand und Matteo nippte noch an einem Tee.

»Clemenz ist übrigens gar nicht gut auf dich zu sprechen«, meinte Tobias leise und sah zu ihm. Matteo konnte sich nicht daran erinnern, wann er ihn je ernsthaft beunruhigt erlebt hatte, doch gerade sah er überaus besorgt aus.

»Ist mir eigentlich egal, was Clemenz sagt.«

»Er meinte, er will dich mit nach Los Angeles nehmen. Stimmt das?«

Matteo nickte und rutschte tiefer in den Sessel.

»Ja«, knurrte er. »Er hat die abstrakte Vorstellung, dass ein Privat-College in der Stadt der Reichen und Schönen alles richten kann.«

Tobias drehte das Glas in seinen Händen und seufzte leise.

»Und was denkst du? Ich meine, du weißt, er kann dich nicht zwingen. Was willst du tun?«

Warum fragten ihn immer alle danach? Wenn er es wüsste, hätte er es schon längst getan. Er war ein geouteter C-Promi und stand weiterhin im Focus der Paparazzi. Sollte er sich nochmals in Berlin mit Noah zeigen, würde er an jedem Finger zwei fotogeile Reporter haben. Aber irgendwie war ihm das egal. Es störte ihn nur, dass die Leute ihr Augenmerk auf Noah legen würden, und das wollte er seinem Freund ersparen.

»Forschen die immer noch nach Noah?«, wollte er leise wissen und sein Bruder nickte langsam, sah kurz in Richtung Küche.

»Ja. Im Netz haben sie eine Online-Umfrage gestartet, ob jemand ›die neue Liebe von Matteo Nier‹ kennt.«

Tobias legte besonders viel Verachtung in seine zitierten Worte und verzog angewidert das Gesicht. Keiner von ihnen hatte viel für die Presse übrig, sich bisher wenig darum geschert, was sie schrieben.

»Großartig«, klagte Matteo und rieb sich die Nasenwurzel. »Immerhin sind sie bisher nicht auf ihn gekommen.«

»Ist nur eine Frage der Zeit«, unkte Tobias.

Wütend sah Matteo ihn an, weil er ihm verbal in den Rücken fiel. Sein Bruder hob abwehrend die Hände.

»Hey, *du* hast in Berlin mit deinem Freund rumgeknutscht, nicht ich.«

»Wenn du mit ihm rumgeknutscht hättest, wären deine Schneidezähne in einem Plastikkästchen zu Hause.«

Süffisant grinste er. Tobias lachte leise und stieß gegen Matteos Schulter.

»Spinner.« Sie schwiegen kurz. »Ist sonst alles okay zwischen euch?«

»Ich denke schon.« Matteo rieb sich die Stirn. »Lässt man außen vor, dass ich ihm gestehen musste, dass meine Exfreundin ihren Verlobungsring gefunden hat, den ich ihr nie gegeben habe.«

»Autsch! Scheiße. Du hast Jess einen *Antrag* machen wollen?!«

Seufzend nickte Matteo und starrte in seinen Tee.

»Ja«, gab er gepresst von sich. »Erinnerst du dich an letztes Jahr? Als wir auf dieser Gala waren und diese Blondine mich angemacht hat? Es kamen Gerüchte auf, ich würde fremdflirten und eine Weile lang war Jessica sauer auf mich. Da habe ich den Ring gekauft.« Er zuckte mit den Schultern, als hätte er keine andere Erklärung dafür, warum er so gehandelt hatte.

Tobias presste die Lippen zusammen.

»Und … weil du die Schnauze voll hattest, hast du einen Ring gekauft?« Er ließ es wirklich albern klingen.

»Gott, wenn du das so sagst, klingt es echt grenzdebil …«

»Weil es das *ist*, Matteo.« Er lachte leise. »Ich meine … du hast echt einen Ring gekauft und ihn bei ihr versteckt?«

»Ja. Im Sockenschubfach.«

Sie lachten beide, als Lola ins Wohnzimmer kam. Sie hatte seit neustem violette Haare und trug heute ein 50er Jahre Rockabilly-Kleid, wie sie allen stolz erzählt hatte. Ihr Petticoat wog bei jedem Schritt mit, sie wirkte wie aus einem alten Film entsprungen. Matteo war erstaunt, dass dein Bruder, der sonst nur Möchtegern-Models datete, sich Hals über Kopf in sie verliebt hatte. Jedoch gab er zu, dass sie gut zusammen aussahen.

Lola warf sich auf Tobias' Schoß, der es gerade noch schaffte, sein Glas abzustellen und schlang ihre blassen Arme um seinen Hals.

»Na, ihr zwei Süßen? Habt ihr gelästert?«, fragte sie und musterte vor allem ihren Freund streng. Der setzte eine unschuldige Miene auf.

»Niemals.«

Theatralisch schob er seine Lippe nach vorn und Lola lachte, drückte seine Wangen mit einer Hand zusammen und küsste ihn überschwänglich. Matteo war beeindruckt, wie liebevoll und dennoch freundschaftlich die beiden miteinander umgingen.

»Du würdest es auch bereuen, wenn ich herausfinde, dass du über mich schlecht redest«, sagte Lola mit ernstem Gesicht, presste Tobias' Wangen fest zusammen. Matteo sah auf, als Noah aus der Küche kam, sich locker auf die Lehne des Sessels sinken ließ und halb in seinen Schoß rutschte.

»Ich habe dir eine Peperoni-Pizza mit extra Käse bestellt«, informierte er ihn und strahlte.

»Super.«

Andreas kam in den Raum, plötzlich knallte es und Konfetti flog durch die Luft. Inmitten dieses Spektakels stand Andreas, eingeschneit mit bunten Papierschnipseln und warf seinem Sohn und Lola zwei weitere Konfettikanonen zu. Letztere jubelte, sprang auf und zielte an die Decke. Dieser Knall läutete eines der schönsten Silvester für Matteo ein.

Sie tauschten fiebrige Küsse aus, während sie auf dem kleinen Dachvorsprung standen und nach unten blickten. In der Kleinstadt flogen bereits seit Minuten Feuerwerkskörper durch die Luft, erhellten den Himmel in bunten Farben und in der Ferne war dumpfes Knallen zu hören. Die Jugendlichen aus der Gegend warfen Böller, die halbe Häuserblöcke geweckt hätten und rannten singend durch die Straßen.

»Ob Lola wieder nüchtern ist?«, fragte Matteo leise.

Noah hatte behutsam einen Arm um ihn gelegt, damit sie sicher standen. Der kleine Vorsprung war zwar mit einem niedrigen Zaun gesichert, bei den aktuellen Wetterbedingungen war jedoch äußerste Vorsicht geboten. So wollte er nicht in das neue Jahr hineinrutschen.

»Ich denke schon, Tobias ist ja bei ihr.«

Matteo schlang die Arme fester um ihn und legte seinen Kopf sacht auf seiner Schulter ab. Es war kalt, sie hatten sich in ihre dicksten Jacken eingewickelt, um hier oben für sich zu sein. Noah ahnte, dass sich nach diesem Jahreswechsel einiges verändern würde.

»Nur noch zehn Minuten bis zum neuen Jahr«, flüsterte Matteo ihm zu und sein warmer Atem kitzelte an seinem Ohr.

»Ich erwarte einen Neujahrskuss, und zwar einen richtigen.«

»Boah, als würde ich mir sonst keine Mühe geben!« Empört hob er Noah kurz hoch.

»Hey! Nicht!«

Gnädig ließ er ihn wieder hinab. Er nutzte diesen Moment und drehte sich in seinen Armen, sodass er gegen Matteos Brust gedrückt wurde.

»Ich bin keine Sternschnuppe. Wenn ich falle, sieht das nicht schön aus.«

»Ich würde dich auffangen.«

Matteo lehnte seine Stirn an Noahs, atmete gegen seine Lippen. Er roch nach frisch gefallenem Schnee und Hoffnung.

Um Mitternacht explodierten um sie herum hunderte Raketen, der Himmel war hell erleuchtet. Im Haus konnte er einen Sektkorken knallen hören und sein Vater lachte laut. Der Klang war wundervoll. Matteo küsste ihn, flüsterte ihm leise Worte zu und um sie herum funkelte die Welt.

Der erste Tag im neuen Jahr. Ein neuer Versuch, das Leben zu verändern.

»Ich werde alt«, klagte Tobias, nippte an seinem Kaffee und rieb sich die Stirn. »Ich vertrage keinen Sekt.« Über den Tisch hinweg starrte er seinen Bruder anklagend an. »Warum hast du keine Kopfschmerzen? Du bist doch sonst so empfindlich!«

Er grinste nur, hatte locker einen Arm auf Noahs Stuhllehne gelegt.

»Ich habe keine halbe Sektflasche für mich allein gepachtet. Ist deine eigene Schuld, du hättest beim Whiskey bleiben sollen.«

Andreas hob zustimmend seine Kaffeetasse und warf Tobias einen minimal mitfühlenden Blick zu. Der fühlte sich merklich missverstanden, verschränkte die Arme vor der Brust und grummelte vor sich hin.

»Klugscheißer.«

»Suffkopf.«

Ihre Köpfe drehten sich zur Tür, als sie Schritte aus dem Wohnzimmer hörten. Lola tauchte im Rahmen der Küchentür auf und schien wie der Tod mit Hausschuhen. Ihre dunkelvioletten Haare standen wirr und ohne System ab, ihre Augen waren schmale Schlitze und Matteo fand ihre Gesichtsfarbe äußerst bedenklich. Er fragte sich, wie es ihr möglich war, aufrecht zu stehen.

Lola grüßte niemanden, setzte sich schwerfällig neben ihren Freund und der schob seinen unbenutzten Teller zu ihr. Offensichtlich war Lola der unausstehlichste Morgenmuffel überhaupt und es war große Vorsicht geboten.

»Soll ich dir einen Toast machen?«, fragte Tobias liebevoll.

Ihn so zu sehen war erstaunlich, er schien wie ausgewechselt und der Chauvinist von früher war komplett verschwunden. Eine gute Entwicklung.

Lola stützte ihren Kopf auf und sacht strich Tobias ihr über die Wange. Dann schmierte er ihr einen Buttertoast. Auch wenn alle ziemlich fertig schienen, war die Stimmung gut. Ein plötzliches Klingeln ließ alle zusammen zucken. Fragend sah Andreas zu seinem Sohn und Matteo hielt verwirrt inne. Besuch, so früh am Morgen und das am Neujahrstag? Andreas erhob sich und lief zur Haustür, während Tobias mit Matteo einen raschen Blick austauschte. Es dauerte nicht lange und Lärm entstand im Flur. Sein Herz schlug ihm plötzlich bis zum Hals. Hektisch sprang er auf, war sich sicher, eine bekannte Stimme gehört zu haben. Die anderen folgten ihm neugierig.

»Matteo!«, donnerte es im Flur und er beschleunigte seine Schritte.

»Was zum ...«

Er sah alles wie in einem Tunnel, hechtete in den Flur. Deplatziert, wie eine Weihnachtskugel am Strand, stand sein Vater dort. Clemenz schäumte vor Wut, sein Gesicht war zu einer Fratze verzerrt und er schrie Andreas an, der ihm den Weg versperrte. Er stemmte seine Arme gegen den Türrahmen und stieß Clemenz nach draußen.

»Was ... wer sind Sie?!«

Matteo brauchte einen Moment, ehe er begriff, was überhaupt los war.

»Clemenz Nier, Sie unterbelichteter Affe«, knurrte Clemenz und betrachtete Andreas geringschätzig von oben bis unten. »Und Sie sind der Vater dieser schwulen Missgeburt?«

»*Bitte*?!«

Andreas straffte sich, trat einen Schritt weiter nach vorn und Matteos Arm wanderte zur Seite und schützend vor Noah.

»Entschuldigen Sie, Sie reden von meinem *Sohn*!«

»Oh, Ihr *Sohn*«, wiederholte Clemenz mit schmalen Augen und starrte Andreas an.

Er ließ seinen Blick über alle gleiten und erblickte Matteo. Ihre Blicke trafen sich.

»Sie meinen diesen Sohn, der andere umdreht?«

Noahs Finger umschlossen seine Hand, als brauchte er jemanden, der ihn davon abhielt zu fallen.

Andreas' Gesicht hatte sich verändert. Matteo kannte ihn als einen netten, liebevollen Mann und jemanden, der alles für Noah tun würde. Jetzt sah er, was Clemenz niemals zeigen würde: Ehrliche Wut darüber, dass jemand seinen Sohn verletzte. Er fletschte regelrecht die Zähne, seine Hände waren zu Fäusten geballt und die Knöchel traten blass unter der angespannten Haut hervor. Es war, als würde er jeden Moment aus dem Kokon aus Fleisch und Sehnen ausbrechen.

»Mir egal, wer Sie sind«, fauchte er Clemenz an, der erneut versuchte, in das Haus zu kommen. »Verpissen Sie sich.«

»Schnauze!« Clemenz warf sein gutes Benehmen über Bord, fuchtelte mit der Hand herum und sah zu Matteo. »Was denkst du eigentlich, was hier abgeht? Komm, der Flieger geht in drei Stunden!«

»Ich fliege aber *nicht mit*!«, brüllte Matteo, in seinen Ohren rauschte es.

Grob schob Andreas Clemenz hinaus, doch der umklammerte seine Arme und stieß ihn kräftig beiseite. Strauchelnd knallte dieser gegen die Kommode, die er mit dem Arm komplett abräumte. Irgendwer gab ein aufgeschrecktes Keuchen von sich, als die Keramikschale zu Boden segelte und in tausend Stücke zerschellte. Clemenz stürzte zu Matteo und packte ihn fest am Kragen. Erschrocken starrte der ihn an.

»Dad, verdammt, *lass das*!«

Tobias war plötzlich neben ihm, schob Clemenz zurück, doch der ließ nicht von ihm ab. Entsetzt keuchte Matteo und starrte seinen Vater voller Panik an, wand sich aus seinem Griff und prallte gegen die Wand.

»Dad!«

Plötzlich trat Noah dazwischen, riss Clemenz' Arm herum und stieß ihn weg. Offensichtlich wollte er ihm die Chance geben, einfach zu gehen. Das Gerangel löste sich, als Clemenz sich abstieß, ausholte und Noah mit der Hand ins Gesicht schlug. Ein lautes, widerliches Klatschen ertönte.

Andreas war auf den Beinen und packte Matteos Vater am Arm.

»Raus hier, du Arschloch!«, spie er voller Verachtung, kleine Spuckekugeln flogen durch die Luft und sie waren wenige Augenblicke später ein Knäul voller Arme und Beine, die sich in unmögliche Winkel bewegten.

Tobias rannte ihnen nach, als sie nach draußen stürmten und Andreas schaffte es, Clemenz bis zum Treppenabsatz zu manövrieren. Sie schrien sich nochmals an, doch Matteo hörte es nicht mehr. Er sah zu seinem Freund, der an der Wand lehnte und mit großen Augen zur Tür starrte, seine Hand ruhte an seiner Wange und er wirkte wie geschockt. Rasch lief er zu ihm, legte er eine Hand auf seinen Arm. Noah zuckte zusammen und sah ihn an.

Ein Ausdruck, den er nie wieder vergessen würde.

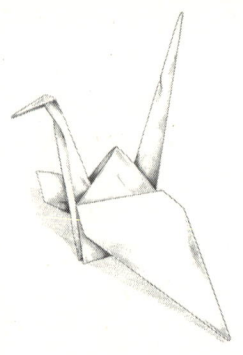

KAPITEL 24

Andreas lehnte an der Küchenzeile, die Arme vor der Brust verschränkt. Er hielt seine Schulter, die offensichtlich schmerzte, sein Ellenbogen hatte vor einigen Minuten noch auf einer Packung gefrorener Erbsen geruht.

»Also?« Er sah zu seinem Sohn. »Was machen wir jetzt?«

Nachdenklich schob Matteo sein Glas Wasser auf dem Tisch hin und her, während Noah beruhigend die Hand auf seinen Arm legte. Vorsichtig fuhr er mit den Fingerrücken über Noahs nicht verletzte Wange.

»Jungs?«

Tobias hatte sich eine Hand an die Stirn gelegt und presste seine Lippen fest aufeinander, sodass nur ein schmaler, blasser Strich zu sehen war.

»Entschuldigung, was?«, fragte Noah und sah sich verwirrt um, hatte offensichtlich niemandem zugehört.

»Geht es dir gut?«

»Er hat mir nur eine geklatscht, passt schon. Alle Zähne sind noch drin.«

Matteo spannte sich bei seinen Worten an, die Erinnerung an diesen Moment vor einer Stunde war schrecklich. Er hatte sich furchtbar hilflos gefühlt, als wäre er gelähmt. Nichts hatte er unternehmen können, um seinen Freund zu beschützen, und es nagte an ihm. Wenn Clemenz es schaffte, hier unangemeldet aufzutauchen, wozu war er noch fähig? Bisher hatte er angenommen, dass sein Vater nur ein arrogantes Arschloch war. Er hätte niemals gedacht, dass er sich so vergessen könnte, um seinen Willen durchzusetzen.

»Du solltest ihn anzeigen«, riet Tobias und alle sahen ihn überrascht an. Er hob die Schultern. »Was denn? Ich würde ihn anzeigen. Mir doch egal, ob er mein Vater ist.«

Matteo schüttelte den Kopf.

»Ziemlich drastisch, findest du nicht?«, wagte Lola zu zweifeln und sah sie alle kurz an. »Woher wusste er überhaupt, wo er dich suchen muss?«

»Clemenz ist ziemlich geschickt und hat überall Freunde, die ihm Informationen beschaffen. Deswegen wundert es mich kaum, dass er mich hier gefunden hat.«

»Er … hat er dein Handy gehackt?« Lola hatte mittlerweile den gröbsten Schock überwunden und sich wieder gefangen.

»Ich weiß, dass er keine Ahnung hat, wie das geht.« Matteo sah auf seine und Noahs verbundene Hände in seinem Schoß. »Das hält ihn nicht davon ab, es über andere in die Wege zu leiten.«

»Du traust unserem Vater ziemlich viel zu.« Tobias verzog den Mund.

»Weil ich ihn kenne. Er hat mir sogar gedroht.«

»Dann solltest du ihn wirklich anzeigen!«

Lola sah zu Tobias, der langsam nickte. Sie schien nicht zu begreifen, warum die Jungs das alles hinnahmen und wenn Matteo ehrlich war, wusste er es auch nicht. Warum tat er das alles? Nur, weil Clemenz sein Vater war? Doch was für ein Vater drohte seinem Sohn und schlug den festen Freund?

»Nicht alles lässt sich mit einer Anzeige lösen, Lola«, sagte Andreas, sah zwischen Tobias und Matteo hin und her. »Hört mal, ich mag euch Jungs. Euer Vater ist unmöglich und ich weiß nicht, wie viel Erfolg eine Anzeige von einem Kfz-Mechaniker hat, bedenke ich sein Ansehen. Aber es muss etwas geschehen. Er hat meine Familie angegriffen und sich unbefugt Zutritt verschafft und ich sehe nicht ein, das ungestraft zu lassen.«

Andreas fuhr sich seufzend durch das Gesicht.

»Ich zeige ihn nicht an, da habe ich nichts von«, warf Noah ein und kurz drückte Matteo dessen Hand.

»Er hat dir aber wehgetan«, mahnte er sanft. »Du musst keine Rücksicht auf mich nehmen. Wenn du ihn anzeigen willst, mach es.«

Sein Freund schüttelte sacht den Kopf und lächelte.

»Das ist nicht der Grund. Ich habe keine Lust, mehr Kontakt zu deinem Vater zu haben als unbedingt notwendig«, erwiderte er ruhig und Tobias gab ein trockenes Schnauben von sich.

»Kann dir keiner verübeln.«

»Okay, da wir uns einig sind, werde ich mal Pizza von gestern warm machen.«

Andreas stieß sich von der Küchenzeile ab und Matteo erhob sich. »Coconut muss bestimmt mal raus«, meinte er.

Lola rutschte von Tobias' Schoß, lief ins Wohnzimmer und rief den Hund. Anscheinend beschloss sie, ihn zu begleiten. Ihm war es egal.

Er musste nur raus, um den Kopf freizubekommen.

Noah lag auf dem Bett und starrte nach oben, blickte in den Himmel, der sich immer mehr zuzog. Dunkle Wolken schoben sich vor die Wintersonne und ließen keinerlei Licht hindurch. Es wurde so schnell dunkel, dass er sich fragte, wohin der Tag sich verzogen hatte. Er war verstrichen und Noah konnte nichts nennenswertes vorweisen, außer aufgestanden zu sein, gegessen zu haben, fernzusehen und hier zu liegen. Nicht einmal duschen war er gewesen.

Er hörte, wie Matteo irgendetwas im Zimmer hin und her räumte, der Reißverschluss seines Rucksacks war zu vernehmen. Seit Minuten war sein Freund am Packen, auch wenn Noah nicht wusste, weswegen. Als wäre er rastlos und müsste sich beschäftigen.

Sie waren spazieren gewesen, aber da Lola und Tobias sich ihnen angeschlossen hatten, beschränkten sich ihre Gespräche auf reinen Smalltalk. Tobias berichtete über eine Ausstellung, die er bald besuchen würde und Lola über die Arbeit. Matteo sagte nichts, starrte nur seltsam leer vor sich hin. Noah kannte diesen Blick von ihm. Es erinnerte ihn an die erste Zeit, in der Matteo in der Klinik gewesen war, traurig und irgendwie seltsam verlassen.

Damals glaubte er, er könnte ihn aufmuntern und es vielleicht sogar schaffen, dass er wieder lächelte. Natürlich war ihm das gelungen. Was er dabei aber vollkommen außer Acht gelassen hatte, war der Fakt, dass sich Matteos Lebensumstände nicht veränderten. Er war noch immer der Sohn eines berühmten Schauspielers, hatte eine mehr an der Karriere interessierte Mutter und etliche Halbbrüder. Das Einzige, was sich geändert hatte, war sein Liebesleben und das war bisher in einem unglaublich rosafarbenen Rahmen abgelaufen.

Ihre Beziehung lief sehr gut, sie waren ehrlich zueinander und offen, aber sie bewegten sich auf dünnem Eis, was Noah gerade schmerzlich bewusst wurde. Matteo war depressiv. Monatelang hatte er unter Selbstzweifeln und Selbstmordgedanken gelitten. So etwas heilte nicht über Nacht, wie er wusste. Eine Depression war wie ein Krebsgeschwür im Kopf, welches diesen nach unten drückte und das Lächeln aus dem Gesicht wischte. So ein Mensch war nicht nur traurig, oder litt unter einer kurzweiligen Verstimmung; es war eine tiefgreifende Veränderung, wie man sein eigenes Leben und sich selbst wahrnahm; ein vollkommen verzerrtes Spiegelbild der Seele.

Eine solche Erkrankung verschwand nicht, ohne Spuren zu hinterlassen.

Noah setzte sich auf und sah zu Matteo, der auf dem Boden hockte, seine Knie angezogen hatte und vor sich hin starrte. Er hatte aufgehört zu packen und dieser leere Blick, der so unglaublich gebrochen wirkte, kehrte zurück.

»Matti?«, fragte er ihn leise, rutschte vom Bett und glitt auf die Knie. Sein Freund schien ihn nicht wahrzunehmen, seine Augen wirkten dunkel.

»Sorry, war in Gedanken«, entschuldigte Matteo sein Schweigen. Er hatte sich nicht bewegt; sie beide hatten sich nicht gerührt, nur geatmet.

»Geht es dir gut?«, wollte Noah wissen und legte den Kopf schräg.

Matteo sah zu ihm und blinzelte.

»Wieso fragst du mich das? Das müsste ich dich fragen«, erwiderte dieser.

»Weil du seit vier Stunden kein Wort gesagt hast und hier gerade vollkommen überflüssigerweise aufgeräumt hast.« Ernst sah er ihn an. »Und mir geht es gut. Wieso glaubst du mir nicht?«

»Weil das keinen Sinn macht.«

Matteos Stimme war plötzlich so leise, dass Noah ihn kaum hörte. Er rutschte näher, legte seine Hände auf dessen Arme und versuchte, Blickkontakt mit ihm aufzubauen. Er musste ihn ansehen, weil er ihn sonst nicht verstand.

»Matteo. Es geht mir gut. Dein Vater hat mir nur eine Backpfeife verpasst, mehr nicht. Ich bin nicht aus Zucker.«

»Er hat mir aber damit wehgetan.« Endlich sprach sein Freund aus, was ihn belastete. »Genau das wollte er ... mir damit wehtun.«

»Matti … mach dir nicht so viele Gedanken. Dein Vater ist kein netter Mensch, aber er spielt in unserem Leben nur eine kleine Rolle. Hier geht es um uns und besonders um dich.«

»Vielleicht ging es nur um mich und das ist das Problem …«

»Was meinst du damit?«

Matteo zuckte müde mit den Schultern.

»Meine Mutter hatte eine Affäre mit Clemenz und sieht mich jeden Tag als Resultat ihrer eigenen Dummheit und als Zeichen dafür, dass jemand sie ausgenutzt und verlassen hat. Wieso wundert es mich nicht, dass sie immer mehr das Interesse an mir verloren hat?«

Seine Stimme klang unglaublich traurig und war gespickt mit Zweifeln und einer Nuance Verbitterung. Es war eine bestimmte Tonlage, die Resignation bedeutete.

»Hör auf«, bat er seinen Freund leise und legte ihm die Arme um den Hals.

Zwar wehrte sich er ein wenig, gab jedoch nach. Mit wässrigen Augen sah Matteo ihn an, als wollte er sagen ›aber ich habe doch Recht‹. Liebevoll hauchte Noah ihm einen Kuss auf die Stirn.

»Rede dir nichts ein, was du nicht beweisen kannst. Deine Mutter ist überarbeitet, wie es jede Mutter wäre, die allein mit einem Kind dasitzt und eine unglaublich große Firma leiten muss. Das hat nichts mit dir zu tun, okay?«

»Warum hat sie mich dann nie in der Klinik besucht?«

»Sie hatte bestimmt Gründe.« Ihm gingen langsam die Entschuldigungen aus. »Matti, bitte … dich so traurig zu sehen macht mich ganz …«

Noah brach ab. Was machte das mit ihm? Was erweckte der Anblick seines Freundes, der auf vollkommen zerstört schien, wie zu Beginn ihrer Bekanntschaft? Ihn so zu sehen war schrecklich. Es erinnerte ihn schmerzlich an seine Mutter und löste eine gewisse Panik in ihm aus. Ein Zucken ging durch Matteos Körper, was Noah an seinen Fingerspitzen fühlte. Er zog ihn mehr zu sich, presste sich näher an ihn. Dann zwang er ihn sanft, den Kopf an seine Brust zu drücken.

»Hörst du das?«, fragte er ihn leise. »Mein Herz rast … wegen dir …«

Er zitterte ein wenig, weil er lange nicht mehr so ehrlich zu jemanden und zu sich selbst gewesen war. »Und es ist ewig her, dass es genau das getan hat. Das ist nur für dich. Und … das hört auf, wenn du nicht mehr hier bist, okay? Ich brauche dich, Matti …«

Matteo war still, bewegte sich nicht und erst, nachdem er sich wohl sicher war, dass Noah nichts mehr sagen würde, legte er seine Arme um seinen Freund. Sie saßen lange Zeit nur da, sogen den Duft des jeweils anderen ein, badeten in dem Gefühl der Zuneigung. Noah empfand in jenem Moment so viel. Alles verschwamm und er presste die Augen fest zu, ehe sich kleine Tränen lösten.

»Ich verlasse dich nicht«, versprach Matteo leise, sodass Noah seine Worte kaum verstand. Er hoffte nur, dass er ihn nicht belog. Und dass er bei ihm blieb.

Matteo schloss die Haustür der Villa hinter sich und warf seine Jacke beiseite. Er stand im Foyer und breitete die Arme aus, den Rucksack noch auf der Schulter.

»Ich bin zu Hause!«

Seine Aussage troff vor Sarkasmus. Er hatte keinen *Willkommen-daheim*-Banner erwartet oder ein Empfangskomitee. Im Gegenteil; so war es ihm durchaus recht. Die Zeit, in der er sich vormachte, dass seine Familie nur unglücklich verteilt war, war vorbei. In Wahrheit bestand sie aus ziemlich großen Vollidioten mit gigantischen Egos.

Melinda kam aus dem Esszimmer, in der Hand einen Staubwedel, und wirkte ehrlich überrascht, ihn zu sehen. Sie hielt mitten in der Bewegung inne und blinzelte langsam, als müsste sie sicher gehen, dass sie sich seine Anwesenheit nicht einbildete.

»Was machst du denn hier?«, fragte sie, ohne zu lächeln.

Matteo warf seine Tasche in die Ecke und lief zu ihr.

»Wo ist meine Mutter?«, fragte er sie, ohne auf ihre Frage einzugehen.

»Arbeiten. Sie ist vor einer Stunde in die Firma gefahren.«

Wie üblich. Frances drückte sich davor, sich ihm entgegenzustellen.

»Und Clemenz?«

»Im Hotel.«

Er nickte, zufrieden mit dieser Antwort.

»Ich packe nur ein paar frische Sachen ein und verschwinde«, erklärte er ihr.

Sie bedachte ihn mit einem prüfenden Blick.

»Geht es dir denn gut?«

Matteo lächelte leicht.

»Es geht. Es waren schwere Tage.«

Mitfühlend legte sie ihm eine Hand an die Schulter.

»Es wird alles gut, Matteo.«

Ein Versprechen, an welches er nicht glaubte. Er holte sich etwas zu trinken, lief in sein Zimmer und leerte den Inhalt seines Rucksacks in den Wäschekorb. Danach befüllte er ihn mit ein paar Shirts, Pullover, und Jeans und griff nach einem seiner schwarzen Mäntel. Dazu suchte er einen Schal und eine warme Mütze und stopfte diese in die Seitentaschen. Irgendwo fand er noch Platz für sein iPad und für seine guten Kopfhörer. Noah hatte kein Kabel, um sein Handy an Lautsprecher anzuschließen, weshalb er seines auf dem Schreibtisch suchte. Unachtsam schob er einen Stapel Zeitschriften beiseite, musterte sie trotz alledem neugierig. Die erstbeste nahm er zur Hand und blätterte flüchtig durch die Seiten.

Matteo hatte ein gewisses System, wenn er Magazine durchsah. Er wusste, dass die meisten Gerüchte am Anfang und am Ende standen. In einigen Zeitschriften gab es eine Star-Rubrik nach den Hauptstorys und diese überflog er schnell. Deswegen war er umso beruhigter, dass er in den ersten drei nichts fand, was seinem Nachnamen nahe kam. Anscheinend wussten die tollen investigativen Reporter noch nicht, dass sich Clemenz aktuell in Deutschland befand. Was positiv war; er brauchte keinen Skandal, weil sein Vater unangemeldet bei den Laurischs auftauchte und Theater machte.

Er lief hinunter ins Foyer, sah sich um und nahm noch ein paar Handschuhe aus der Schublade. Ein schneller Blick auf die Uhr verriet Matteo, dass der nächste Bus zu Noah in fünf Minuten fuhr. Hoffentlich würde Melinda es ihm nicht übel nehmen, dass er ihr nicht auf Wiedersehen sagte. Er griff nach dem Schlüssel aus der Schale, nahm die wenigen Magazine auf der Kommode mit und ging hinaus.

Es war kalt und seit Stunden wehte ein beißender Wind. Schnell erreichte er die Haltestelle, der Bus kam wenige Augenblicke später. Matteo stieg ein und setzte sich keuchend in den Sitz. Er war erschöpft und das schon seit gestern. Irgendwie schienen all seine Gliedmaßen zu schwer für jede Bewegung und sein Kopf fühlte sich an wie ein mit Wasser gefüllter Ballon. Diese Empfindungen kannte er aus der Klinik, wenn ihm alles zu viel geworden war und er am liebsten davon gelaufen wäre.

Matteo spürte, wie ihm durch das Schwanken im Bus schwindlig wurde und lenkte sich ab, indem er eines der Magazine aufschlug und mit geringem Interesse durchsah. Keine Nachrichten waren gute Nachrichten und er war froh, das erste Heft beiseitelegen zu können. Im nächsten fand er jedoch das Foto aus Berlin in einer Klatsch-Sparte. Dieses Mal hatten sie Noahs Bildausschnitt vergrößert. Er sah direkt in die Kamera und schien dennoch verstört. Matteo spürte, wie seine Hände zitterten und las den Artikel, der eine halbe Seite einnahm.

›*Nachdem sich Matteo Nier (21) offiziell in einem Magazin für Homosexuelle (Ausgabe: 01/21) geoutet hat, überschlagen sich die Spekulationen über dessen aktuellen Freund. Von seiner damaligen Freundin Jessica hat er sich während seines Klinikaufenthalts getrennt und seither wurde er bereits zweimal mit dem jungen Mann gesehen. Wir haben Nachforschungen angestellt ...*‹ – Matteo lachte trocken auf. Sie hatten im Dreck gewühlt, sich nicht nur erkundigt. – ›*...und heraus gefunden, dass es sich um Noah L. handelt, einen 25-Jährigen aus dem Landkreis, in dem auch Matteo Nier lebt. Er stammt aus normalen Verhältnissen und ist seit Jahren offiziell geoutet. Sein Vater arbeitet als Mechaniker, über seine Mutter ist nichts bekannt.*‹

Matteo betrachtete Fotos, die das Magazin wahrscheinlich im Internet gefunden hatte und die Noah mit Roman und Flo in irgendwelchen Clubs zeigten. Er war genervt von der Art, wie die Reporter an ihre Informationen kamen. Ihm sank sein Magen gefühlt in die Kniekehlen, als er weiter las und ein ›*wir werden Sie auf dem Laufenden halten*‹ zwischen den Zeilen erkannte. Was wollten sie noch herausfinden?

Er stopfte die restlichen Magazine in seine Tasche, hatte keine Lust auf noch mehr Gossip. Eigentlich müsste er Noah davon erzählen, vermutlich würde jedoch nichts weiter geschehen. Deswegen entschied er sich dagegen, starrte aus dem Fenster, betrachtete die Winterlandschaft und ignorierte das kleine Ziehen in seinem Bauch.

Noah saß auf dem Dach und wartete, bis Matteo zurückkam. Andreas wollte Abendessen machen und er bildete sich ein, dass es im Haus bereits nach Pommes und Hackfleisch roch. Solange die Küche nicht brannte, erlaubte er ihm diese Versuche. Der Duft erinnerte ihn an Abende vor dem Kamin, nach Wochen voller Reste-Essen und witzigen Spielfilmen im Fernsehen, bei denen er sich an seinen Vater gelehnt und seine Mutter laut gelacht hatte. Abende, die für die meisten Menschen vollkommen belanglos waren, für ihn allerdings die schönsten Erinnerungen darstellten.

Er seufzte und ließ seine Beine über dem Rand baumeln. Der Platz, auf dem er saß, war vom Schnee befreit, eine Decke lag unter ihm. Es war windig hier oben, trotzdem fühlte es sich seltsam befreiend an. Die Gedanken wurden weggetragen und drifteten davon. Also lächelte er, obwohl er keinen Grund dazu hatte.

Noah griff nach einer Handvoll Schnee und hielt sich diesen kurz an die Wange. Die Stelle von Clemenz Schlag pochte. Es war keine wirkliche Verletzung, sie noch so lange zu spüren war weitaus schlimmer. Erinnerungen waren in Wahrheit das, was Menschen am meisten wehtaten. Schmerz verging irgendwann, eine angeknackste Seele brach jedoch weiter.

An sich sah sich Noah als fröhlichen Menschen an. Sogar nach dem Verlust seiner Mutter, hatte er den Lebenswillen nicht aus den Augen verloren und weiterhin Ziele verfolgt, die andere zwar albern fanden, aber die er als wichtig ansah. Diese Einstellung war es, die ihn zurück in die Klinik führte. Er wollte die traurigen Schleier aus den Augen der Kinder wischen, sie wenigstens kurz erfreuen und eine Art Tradition weiterleben lassen. Seine Mutter hatte Origami geliebt und Noah wollte diese Liebe weitergeben.

Woran er jedoch nie gedacht hatte, war offensichtlich. Alles, was man gab, konnte man verlieren. Er hatte sich auf das Geben beschränkt, jahrelang kleine Lächeln in müde Gesichter gezaubert und nie daran gedacht, was es für ihn bedeuten würde. Wie groß die Last jedoch war, wenn man sich aufgab und nur für andere da war, erfuhr er erst durch Matteo.

Matteo, der trotz jedem Lächeln einen Funken Trauer in sich trug, gepaart mit so viel Wut auf alles und jeden. Noah hatte es von Anfang an als gegeben angesehen und es ängstigte ihn auch nicht. Es zeigte ihm deutlich, dass nichts jemals komplett verging; eine Depression hinterließ tiefe Spuren, die man zwar unter Sand begraben konnte, doch irgendwann würde die Flut sie erneut freispülen.

Er fragte sich, ob es ihm genauso ging. Ob die tiefen Tunnel in seinem Inneren bereits frei lagen und nur darauf warteten, dass alles in sich zusammenfiel. Denn nichts war für die Ewigkeit geschaffen, alles ging zu Ende.

Früher hatte ihn der Gedanke daran beruhigt, dass es vollkommen gleichgültig war, was er in einem Moment tat, weil alles ohnehin eines Tages im ewigen Nichts zergehen würde. Heute ängstigte es ihn.

Er seufzte und zitterte vor Kälte. Seine Schultern hoben und senkten sich bebend, seine Zähne klapperten seit einer geraumen Zeit und er spürte die Kälte an seinen Oberschenkeln zwicken. Sie war seltsam feucht und schien unter seine Kleidung zu kriechen, breitete sich dort aus und betäubte seine Haut. Er legte den Kopf in den Nacken und starrte zum Himmel, der sich minütlich mehr verfinsterte. Die grauen Wolken hatten einen dunkleren Ton angenommen, die Luft wurde kühler und der Wind nahm zu. Sicherlich würde es in der Nacht erneut schneien und die Welt mit der weiß-kalten Masse bedecken.

»Noah?«, hörte er eine leise Stimme hinter sich und drehte sich um. Matteo stand auf der Leiter, die zum Dach führte, in seinem Blick erkannte er seltsame Besorgnis.

»Hey.«

Langsam stand er auf, rutschte kurz weg und griff im letzten Moment nach dem Geländer. Matteo gab ein erschrockenes Aufkeuchen von sich und umklammerte Noahs Hand. Seine Fingernägel gruben sich in seine Haut und obwohl er sich nicht ernsthaft in Gefahr befand, so war diese Reaktion unglaublich. Noah zog sich hoch und als Matteo von der Leiter gestiegen war, folgte er ihm. Der sichere Boden unter den Füßen tat nach der Schrecksekunde gut.

Noch immer sah Matteo ihn erschrocken an und zog ihn ohne ein weiteres Wort fest an sich. Noah kniff seine Augen zu und schlang seine Arme um ihn. Sein Gesicht drückte er in Matteos Halsbeuge und sog dessen Geruch in sich auf.

»Alles okay bei dir?«, fragte er leise und Matteo schnaubte.

»Das sollte ich dich fragen ... wolltest du zum Eis am Stiel werden da draußen?«

Er lächelte aufgrund von Matteos Worten und entfernte sich ein kleines Bisschen, sah ihn an und strich sacht eine Haarsträhne aus seiner Stirn.

»Kein Eis am Stiel, aber die Luft war schön.«

»Auch kleine, blauhaarige Jungs wie du erfrieren schnell oder holen sich eine fiese Grippe weg, wenn sie zu lange draußen sind.«

Noah lachte leise und schmiegte sich an Matteo, der behütend seine Arme um ihn legte.

»Du hättest mich vom Dach gekratzt, oder?«

»Ja, romantisch, wie ich bin.«

»Total romantisch, du hättest mich in einer Tüte überall hin mitnehmen können.«

»Jungs! Essen!« Andreas' Stimme schallte den Flur hinauf.

»Ich nehme bei euch zu«, klagte Matteo.

Noah lächelte und zwickte seinem Freund in die Hüfte.

»Mehr Kuschelfleisch für mich.«

Empört blies Matteo die Wangen auf.

»Hast du mich gerade dick genannt?«

»Nein, kuschelig.«

Lange sah er seinem Freund in die Augen und versuchte zu erkennen, wie es ihm ging. War er glücklich? War das leichte Dunkel in den Augen keine Spiegelung, sondern ein Anzeichen für seine innerliche Traurigkeit? Oder bildete Noah sich all das nur ein?

Er wollte Matteo sagen, dass er ihn liebte, aber eigentlich war das nicht nötig. Jede kleine Geste sagte diese drei Worte mehr als deutlich. Er küsste ihn sanft, bevor er seine Hand nahm und mit ihm zusammen nach unten lief.

Was auch Dunkles in ihm lauerte – Noah würde es bekämpfen, es verjagen und dafür sorgen, dass sein Freund lächelte.

KAPITEL 25

Matteo seufzte und starrte in die Runde, erblickte müde und genervte Gesichter. Niemand wollte hier sein, alle wurden eher gezwungen und auch er hielt nicht besonders viel von dem ihm auferlegten Therapieplan. Er sollte zwar eine Art Nachsorge darstellen, aber für ihn war er mehr Knebel als Hilfe. Weiterhin mit depressiven Menschen zusammenzutreffen und Woche um Woche belanglose, für ihn kaum relevante Themen besprechen, zählte nicht zwingend zu seiner Vorstellung einer erfolgreichen Therapie.

Drei von den anwesenden Patienten kannte er, darunter Chris und Beate. Sie saßen ihm gegenüber, schienen nicht erfreut zu sein, wie leer die Station geworden war und wie wenige vertraute Gesichter sich hier noch fanden. Auf der einen Seite war es ein gutes Zeichen, dass es den anderen scheinbar besser ging, aber es stellte in jenem Moment eine seltsame Einsamkeit dar. Matteo fragte sich, ob manche von den Leuten, die er hier kennengelernt hatte, irgendwann erneut hier landeten.

»Gestern habe ich einen halben Nervenzusammenbruch bekommen, weil mein Mann vergessen hat die Katzen zu füttern. Wissen Sie, es ist nur diese eine, klitzekleine Aufgabe, die er zu erfüllen hat … und er macht es nicht.«

Jeder, der in seinem Leben einmal ein Problem gehabt hatte, schien dieses in die Gesprächsrunde zu schütten. Vollkommen egal, wie schwachsinnig es war oder wie lächerlich sie sich damit machten. Jeder konnte seinen Anteil an Gesprächskotze beisteuern.

»Und warum hast du es nicht selbst gemacht?«, wollte Torsten wissen, der nur sporadisch in den Gesprächsrunden auftauchte.

»So einfach ist das eben nicht.«

»Warum nicht? Sind dir die Hände abgefallen?«

Dr. Buchhold versuchte, die brenzlige Situation zu entschärfen.

»Darum muss es nicht gehen. Frau Freudenberg, was hat das bei Ihnen ausgelöst? Wie haben Sie sich danach gefühlt?«

Sie zuckte mit den dicken Schultern. Matteo bemerkte, wie er gedanklich abschaltete. Er ließ seinen Blick über den Boden gleiten und dachte einen Moment lang darüber nach, ob er nach der Klinik erst nach Hause fuhr, um die angefallenen Magazine abzuholen. Sicherlich türmte sich ein neuer Stapel an Boulevard-Zeitschriften auf der Kommode, sein letzter Besuch war eine Woche her. Zudem hatte seine Mutter mit ihm reden wollen, er wusste jedoch nicht, weswegen. Zumindest war sie wieder in Deutschland.

Gestern hatte Tobias ihn darüber informiert, dass Clemenz sich mit ihm am Flughafen getroffen hatte und danach in die Maschine nach L.A. gestiegen war. Demnach war er vorerst aus dem Land. Sein Bruder erzählte ihm ebenso, wie leid es Clemenz tat. Eine Tatsache, die Matteo nachdenklich stimmte, seine Gefühle seinem Vater gegenüber jedoch nicht verschwinden ließ. Er hatte eine offensichtliche Grenze überschritten und Matteo sah nicht ein, weshalb er ihm ohne Grund verzeihen sollte. Immerhin hatte vor allem Noah unter ihm zu leiden gehabt und solange sein Vater ihn nicht verstand, würde er von sich aus keinen Schritt auf ihn zugehen. Keinen Einzigen.

Er liebte Noah und dagegen würde Clemenz nichts ausrichten. Geld und Ansehen bedeuteten nichts, sie waren nicht in der Lage Matteos Gefühle zu verändern.

Endlich hatte er sein Leben komplett allein in der Hand. Matteo spürte, wie sich ein breites Grinsen auf seinem Gesicht ausbreitete, sein Herz erreichte, weshalb er nicht mitbekam, dass ihn jemand ansprach. Blinzelnd sah er auf.

»Sind Sie noch bei uns, Herr Nier?«, fragte Dr. Buchhold und Frau Thiel, die neben dem Chefarzt saß und sich auf ihrem Klemmblock Notizen machte, begann rege zu schreiben. Matteo nickte knapp.

»Ja. Entschuldigung.«

»Was beschäftigt Sie?«, wollte der Arzt wissen und widmete ihm seine gesamte Aufmerksamkeit.

»Ich war nur kurz in Gedanken. Nichts tiefgründiges.«

Er hoffte, damit die ungewollte Aufmerksamkeit wieder zu verlieren, jedoch reizte ein solches Abwehrverhalten Ärzte nur noch mehr. Dr.

Buchhold besaß eine rege Neugier und hatte in den Gesprächen mit ihm durchscheinen lassen, sich mit einfachen Antworten nicht zufrieden zu stellen.

»Wie hat Ihre Familie reagiert, als Sie wieder zu Hause waren, Matteo?«

Er ließ seinen Blick wandern und traf auf den von Torsten. Seufzend versuchte er, seine Gedanken zusammenzunehmen, was unter dieser Beobachtung schwer war.

»Es war allen egal«, gab er schulterzuckend von sich. »Ich musste mich von einem Freund am letzten Kliniktag abholen lassen, weil meine Mutter keine Zeit hatte.«

»Und dein Vater?«, fragte jemand, den Matteo hier das erste Mal wirklich wahrnahm.

»Mein Vater lebt im Ausland, ihn interessiert mein Dasein grundsätzlich nicht.«

Seine Antwort war nüchtern und ein simpler Fakt, der ihn trotz allem erschreckte.

»Vielleicht hatten deine Eltern einfach keine Zeit?«, mutmaßte ein junges Mädchen, bis sich Beate einschaltete.

»Er ist der Sohn von Clemenz Nier; der Mann ist Schauspieler und viel unterwegs.«

Matteo verzog den Mund. Er hasste es, darauf reduziert zu werden, wo er herkam und wer sein Vater war. Das war sein Grundproblem; seine Identität war nicht vorhanden, jeder kannte ihn nur als ›ein Sohn von Clemenz Nier‹ und er war es leid. Er war nicht bekannt, weil er etwas geschafft hatte, sondern weil sein Vater berühmt war.

»Mein Vater hat viele Kinder«, erklärte Matteo knurrend und verschränkte die Arme vor der Brust. Er wusste nicht, weshalb er plötzlich Thema war. »Aber darum geht es gar nicht. In meiner Familie hat niemand psychische Probleme. Für meine Eltern ist das ein Zeichen von Schwäche und nichts, was man behandeln sollte. Da meinem Vater Ansehen wichtig ist, braucht er eben keinen suizidalen Sohn. Von daher …«

Matteo zuckte abschließend nochmals mit den Schultern.

»Oder einen schwulen Sohn?«

Erschrocken sah er auf, starrte Torsten an. Er spürte, wie ihm das Blut aus dem Gesicht entwich und in seine unteren Extremitäten rutschte. Als würde alles Leben aus ihm heraus fließen und seine Atmung streiken.

»Herr Schäfer, das gehört nicht hierher. Sexualität ist etwas Individuelles«, erwähnte Frau Thiel nahezu mit einer gelangweilten Stimme, dennoch blickten alle zu Matteo.

Er wollte weglaufen. Das Gefühl, auf dem sprichwörtlichem Präsentierteller zu sitzen, stach in seiner Brust. Wieso hatte Torsten das gesagt? Was wollte er damit erreichen?

Die restliche Zeit starrte er mit einer recht neutralen, verkrampften Miene auf den Boden. Zum Glück schaffte es der Chefarzt, das Thema schnell umzulenken und somit konnte niemand auf Torstens Worte reagieren. Dennoch war Matteo wütend und drückte seine geballten Fäuste fest an die Seiten, umarmte sich, bis seine Schultern knackten. Er war genervt und als Frau Thiel sie alle entließ, stand er als erster auf. Er musste hier raus.

Beim Heruntergehen der Treppe zog er sich seinen Mantel an, hörte jemanden seinen Namen rufen, reagierte jedoch nicht. Er lief hinaus, watete durch frisch gefallenen Schnee und konnte sich auf das beruhigende Knirschen unter seinen Füßen kaum konzentrieren. Dicke Flocken fielen vom Himmel, nach wenigen Metern fegte er sich ein paar aus dem Gesicht. Er lief zur Haltestelle und war froh, dass er anscheinend heute der Einzige war, der mit dem Bus fuhr. Die meisten hatten Fahrgemeinschaften gebildet, aber Matteo wohnte in einer komplett anderen Richtung als Beate oder Chris.

Er hüpfte auf der Stelle herum. Der Wind war eisig geworden und kroch unter seine Kleidung. Noah hatte ihm noch gesagt, er sollte sich ein Shirt unter seinen Sweater anziehen.

Der Bus kam angerollt und Matteo stieg schnell ein, setzte sich, während er seinen Mantelkragen lockerte, und starrte aus dem Fenster. Zuerst würde er nach Hause fahren und nochmals ein paar Sachen holen, dazu seine Magazine. Umständlich suchte er sein Handy und sah nach, ob Noah ihm geschrieben hatte, doch der Bildschirm war leer. Er öffnete den Messenger und informierte ihn rasch über seinen Plan, damit dieser sich keine Sorgen machte.

Als er in der Stadt ankam, stieg er aus und wechselte den Bus, fuhr damit zum Haus seiner Mutter. Er ließ sich von Karl das Tor öffnen, schwatzte kurz mit Melinda, die ihm vorsorglich eine Tasche mit frischen Sachen hingestellt hatte und griff nach dem Stapel an Magazinen.

Melinda hatte ihm sogar die *KLATSCH* dazu gelegt, obwohl Matteo dieses Schmierblatt ungern las. Er hatte es jedoch abonniert, weil sie viel über ihn berichteten. Ein Spielzeug für Coconut landete noch in der Tasche und ein paar Dosen Hundefutter, dann verabschiedete er sich von Melinda, die ihm mitgeteilt hatte, seine Mutter wäre seit Stunden in Frankfurt. Er hatte es nicht eilig mit ihr zu sprechen; es endete ohnehin nur in Vorwürfen.

Matteo war müde, als er in den Bus stieg. Der Tag schlauchte ihn, die Situation in der Gruppentherapie war stressig gewesen. Er wollte nur zu Noah und seine Ruhe haben. Sicherlich war sein Freund noch unterwegs, er gab heute wieder Bastelunterricht. Also würde Matteo sich in das Bett kuscheln und warten, nachdem er den Kühlschrank um etwas Essen erleichtert hatte.

Mit schweren Beinen stieg er aus dem Bus, lief den ihm mittlerweile vertrauten Weg zum Haus der Laurischs entlang.

Matteo bog in das Grundstück ein und suchte nach dem Ersatzschlüssel, den Andreas ihm vor einer Woche gegeben hatte, ein schönes Zeichen für Vertrauen. Langsam schloss er die Tür auf, gähnte, als er in den Flur trat und hörte, dass Coconut angerannt kam. Der Hund freute sich buchstäblich über Alles und Jeden, aber Matteo redete sich ein, dass dessen tierische Zuneigung ihm gegenüber stärker war. Er streichelte ihn, warf seine Tasche in die Ecke und zog seine Schuhe aus, er würde nachher mit Coconut rausgehen. Meistens ließ Andreas den ihn ohnehin den ganzen Tag draußen auf dem Grundstück herumtollen.

Kurz verschwand Matteo im Badezimmer, trocknete sich die Haare und lief in die Küche, nahm sich einen Joghurt und lief zuerst in Richtung Garage. Andreas schien unterwegs zu sein, was erklärte, weswegen Coconut im Haus und alles abgeschlossen war.

Matteo schaltete den Fernseher ein, während sich sein Hund am Fußende zusammen rollte und begann vollkommen desinteressiert das wenig unterhaltsame TV-Programm zu verfolgen. Irgendwann stellte er den leeren Joghurtbecher beiseite und legte sich bequemer auf die Couch.

Noah blieb heute lange in der Kinderpsychiatrie und konnte sich kaum von Lisa und Ben lösen. Die zwei waren neu auf der Station und gestern hatte er ihnen beigebracht, wie man kleine Schmetterlinge faltete. Als er heute die Station betrat, erblickte er etwas Wundervolles.

Die Kinder hatten den kompletten Weg des Flures mit bunten Schmetterlingen geschmückt. Es war ein unglaublich schöner Anblick und zauberte ihm ein Lächeln ins Gesicht. Stürmisch wurde er von den Zwillingen begrüßt und sie strahlten, als er ihre Kunst lobte.

Danach war er zum Friedhof gefahren und hatte dort ein sehr verwirrendes Bild angetroffen.

Fünf frische Gräber, bereits mit Schnee bedeckt, an deren Kreuze Luftballons gebunden waren. Er blinzelte und lief über die schneebedeckten Wege. Fünf Jahre. Sieben. Elf. Nochmals fünf und sechs. Nicht einmal addiert reichte dieses Alter für den Tod aus. Diese Kinder hatten nie richtig leben dürfen und Noah spürte einen Stich in seiner Herzgegend. Er ging weiter und wurde von einem vertrauten Geräusch aufgehalten. Es klang wie ein Schneeschieber und nachdem er ein paar weitere Gräber umrundet hatte, erblickte er Hermann Thomas. Der alte Mann hatte sich in einen grauen Mantel gehüllt, einen dicken Wollschal umgebunden und trug sogar eine alberne Wollmütze mit einer Bommel. Noah schmunzelte für einen Moment, er kannte den alten Mann als leicht mürrischen, adrett gekleideten Herren, der mit viel Sorgfalt seinen Friedhof sauber hielt. Das hier war eine ganz neue Seite an ihm.

»Herr Thomas, hallo! Frohes neues Jahr Ihnen noch«, begrüßte er den Alten, der erstaunt aufsah, doch als Noah über ein paar der beiseitegeschobenen Schneeberge gestiegen war, zuckten Hermann Thomas' Mundwinkel.

»Junge, hallo. 's ist ein Weilchen her.«

»Ja, ich hatte allerhand zu tun …«

Den Tod von Granny Jude hatte er noch lang nicht überwunden, aber der innerliche Schmerz nahm langsam ab. Zurück blieb nur das Gefühl des Verlusts. Noah räusperte sich.

»Wer hat die Luftballons aufgehängt? Ich dachte, die Friedhofsleitung hat es verboten?«

Thomas stützte sich auf den Schneeschieber und zuckte mit den Schultern, in seinem Gesicht bewegte sich nichts.

»Ist es auch. Keiner weiß, wer das macht.« Er ließ seinen Blick über den Friedhof gleiten. »Derjenige weiß, dass die Kameras eine halbe Stunde am Nachmittag nicht aufnehmen, um die alten Filme zu überspielen. Erstaunlich, nicht wahr?«

Er warf Noah einen Blick zu und sie lächelten beide. In jenem Moment empfand er viel für den alten Mann, der scheinbar seine Tradition weiter führte.

»Ich wollte zu Granny Jude und meiner Mutter.«

»Tu' dir keinen Zwang an, Junge«, sagte Thomas ruhig, wandte sich wieder ab und befreite mehr Wege vom frisch gefallenen Schnee.

Noah ging zur Wiese und starrte auf den hellen, gefrorenen Boden. Er konnte sich nicht vorstellen hier eines Tages zu liegen. Irgendwann sollten sie genügend Geld für einen Stein haben. Vielleicht genügte eine schöne Namensplakette. Auch, wenn es niemals etwas ändern würde. Das leere Grab war ein Pilgerstützpunkt für ihn, nichts weiter.

Als er zum Grab von Granny Jude ging, klingelte sein Handy. Sein Vater.

»Hey Noah, wo bist du gerade? Noch in der Klinik?«

»Nein, ich bin auf dem Friedhof.«

Er hörte, wie sein Vater tief einatmete.

»Soll ich dich in zehn Minuten abholen? Ich muss ohnehin Benzin holen.«

»Das wäre nett.«

Dann müsste er nicht mit dem Bus fahren und wäre schneller zu Hause. Es wurde bereits dunkel.

»Okay, dann holen wir noch etwas zu Essen. Matteo ist bestimmt daheim.«

Noah blieb vor dem Grab von seiner besten Freundin stehen, fegte Schnee vom Kreuz, wollte, das jeder ihren Namen lesen konnte. Da sich das Grab erst absenken musste, würden sie erst in etwa drei Monaten den Stein setzen. Er hoffte, sie würden den schönsten der Welt bekommen.

Langsam bahnte er sich den Weg über den Friedhof. Auf dem Parkplatz stand bereits der Pick-up seines Vaters, anscheinend hatte er sich ziemlich beeilt. Er öffnete die Beifahrertür und schob sich in den Wagen, im Inneren war es angenehm warm.

»Alles klar?« Andreas grinste ihm entgegen.

Noah nickte, schloss die Tür und schnallte sich an.

»Ich war bei Granny Judes Grab. Alles wie gehabt, der Boden ist komplett gefroren und Frau Müller-Schönau sagte, der Stein wird wohl erst im März gesetzt.«

»Ist besser so, er könnte sonst einsinken.«

»Was holen wir zu Essen? Indisch?«, fragte er und Andreas schien zu überlegen.

»Ja, daran kommen wir vorbei. Gute Idee. Isst Matteo indisch?«

»Die haben eine Putenpfanne mit Curry, so etwas mag er.«

Schweigend fuhren sie weiter, im Radio wurden 80er Jahre Hits gespielt und Noah erinnerte sich an die Abende im Pflegeheim, die er mit Granny Jude vor dem Plattenspieler verbracht hatte. Manchmal hatte er günstige Schallplatten gekauft und sie mitgebracht. Sie hatten sich die Musik angehört und oftmals erinnerte sich die alte Frau an kleine Anekdoten aus ihrem Leben. Noah dachte gern an die Stunden voller kratziger Soulmusik zurück und dem Gefühl von alten Erinnerungen, in denen sie beide badeten.

Sie bestellten das Essen, warteten ein paar Minuten und fuhren nach Hause. Andreas parkte den Pick-up in der Garage, während Noah bereits hineinlief und leise die Haustür aufschloss. Es war verdächtig ruhig im Haus, selbst Coconut kam nicht aufgeregt angerannt wie sonst. Er brachte das Essen in die Küche und lauschte auf die gedämpften Geräusche des Fernsehers.

Noah ging ins Wohnzimmer. Auf dem Tisch lag ein Berg von Matteos abonnierten Magazinen, sein Freund schlummerte auf der Couch. Anscheinend hatte auch er einen anstrengenden Tag hinter sich. Noah setzte sich in den Sessel, griff nach der Fernbedienung und beförderte versehentlich ein paar der Magazine auf den Boden. Seufzend sah er zuerst zu Matteo, um sicherzugehen, dass er ihn nicht durch sein Ungeschick geweckt hatte.

Er beugte sich nach unten, um die Magazine aufzuheben und starrte auf eine geöffnete Seite. Es schien sich um allgemeine Gerüchte zu drehen und Noah erblickte das Foto von sich und Matteo, welches in Berlin geschossen worden war. Darunter befand sich die Schlagzeile: ›Neues aus dem Hause Nier‹. Noah klappte die Zeitschrift zu, starrte auf das Cover und betrachtete das Datum. Kurz nach Silvester, demnach nicht mehr wirklich aktuell.

Noah schlug das zweite Magazin auf und las sich die Inhaltsangabe durch. Er blätterte flüchtig durch, betrachtete die Gossip-Seite und konnte weder Matteos noch seinen Namen darauf finden. Die nächsten zwei Hefte waren ebenso nur eine Ansammlung an Tratsch und Klatsch über royale Familien und gealterte Stars.

Matteo bewegte sich, rollte sich auf die Seite und sein Shirt rutschte hinauf. Ein Streifen Haut blitzte hervor und Noah grinste ein wenig. Er sah nur noch halbherzig in das nächste Magazin, überflog die Inhaltsangabe und las plötzlich Matteos Namen.

›Die Enthüllung eines Familiendramas‹. War die Aufdeckung von Matteos bizarren Familienverhältnissen neue Berichte wert? Er bezweifelte es. Im Internet konnte man alles nachlesen, was Clemenz Nier und die vielen Kinder betraf.

Noah blätterte die Doppelseite auf, im Zentrum war das Foto von ihm und Matteo platziert. Sein eigenes Gesicht war nochmals vergrößert worden und ein paar Fotos aus dem Netz waren daneben drapiert, unter anderem von Lolas Facebookseite. Er musste kein Genie sein, um zu wissen, dass sie dafür garantiert keine Genehmigung hatten.

›Liebhaber von Matteo Nier in persönliches Familiendrama verwickelt‹ stand in der ersten Zeile unterhalb der Überschrift.

Noah furchte seine Stirn und begann zu lesen. Er stolperte nahezu über die Worte, las immer schneller und mit jedem Absatz wurde ihm eine Nuance schlechter. Sein Magen bestand irgendwann nur noch aus einem Knoten.

›Aus einer vertrauenswürdigen Quelle erfuhren wir von einigen dramatischen Zuständen im Leben von Noah L., dem Liebhaber von Matteo Nier. Vor einigen Wochen haben wir über das überraschende Pärchen berichtet und bisher war die Identität des Mannes ungeklärt geblieben.

Matteo Nier verriet vor einigen Wochen in einem Interview mit einem Magazin für Homosexuelle, dass er sich in der Therapie von seiner langjährigen Freundin getrennt habe und dort Noah kennenlernte. Bis dato war nicht bekannt, wer dieser Noah genau ist und eine unserer Reporterinnen hat sich auf die Spur begeben, um mehr über den rätselhaften Partner an Matteos Seite herauszufinden. Dabei stolperte sie über einige Ungereimtheiten. Noahs Vater ist ein erfolgreicher Kfz-Mechaniker und sie leben im selben Landkreis, wie Matteo. Seine Mutter ist laut Aussagen von Freunden der Familie verstorben.

Auch auf der Facebookseite des jungen Mannes fanden wir genügend Hinweise,
die für das frühe Ableben der Mutter sprechen.

Unsere Reporterin versuchte, den genauen Todestag zu ermitteln, und fand
überraschenderweise nichts heraus. Demnach existieren keinerlei öffentliche
Dokumente darüber, dass Hannah L. verstorben ist. Auch die Vermissten-
anzeigen, die wir im Archiv einiger sozialer Netzwerke fanden, geben weitere
Fragen auf.

Die Familie selbst war für keinerlei Auskunft bereit und dennoch werden
wir versuchen, Genaueres herauszufinden.‹

Immer wieder glitten seine Augen über diese Worte.

›… keinerlei Dokumente darüber, dass Hannah L. verstorben ist …‹

›… keinerlei Dokumente …‹

Er bekam keine Luft und das Heft zitterte in seinen Händen. Die
Worte verschwammen vor seinen Augen. Als er hinter sich die Tür vernahm, sprang er auf, das Heft flog durch das Wohnzimmer. Coconut sah
verschlafen in seinem Körbchen auf und blickte sich mit seinen Knopf-
augen verwirrt um.

Matteo bewegte sich, doch Noah hatte keinen Blick für ihn. Sein Herz
schlug ihm bis zum Hals, in seinen Ohren rauschte es und er lief in den Flur,
wo Andreas stand. Dieser sah ihn überrascht an, als er das ernste Gesicht
seines Sohns sah. Noah spürte, wie sich seine Hände zu Fäusten ballten.

»Warum gab es nie eine Beerdigung?«, fragte er ohne Zusammenhang.
Verwirrt blinzelte sein Vater.

»Was … wovon redest du?«

»Mama … warum gab es nie eine Beerdigung für sie? Warum waren
wir nur auf dem Friedhof in dieser Gedenkhalle und haben allein an der
Wiese gestanden?«

Seine Stimme zitterte, ebenso wie seine Hände.

Andreas schluckte sichtbar; der Adamsapfel an seinem Hals hüpfte auf
und ab.

»Du weißt, wir hatten kein Geld …«

»Das kann es nicht sein, Paps. Niemals. Wieso gibt es keine Dokumente über ihren Tod? Und warum …« Noah suchte nach Worten. »Warum …
wissen diese dämlichen Journalisten mehr über uns als ich?«

Hinter ihm tauchte Matteo auf, schien nicht zu verstehen, was hier
geschah.

»Was ist los?«, fragte er, doch Noah ignorierte ihn.

»Es gibt keine Sterbeurkunde. Nichts. Nicht einmal ein richtiges Grab. Du hast gesagt, die Polizei hat sie für tot erklärt. Haben sie überhaupt nach ihr gesucht? Oder war das auch gelogen? Warum?«

Seine Unterlippe zitterte und er spürte Matteos Hand an der seinen. Fest umklammerte er sie und sah Andreas an, der zurückgewichen war. »Warum ... hast du gelogen?«

»Das habe ich nicht, Noah ...«, begann er, doch sein Sohn schüttelte den Kopf.

»Du hast mich belogen ... die ganzen Jahre hast du mich *belogen!*« Andreas ging an ihm vorbei, hob abwehrend seine Hände.

»Stimmt es, dass meine Mutter lebt?«

»Ich habe nichts Schlimmes getan ...«

»Ich will wissen, ob sie lebt!«, schrie Noah.

Sein gesamter Körper bebte und er glaubte, bald zu explodieren. Er spürte, wie Matteo erschrocken zusammen zuckte.

»Ich habe nur versucht, unsere Familie zusammenzuhalten!«, antwortete Andreas, dessen Stimme sich ebenso überschlug. Mit einem Mal war es still und alles, was Noah hörte, war das unterschwellige ›ja‹. Er begriff, was er hätte vor Jahren verstehen müssen und fühlte sich hintergangen. Betrogen. Von seinem eigenen Vater.

Er ließ Matteos Hand los, drehte sich um und stampfte davon. In seinen Ohren rauschte es so laut, dass er keine Ahnung mehr hatte, ob das Wut oder Blut war, welches durch seinen Kopf raste.

Er rannte nach draußen in die Kälte, lief mehrere Meter, ehe er stehen blieb und weinte.

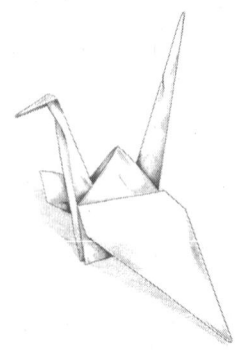

KAPITEL 26

Matteo war wie vom Donner gerührt, als sich Vater und Sohn vor seinen Augen anbrüllten und holte tief Luft. Sein Körper schien ihm nicht zu gehorchen, er sah sich der Situation vollkommen hilflos ausgesetzt und konnte nur tatenlos dastehen. Als Noah nach draußen stürmte und die Tür hinter sich zuwarf, zuckte er zusammen und blieb wie erstarrt stehen. Andreas hatte sich nicht bewegt, seit Noah nach draußen gestürmt war. Langsam sanken die eben gehörten Worte ein und es kam Bewegung in Matteos Körper. Er lief ins Wohnzimmer und hob das Magazin auf, welches quer durch das Zimmer gesegelt war. Im Inhaltsverzeichnis fand er seinen Namen. Hektisch blätterte er zu der Doppelseite und schlug sie auf.

Wenige Augenblicke später wusste er, was Noah gelesen hatte und spürte, wie ihm alles Blut aus dem Gesicht wich. Er ließ das Magazin fallen und stürmte ebenso nach draußen, erwartete, Noah in der Kälte suchen zu müssen. Andreas stand weiterhin im Flur und hatte sich noch immer keinen Zentimeter bewegt. Aktuell konnte Matteo keine Rücksicht auf ihn nehmen, seine Sorge galt allein Noah. Dem jungen Mann, dem vor zehn Jahren gesagt wurde, seine Mutter sei verstorben und dessen gesamtes Leben damals auf den Kopf gestellt worden war.

Dessen Leben eine Lüge war.

Es war eisig draußen, Matteo trug nur Shirt und Jeans und lief in Socken durch den frischen Schnee. Er fror binnen Sekunden und war froh, als er Noah wenige Schritte von der Haustür entfernt erblickte. Ehe dieser auf die Knie sinken konnte, war Matteo bei ihm und umschloss Noahs bebenden Körper. Er klammerte sich an ihn, als befürchtete er, verlassen zu werden. Ihn so zu sehen, erschütterte Matteo auf eine tiefgehende Art. Sonst war Noah der Starke von ihnen, war derjenige, der sich durch nichts erschüttern ließ und der Matteo stützte, und plötzlich zerbrach er vor seinen Augen. Er konnte sich kaum vorstellen, wie es Noah erging, auch wenn seine eigene Familie zum Teil ebenso aus Lügen und Intrigen bestand. Sein Freund weinte. Er zog ihn mehr an sich, schmiegte sein Gesicht an dessen Wange und spürte, wie kühl Noahs Haut war. Die Kälte erfasste sie beide, war in jenem Moment das Einzige, was die Realität von einem Albtraum unterschied.

»W-wie … konnte er mir das antun …?«

»Vielleicht stimmt es nicht …«

»Doch … ich hab es gesehen … in seinen Augen. Meine … Mutter lebt …«

Die letzten drei Worte presste er nahezu über seine Lippen. Matteo wusste nicht, was er sagen sollte. Es gab kein Richtig oder Falsch.

»Komm, wir sollten rein gehen. Du frierst doch«, meinte er leise und drückte Noah einen zittrigen Kuss gegen die Schläfe.

Feuchtigkeit kroch in seine Sachen und ließ ihn ebenso zittern. Gemeinsam liefen sie ins Haus. Es war leer, einzig Coconut hatte brav hinter der Haustür gewartet und begrüßte sie schwanzwedelnd. Von Andreas war keine Spur und das Essen stand unberührt in der Küche.

Sanft löste sich Noah von Matteo und der ließ ihn ziehen, beobachtete mit Besorgnis, wie er sich nach oben schleppte und ohne ein weiteres Wort im zweiten Stock verschwand. Matteo seufzte, sah sich um und ging ins Badezimmer, um sich seiner nassen Jeans zu entledigen und sie zum Trocknen aufzuhängen. Er begriff nicht, woher die Journalisten all das plötzlich wussten und vor allem verstand er nicht, wie Noah niemals etwas in Frage gestellt hatte.

Trauer machte mit jedem Menschen etwas anderes.

Matteo hörte Schritte im Haus, beschloss sie jedoch zu ignorieren. Er wollte nicht mit Andreas reden. Es stand ihm ohnehin nicht zu, über dessen Entscheidungen zu urteilen. Vielleicht ergab alles mehr Sinn, als er aktuell annahm.

Langsam stieg er hinauf ins Dachgeschoss und blickte zögerlich in Noahs Zimmer. Sein Freund lag rücklings auf dem Bett, die Arme und Beine ausgestreckt und starrte in den Sternenhimmel. Er lief zum Bett und setzte sich, Noah rührte sich nicht.

»Du willst gerade nicht reden, oder?«

Er nickte, schüttelte kurz darauf den Kopf. Offenbar wusste er es selbst nicht. Matteo legte sich neben ihn und Noah rutschte ein kleines Bisschen zur Seite.

Sie schwiegen gemeinsam, doch Matteo beschlich ein ungutes Gefühl, er sorgte sich um seinen Freund, suchte dessen Hand auf dem kühlen Bettlaken und umklammerte sie. Nach einer ganzen Weile erwiderte Noah diesen Druck sanft.

›Ich würde mich freuen, wenn Sie mir Ihre Ergebnisse …‹

Er löschte den Text. Das klang zu hochgestochen.

›In Ausgabe 03 im Januar haben Sie über mich berichtet, und ich würde mich freuen, wenn Sie mir Ihre Quellen verraten könnten.‹

»Das klingt, als würdest du einen Wikipedia-Eintrag kritisieren.«

Lola zupfte ihren Kaugummi aus dem Mund, drehte ihn dramatisch um ihren Finger und schob ihn zurück.

Noah verzog die Lippen und sah sie genervt an.

»Als wäre es leicht, nach dieser Erkenntnis eine Mail zu verfassen«, knurrte er ungehalten und sah zu Matteo, der am anderen Ende des Küchentischs saß und mit Tobias auf dem Tablet ein paar Flugdaten für dessen Job in New York ansah. Kurz trafen sich ihre Blicke und sein Freund schenkte ihm ein aufmunterndes Grinsen. Noah gab zu, dass er ohne Matteo in den letzten vierundzwanzig Stunden den Verstand verloren hätte. Sein Freund stand ihm zur Seite, vollkommen gleich wie oft Noah kurz vor einem nervlichen Zusammenbruch war und durch sein Zimmer laufend seinen Vater verwünschte.

»Gib her«, bat Lola schroff und griff nach dem alten Laptop, auf dessen Deckel ein paar Sticker klebten. Sie legte sich den warmen Computer auf den Schoß und fing an zu tippen. Weitaus schneller als er, wie Noah missmutig feststellte.

»Wenn du am 25. fliegst, kommst du am 26. an, vollkommen gleich, wann du abfliegst«, sagte Matteo und hielt Tobias das Tablet hin. Der verzog den Mund, schien mit diesem Fakt nicht einverstanden.

»Also doch über zwanzig Stunden wach?«, fragte er zurück und Matteo schüttelte den Kopf.

»Nein, das liegt daran, dass du in Frankfurt lange auf deinen Anschlussflug warten musst. Es ist egal, ob du in London oder Frankfurt umsteigst. Die Zeit bleibt gleich.« Er schob etwas auf dem Tablet hin und her und Tobias seufzte.

»Zehn Stunden Flug ... puuh.«

»Nach Los Angeles sind es vierzehn, wenn du über Stockholm fliegst.«

»Soll mich das aufmuntern?«, fragte Tobias spitz nach und Matteo grinste. Noah sah ihn gern grinsen.

»Hier.« Lola gab ihm den Laptop zurück und neugierig sah er auf den Bildschirm.

»Und du, mein Freund ...«, fuhr sie fort und Tobias hob den Blick, ebenso wie Matteo. »Es ist nur ein Probearbeiten. Also ganz ruhig, du wirst den Flug überleben.«

Noah wusste, dass Lola traurig darüber war, dass Tobias die Stelle in New York in Erwägung zog. Aber sie ließ es kaum durchscheinen; die restliche Zeit war sie gut drauf. Erstaunlich, wie gut sie ihre Emotionen unter Kontrolle hatte.

Er las sich den von ihr verfassten Text durch.

›In Ihrer letzten Ausgabe erwähnten Sie den nicht dokumentierten Tod meiner Mutter und ich frage mich, woher Sie Ihre Informationen beziehen. Ich wäre zu einem kostenlosen Interview bereit, wenn Sie mir ihre Quellen und Ihre weiteren Nachforschungserfolge zukommen lassen könnten und hoffe auf eine positive Antwort.‹

»Ein Interview?«, fragte Noah nach und sah Lola entrüstet an.

»Du musst denen etwas bieten, wenn du was haben willst.«

Er rollte mit den Augen. Diesen genervten Blick hatte er sich von Matteo abgeguckt und Lola stieß ihm gegen die Schulter.

»Hör auf damit! Du benimmst dich lächerlich.«

»Zur Zeit benimmt sich hier nur einer ziemlich lächerlich.«

Noah spielte auf Andreas an, der seit dem Streit vermied, mit ihm allein in einem Raum zu sein. Er hatte es heute früh lediglich geschafft zu fragen, ob es noch Kaffee gebe und ihn seitdem rigoros angeschwiegen.

»Hat er nichts weiter dazu gesagt?«, wollte Lola wissen und Noah zuckte mit den Schultern.

»Nur Phrasen, sonst nichts.«

Er seufzte und sah nochmals auf den Text. Damit konnte er zumindest etwas anfangen. Kurz bearbeitete er den Wortlaut ein wenig und schickte die E-Mail ab. Vielleicht würde sich das Magazin melden, bevor sie die nächste Skandalmeldung in ihre Zeitschrift pressten.

»Das ist alles sehr untypisch für deinen Vater.« Seine Freundin verschränkte die Arme hinter ihrem Kopf. »Ich meine ... was hat er davon dich glauben zu lassen, sie wäre tot? Im Grunde habt ihr beide nur darunter gelitten.«

Eine Frage, die sich Noah schon mehrmals gestellt hatte, bisher ohne eine Antwort zu finden. Für ihn ergab es ebenso wenig Sinn. Seit Stunden kramte er in seinen Erinnerungen, rief die letzten Wochen auf, die er Hannah in der Klinik besucht hatte und wusste noch, dass seine Mutter kurz vor der Entlassung gestanden hatte. Damals waren seine Großeltern extra angereist, um sich ein paar Tage um ihn zu kümmern, weil sein Vater so lange im Krankenhaus geblieben war. Noah hatte all das nie in Frage gestellt, aber jetzt ...

Was, wenn Hannah damals abgehauen war, ohne sich zu erklären? Wenn sie zwar krank, aber nicht bereit gewesen war, in ihr Leben zurückzukehren? Vielleicht wollte Andreas ihm nur den Gedanken ersparen, dass er an dem Zustand seiner Mutter schuld war.

Das rechtfertigte es ein wenig, entschuldigte aber nichts.

»Ich habe keine Ahnung ...«, gab Noah leise von sich, starrte auf den Bildschirm des Laptops und seufzte. Matteo musterte ihn, er konnte es spüren.

Er stellte den Computer ab und stand auf, um sich erneut Kaffee einzuschenken. Hauptsache, seine Hände bekamen etwas zu tun und er musste nicht mehr nachdenken. Leider funktionierte dieser Trick nur wenige Augenblicke.

Es gab nichts Schlimmeres, als ein Puzzle vor sich zu sehen, aber keinen Anfang zu finden. Er konnte die Ecken nicht ausfindig machen, konnte nicht einfach den Rand benutzen, um sich langsam zur Mitte hinzuarbeiten. Irgendwer hatte sein gesamtes Leben zerschmettert und es ihm vor die Füße geknallt und es lag an ihm, alles nach und nach zusammenzusetzen, ohne ein klares Bild vom Ergebnis zu haben.

Mit einem Mal kam ihm ein Gedanke und er stellte die Kaffeetasse ab, wandte sich um und lief in Richtung Tür.

»Komm bitte kurz mit«, bat er Matteo, strich sacht über seine Schulter und dieser zögerte keinen Augenblick. Rasch erhob er sich und folgte Noah in den zweiten Stock. Sie liefen am Badezimmer vorbei und bogen in Noahs ehemaliges Kinderzimmer ab. Er hatte es Matteo einmal gezeigt und meinte, dass sie hier nur noch ein paar Erinnerungsstücke aufbewahrten. In der Ecke stand ein altes Holzschaukelpferd, daneben ein kaputtes Feuerwehrauto ohne Reifen. Blaue Säcke türmten sich an den Wänden, gefüllt mit alten Kleidungsstücken, die sie bisher nicht zu einem Altkleidercontainer geschafft hatten und auf den drei Stühlen, die ebenso aussortiert waren, stapelten sich alte Akten und Unterlagen. Auch Noahs alter Schreibtisch, ein noch älterer Fernseherschrank, sowie wie ein Kleiderschrank aus den 70ern und die alten Gusstöpfe seiner Großmutter, alle fein ineinander gestapelt, befanden sich hier. Zielstrebig lief er zum Schreibtisch und zog wahllos ein paar der Schubladen auf. Er begann zu suchen, wusste nicht mehr genau, wo sich die Fotoalben befanden. Matteo blieb im Türrahmen stehen und wartete geduldig, während Noah sich nach und nach durch das Zimmer arbeitete. Er öffnete jede Schranktür, und blickte auf weitere Papiertürme und alte Kisten voller kaputtem Spielzeug. Einmal mehr fragte er sich, weswegen sie nie etwas davon weggeworfen hatten. Vielleicht, weil es an eine Zeit erinnerte, in der alles noch perfekt gewesen war.

Noah kramte in etlichen Kisten und Schubfächern und erst als er den vorletzten Schrank erreicht hatte, entdeckte er die dunkelbraunen Fotoalben. Erleichtert seufzte er auf, nahm die ersten drei und drückte sie Matteo wortlos in die Arme. Die kleine Kiste voller Bilder nahm er selbst.

Sie kehrten in die Küche zurück und warfen die Alben auf den Tisch. Fragend sah Noah sich um, weil Lola allein war.

»Tobias ist mit Coconut draußen«, erklärte sie und schraubte die Wasserflasche auf. »Was habt ihr da?«

»Fotos. Vielleicht finde ich ja darunter etwas.«

Noah hatte keine große Hoffnung, aber möglicherweise weckten einige der Bilder seine Erinnerungen und er konnte sich ein paar Momente heraufbeschwören, die ihm damals nicht wichtig erschienen waren, jedoch viel verändert hatten.

Sie setzten sich, Matteo hatte sich eines der oberen Alben geschnappt, auf dessen erster Seite sich ein niedliches Babyfoto von Noah befand, welches er sogar kannte.

»Das hat Roman auch in seinem Album kleben«, meinte er und deutete auf ein weiteres Foto.

»Ja, wir haben damals gedacht, es wäre eine schöne Einleitung, wenn jeder ein Kinderfoto von sich beisteuert. Flo und André haben es bisher nur nicht geschafft.«

»Das hat mich ganz schön verwirrt, ich dachte echt, ihr kennt euch seit Kindertagen.«

Noah grinste und blätterte in einem der kleineren Alben, sah sich die Urlaubsbilder an, als sie Wien besucht hatten. Seine Mutter stand vor einer Statue und lächelte in die Kamera. War sie damals schon depressiv gewesen? Hatte sie wirklich versucht, sich umzubringen, oder war auch das eine Lüge? Noah hatte geglaubt, dass alles in seinem Leben der Wahrheit entsprach, hatte seine Realität nie angezweifelt und stand vor einem Haufen Scherben.

Er blätterte weiter, um seine Gedanken zu verscheuchen.

Währenddessen kehrte Tobias mit Coconut zurück.

»Wonach sucht ihr?«, fragte er und fuhr sich mit den Fingern durch seine nassen Haare. Lola betrachtete ihn liebevoll.

»Nach Hinweisen«, erklärte Matteo. Er sah wieder zu Noah. »Du warst ein so süßes Kind.«

Er lächelte.

»Hat einer von euch Hunger?«, fragte Lola in die Runde und Noah zuckte mit den Schultern. Zu seiner Überraschung schüttelte Matteo den Kopf. Hatte er heute überhaupt schon gegessen?

»Machst du mir ein Sandwich?«, bat Tobias mit seinem charmantesten Grinsen.

»Ihr habt auch Hunger. Punkt.«

Lola erhob sich dramatisch und lief zum Kühlschrank, wenige Augenblicke später knallten Schubladen und Schranktüren. Noah blätterte weiter. Auf dem nächsten Foto saß seine Mutter am Ostseestrand in einem Liegestuhl und blickte in die Sonne. Er mochte dieses Foto sehr, da seine Mutter darauf aussah wie in seiner Erinnerung.

»Noah?«

Er schreckte auf, als Matteo ihn ansprach und räusperte sich.

»Sorry, ich habe nachgedacht.«

Eine warme Hand landete auf seinem Oberschenkel.

»Das habe ich gesehen. Ist alles in Ordnung? Ich meine … ich weiß, das ist es nicht.«

Noah fand die Fürsorge seines Freundes wundervoll, aber vielleicht verdiente er sie nicht. Eigentlich war nichts geschehen. Außer, dass seine Mutter ihn verlassen hatte und das bereits vor vielen Jahren.

»Ich frage mich einfach, was passiert ist«, meinte er leise und seufzte. »Warum ist sie weggegangen?«

Und warum war es für seinen Vater einfacher, sie überall für tot zu erklären, als die Wahrheit zu sagen? Der Druck von Matteos Hand auf seinem Oberschenkel wurde fester.

»Vielleicht hatte sie keine andere Wahl?«, vermutete sein Freund leise, was Noah verächtlich schnauben ließ.

»Man hat *immer* eine Wahl, Matteo.«

»Das mag sein. Manchmal sieht man jedoch nur einen Ausweg.«

Seine Worte ergaben Sinn, besonders weil Matteo einst an einem ähnlichen Punkt gestanden hatte. Noah wollte aber kein Verständnis aufbringen. Er konnte nicht. Heftig schüttelte er den Kopf, lehnte sich zurück und fuhr sich mit beiden Händen durch seine Haare.

»Was soll ich jetzt tun?«

Tobias hatte sie die gesamte Zeit beobachtet, jedoch geschwiegen.

»Weißt du, wir hatten es damals auch nicht leicht«, begann er unvermittelt und sah zu Matteo. »Ich meine … wir sind Geschwister und jetzt ist alles okay. Als Kinder war das aber die Hölle.«

Unsicher umklammerte Matteo Noahs Hand.

»Ja … ich erinnere mich an bizarre Nachmittage, an denen wir alle am Flughafen standen, niemand wollte mit dem anderen sprechen und unsere Mütter haben Acht gegeben, dass wir Kinder nichts miteinander zu tun hatten. Sie müssen sich schrecklich gefühlt haben. Jede von ihnen wurde als Affäre abgestempelt und musste diesen Fehler jeden Tag in Form ihrer Kinder sehen.«

»Wie kam es, dass ihr euch nun versteht?«, wollte Noah wissen.

Nachdenklich sah Matteo zu Tobias, der auf diese Frage hin mit den Schultern zuckte.

»Wir wurden älter. Matteo und ich trafen uns heimlich nach der Schule. Emmanuel kam dazu. Und irgendwann entschieden wir, dass wir Kontakt wollten, wir hatten immerhin eines gemeinsam: einen ziemlichen Kotzbrocken als Vater.«

»Und es hat funktioniert?«

»Nicht gleich«, gestand Matteo. »Unsere Mütter waren nicht allzu begeistert. Aber was sollten sie tun?«

Lola kehrte mit einem riesigen Teller voller Sandwichhälften an den Tisch zurück und hielt diesen jedem lockend unter die Nase, setzte sich wieder und sah zum Laptop, der mittlerweile den Stand-by-Modus aktiviert hatte. Sie klickte sich ins System, kaute langsamer und grinste.

»Das Magazin hat dir geantwortet«, informierte sie Noah, der sogleich aufsprang und um den Tisch lief. Er hockte sich neben Lola und las sich die Nachricht durch. Das erfreute Gesicht wich schnell einer blassen Miene und er stand auf und lief ein paar Mal im Kreis. Auch Lola war für ihre Verhältnisse unglaublich ruhig und ließ das Sandwich in ihrer Hand sinken.

»Was steht da?«

Noah hatte Mühe, sich nicht zu übergeben. Ihm war kotzübel und er holte angestrengt Luft, zählte jeden Atemzug. Er schloss die Augen, legte seine Arme hinter den Kopf und lief ganz langsam auf und ab. Sein Kopf fühlte sich an wie eine überreife Melone. Eine weitere Information würde gefühlt alles zum Platzen bringen.

Sie schwiegen, während sie nacheinander den Text lasen. Nur die Wanduhr tickte, das einzige Indiz dafür, dass die Zeit dennoch verging und nicht stillstand.

Nachdem jeder die Nachricht gelesen hatte, wurde das Schweigen zwischen ihnen bedrückender. Matteo war es, der als Erster aufstand und mit Coconut nochmals nach draußen ging, weil der Hund nervös auf und ab lief. Streng musterte Lola ihren besten Freund und Noah erwiderte ihren Blick.

»Du weißt, was du jetzt tun musst?«, fragte sie behutsam.

Tobias sah ihn ebenso ernst an und nickte.

»Das solltest du irgendwie klären, ehrlich.«

Eigentlich wusste Noah gar nichts mehr.

Matteo saß im Wohnzimmer auf der Couch und spielte mit der Fernbedienung in seiner Hand. Es war kurz nach zehn. Coconut ruhte auf seinem Schoß und schlief seit etwa einer halben Stunde, im Fernsehen liefen die letzten Minuten des heutigen Spielfilms. Keiner von ihnen hatte ihn verfolgt.

Noah saß mit wippenden Beinen im Sessel und stand fortwährend auf, holte sich zu trinken oder blätterte eines der alten Magazine durch. Er war unruhig, weil sich Andreas bisher nicht gemeldet hatte, der Pick-up stand seit Stunden nicht mehr in der Auffahrt. Matteo vermutete, dass er ein wenig Auszeit gebrauchen konnte und sinnlos durch die Gegend fuhr. So, wie er manchmal ziellos herumlief, um den Kopf freizubekommen.

»Hast du ihn schon angerufen?«, fragte Matteo.

Noah schüttelte den Kopf.

»Nein. Ich will, dass er von sich aus zu mir kommt.«

Sie schwiegen wieder und Matteo drückte sich fester in die Couch. Irgendwann driftete er weg und erwachte erst, als er die Haustür vernahm. Auch Noah sah auf, sein Gesicht verhärtet und streng. Ein Anblick, der Matteo seltsam schockierte, diese Seite kannte er nicht an ihm. Seine Hände waren geballt, als er aufstand. Wartend blieb er mit vor der Brust verschränkten Armen stehen und sah zur Tür. Andreas trat ein und das wenige Licht im Wohnzimmer vermochte die dunklen Augenringe kaum zu verbergen.

»Ich dachte, ihr seid schon im Bett«, meinte er ruhig und Noah holte sichtbar tief Luft.

»Ich habe auf dich gewartet.«

Andreas spannte sich an und wich Noahs Blick aus. Er schien zu verstehen, dass er einem Gespräch nicht mehr ausweichen konnte, presste die Lippen fest zusammen und legte den Kopf in den Nacken. Die Augen geschlossen sammelte er wohl all seine Kräfte, die er noch übrig hatte.

»Wie kann ich dir weiterhelfen?«, sagte er mit gepresster Stimme.

»Wie wäre es mit der Wahrheit?«, zischte Noah und Matteo sah, wie extrem er zitterte. Seine Gefühle schienen fast mit ihm durchzugehen und die Situation war unglaublich geladen. Er wagte selbst kaum etwas zu sagen und glaubte, sogar seine Atmung wäre zu laut. Sacht drückte er Coconut mehr an sich, wollte den Hund nicht zwischen die beiden rennen lassen. Gerade konnte alles geschehen.

»Wann wolltest du mir sagen, dass meine Mutter noch lebt?«, fragte Noah direkt. »Oder mir erzählen, dass sie im Westen wohnt? Mit einem anderen Mann?«

»Ich …«, begann Noahs Vater mit leiser, verzweifelter Stimme, die ihm nach diesem einsamen Wort versagte.

»*Wann*, Paps?« Unbewusst war Noah lauter geworden. »Ich meine; hältst du mich für dämlich? Anscheinend ja. Du hast mir gesagt, meine Mutter sei *tot*. Und ein verdammtes Magazin findet heraus, dass sie sich abgesetzt hat und im Westen lebt. Findest du das okay? Ich nicht.«

»Du verstehst das alles nicht.« Andreas trat einen Schritt auf ihn zu. »Ich wollte dich nur beschützen!«

»Nein.« Noah wich zurück, hob eine Hand und hielt diese abwehrend vor sich. »Du wolltest *dich* beschützen. Niemanden sonst.«

»Das ist nicht wahr. Du hast keine Ahnung, was hier alles geschehen ist … ich wollte nicht, dass du das mitbekommst.«

»Und da war lügen eine Alternative? Na danke.«

Noah wandte sich ab und stampfte davon. Andreas starrte Matteo an, in seinen Augen unglaublich viel Schuld. Er wirkte verletzt und winzig, wie er ihn noch nie erlebt hatte. Matteo sagte nichts, denn er wusste, das hier war nicht seine Angelegenheit.

Er würde nur die Scherben zusammenfegen und versuchen, sich nicht daran zu schneiden.

KAPITEL 27

Noahs Erinnerungen an den dunkelsten Tag seines Lebens sprangen aus einer längst vergessenen, eingestaubten Kiste. Er erinnerte sich daran, wie er mit seinem damaligen Klassenkameraden Pascal vor der Playstation saß, zwischen ihnen eine angebrochene Packung Chips mit Paprikageschmack und ein flimmerndes Rennspiel auf dem kleinen Bildschirm. Wie Pascals Mutter nach ihm rief, so ihr Spiel unterbrach und ihm das schnurlose Telefon entgegenhielt. Langsam war er etwas den Flur hinab gelaufen, um Ruhe zu haben. Die Schichten an Staub auf seinen Erinnerungen verwischten einiges.

»Noah?«

Die Stimme seines Vaters war leise und seltsam gepresst zu ihm hindurch gedrungen.

»Papa? Was gibt es denn?« Er hatte keine Ahnung, warum er anrief, er musste erst in einer Stunde zu Hause sein. Die Erinnerungen wurden noch undeutlicher.

»Noah, du solltest nach Hause kommen.«

Er erstarrte, eine unbekannte Angst durchschoss ihn. Sein Herz schlug schneller, Aufregung fegte durch seinen Körper und all seine Gefühle schienen in seinen Magen zu fallen. Er konnte nichts erwidern, denn etwas in ihm wusste es. Etwas in ihm wusste insgeheim, was folgen würde. Denn es gab Ängste, die er im Herzen trug.

»Ist etwas mit Mutti?«

Sein Vater schwieg einen beunruhigend langen Moment lang. Dieses Schweigen verriet Noah alles, was er wissen musste.

»Ja. Bitte komm nach Hause.«

Die Welt stand für einige Sekunden still. Sein Herz ebenso. Jedes Gefühl in seinem Körper floss in seine Füße und sein Magen sank hinab. Als würde er in einer Achterbahn sitzen und geradewegs auf den Boden zurasen.

Er legte auf, konnte nichts mehr hören, konnte seine Haut nicht mehr spüren. Noah stellte das Telefon zurück und ignorierte, dass seine Tasche und seine Jacke noch in Pascals Zimmer waren. Er lief nach draußen, niemand hielt ihn auf. Und Noah rannte. Er rannte davon, floh vor der Wahrheit und schien sich dennoch keinen Meter von der Stelle zu bewegen. Seine Gedanken waren schneller, als seine Füße je sein konnten. Er rannte, bis sich jeder Atemzug aus seiner Lunge presste; rannte, bis er nicht mehr konnte und auf dem Bürgersteig auf die Knie sank. Tränen strömten über sein Gesicht, schienen kein Ende zu nehmen. Er bebte, schlang seine Arme um sich selbst, aus Angst, zu zerspringen. Weinend legte er den Kopf in den Nacken, starrte ungläubig in den Himmel und fragte stumm nach dem Warum.

Irgendwann schleppte er sich zu einer Bank. Es kümmerte ihn nicht, ob jemand ihn sah. In jenem Augenblick war er wie blind, Tränen verschleierten seine Sicht und erst, als jemand ihn ansprach, schreckte er aus der Dunkelheit.

Und dann traf er Granny Jude. Sah ihr großmütterliches Gesicht vor sich, das feine Lächeln und die hellen, blauen Augen, die so viel von der Welt gesehen hatten.

Er vermisste sie.

Im Hier und Jetzt saß Noah auf dem Treppenabsatz vor dem Haus und starrte auf den grauen, langsam verschwindenden Schnee. Schon den ganzen Morgen schien die Sonne, Pfützen bedeckten die Straßen, als würde sich ein Gemälde langsam auflösen. Hinter ihm ging klickend die Tür auf und Schritte waren zu hören. Jemand setzte sich neben ihn und reichte ihm eine Tasse dampfenden Kaffee. Er griff danach, sah Matteo kurz an und versuchte sich an einem kleinen Lächeln. Er wusste nicht, ob es ihm gelang oder nicht. Es fühlte sich nicht so an.

Matteo schwieg, was Noah nur recht war.

Sie saßen still vor dem Haus und nippten an ihren Getränken, Gedanken verloren sich in der Zeit, die langsam verstrich und vor ihm auf dem Asphalt zu einer weiteren Pfütze zerschmolz.

Noah spürte dort, wo die Sonnenstrahlen ihn trafen ein leichtes Kribbeln auf seiner Haut. Langsam zog er seine Mütze vom Kopf und seufzte.

»Was denkst du, soll ich machen?«, fragte er Matteo nach einer schieren Ewigkeit der Stille.

Der war sichtlich überrumpelt aufgrund dieser Frage und verschluckte sich an seinem Kaffee.

»Inwiefern?«

Vorsichtig hielt er die Tasse am Rand und stellte sie neben sich, räusperte sich nochmals.

»Wegen meiner Mutter meine ich.«

Nachdenklich schwieg Matteo, starrte die Auffahrt hinab und zuckte mit den Schultern.

»Das Problem ist wohl, dass es dir niemand sagen kann. Jede Entscheidung, die du triffst, könnte die richtige und auch falsche sein.«

Noah sah ihn direkt an, von seinen Worten überrascht. Normalerweise würde *er* solche Antworten geben. Wieder starrte er nach vorn und blickte die Ausfahrt hinab.

»Hast du dir jemals etwas im Leben richtig intensiv gewünscht und dich dennoch damit abgefunden, dass es niemals so sein würde? Und dann, ganz plötzlich, könntest du es haben und bist nur wenige Schritte davor entfernt?«

Er trank einen Schluck Kaffee, während er seinen Freund ansah.

Matteos Unterlippe zitterte, er biss fest darauf und senkte den Blick.

»Ja und nein«, meinte er leise. »Ich weiß, wie es ist, sich Dinge so fest zu wünschen, dass es einen fast umbringt. Letzteres … nein.«

Wieder schwiegen sie. Irgendwann stellte Noah seine Tasse ab, rutschte zu seinem Freund und drückte sich an dessen Seite. Er legte seinen Kopf auf Matteos Schulter und sog seinen warmen Geruch ein. Eine Mischung aus Apfelshampoo, Kaffee und frischer Winterluft.

»Wolltest du damals deine Brüder kennenlernen?«

Noah sah nicht auf, konnte aber spüren, wie sich Matteo bei dieser Frage leicht versteifte.

»Ja, weil ich glaubte, sie kennen zu müssen, um mein Leben besser zu verstehen. Ich war immerhin noch recht jung, ich fand es aufregend, noch Brüder zu haben.«

In den letzten Worten schwang ein Lächeln mit. Offensichtlich hatte sich Matteo damit abgefunden, dass sein Leben keinem Ideal entsprach. Was war schon normal? Jeder definierte es für sich selbst.

»Du weißt schon, dass du unglaublich stark bist, oder?«, fragte Noah und schmiegte seine Wange fester an Matteos Schulter. Bisher konnte er die Kälte ignorieren, nun wurde es unangenehm.

»Bin ich das?« Matteo seufzte leise. »Aktuell denke ich eher, ich bin dir eine Last, als eine Stütze. Also weit entfernt von ›stark‹.«

»Hör auf damit, Matteo. Du bist stark, rede dir nichts anderes ein. Ich kenne niemanden, der all das, was in deiner Familie abläuft, so gemeistert hätte.«

»Ich wollte mich …«, erinnerte er ihn leise, brach mitten im Satz ab, was Noah dazu veranlasste, sich noch enger an ihn zu drücken.

»Aber du bist noch hier. Bei mir.« Er hob den Blick, hauchte ihm einen Kuss auf die stoppelige Wange. »Und ich möchte dich hier haben. In meinem Leben.«

Matteo sah ihn an und ein trauriges Lächeln landete auf seinen Zügen.

»Wenigstens einer, der mich in seinem haben will.«

Nun stupste Noah ihn sacht und schweigend badeten sie in der Nähe des jeweils anderen.

»Was mache ich nur?«, fragte er leise ins Nichts und atmete schwer. Er war überfragt. All seine Wünsche und Sehnsüchte waren plötzlich greifbar und real und verwirrten ihn. Er hatte Jahre gebraucht, bis er überhaupt ›meine Mutter ist tot‹ sagen konnte und jetzt überschlug sich alles. Sein Leben, eine schmerzhafte Lüge.

Leise räusperte Matteo sich neben ihm. »Du rufst Roman an und sagst ihm, wir machen einen Ausflug.«

Verwirrt blinzelte Noah. Was meinte er?

»Sobald du weißt, was das Magazin weiß, fahren wir zu deiner Mutter. Und dann kannst du entscheiden, was du für dein weiteres Leben willst.«

Noah empfand in jenem Moment so unglaublich viel für seinen Freund, dass es ihm in der Brust schmerzte. Und es war ein guter Schmerz.

Er legte seine Fingerspitzen unter Matteos Kinn und zog ihn zu sich, um ihn endlich richtig zu küssen. Er brauchte das; jemanden, der bei ihm war, weil er es *wollte*.

Weil dieser jemand ihn liebte.

Matteo stand vor der Villa und versuchte, sich Mut zuzusprechen. Er holte tief Luft, bereits jetzt zitterten seine Hände und er verkrampfte den Griff um das Trageband seines Rucksacks, den er auf der Schulter trug.

Eigentlich wollte er nur einige Sachen holen. Zwar hatte er alles Wichtige mittlerweile bei den Laurischs, aber ab und zu nahm er ein paar Bücher aus seinem Zimmer mit, brauchte eine andere Jacke oder Schuhe. Mittlerweile sah er die Villa mit anderen Augen. Sie war nicht mehr nur das steinerne Gefängnis, als welches sie Matteo manchmal empfunden hatte, sondern gleichzeitig eine Ansammlung aus Erinnerungen, vor allem aber Enttäuschungen und dem großen Wunsch, anders zu sein.

Leise seufzte er, um sich aus seinen trüben Gedanken zu locken.

Karl trat aus dem kleinen Wachhaus hinaus, streckte seinen Rücken und hob seine Hand zum Gruß, als er ihn sah, und ließ ihn hinein.

Er sammelte sich und lief geradewegs auf die große Haustür zu. Er wusste, dass seine Mutter daheim war; in der Auffahrt stand ihr Wagen. Sie mal nicht auf einem Computerbildschirm zu sehen war eine gelungene Abwechslung. Sonst herrschte eine räumliche Distanz, die der emotionalen nahe kam.

Er lief ins Haus und hörte im Foyer, dass Melinda im oberen Geschoss staubsaugte. Welchen Schmutz sie in diesem menschenleeren Haus entfernte, fragte er sich nicht das erste Mal.

Matteo stellte seine Tasche ab, räumte eine Jacke zurück in die Garderobe und nahm sich einen leichteren Mantel aus dem Schrank. Dann lief er, begleitet von den Geräuschen des Staubsaugers, in sein Zimmer und hoffte insgeheim, seine Mutter würde seine Anwesenheit nicht gleich bemerken. Suchend sah er sich um, griff nach drei Büchern aus seinem Regal und warf dabei eines seiner Bücher aus dem ersten Semester herunter. Einen Augenblick starrte er es an, überrollt von der Erinnerung an diese Zeit.

Das Studium hatte er begonnen, um eventuell die Firma seiner Mutter mitführen zu können, doch dieser Gedanke war in den Hintergrund gerückt, schuf Platz für die Ängste und traurigen Gefühle, die in seinem Herzen lauerten. Er kam nicht zurecht, war mit dem Lernpensum überfordert, schlief schlecht und versuchte alles, um die Tage irgendwie zu überstehen. Dass er sich dabei immer mehr verlor, bekam er gar nicht mit. Alles steigerte sich bis zu dem Tag, an dem er vollkommen übermüdet in einer Prüfung saß und im Hörsaal in Tränen ausbrach. Danach konnte er seine Wohnung einige Wochen nicht mehr verlassen und die Spirale zog ihn weiter nach unten.

Jede Depression war individuell, ebenso wie die Leiden des Betroffenen. Die einen berichteten von einem schwarzen Loch, in welches sie fielen, von einem Gefühl der Leere und Trostlosigkeit, dem Wunsch, ständig weinen zu wollen und dem Gedanken, nie glücklich zu werden. Matteo hatte es ähnlich empfunden.

Er hatte das Gefühl, nie genug zu sein, egal was er tat. Nie der perfekte Sohn sein zu können, den seine Eltern sich wünschten, ihnen keinen Grund zu geben, dass sie stolz auf ihn sein könnten. Dazu kamen die Selbstzweifel, niemals wegen seiner Person, sondern nur aufgrund seines Vaters gemocht zu werden. Er fühlte sich unvollständig, hoffnungslos und nicht fähig, in die Zukunft zu sehen. Für ihn gab es dort nichts, außer ein weiteres Auf und Ab der belanglosen Tage in seinem Leben.

Diese Gedanken zerfraßen ihn damals regelrecht, heute war es, als würde er sich an Erzählungen von jemand anderem erinnern. Er hatte keinen Bezug mehr dazu, weil er etwas begriffen hatte.

Matteo wusste nicht, weswegen er das BWL-Buch mitnahm. Es war ein seltsam gutes Gefühl, denn er entschied sich bewusst dafür. Vielleicht packte ihn die Leidenschaft wieder und er schmökerte darin, wie er es früher gern getan hatte. Zahlen besaßen eine beruhigende Struktur und Mathematik war ihm zu Schulzeiten erstaunlich leicht gefallen, am Wissen hatte es in seinem Studium selten gemangelt.

Es war bizarr über all das nachzudenken. In Gedanken mit Dingen zu jonglieren, mit denen er monatelang nicht ansatzweise zurechtgekommen war und sie in Betracht zu ziehen, ohne vollkommen den Verstand zu verlieren. Und er bemerkte noch mehr: Er starrte seit Minuten auf den schiefen Bücherstapel und es störte ihn nicht im Geringsten.

Monatelang hatte er in einem wahnhaften Zwang alles gerade gerückt. Er hatte es nicht ändern können; in ihm war eine regelrechte Panik ausgebrochen, wenn er etwas erblickt hatte, was schief stand oder lag. Jetzt schienen diese manischen Gedanken wie aufgelöst. Als hätte es sie nie gegeben.

Matteo lachte innerlich über diese Ironie auf und wandte sich ab. Aus dem Kleiderschrank nahm er sich noch einige Sachen, schob beim Hinausgehen langsam das BWL-Buch in die Tasche. Er hatte alles, was er brauchte. Nur noch ein weiteres paar Schuhe und er wäre für die nächsten Wochen ausgerüstet.

Er lief die Treppe hinab und sah seine Mutter durch das Foyer eilen. Sie trug einen blauen Anzug mit einem kurzen Rock. Offenbar hatte sie wichtige Gäste, vermutlich neue Geschäftspartner aus dem Ausland. Es wunderte ihn nicht, dass er deren Ankunft aufgrund der Größe des Hauses nicht bemerkt hatte. Seine Mutter hielt inne, als sie ihn erblickte.

»Bleibst du noch?«, fragte sie, ohne ihn zu begrüßen. Matteo wollte den Kopf schütteln, aber tat es doch nicht. Frances sah zu ihm hinauf, ein kleines Lächeln lag auf ihren Lippen. Freute sie sich, ihn zu sehen?

»Geh dir einen Kaffee machen, ich komme gleich nach.«

Sie klang seltsam nett, was ihn stutzig machte, doch er tat ihr den Gefallen und hoffte, dieses ›gleich‹ war kein allzu dehnbarer Begriff. Langsam trottete er die Treppe hinab und schlug den Weg in Richtung Küche ein, stellte seine Taschen im Türrahmen ab und öffnete die Jacke.

Matteo drückte die Knöpfe am Kaffeevollautomaten und stellte eine Tasse unter die Düse.

Ein paar Sekunden lang zische das Gerät, brühte den frischen Kaffee und als die letzten Tropfen in die Tasse fielen, nahm sie Matteo an sich und setzte sich damit an den Bartresen.

Sein Handy vibrierte, eine Nachricht von Noah. In jenem Moment betrat Frances die Küche, deshalb erfasste er nur den Anfang der Nachricht. Er schaltete den Bildschirm des Handys aus.

Seine Mutter lief ebenso zur Kaffeemaschine und zog sich einen Espresso. Sie seufzte, warf den Kopf in den Nacken und schloss die Augen. Matteo kannte diesen Ausdruck. Kopfschmerzen nahten.

»Wie geht es dir?«, fragte sie, beobachtete, wie das dunkle Gebräu in die Tasse floss.

»Gut.«

»Hast du in den letzten Tagen mit deinem Vater gesprochen?«

Ein süffisantes Grinsen landete auf seinen Zügen.

»Ich wüsste nicht, wieso.«

Frances nahm ihre kleine Tasse und lehnte sich an die Küchenzeile.

»Du weißt, wieso. Wir müssen darüber sprechen, wie es bei dir weiter geht und ob du nicht doch zu ihm nach Los Angeles gehst. Wenn ja, müsste deine Bewerbung ziemlich bald eingereicht werden.«

Eigentlich wollte er nur zufrieden sein. Ohne Sorgen, ohne Umzug nach Amerika, aber anscheinend war das nicht genug.

Matteo trank einen großen Schluck von seinem Kaffee und ließ den Blick durch die Küche wandern.

»Ich meine, ich weiß, du hast hier nun diesen Mann …«

»Er heißt Noah.«

Frances seufzte leise.

»Noah. Und du scheinst glücklich mit ihm, was ich akzeptiert habe.«

Sie ließ es klingen, als müsste er ihr unglaublich dankbar dafür sein, als wäre es nicht normal, dass die eigene Mutter die Entscheidungen des Sohnes unterstützte.

»Aber das ist nichts für die Zukunft. Du musst auch daran denken, was sie für dich offen hält und was du erreichen könntest.«

Matteo hörte ihr nur halb zu, denn er wusste seine Antwort bereits.

»Ich meine, du bist klug. Du kannst weit kommen, wenn du es nur willst. Hast du daran gedacht, vielleicht zu schauspielern, wie dein Vater? Wir würden dir helfen, wenn du das möchtest. Du solltest dich nur langsam entscheiden.«

»Ich werde BWL studieren«, unterbrach er ihren Redeschwall, »Weil ich das damals wollte und noch immer will.«

So etwas wie Stolz zeichnete sich auf Frances' Gesicht ab.

»Also möchtest du die Firma übernehmen?«, wollte sie wissen und Matteo zuckte mit den Schultern.

»Das weiß ich nicht, aber ich weiß, dass ich bei Noah bleiben möchte. Und einen Therapeuten brauche, der mich im Studium begleitet, damit ich nicht wieder einen Nervenzusammenbruch erleide. Und ich werde mir ein Zimmer nehmen, damit ich Mitbewohner habe. Vielleicht ziehe ich sogar mit Noah zusammen.«

Er beobachtete seine Mutter und obwohl er erwartete, dass sie ihn für verrückt erklärte, sagte sie nichts. Sie lächelte sogar ein wenig.

»Das finde ich in Ordnung. Und gut durchdacht. Strebst du das Sommersemester an?«

»Ja, so war der Plan.«

Frances nickte und stellte ihre Espressotasse ab.

»Okay. Darf ich dir bei der Suche einer Wohnung behilflich sein?«

Verwundert blinzelte Matteo und wusste nicht, ob er sich verhört hatte, aber seine Mutter sah ihn abwartend an. Sie wollte ihm tatsächlich helfen.

»Uhm, gern …«, kam es ihm vorsichtig über die Lippen.

Frances sah zur Tür, seufzte ein wenig.

»Ich muss leider zu meinen Gästen, aber«, sie drehte sich rasch zur Spüle, stellte ihre Tasse hinein, »wenn du magst, komm mit Noah die Woche vorbei. Ich koche auch nicht, versprochen.«

Matteo grinste und Frances erwiderte es.

»Wir könnten Pizza bestellen?«

»Klingt super.«

Überraschenderweise drückte sie ihm einen Kuss auf seine Wange. Dann eilte sie hinaus und warf ihm noch ein ›Ruf mich an, ja?‹ zu. Vollkommen irritiert blieb er zurück. Dies war mit Abstand das netteste Gespräch, welches er seit langem mit seiner Mutter gehabt hatte. Vielleicht hatte sie endlich etwas verstanden.

Er leerte seinen Kaffee, stellte die Tasse ebenso in die Spüle. Kurz hielt er inne und grinste. Er würde wieder studieren und womöglich sogar mit Noah zusammenziehen.

Das Leben konnte so einfach sein.

Rasch zog er seine Jacke zu, hörte aus dem Saal Gelächter und schulterte die Tasche. Er schritt zur Tür und dieses Mal hinterließ sein Aufbruch kein Magendrücken.

Als er am Bus stand, zog er sein Handy hervor und las endlich die Nachricht seines Freundes. Sofort sank sein Herz.

›Hey, bitte mach dir keine Sorgen, aber ich bin auf dem Weg nach Berlin und fahre nachher mit Roman zu meiner Mutter. Ich habe eine Adresse. Melde mich dann. ❤‹

KAPITEL 28

Er lehnte seine Stirn an die kühle Scheibe des Busfensters und sah nochmals auf die Uhr. Nur noch ein paar Minuten und er erreichte den zentralen Busbahnhof in Berlin. Dort wartete Roman auf ihn und gemeinsam würden sie nach Hessen fahren. Laut der Journalistin des Magazins lebte seine Mutter in einer Kleinstadt und hatte sich ein neues Leben aufgebaut. Ein Gedanke, der viele Gefühle in ihm auslöste, vor allem aber Fragen an die Oberfläche drückte. Als Teenager hatte er sich gefragt, wie ein Mensch, der so viel besaß, sein Leben wegwerfen konnte, wie laut diese Dämonen im Kopf waren, die seiner Mutter zuflüsterten, dass die tatsächlich den Selbstmord als einzigen Ausweg ansah. Und wie wenig es sie interessierte, was aus ihm wurde, wenn sie eher aus seinem Leben trat.

Diese Gedanken hatten sich verändert.

Sie war nicht mehr nur eine Erinnerung aus einer Zeit, in der sein Vater fröhlich und zufriedener war und er abends zu einem warmen Topf Gulasch und Nudeln nach Hause kam. Nun erschienen ihm die Jahre wie eine Bestrafung für sie beide. Sie hatte sie im Stich gelassen. Noah hatte viele Monate damit zugebracht, sich darum zu kümmern, dass es seinem Vater gut ging. Er schwänzte wochenlang die Schule, weswegen er seinen Abschluss gerade so bestand, und kochte jeden Tag, putzte und bügelte. Er musste lernen, wie man Wäsche wusch, fischte unzählige rosa Hemden aus den ersten Maschinen, verbrannte zwei Shirts mit dem Bügeleisen. Er ließ Milch überkochen, frankierte Briefe falsch und heftete wichtige Unterlagen einfach weg. Krampfhaft hatte er versucht, der Sohn zu sein, der er in jenem Moment sein musste, sonst wäre Andreas' Leben den Bach heruntergegangen.

Damals, als er annahm, seine Mutter sei tot und all das seine Pflicht.

Er stieß ein paar Mal mit dem Kopf gegen die Scheibe. Die Gedanken sollten verschwinden, er würde sie früh genug zurückbekommen.

»Wir erreichen den Zentralen Omnibusbahnhof. Bitte bleiben Sie angeschnallt, bis wir stehen.«

Noah sah auf, hatte die Stimme dumpf durch seine Kopfhörer vernommen, aber er wusste genau, was der Busfahrer sagte. Er war diese Strecke so häufig gefahren, kannte jede Kurve fast in- und auswendig. Heute war das Gefühl in Berlin zu sein jedoch anders. Sonst war sein Herz erfüllt von Aufregung und Freude, diesmal drückte es und er schien nicht sicher, was er fühlen sollte.

Noah wartete darauf, dass der Bus sich leerte, nachdem sie an der Haltestelle stoppten und beobachtete ohne Interesse die Menschen, die im Krebsgang nach draußen liefen, nahm seinen kleinen Rucksack und stieg aus. Zu seiner Freude wartete Roman bereits und ohne etwas zu sagen, schlossen sie sich in die Arme.

»Ich stehe auf dem kleinen Parkplatz und habe dir einen Kaffee geholt.«

Dankbar nahm Noah den Becher an sich und nippte daran.

»Danke dir. Wollen wir dann?«

Sein Freund nickte. Sie liefen über die Wendeschleifen der Busse und spazierten am Fernbushäuschen vorbei.

»Wie kommt es, dass du allein hier bist?«, wollte Roman wissen.

Weswegen er spontan ohne Matteo gefahren war, konnte er nicht genau sagen. An der Fußgängerampel hielten sie, Passanten drängten sich an ihnen vorbei, um rasch auf die andere Straßenseite zu gelangen.

»Ich denke, ich muss das allein machen«, sagte Noah ruhig. »Ich liebe Matteo, aber das hier hat nichts mit ihm zu tun.«

Roman schwieg und das war ihm nur allzu recht. Er brauchte niemanden, der versuchte ihm den Plan auszureden. Es fühlte sich riskant an, ganz allein in den Westen zu fahren. Sicher, Roman war eine gute Stütze, aber eigentlich würde er jetzt lieber unwissend zu Hause sitzen, auf Matteo warten und sich von ihm erzählen lassen, wie sein Tag gewesen war. Sein Freund wollte heute ein paar Sachen aus der Villa holen und sich mit Emmanuel und Tobias treffen. Lolas Frage, ob er mit Matteo zu ihnen käme, war im Messenger bisher unbeantwortet. Zum Glück wusste sie von seiner Unternehmung noch nichts.

»Hier.« Roman holte eine Bäckertüte vom Rücksitz seines Wagens. »Im Wagen wird nicht gegessen, iss jetzt was.«

»Gott, bist du zickig, wenn es um dein Auto geht«, nuschelte Noah, fischte ein Käsebrötchen heraus und biss hinein.

Roman zog eine kurze Grimasse, kämmte sich seine Haare zurück und suchte in seiner Jackentasche nach Zigaretten. Noah musterte ihn, fragte sich, seit wann er rauchte, knüllte die Tüte zusammen, lief ein paar Meter und warf sie in einen Mülleimer.

»Los geht es«, verkündete Roman und sie stiegen ins Auto.

Noah griff nach dem Navigationsgerät und tippte die Adresse ein. Roman warf dem Gerät einen fragenden Blick zu, während es die Strecke berechnete. Er merkte sich die Autobahnauffahrt und startete den Wagen.

Noah fischte sein Handy aus der Tasche und legte es sich auf den Oberschenkel.

»So, Schätzchen, du guckst auf das Navi, damit wir uns nicht verfahren. Bei einer langen Strecke nervt jeder unnötige Kilometer«, sagte Roman, als sie langsam aus Berlin heraus und auf die Autobahn fuhren.

Noah schrieb Matteo eine Nachricht, legte das Handy beiseite und sah auf das Navi. Eine Weile schwieg er, damit Roman sich konzentrieren konnte. Als sie nach einer halben Stunde der Straße lange folgen mussten, schaltete Roman das Radio ein.

»Hast du Matteo schon geschrieben?«, wollte er wissen und gähnte. Heute früh hatte er noch eine Klasse unterrichtet, dafür jedoch morgen frei. Anders wäre dieses Unterfangen nicht machbar gewesen.

»Ja, Mama«, antwortete er spottend und Roman sah ihn kurz mit einer erhobenen Augenbraue an.

»Hey, ich meine es nur gut.«

»Ich weiß.«

Noah seufzte, rieb sich die Stirn. Sein Blick wanderte nach draußen, folgte der vorbeirasenden Straße ohne Fokus.

»Matteo hat auch ziemlich viel Stress mit seiner Familie.«

Roman gab ein verstehendes Geräusch von sich. Aus dem Radio schallte Bruno Mars, der darüber nachdachte, seine Traumfrau zu heiraten.

»Nachdem du ihn mir vorgestellt hast, habe ich ihn gegoogelt«, gestand er. »Interessantes Leben. Kein Wunder, dass er in der Klinik war.«

»Da habe ich ihn immerhin kennengelernt«, meinte Noah und dachte an die ersten Treffen zurück. Matteo, der im Fensterbogen auf ihn wartete, mit diesen leicht wuscheligen, braunen Haaren und dem traurigen Blick, mit seinen langen Wimpern, den vollen Lippen und dem leicht kantigen, nicht zu maskulinen Gesicht. Er war schön, innen und außen.

»Geht es ihm mittlerweile besser?«, fragte Roman ehrlich interessiert, sah kurz zu ihm und fixierte wieder die Straße.

»Er geht noch zu seiner Therapeutin, aber das ist nur zur Stabilisierung. Ich finde, es geht ihm gut, seitdem er seinem Vater klargemacht hat, was er will. Und ... ihm bekommt es gut bei mir zu sein, denke ich.«

»Dir bekommt es auch gut, dass er bei dir ist«, warf Roman ein.

Verwundert sah Noah ihn an. Es war ihm klar, dass er sich durch Matteos Einfluss verändert hatte – aber, dass es andere bemerkten, war eine Überraschung.

»Findest du?«, fragte er mit einem kleinen Grinsen nach.

Roman nickte und lächelte.

»Ich kenne dich seit Jahren; ich erkenne Veränderungen und er ist eine gute Veränderung.«

Zufrieden sah Noah aus dem Fenster und verstand, wie wichtig Matteo in seinem Leben geworden war. Er bedauerte, dass er ihn gerade nicht an seiner Seite hatte.

»Aber es ist gut, dass du ihn nicht mitgenommen hast. Ich denke, du musst ihm nicht noch mehr aufhalsen, als er ohnehin ertragen muss. Dies hier ist deine Vergangenheit. Nicht seine.«

Manchmal fand es Noah unheimlich, wie gut Roman ihn kannte. Er schien allein anhand seiner Schweigsamkeit zu erkennen, wie sehr es ihn belastete, Matteo nicht bei sich zu haben. Die letzten Wochen waren sie immer zusammen gewesen. Jeden Tag.

»Richtig. Es ist meine Vergangenheit. Mein Scheiterhaufen«, bestätigte er und Roman seufzte.

»Hach, dieser Optimismus!«

Danach schwiegen sie einträchtig und lauschten der Musik. Noah checkte sein Handy und erwartete eine empörte Nachricht von seinem Freund, jedoch war seine Antwort eher kryptisch. Und typisch Matteo.

›Machst du diesen Typentest mit?‹ Im Anhang war ein Test und während Noah diesen machte – »Wähle ein Haustier – Echse, Hund, Katze, Frettchen«. Keine Frage, Frettchen. – schrieb Matteo ihm, dass Lola erbost war, angeblich laut Test herrschsüchtig zu sein. Bei Noah kam ein

Mischcharakter aus empathisch und lebensfroh heraus. Demnach war sein Freund wohl nicht sauer.

›Du bist mir nicht böse, oder?‹, fragte er ihn vorsichtshalber und beobachtete im Chat, wie sein Freund eine Antwort tippte.

›Nein. Warum sollte ich?‹

Noah sah kurz auf, als das Navi ›*in hundert Metern die Ausfahrt nehmen*‹ verlauten ließ. Er sah zu, wie Roman abbog und endlich von der Autobahn herunterfuhr.

›Weil ich ohne dich gefahren bin.‹

Dieses Mal dauerte Matteos Antwort ein wenig und Noah lauschte den Anweisungen der elektronischen Stimme. Roman fluchte leise, weil die Navitante zu spät Bescheid gab, als er abbiegen musste.

›Ich bin deswegen nicht sauer. Ich verstehe, warum du das allein tun musst. Ich wäre dennoch gern bei dir, weil ich denke, du könntest mich brauchen.‹

Matteo war einfach wundervoll.

›Das könnte ich. Aber ich muss das hier allein schaffen. Du darfst danach gern die Scherben aufsammeln.‹

›Bitte sorg dafür, dass sie dir nicht wehtut.‹

Dafür war es leider zu spät.

»Hier ist es so trist«, nuschelte Roman und sah genervt aus dem Fenster. »Es sieht alles gleich aus.«

»Ich wette, dass sagen sie auch, wenn sie zu uns rüber fahren.«

»Natürlich sagen sie das, deswegen sage ich es ja auch.« Roman setzte den Blinker. »Ich mag einige Ecken hier drüben im Ruhrgebiet. Einige meiner damaligen Kollegen wohnen dort.«

»Robert?«, fragte Noah nach und Roman nickte.

»Der auch. Und Vron. Kennst du den noch? Der war damals mit Amanda zusammen. Also … Flo.«

»Aaah, so hieß der! Stimmt. Was ist das denn für ein Name?«

»Italienisch mit etwas griechisch?«, witzelte Roman und sie lachten kurz.

»Bei dir ist alles automatisch italienisch«, warf Noah ihm neckend vor und Roman zuckte mit den Schultern, machte ein unschuldiges Gesicht.

»Ich stehe halt auf Italiener.«

Das wusste er natürlich. Romans erster Freund war Italiener gewesen und er schwärmte noch heute für ihn. Noah fand das bezaubernd. Die erste Liebe vergaß niemand.

»Aber mal ehrlich: Hast du eine Ahnung, warum deine Mutter sich ausgerechnet hier niedergelassen hat? Kam sie von hier?«

Noah schüttelte den Kopf.

»Keinen Plan. Ich denke, sie wollte einfach sehr weit weg.«

Zumindest würde er es so machen. Wie er es damals versucht hatte, als er von ihrem Tod erfahren hatte. Weglaufen, weit, weit weg. Weg von all den Problemen, Gedanken und Geschehnissen.

»Aber warum?«

Roman stellte die richtigen Fragen. Er war sich nur nicht sicher, ob er eine Antwort darauf haben wollte, denn er ahnte, dass sie ihn innerlich zerstören würde. Etwas zertrümmerte, was er sich über all die Jahre hinweg versucht hatte aufzubauen.

Und das konnte er nicht zulassen.

»Dieser kleine, miese Bastard.«

Matteo verzog das Gesicht, während Lola ihrer schlechten Laune Luft machte.

»Ich kann ihn verstehen«, sagte Tobias und griff in die Chipstüte. »Ich würde meine Mutter auch suchen, wenn ich nach so vielen Jahren erfahren hätte, dass sie noch lebt.«

»Darum geht es überhaupt nicht!«, fauchte Lola ihren Freund an. »Er hat mir nichts, rein *gar nichts* erzählt!«

Sie saßen in der Werkstatt, der Heizofen surrte neben ihnen. Andreas hatte eine alte Kabelspule zu einem kleinen runden Tisch umfunktioniert und weiß angestrichen, eine grüne Couch mit gesprungenen Federn stand dahinter, daneben ein grauer Sessel, der vor einigen Jahren noch Noahs Lieblingsplatz im Haus gewesen war. In diesem lümmelte Matteo, ließ einen Fuß über die Lehne baumeln und beobachtete seinen Bruder und dessen Freundin.

Andreas war im Haus und da die Werkstatt heute geschlossen war, konnte er sich mit Lola und Tobias hier zurückziehen, ohne ihn zu stören. Es stand jedoch außer Frage, dass Noah und Andreas dringend miteinander reden mussten.

»Er hatte keine Zeit irgendetwas zu erzählen«, verteidigte Matteo seinen Freund, doch Lola war nicht zu besänftigen. Er verstand sie, immerhin war sie Noahs beste Freundin.

»Matti, mein Lieber; man hat *immer* irgendwo Zeit«, warf sie mit einem finsteren Blick ein.

Tobias nahm die Chipstüte und hielt sie ihr hin.

»Iss was, bevor du Matteo an die Gurgel springst.«

»Was soll das heißen?!«, schnappte sie auch gleich und Tobias zuckte zurück. Kurz sah er zu Matteo, in seinem Blick lag leichte Panik.

»Ich liebe diese Frau, aber manchmal glaube ich, wird sie mal der Grund meines frühen Todes sein.«

Matteo lachte auf und Lola stieß ihren Freund heftig mit der Faust gegen die Schulter. Der wimmerte auf, rieb sich die lädierte Stelle, grinste aber versöhnlich. Rasch lehnte er sich zu ihr und gab ihr einen Kuss auf die Wange.

Lola hatte wirklich einen unglaublich guten Einfluss auf seinen Bruder. Er war vorher ein ziemlicher Weiberheld und Herzensbrecher gewesen, all das hatte sich geändert. Es war erstaunlich.

Matteo wusste, er hatte sich dank Noah ebenso verändert.

»Also ist er auf dem Weg zu seiner Mutter?«, wollte Lola wissen und schob sich ein paar Chips in den Mund.

Tobias füllte gerade den Persönlichkeitstest aus und schien über ein paar Wörter zu stolpern. Er brauchte unheimlich lange.

»Ja, er ist heute Morgen nach Berlin gefahren.« Ohne sein Wissen, aber Matteo war ihm deswegen nicht böse. Er verstand, dass Noah diese Reise allein unternehmen musste. »Mit Roman zusammen.«

Wieder verfinsterte sich Lolas Blick.

»Diese Ratte«, fauchte sie, was Tobias kurz aufsehen ließ.

»Ich wette, er hat eher aus einem Affekt heraus gehandelt«, verteidigte Matteo ihn. »Er hat mich auch nicht gleich in seinen Plan eingeweiht und vorher hieß es noch, wir würden zusammen fahren.«

»Dennoch. Wie kann er glauben, er schafft das allein?«

Lola fuhr sich durch die bunten Haare. Sie schien ihrem besten Freund nicht allzu viel zuzutrauen.

»Weil er es muss, Lola.«

»Matteo, bitte …«

»Nein, ganz ehrlich.« Er setzte sich im Sessel auf. »Ich weiß, du kennst ihn länger, aber ich verstehe ihn gut. Er möchte das allein schaffen.«

Sie schwieg, offensichtlich fehlten ihr die Worte und das schien Tobias zu überraschen. Er musterte sie fragend und schubste sie sanft mit dem Ellenbogen an. Kurz blickte Lola zu ihm, schnitt eine Grimasse und nahm sich ein paar Chips.

»Wenn du nicht sauer bist, habe ich auch keinen Grund. Toll«, maulte sie und Tobias sah wieder auf sein Handy, fixierte es regelrecht.

»Ich bin laut Test aufbrausend und loyal. Ist das gut?«

»Aw, du bist eben ein toller Bruder, aber auch ein Hitzkopf.«

Tobias' Gesicht nahm einen rötlichen Farbton an und er nuschelte empört vor sich hin, vergrub sich tiefer in der Couch. Lola schlang die Arme um ihren Freund und drückte ihn an sich, wuschelte ihm durch die blonden Haare.

Matteo sah auf sein Handy und musterte den Screenshot, den Noah ihm geschickt hatte.

›Passt zu dir.‹

›Also passt es doch zwischen uns beiden und du verlässt mich nicht?‹

›Nein, niemals.‹

›Okay.‹

Er liebte ihn. Egal, was geschah.

Roman starrte auf das Navigationsgerät, betrachtete den Bildschirm kritisch und mit leicht zusammengekniffenen Augen. Es war weit nach zwanzig Uhr, der Verkehr in den letzten Stunden war eine Herausforderung gewesen. Die Autos waren wie Schildkröten vor ihnen hergekrochen und hatten den Eindruck einer nie verstreichenden Ewigkeit erweckt. Er tippte gegen den matten Bildschirm.

»Ich bin mir sicher, dass die Navitante lügt«, meinte er und blickte hinaus. Noah folgte seinem Blick und musste ihm zustimmen. Sie konnten aufgrund des späten Abends in dieser Nebenstraße nur die Umrisse von Bäumen und Hecken sehen. Hier lagen anscheinend eher Wiesen als Wohngrundstücke.

»Aber das Straßenschild doch nicht«, sagte Noah. Das hier war keine Kleinstadt; es war eher ein Vorort.

»Hm.« Roman lehnte sich zurück. »Nun, immerhin kann ich hier kurz pinkeln gehen, ohne gleich gesehen zu werden.«

Schnell fuhr er an den Straßenrand, stellte den Motor ab, öffnete die Wagentür und stieg aus. Er verschwand in der Dunkelheit, das fehlende Straßenlicht fraß ihn regelrecht auf. Langsam löste Noah sich aus der Starre, die ihm seit dem Halt erfasst hatte. Nun war er hier und fühlte sich dennoch dem Ziel nicht näher.

Er stieg ebenso aus und zitterte augenblicklich. Hier war es kälter als bei ihnen im Osten. Hektisch zog er seine Jacke an, ehe er sich weiter umsah. Er wusste, was er tun musste.

Manchmal musste man sich selbst zerstören, um Besseres daraus zu formen. Manchmal waren es Momente, die einen entzweibrachen, die es schafften, einen zusammenzukleben.

Noah lief die Straße hinauf, hielt eine kleine Taschenlampe in der Hand und suchte die Häuser ab. Er fand die gesuchte Hausnummer nach wenigen Minuten und blieb schwer atmend vor einem grauen Gartentor stehen. Wahrscheinlich war es nicht verschlossen, hier hatte bestimmt niemand Angst vor Einbrechern. Dennoch blieb er davor stehen und starrte die Auffahrt hinauf, blickte zu dem dunklen Kombi und konnte Licht in einem großen Wohnzimmerfenster sehen. Er sah einen Mann mit grauen Haaren und einem langen Gesicht. Ein Mädchen mit rotblonden Haaren, vielleicht sieben Jahre alt, sprang um ihn herum. Er sagte etwas zu ihr, was Noah nicht hören konnte. Eine Frau trug lächelnd eine Auflaufform in das Zimmer und stellte diese auf den Tisch.

Sie war fülliger geworden, trug einen frechen Kurzhaarschnitt und war gealtert. Dieses Lächeln war jedoch noch jenes, welches er sah, wenn er seine Augen schloss. Er könnte es niemals vergessen, weil es sich auf seine Netzhaut gebrannt hatte, ihn bis in seine Träume verfolgte.

Hannah Laurisch war schön wie eh und je, aber nicht mehr seine Mutter.

Noah hatte sich viele Gedanken über diesen Moment gemacht. Er hatte sich vorgestellt, wie er zu dem Haus lief, klingelte und wartete, bis sich die Tür öffnete. Dann würde er in überraschte, helle Augen blicken und sie würde fragen, was er wollte, sicherlich wüsste sie nicht gleich, wen sie vor sich hatte. Und Noah würde sie nur ansehen.

Die kleine Familie setzte sich und Hannah lachte. Noah konnte es nicht hören, aber er fühlte, wie ihr Lachen durch seinen Körper bebte. Es tat weh. Sie hatte ihn und Andreas eingetauscht und war glücklich. Jetzt hatte sie einen neuen Mann, eine niedliche Tochter und ein Leben, welches sie fröhlich stimmte.

Er hielt in seinen eigenen Gedanken inne und erstarrte förmlich, als er etwas Entscheidendes begriff.

Seine Mutter war unglücklich gewesen und weggelaufen, auf der Suche nach ihrem eigenen Sinn des Lebens. Er suchte ebenso danach und glaubte, sie zu verstehen. Manchmal brauchte auch das Glück ein wenig Hilfe.

Noah drehte sich um, rannte die Straße entlang, zurück zum Wagen. Seine Gedanken rasten. Roman kam ihm entgegen und schien sichtlich verwirrt.

»Hey, was …«

»Wir müssen zurück!«, unterbrach er ihn rasch und hielt seine Wollmütze fest, die ihm vom Kopf zu rutschen drohte. Vor seinen Lippen tauchten Kondenswolken auf. »Jetzt gleich!«

Roman musterte ihn verblüfft.

»Noah, wir sind über fünfhundert…«

»Ich weiß, aber ich …« Er brach ab und schluckte. »Bitte.« Unbewusst war er näher zu Roman herangetreten, der Noah zweifelnd ansah. Schließlich seufzte er und nickte zum Auto.

»Dann los«, sagte er und erwiderte das Grinsen, welches sich auf Noahs Lippen ausgebreitet.

KAPITEL 29

Matteo konnte nicht schlafen.

Er rollte sich von einer Seite zur nächsten, nur um innerlich über die kalte Stelle zu klagen und zu warten, bis es unter ihm warm wurde. Und als dies geschah, rollte er sich erneut herum. Nach einer Stunde gab er auf und fuhr sich durch das Gesicht. Es war vollkommen idiotisch, aber er hatte seit Ewigkeiten keine Nacht mehr allein verbracht.

Früher hatte er nicht schlafen können, sobald andere mit im Raum waren. Wenn Tobias oder auch Emmanuel bei ihm übernachteten, war eine durchwachte Nacht für ihn vorprogrammiert gewesen.

Er drückte sein Gesicht in Noahs Kissen und sog dessen fast verflüchtigten Geruch ein. Leise atmete er ein und aus, schloss die Augen und hoffte endlich Ruhe zu finden. Als er dabei war, einzunicken, hörte er sein Handy auf dem Boden des Zimmers vibrieren. Leise seufzte er, rollte sich zurück, bekam das Telefon mit drei Fingern zu fassen, zog es hinauf und tippte auf den Bildschirm. Nach ein paar Augenblicken konnte er endlich etwas erkennen. Eine Nachricht von Noah.

›Bin gleich bei dir. ♥‹

Schlagartig war Matteo hellwach, setzte sich auf und entsperrte sein iPhone. Er klickte auf die Nachricht. Noah war auf dem Heimweg? Was war geschehen? Er hatte angenommen, dass er einiges mit seiner Mutter zu klären hatte. Wie konnten sie dann bald hier sein?

›Was bedeutet ›gleich‹?‹

Roman war doch nicht etwa die gesamte Strecke zurückgefahren? Und das an einem Tag!

Die Zeit verging zu langsam, sein Herz schlug schneller.

›Da ist das Ortseingangsschild‹, antwortete Noah nur.

Matteo warf sein Handy neben sich, schlug die Decke beiseite und sprang aus dem Bett. Er eilte die Treppe hinab und versuchte trotz seiner Aufregung leise durch das Haus zu schleichen. In Socken, einer langen Jogginghose und Schlafshirt lief er ins Wohnzimmer. Scheinwerferlicht strahlte durch die Scheiben, blendete ihn kurz und Matteo flitzte in den Flur. Er rutschte auf dem Parkett kurz weg, schlüpfte in irgendwelche Schuhe und riss die Haustür auf. Als er Noah sah, der aus dem Wagen kletterte, rannte er los. Vergessen war die Kälte. Er warf sich in Arme seines Freundes und drückte ihn gleichzeitig an sich. Der vergrub seine Finger in seinem Shirt und konnte sicherlich spüren, wie er zitterte, doch es war in jenem Moment egal.

»Ich habe dich vermisst, merkst du das?«, nuschelte Matteo und Noah lachte leise.

»Ein wenig.« Er drückte ihm einen Kuss gegen die Schläfe. »Komm, lasst uns reingehen. Roman braucht Schlaf und du erfrierst mir sonst.«

Ein trockenes Schnauben kam von dem Koch.

»Ro-Roman braucht Schlaf?«

Die Erschöpfung war ihm anzusehen. Er gab ein hohes, verzweifelt klingendes Lachen von sich und streckte sich. Noah grinste ihn an und warf ihm einen gespielten Luftkuss zu.

»Komm, du kannst im Wohnzimmer übernachten. Die Couch lässt sich ausziehen.«

Er nahm Matteos Hand und gemeinsam liefen sie hinein. Coconut war ebenso aufgewacht und lief schwanzwedelnd herum, schlich um Romans Beine. Der seufzte entzückt und streichelte den Hund.

»Ich war noch nie bei dir, fällt mir gerade auf.«

Roman sah sich um und ging in die Küche, wo Noah den Wasserkocher befüllte und anstellte.

Er drehte sich zu ihm und lehnte sich erschöpft an die Küchenzeile. Matteo setzte sich, sah seinen Freund zufrieden an und war froh, ihn wieder hier zu haben. Mittlerweile war er ihn so sehr in seinem Leben gewohnt, dass alles ohne ihn seltsam leer erschien.

»Ich war immer bei dir in Berlin«, entgegnete Noah und grinste leicht. »Es gab keinen Grund für dich, mich zu besuchen.«

»Stimmt.«

Roman setzte sich an den Tresen neben Matteo und zog seinen Mantel aus, während Noah aus einer Holzbox ein paar Teebeutel heraussuchte.

»Ihr habt es echt schön hier«, fügte Roman an, als eine dampfende Tasse Tee vor ihm stand. Zufrieden schloss er seine Hände darum.

»Danke.« Noah stellte seine Tasse beiseite und lief zum Kühlschrank. »Okay, will noch jemand was zu essen? Ich könnte uns ein paar Sandwiches machen …«

»Was ist denn hier los?«

Matteo, Noah und Roman sahen sich erschrocken um, als vom Türrahmen eine Stimme zu ihnen drang. Alle drei starrten Andreas an, der sichtlich verschlafen und mit wirren Haaren in der Küche stand. Matteo konnte die Anspannung fühlen, die sich plötzlich ausbreitete. Niemand wagte es zu sprechen. Noah hielt seine Tasse in der Schwebe, die kaum seine Lippen berührte und sah seinen Vater aus wachsamen Augen an. Besorgt hielt Matteo die Luft an, aber Sekunden später verflüchtigte sich dieses Gefühl. Noah lief auf seinen Vater zu und umarmte ihn. Sichtlich überrascht stolperte Andreas zwei Schritte zurück, bevor er die Arme um ihn legte und fest an sich zog. Zufrieden stützte Matteo den Kopf auf.

Noah sagte etwas, aber er konnte es nicht verstehen. Andreas lächelte und drückte seinen Sohn weiter an sich, fuhr mit einer Hand durch dessen Haare. Sacht klopfte Matteo Roman auf den Arm und gemeinsam verließen sie die Küche. Sie hatten ihre Teetassen mitgenommen und gingen ins Wohnzimmer.

Roman setzte sich auf die Couch.

»Scheint ja alles wieder okay zu sein.« Er grinste ein wenig. »Was mich kaum wundert.«

»Was ist geschehen? Ich dachte, ihr kommt erst morgen wieder?«, wollte Matteo wissen.

»Er hatte Sehnsucht nach dir.«

Matteo schnaubte leise amüsiert, doch die Miene des Kochs blieb ernst.

»Was? Er wollte einfach schnell zurück zu dir.«

»Also war der Besuch nicht gerade erfolgreich?«

Roman zuckte mit den Schultern.

»Ich würde ›ja‹ sagen, aber irgendwie … weiß ich es nicht.«

Verwirrt hob Matteo eine Augenbraue.

»Das klingt irgendwie nicht beruhigend.«

»Nein, es war … eher erleuchtend.« Roman legte die Hände auf den Tisch. »Für Noah zumindest.«

Matteo hatte keine Ahnung, was er damit meinte.

»Wir können ja später darüber reden. Soll ich dir die Couch schnell beziehen?«

Roman fuhr sich mit beiden Händen durch das Gesicht und nickte.

»Los, komm.«

Wortlos lief Matteo nach oben, holte aus dem Schrank im Flur ein Bettlaken und eine zweite Decke.

»Ich würde dir ein Shirt anbieten, aber ich glaube, keiner im Haus hat etwas in deiner Größe«, meinte er, während er die Couch bezog.

Gespielt entsetzt sah Roman ihn entsetzt an und legte eine Hand an seine Brust.

»Heißt das, ich bin fett?« Eine dramatische Kopfbewegung folgte. »Köche sehen dünn ziemlich kacke aus, lieber Matteo. Ein Koch, der schlank ist, kocht schlecht.«

Matteo lachte leise.

»Eigentlich wollte ich deinen muskelbepackten Körper damit loben.«

»Gut gerettet, junger Padawan.«

Matteo setzte sich in den Sessel und wartete, während Roman kurz im Badezimmer verschwand. Ebenso müde rieb er sich die Augen, lehnte sich gemütlich zurück und legte den Kopf auf die Lehne.

Zeitgleich mit Roman kamen Noah und Andreas ins Wohnzimmer.

»Lass uns ins Bett gehen«, meinte sein Freund leise und zog Matteo mit sich. Im Zimmer angekommen ließ Matteo sich ins Bett sinken und beobachtete Noah, wie dieser seine Jeans auszog und sie achtlos fallen ließ. Fröstelnd kuschelte er sich neben Matteo ins Bett und automatisch legte dieser seine Arme um ihn, woraufhin er sich wohlig in seine Umarmung schmiegte.

»Ist alles okay?«, fragte er in Noahs weiche Haare, die an seiner Nase kitzelten.

»Jetzt ja.«

Leicht lächelte Matteo und schloss die Augen. Sie schwiegen eine gefühlte Ewigkeit.

»Lief es gut?«, fragte er leise, obwohl er keine Ahnung hatte, ob Noah überhaupt noch wach war. Oder darüber reden wollte. Immerhin war es ein emotionales Thema für ihn. Sein Freund nuschelte ein leises ›ja‹ und drückte sich mehr an ihn. Endlich konnte er beruhigt einschlafen. Er hatte alles was er brauchte im Arm.

»Du bist nicht hinein gegangen …? Ich verstehe dich einfach nicht. Dich nicht, deine Beweggründe nicht, ich verstehe nicht einmal dein gerade dämlich grinsendes Gesicht!«

»Es ist mein Gesicht!«, wetterte Noah und Roman lachte, während Lola ihre Hände in die Hüften stemmte und erbost und wütend zugleich schien.

»Rede dich nicht raus! Du hast gesagt, du willst zu deiner Mutter fahren und nicht als Stalker am Fenster lauern«, beharrte sie weiterhin.

Noah seufzte leise und sah seine beste Freundin flehend an.

»Ich habe es mir eben anders überlegt.«

»Ich verstehe dich nicht«, meinte sie erneut.

Roman rollte mit den Augen, warf Noah ein Grinsen zu. Andreas hatte ihnen allen Kaffee gemacht und sich in die Werkstatt verzogen. Matteo saß neben ihm auf der Couch und trug noch immer seine Schlafhose und einem viel zu großen Pullover. Selten hatte er mit seinen verwuschelten Haaren niedlicher ausgesehen. Er legte den Kopf auf Matteos Bein.

»Du musst das nicht verstehen«, sagte Roman schulterzuckend. Er tauschte einen schnellen Blick mit ihm. »Ich war dabei, Noah hat aus dem Bauch heraus gehandelt.«

»Ich hätte auf jeden Fall mit ihr gesprochen«, murrte Lola und lehnte sich zurück. Tobias schlang einen Arm um sie.

»Das war nicht notwendig.« Noah drehte den Kopf, sah seinen Freund kurz an. Ihre Blicke liebkosten sich ein wenig. »Ich brauche sie nicht.«

»Das sagst du nun, aber …«, warf Lola ein, Roman unterbrach sie jedoch.

»Ich denke, er braucht sie wirklich nicht. Sie hat sich für ein Leben ohne ihn entschieden und Noah lebte seines ebenso ohne sie. Vielleicht ist das der Punkt: Er hatte sie wiedersehen müssen, um sich daran zu erinnern, was er es auch ohne sie geschafft hat.«

»Hoch philosophisch«, sagte Matteo dazu und strich sanft mit seinen Fingern durch Noahs Haare. Er wollte am liebsten schnurren vor Wohlbehagen.

»Aber es trifft den Kern«, bestätigte Noah und mit großen Augen sah Roman erst zu ihm, dann zu Lola.

Diese schnaubte lautlos und winkte ab. Noah griff nach einem der Kekse und krümelte auf Matteos Hose.

»Ich brauche sie nicht mehr. Zudem hat sie meinem Vater wehgetan und das möchte ich nicht unterstützen, weil er immer für mich da ist. Er hat schwere Zeiten erleben müssen, nachdem sie gegangen ist und ihn mit mir allein ließ. Ich verstehe, warum es ihm leichter gefallen ist, sie für tot zu erklären. Sonst hätte er gar nicht weitermachen können.«

»Dennoch … ich würde mich damit nicht zufriedengeben.«

Leise seufzte Noah daraufhin und fegte Krümel von Matteos Schlafhose.

»Ich habe auch nie gesagt, dass ich damit zufrieden bin«, sagte er. »Aber das braucht eben Zeit. Und viele Gespräche.«

Nichts war in der kurzen Zeit, die er mit seinem Vater gesprochen hatte, wirklich geklärt. Er hatte ihn jahrelang belogen und der Fakt, dass er sogar eine Art Beerdigung inszeniert hatte, war nur ein kleiner Tropfen. Doch das Fass war längst übergelaufen und sie würden eine Weile brauchen, bis es wieder normal zwischen ihnen war.

Die Zeit würde alles richten. Das wusste er.

»Vermutlich dauert es eine Weile, bis du ihm verzeihen kannst … dennoch glaube ich, dein Vater hatte keine schlechten Absichten. Er hatte womöglich nur Angst, dass es dich komplett zusammenbrechen lässt, wenn du erfährst, dass sie euch verlassen hat.« Roman sah zu ihnen. »Der Tod tut anders weh. Es ist endlich.«

Diese Worte ließen Noah nachdenklich blinzeln und er wischte die hinter seinen Augen drückenden Tränen schnell weg. Sanft strich Matteo ihm durch die Haare. Er hatte einen wundervollen Freund. Nein, er hatte wundervolle Freunde, die mit ihm sogar durch halb Deutschland fuhren, weil er Antworten brauchte.

Er legte seine Hand auf Matteos Bein und drückte sacht mit den Fingern zu, drehte den Kopf zu ihm. Noahs Blick fingen Matteos ein und alle Gespräche rutschten in den Hintergrund, waren nur noch Begleitmusik. Er hatte in jenem Moment so viele Worte auf der Zunge, die er an seinen Freund richten wollte, die vielleicht im Ansatz beschrieben, wie wichtig dieser ihm war und wie gern er ihn in seinem Leben hatte. Aber er konnte nicht, irgendwie waren Worte genau das, was alles zerstörte. All die Gerüchte, die Matteo jahrelang in Zeitschriften über sich lesen musste, all die Lügen, die sich Noah die letzten Jahre angehört hatte … Worte waren nicht richtig und vor allem nicht wichtig.

Deshalb setzte er sich auf, legte eine Hand an Matteos Wange und zog ihn zu sich, küsste ihn erst sanft und langsam inniger. Seine Lippen waren warm wie frischer Sommerregen auf heißem Beton und er suhlte sich in einem Gefühl der Sicherheit und Zuversicht.

Alles würde gut werden, solange Matteo bei ihm war.

Sechs Monate später

»Wie viele Kisten sind es noch?«, drang eine erschöpft klingende Stimme zu ihm.

Mit einem Gesichtsausdruck der endlosen Qual trat Tobias mit einem Karton in die kleine Küche, stellte ihn auf zwei weitere und musterte seinen Halbbruder.

»Nur noch ein paar.«

Matteo hielt ihm ein Glas Wasser hin, welches Tobias an sich nahm und mit großen Zügen leerte.

»Du wirst es überstehen, Bruderherz.«

»Ich habe zwei Monate in New York City überstanden, da schaffe ich auch das.«

»Ach, in dieser hässlichen Stadt, in der sie nur Toastbrot haben?«, scherzte Matteo und Tobias zuckte mit den Schultern.

»Deutsches Brot vermisst man eben schnell.«

Wahrscheinlich hatte Tobias seine Freundin mehr vermisst und es deswegen nicht in Amerika ausgehalten.

Matteo grinste, lehnte sich kurz an und sah sich im Raum um. Kartons reihten sich aneinander und die Balkontür war beschmiert mit vielen Handabdrücken. Staub lag auf den hellen Fliesen und sie mussten noch einen Schrank aufbauen.

»Was machen die eigentlich drüben?«, fragte Tobias.

Andreas lief mit einem weiteren Karton durch den Flur, Emmanuel folgte ihm, die Hände voll mit Kabeln und Elektronik und versuchte diese vor Coconut in Sicherheit zu bringen. Nachdenklich blinzelte Matteo, konnte leises Lachen vernehmen und ging ins Wohnzimmer.

Laut Plan wollten Noah und Lola das Bücherregal aufbauen, aktuell saßen sie jedoch neben einem der Umzugskartons und wühlten darin herum. Verwirrt schlenderte Matteo zu seinem Freund, fuhr ihm sacht durch die Haare.

»Hey.« Er hockte sich neben Noah, auf dessen Schoß eine kleine Metallkiste ruhte. »Was ist los? Hat euch das Bücherregal Schachmatt gesetzt?«

Lola hob als Verneinung den Akkuschrauber an und schüttelte den Kopf.

»Nein, aber Noah hat etwas gefunden und den Rest gesucht«, erklärte sie und Matteo erkannte den Origamischwan in der Hand seines Freundes.

Mit ihm hatte alles begonnen. Das erste Geschenk, welches Noah ihm auf der Fensterbank hinterlassen hatte.

»Du hast die Figuren aufgehoben?«, fragte Matteo amüsiert und nahm die Kiste. »Ich dachte, du hast sie weggeworfen.«

Entsetzt sah Noah ihn an.

»Niemals! Ich könnte so etwas Wichtiges nie wegwerfen.«

Lola erhob sich und ging zu Tobias in die Küche. Vorsichtig klickte Matteo die Box auf und starrte auf ein Sammelsurium an Origamifiguren. Alle aus der Zeit, als er durch sie kommuniziert hatte. Damals waren sie sein wertvollster Besitz gewesen.

Er hob den Blick und sah, wie Noah ihn musterte.

»Alles okay?«

Es war schön, wenn er ihn danach fragte. Wie er es auch tat, wenn sie alte Fotoalben aus Noahs Kindheit durchblätterten und auf dessen Gesicht Schatten auftauchten. Denn auch wenn sein Freund die Wahrheit kannte, war der Schmerz der Vergangenheit nicht plötzlich weg. Dennoch verstand er, weswegen Noah keinen Kontakt zu seiner Mutter suchte. Er hatte seine Wahrheit akzeptiert.

Matteo lächelte.

»Ja, alles okay.«

Er griff nach einer der Figuren und drehte sie, legte sie behutsam zurück. Der Fuchs. Noch heute mochte er ihn am liebsten. Erstaunlich, wie ein so unscheinbares Objekt so viel auslösen konnte.

»Damit hat alles angefangen …«

»Und jetzt sind wir hier.«

Noah legte den Schwan dazu und stand auf, gab Matteo einen weichen Kuss auf die Stirn und ging aus dem Wohnzimmer. Lächelnd sah er ihm nach, wollte die Metallkiste schon schließen, als er etwas darunter berührte. Es klebte fest. Matteo drückte den Deckel zu und drehte sie neugierig um. Zärtlich strich er mit den Fingerspitzen darüber.

Es war ein Origamiherz, sorgfältig gefaltet und mit einem Klebestreifen befestigt. In der Mitte stand mit Tinte ›Matteo‹ geschrieben und sein eigenes Herz klopfte schneller.

»Matti? Kaffee?«, hörte er seinen Freund rufen.

»Ich komme.«

Er erhob sich und stellte die Kiste vorsichtig beiseite. Mit großen Schritten lief er durch ihre erste gemeinsame Wohnung.

Hier war er zu Hause.

ENDE

Gordon Ambos
Wir beide unter Wasser

ISBN: 978-3-95949-483-0

Martin hat das Studium an seinem Traumcollege begonnen und sogar Joki an seiner Seite. Als auch noch Sam und Kallie auf der Matte stehen und Martin bitten, in ihre Band einzusteigen, scheint alles perfekt.
Doch schon bald schleichen sich Probleme in den Alltag des frischge-backenen Paares: Joki fühlt sich auf dem College immer mehr fehl am Platz und trifft einige dramatische Entscheidungen. Die Leben der beiden drohen, auseinander zu driften ...

Julia Dankers
Verschneites Herz

ISBN: 978-3-95949-244-7

Alltagstrott und Abiturvorbereitung sind nicht unbedingt eine gute Kombination.

Antonia ist zwar mit Greta zusammen, fühlt sich aber eingeengt. Aus Abenteuerlust beginnt sie eine Affäre mit einer wesentlich älteren Vorgesetzten und verstrickt sich immer weiter in diese Liaison mit emotionaler Schieflage.

Greta ist von Antonias Verhalten völlig verunsichert. Als sie beim schwullesbischen Stammtisch auf Jojo trifft, gerät auch ihr Herz ins Stolpern.

Finden Antonia und Greta doch noch zusammen?

Monique Maison
Save me, Everett

ISBN: 978-3-95949-349-9

Avins Leben besteht fast überall aus Schikane und Mobbing. Zuhause lässt sein Vater seine Launen an ihm aus, in der Schule seine Mitschüler – und die Footballspieler.

Um den Querelen ein Ende zu bereiten, soll er bei einem Schulprojekt ausgerechnet mit Everett, dem Quarterback, zusammenarbeiten. Entgegen aller Erwartungen freunden sich die beiden an und beginnen, widersprüchliche Gefühle füreinander zu entwickeln.

Eigentlich eine tolle Sache, wenn nicht Everett immer wieder einen Rückzieher machen würde. Und dann ist da auch noch Ethan im Spiel ...

Triggerwarnung: Nichts für LeserInnen mit ausgeprägter Abneigung gegen schwule Jugendbücher, Coming-Outs und Romanzen. Enthält Spuren von Zucker, junger Liebe und heißen Jungs.